定恵、百済人に毒殺さる

岩下壽之

鳥影社

はじめに

定恵《じょうえ》（俗名・中臣真人《なかとみのまひと》）は中臣鎌足《かまたり》の長男として皇《こう》極《ぎょく》二年（六四三）に飛鳥で生まれた。十一歳で第二回遣唐使一行に加わり留学僧として渡唐、十一年間を長安で過ごした。天智四年（六六五）九月、すでに滅亡した百済を経て帰国するが、三か月後の同年十二月、飛鳥の鎌足邸で死去する。享年二十三歳。

定恵に関しては、三つの謎がある。一つは、その出生にまつわるものである。実父は鎌足ではなく、孝徳天皇であるという皇胤説。二つ目は、中大兄皇子とともに〈乙巳《いっし》の変〉で「大化の改新」を成し遂げた重臣中臣鎌足の長男でありながら、なぜ十一歳で出家入唐しなければならなかったのかという疑問。三つ目は、その早すぎる死である。『藤氏家伝』には、その才能を百済人《くだらびと》に妬まれて毒殺されたとある。

中臣鎌足は臨終に際して天智天皇から藤原の姓を賜わり、跡を継いだ二代目の不比等《ふひと》は天皇の外戚として権力を振い、藤原氏繁栄の基礎を築いた。が、不比等が次男で、定恵という十六歳も歳の離れた長兄がいたことは意外に知られていない。二十三歳で夭折し、名を残すような事績もなかったので当然ともいえるが、鎌足の嫡男という身分を考えると、その存在の稀薄さはどこか不自然である。帰国した三か月後の突然の死がそれに拍車をかける。疑惑に満ちたその短い生涯を俯瞰すると、意図的に闇に葬り去られたのではないかという臆測も成り立つ。

学問的に定恵に言及した碩学は多い。が、今に至るまで定恵の謎は解明されていない。古代史では、資料が乏しく、人物像を明らかにするには推定に頼るしかないということがままある。定恵の場合もそうである。状況証拠や伝承類でその周辺までは行き着けるが、核心の部分はほとんど空白のままである。本人の心理や意識を探る手がかりも、百済で詠んだという漢詩の断片しかない。定恵の身分、立場、当時の政治状況を考えると、本人の意思とは関係なく、歴史に翻弄されたと断じてほぼ間違いないだろう。

時代は日朝中がせめぎ合う東アジアの激動の七世紀。活動の範囲も初唐期の中国、三国抗争末期の朝鮮、さらにわが国の飛鳥と、海を挟んで三か国にまたがる。複雑にうねる歴史の荒波をかいくぐってようやく祖国に帰還したものの、弱冠二十三歳で生を終えなければならなかった定恵。そんな歴史の隘路《あいろ》に嵌《は》まり込んだ人物を、古代の薄闇の彼方から引き出し、小説の形で表舞台によみがえらせようとしたのが、本書執筆の動機である。

定恵、百済人に毒殺さる

目次

定恵、百済人に毒殺さる

主な登場人物

定《じょう》　恵《え》……主人公。中臣鎌足の長男である真人《まひと》の出家名。十一歳のとき第二回遣唐使船で
　留学僧として渡唐。
中臣鎌足《なかとみのかまたり》……天智天皇の内臣《うちおみ》。晩年、天皇より藤原姓を賜わる。
孝徳《こうとく》天皇……第三十六代天皇。皇極天皇の弟。
斉明《さいめい》天皇……第三十七代天皇。孝徳天皇薨去に伴い、第三十五代皇極天皇が重祚《ちょうそ》した。
天智《てんち》天皇……第三十八代天皇。母の斉明天皇が薨去したのち長く称制《しょうせい》を敷き、七年間の皇位
　空白を経て即位した。
※当時は「天皇」という称号はなかったが、作品中では便宜上すべてこの称号を用いた。
叡《えい》　観《かん》……蘇我日向《そがのひむか》の唐国での出家名。唐国では官人として蘇日向《そじつこう》とも称す。
道《どう》　昭《しょう》……定恵と同じ船で入唐した留学僧。玄奘に師事し、帰国して法相宗《ほっそうしゅう》を開く。
玄《げん》　奘《じょう》……十七年間、西域・天竺《てんじく》（インド）を巡礼して帰国した唐僧。長安の慈恩寺に住す。
神泰《しんたい》和尚……入唐した定恵が修行した長安の慧日寺《えにちじ》の僧。玄奘の弟子の一人。

劉建任《りゅうけんにん》……唐室から派遣された定恵の傔従《けんじゅう》。
鄭高佑《ていこうゆう》……旧高昌国《こうしょうこく》出身の富裕な商人。玄奘の檀越《だんおつ》。
雪梅《せつばい》……鄭高佑の孫娘。
張穆明《ちょうぼくめい》……高昌国から鄭高佑らと唐国に逃れ、のち高佑の養子となる。雪梅の父親。
高宗《こうそう》……唐朝第三代皇帝。
蘇定方《そていほう》……唐国の将軍。
劉仁願《りゅうじんがん》……唐国の百済鎮将。
郭務悰《かくむそう》……劉仁願が倭国《わこく》（日本）に派遣した使節。
劉徳高《りゅうとくこう》……唐朝が百済経由で倭国に派遣した使節。
義蔵《ぎぞう》……新羅の留学僧で定恵の友人。長安の光明寺で修行。
義慈王《ぎじ》……百済の第三十一代最後の王。
武烈王《ぶれつ》……新羅第二十九代の王。即位前は金春秋《きんしゅんじゅう》と称す。
義湘《ぎしょう》……新羅の留学僧。帰国して華厳宗を開く。

七世紀中頃の東アジア

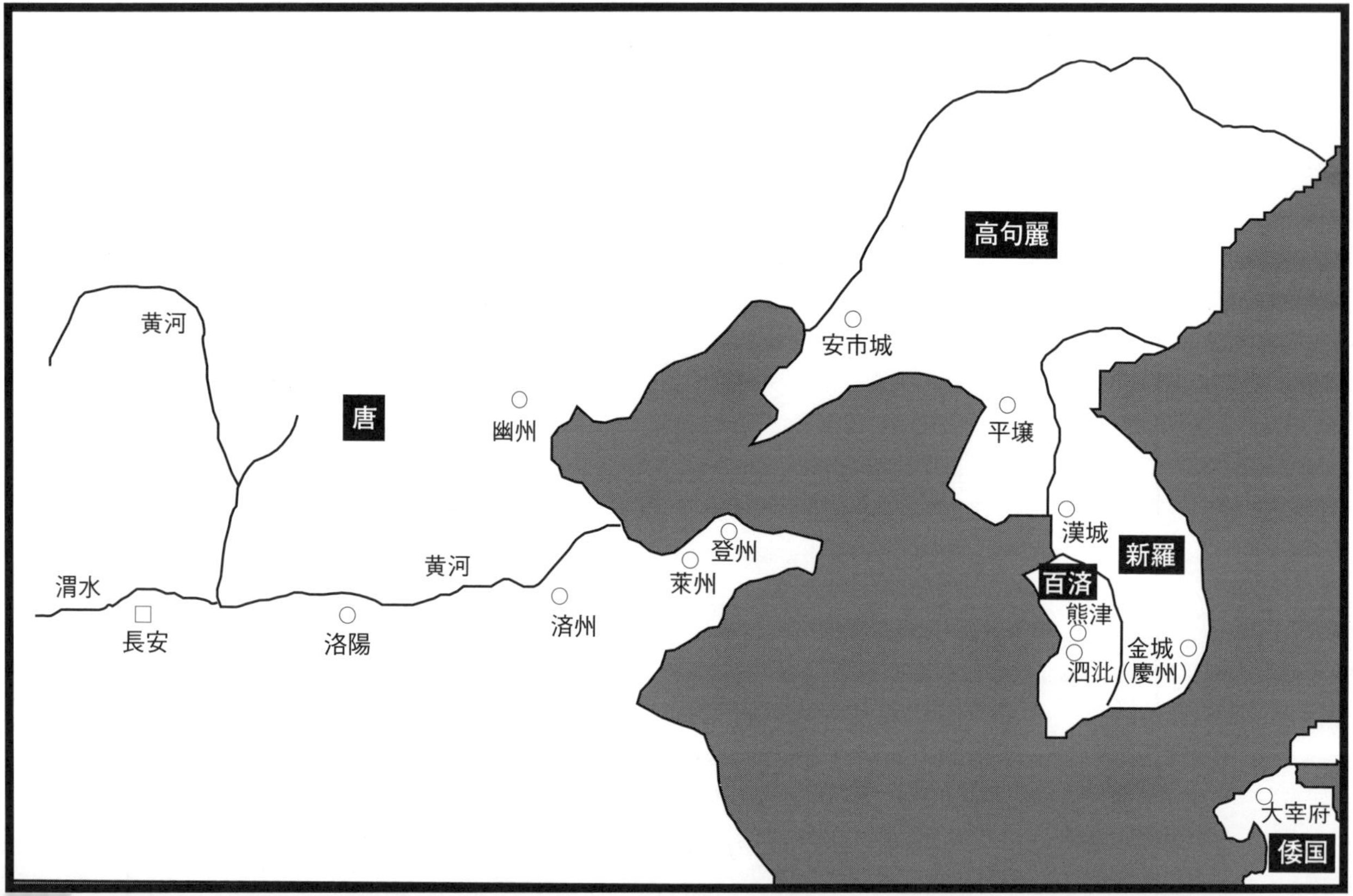

序　章　質《しち》の身を知る

定恵《じょうえ》が人質の身であることを知ったのは、渡唐して四年後の十五歳を迎えたときだった。倭国《わこく》（日本）から智通《ちつう》、智達《ちたつ》の二人の先輩僧が新羅船で来唐し、長安にやって来た。唐朝第三代皇帝高宗《こうそう》の顕慶《けんけい》三年（六五八）、倭国では斉明《さいめい》天皇四年のことである。

両僧の入唐は執政の中大兄皇子《なかのおおえのおうじ》の令旨を受けたもので、勅命同然の派遣だった。裏には定恵の父中臣《なかとみの》鎌足《かまたり》がいる。身分上は連《むらじ》姓の臣下であったが、〈乙巳《いっし》の変〉後の中大兄の改新政策はすべて鎌足の建言によるものだった。鎌足は中大兄皇子にぴたりと寄り添い、黒衣《くろご》役に徹しながら天皇による中央集権体制の確立に精魂を傾けていた。

智通と智達の来唐は、表向きは十七年間にわたる天竺《てんじく》巡歴を成し遂げて帰国した玄奘《げんじょう》法師に師事して最新の仏法を学ぶことにあったが、背後には仏教の源流が倭国にも伝播《でんぱ》したことを誇示しようとする政治的思惑が働いていた。五十年前の推古・聖徳太子時代に仏教が国家統一に果たした役割を、中大兄も鎌足も知悉《ちしつ》していた。代々天皇家の神に仕える職掌を担っていた中臣家は異国の神である仏教の受容には慎重だったが、鎌足は国家護持に果たす仏教の力を見抜いていた。養子の身である鎌足は中臣家の本流からはずれたことで、逆に政事《まつりごと》の世界に没入することができた。仏教が必要とあらば躊躇なく長男の真人《まひと》（定恵の俗名）を出家させ、唐へ送り出す胆力も備えていた。

智達らは前年にも渡唐を試みたが、新羅の協力が得られず、むなしく途中で引き返している。高句麗と百済二国との関係が緊迫していた新羅は、百済寄りの倭国に警戒の念を抱いていたのである。智達らは朝鮮三国との微妙な関係を思い知らされたが、自分たち僧侶も国際情勢に無縁ではいられないことを肌で感じることになった。

僧侶はその特権で比較的自由に国外に出られた。そこから、朝鮮三国では僧侶の持つ外交的役割が重視された。倭国もまた例外ではなかった。智通、智達の入唐も、仏道修行のほかに、唐国の政治情勢、特に新羅と結んで百済への圧迫を強めていた唐国の真意を探る役目を担っていた。百済が危ないという情報は頻々と大和朝廷にも伝わり、唐軍がこの倭国にも侵攻してくる恐れは充分あった。

智通と智達は慈恩寺に逗留した。玄奘法師は帰国してすでに十三年、『大般若経』六百巻の漢訳を終えて、大雁塔に保管されている他の梵経にも手をつけていた。同寺の翻経院では大勢の僧侶たちが訳経に従事し、定恵とともに入唐した道昭《どうしょう》もここに詰めていた。

定恵は慧日《えにち》寺に留住して神泰《しんたい》法師から教えを受けていたが、渡唐直前の慌しい出家で仏教知識は皆無に等しかった。そんな少年僧を弟子にするのは神泰法師としては気が進まなかったが、特別な事情があることを言い含められて、やむなく引き受けた。定恵は今年ようやく十五歳になったが、いまだ仏教の初歩的な知識を身に付ける段階にとどまっていた。

神泰法師は慈恩寺に通って自らも玄奘の持ち帰った梵経の漢訳に携わっていたが、定恵は時たま走り使いで慈恩寺を訪れ、令名高い玄奘法師の姿を戸口から垣間見ることがあった。

智通と智達はわざわざ慈恩寺から定恵のもとに足を運んだ。慈恩寺は東街南方の晋昌坊にあったが、定恵のいる慧日寺は西街の西端、西市に面する懐徳坊にあり、直線距離でおよそ二十里（一里は約五五〇メートル）、長安城の南北一辺とほぼ同じ長さだった。折から初冬の寒さも加わって、二人は白い息を吐きながら馬車でやって来た。

定恵は客殿ではなく、自坊に二人を案内した。

「お元気そうで、何よりです」

智達がご機嫌を伺うように慇懃に頭を下げた。はるか年少の後輩とはいえ、今をときめく中大兄皇子の内臣《うちおみ》、中臣鎌足の長子である。おろそかには扱えない。

「お父上からも、よろしくとのことでした」

居並んだ智通もうやうやしく上体を傾けた。

二人とも定恵をひと目見て、その成長ぶりに驚いた。倭国を立ったときはまだ十一歳、くりくり坊主の幼さの残るかわいい男の子だった。四年の歳月が定恵をすっかり変身させていた。少年というよりすでに二十歳の青年を彷彿《ほうふつ》とさせる凛々《りり》しさが匂い立っていた。

定恵を見つめる二人の顔は驚愕とともに、畏怖《いふ》の色合いを帯びていた。

「父上には変わりないか」

おもむろに定恵が尋ねた。

「ええ。お変わりなく政務に励んでおられます」

「忙しそうか」

「このところ半島の地が騒がしくなって、国内も安閑としていられない状況です。百済が危急存亡の時を迎えています」

これは定恵も聞いていた。四歳年上で、同じく唐に留学している新羅僧の友人がいた。近くの懐遠坊にある光明寺という古刹に住む義蔵《ぎぞう》である。

「倭国も危ないのか」

「唐国の出方次第です」

声を潜めるようにして、智達が答えた。

「御身の立場を、唐国は充分わきまえているとは思いますが……」

こう言うと、智通は椅子にかけた尻をずらして、落ち着かなげに目を逸《そ》らせた。

庭前には葉を落とした木々の間に点々と松が植えられている。大きな連子窓は冬だというのに開け放たれたままである。寒さを感じないのは僧房がどっしりとした厚い壁で覆われているせいか。倭国とは建物自体が違う。これでは勝ち目がないな、と智通も智達も入唐当初から大唐帝国の威容に圧倒されていた。

「私の立場？　一介の修行僧ではないのか？」

定恵は不審そうに智通の顔を窺った。

「いやいや」

智通は傍らの智達を見やって、戸惑いの表情を浮かべる。

智達も困ったように目を伏せた。

やがて、智通が迷いを振り切るように口を開いた。

「ご存知のとおり、御身は倭国が唐国に預けた大事な質《しち》です。唐国も仇《あだ》やおろそかには扱えません。御身がこの長安にいる限り、唐国も百済や倭国にはおいそれと手出しはできないでしょう」

「何？　質？」

定恵の顔は一瞬、蒼白となった。

俺は人質だったのか――。

心の内側に黒い火花が飛び交う。

そんなことは聞いていない。何かの間違いではないか。

父が自分を送り出す時ささやいた言葉は「修行に励めよ」というひと言だけだった。十一歳の自分は大唐で学べる幸せを素直に喜んだ。むろん、内臣である鎌足の嫡子という境遇がもたらした僥倖《ぎょうこう》だとは子供心にも感じていたが、それだけの才能はあると自負していた。父の尊敬する旻《みん》法師や慧隠《えおん》法師が「利発なお坊ちゃんだ」と父に話していたのをこの目で見たこともある。旻法師も慧隠法師も隋唐に二十三年間も留学し、出家に際しては慧隠法師が定恵の師僧となった。いずれも難波の長柄豊碕宮《ながらとよさきのみや》でのことである。

しかし、この自分が人質だったとは……。

「幼かったので、お父上はわざわざ知らせずに御身を遣唐使船に乗せたのです。いずれ分かる時が来るだろう、と」

「いずれとは、いつか」

「今回、――今日がそのときです。私どもの使命の一つは、御身に人質の立場をしっかりと自覚していただくことにあります」

「そんな……」

定恵は絶句した。

言われてみれば、思い当たるふしがないではない。遣唐使船で同行した同族の中臣氏出身の安達《あんだち》は何くれとなく世話を焼いてくれたが、あるときふと「大事な身の上ですから」とつぶやいたことがある。身内に当たる実力者鎌足の長子だからだろうと軽く考えていたが、今となっては別の意味を帯びてくる。中臣家にとって大事なだけでなく、大和朝廷にとって、つまり倭国にとって大事な身であるということだ。

自分を唐国に人質として送るほど倭国と唐国が緊張関係にあるとは、当時は思えなかった。こちらが幼すぎたということもある。

唐国での扱いも丁重を極めたが、それもいまとなっては得心がいく。単なる学問僧ではなかったのだ。同行した学問僧は十数名いたが、最年少の自分だけは一人離され、慧日寺に預けられた。高徳の神泰和尚にじきじき身を託されたことで有頂天になっていたが、今となってはこれも裏があったと思わざるをえなかった。神泰師は玄奘三蔵を通して皇帝とも繋がっていた。劉建任《りゅうけんにん》という唐国の役人が傔従《けんじゅう》のように付き添っていたが、幼少の身を案じての当然の処置と思い込んでいた自分が恨めしい。実質は監視役だったのだろう。

倭国の言葉は解しなかったが、何くれとなく面倒をみてくれた。唐語に堪能だった安達と道観《どうかん》が初めの一年間は同宿してくれたので、建任との意志の疎通には事欠かなかった。道観は春日粟田臣百済《かすがのあわたのおみくだら》の子で、安達ともども朝廷に仕えていた渡来人たちから唐語を教わり、入唐に際しては僧侶でありながら語学力を生かして敵情視察を兼ねて派遣されてきたのである。

　今までの留学僧はみな渡来系の人々だったが、安達、道観、定恵の三人はいずれも本土出身の氏族で、入唐僧の中では異色の顔ぶれだった。が、これもいま考えると意図的で周到な人選だったと定恵には思われてきた。安達、道観はすでに成人して僧籍にあったが、自分はまだ出家したばかりの鼻垂れ小僧で、突然唐国へ派遣された。留学生としては年齢不足だが、学問僧なら許されることを知って、父の鎌足が一計を案じたのだろう。動機はあくまで跡取り息子の将来を見込んでの教育的処置と信じ込んでいた。

　しかし、そうではなかったのである。人質だったのである。皇族ではなかったが、内臣である鎌足の実力を唐国は見抜いていた。政治の実権は孝徳天皇ではなく、甥の中大兄皇子にあり、その皇子を支えている陰の実力者が中臣鎌足であることを察知していた。その鎌足の長子となれば人質として申し分ないと高宗は判断したに違いない。

「そうか、そういうことだったのか――」


　定恵は放心したように胸につぶやいた。それから、肩を落としてぼんやり遠くを見つめた。眼前から二人の姿は消失していた。

「質とはいっても、表向きは学問僧であることに変わりありません。どうかこれからもお勤めに励んでください」

　智通の言葉が遠い彼方から聞こえてくる。

「ただし、情勢の急変は充分ありえます。そのときは私どもがお守りしますから、決してご心配なく」

　智通の温情あふれる言葉も幻聴のようにうつろに響いた。

　倭国にも、百済の質がいた。名を余豊《よほう》といった。百済の第三十一代義慈《ぎじ》王の子である。定恵が物心ついたとき、すでに余豊は倭国にいた。百済の貴人であるとは聞かされていたが、いかなる事情で倭国に滞在しているのかはむろん知らなかった。

　難波の宮都には大陸からの渡来人は珍しくなかった。朝鮮だけでなく、唐国成立以前の漢土から戦乱を逃れて移住してきた人々もいた。彼らは大陸の進んだ技術を倭国に伝え、官人として朝廷内で枢要な地位を占めたり、新興氏族として畿内の各地で勢力を培っていた。

定恵が余豊を間近に見たのは、難波の仮宮味経宮《あじふのみや》で行われた〈白雉《はくち》の賀〉のときだった。父の鎌足はこのとき七歳になった独り息子の真人をわざわざ宮殿に呼び、祥瑞といわれた白い雉《きじ》を間近で見せてくれた。動物好きだったわが子を喜ばせようという鎌足の親心だった。

孝徳天皇の大化六年（六五〇）二月に、長門の国で白色の雉が見つかり、朝廷に献上された。質の余豊は唐土の事例を挙げ、国博士《くにはかせ》に任じられていた旻法師も唐国の古書に典拠を求めて祥瑞を強調した。宮中は色めきたった。正月の朝賀に劣らぬ華やかな祝典が催され、白雉を神に見立てた輿を先頭に、大錦冠を戴く鎌足、左右大臣を始めとした政府要人が後ろに従った。余豊も列に加わった。年号は「白雉《はくち》」と改められた。

「あの方が、百済の王子さまよ」

真ん丸い目で行列を見守っていた真人に、宮中の采女《うねめ》がささやいた。彼女はあらかじめ鎌足の意を受けた中大兄の命《めい》で、この日、真人の守役を務めていた。

余豊は黒い帽子に赤い縁取りのある上着、白い袴という百済王族の礼装で列席者の目を引いた。

その余豊が百済の人質と知ったのは、それから間もなくだった。六歳から師事していた旻《みん》法師の弟子である覚勝《かくしょう》が教えてくれた。旻法師は推古十六年（六〇八）の小野妹子の遣隋使一行に請安《しょうあん》法師（南淵請安《みなぶちのしょうあん》）、慧《え》隠《おん》法師らとともに学問僧として加わった。旻法師は二十三年間在唐して隋から唐へと激変する歴史の節目を体験して第一回遣唐使船で帰国した。同じ学問僧の請安は在唐三十二年に及んだが、帰国後、定恵の生まれる直前に亡くなった。二人は学僧でありながら儒学に通じ、父の鎌足はこの旻、請安両師から政事要諦である周孔の教えを受けた。旻法師は定恵の渡唐直後に息を引き取った。

その日、勉強が終わってから、先日目にした〈白雉の賀〉のことを話題にした。

「余豊という王子はなぜ日本にいるのか」

その変わった服装が頭に残っていた真人は、覚勝に何気なく聞いた。

「ああ、あの黒い帽子の余豊さまね。わが国に送られた百済国の質《しち》ですよ」

「質とは、何だ」

「敵にならないことを保証するために、相手の国に遣わされた貴い身分の方をいいます」

「ふうーん」

　分かったような分からないような説明だった。百済という国名は聞いたことがあるが、それ以上に新羅という名の方が耳になじんでいた。孝徳天皇は百済より新羅との友好に力を入れていた。父鎌足の周囲にも何人かの新羅僧がいた。また、高句麗僧道顕《どうけん》には定恵もかわいがってもらった。

　その新羅との関係が険悪になったのは、鎌足よりも中大兄皇子のせいではないかと定恵は思った。前年、智達らが斉明天皇の命で入唐しようとしたとき新羅の協力が得られず途中で引き返したのは、新羅が倭国に不信感を抱いたためだ、と義蔵が教えてくれた。新羅は北の高句麗と西の百済と対立していて、倭国が百済に接近するのを恐れていた。南北から挟撃される危険があったからである。倭国は百済とは長年親しい間柄だった。

　新羅にとって高句麗の脅威は唐国の援助なくしては払拭できなかった。高句麗は軍事大国である。隋の煬帝でさえ三度にわたる高句麗討伐に失敗し、これが命取りとなって隋朝は滅びた。唐朝になってからも新羅はたびたび高句麗への侵攻を唐帝に進言し、助力を願い出ている。朝鮮半島への野心を抱く唐国は新羅の弱みに付け込んで巧みな戦術で新羅を翻弄する。第二代太宗は一度は高句麗に侵入し安市城《あんしじょう》を包囲するが、手痛いしっぺ返しを受けて勝利には至らなかった。

　新羅は唐の衣冠を採用し、年号まで唐に合わせて唐朝に擦り寄るが、太宗の後を継いだ高宗も簡単には動かなかった。百済ならともかく、国境を接する高句麗の軍事力が侮れないことは唐側も熟知していたからである。

　質の何たるかは今では定恵もわきまえている。が、自分があの余豊と同じ境遇になろうとは……。

　慧日寺で過ごした今日までの四年間を思い返した。賓客扱いだった。唐朝は礼の国と聞いていたので、なるほどと納得したが、質の身とあればこれも別の意味を持ってくる。底意あっての厚遇である。唐朝としては、内に輝きを秘めた玉の原石を手に入れたようなものだった。

　ここに至って、定恵は変身した。質なら質でいい。いまさら変えられない運命だ。が、俺にも俺なりの意思がある。行動の自由があってしかるべきだと開き直った。
　定恵の目は鋭い光を放って、一瞬、眼前の智通と智達の心臓を射抜いた。

第一章　長安の憂鬱

旬日後、定恵は義蔵を光明寺に訪ねた。

光明寺は西市の南に面した懐遠坊にあるので、慧日寺からは目と鼻の先である。隋の文帝が沙門法経のために建てた寺である。広大な敷地を占め、最近では名僧の誉れ高い善導法師がしばしば訪れては浄土の教えを説いている。太宗のころ、熱狂した信者の一人が善導法師の言葉を信じて西方浄土に生まれ変わろうと山門前の柳の木から飛び降りたという言い伝えがある。念仏弥陀の浄土信仰は善導法師の出現でこのところ急速に唐土に広がっていた。

義蔵は浄土院の脇で庭掃除をしていた。落ち葉が前日の冷たい風に煽られて、軒下の隅に吹き溜まりができている。

「お精が出ますね」

定恵は立ち止まって、義蔵に声をかけた。

「やあ、しばらく。寒くなってきたね」

義蔵が屈託のない笑顔を返す。

「掃除までするんですか」

「何でもやりますよ。これも修行のうちだ」

だいぶ待遇が違うな、と定恵は思った。おのれが質の身と知った今では、これも故なしとしない。掃除はおろか、ほとんど客分扱いで、上げ膳、据え膳の毎日だった。それを不思議に思わずにきたこの四年間が何とも恨めしい。

箒を持ったまま、義蔵は自坊に入るよう目で促した。

「一つ、伺いたいことがありまして」

かしこまった物言いに、義蔵は、おやっ、という顔をした。

「何なりと。私に答えられることなら」

「前に、百済が危ないとおっしゃったことがありますね」

「ああ、そう言えばそんなことも……」

義蔵は不思議そうに定恵を見つめた。

「新羅と百済とは、どうして仲が悪いのですか」

いつもと違う定恵がそこにいる。何かあったな、と義蔵は直感した。

「同じ韓《から》の民でしょう？」

追い討ちをかけるように、定恵の目が真剣さを増した。

「難しい質問だ」

義蔵はちょっと困惑したような表情を浮かべた。

これにはかつての弁韓《べんかん》の地、加羅《から》（伽耶《かや》）諸国が絡んでいる。加羅には大勢の倭人が住んでいる。かつて海を挟んだ両岸は人々の往来が盛んだった。加羅の倭人はその末裔である。彼らは先住の韓人《からびと》と共存しながら小国を営み、半島南端に独自の文化を築いてきた。が、近年、百済と新羅がこの地に触手を伸ばしてきた。この加羅の地をめぐる反目が百済と新羅の抗争の一因だった。

しかし、目の前の相手が倭国の重臣の子弟となれば、倭人がらみの発言には気を使わねばならぬ、と義蔵は思った。

ひょっとすると定恵は自分が人質であることに気付いたのではないか。

以前から義蔵は定恵の唐国での立場を知っていたが、あえてこちらから口に上《のぼ》せることはしなかった。

「問題は高句麗にある。隙を窺っては北方から侵入を図っている」

義蔵は巧みに問題をすり替えた。

「それなら、なおさら新羅と百済は手を取り合うべきではないですか」

義蔵は言葉に詰まった。

そのとおりである。が、百済は馬韓《ばかん》、新羅は辰韓《しんかん》の地、自然環境や生活習慣には微妙な違いがある。百済は民族的には新羅と同族だが、王族だけは高句麗と同じ北方系である。後に西南海岸沿いの馬韓を併合して名実ともに韓族国家になったものの、一方の新羅にはこちらこそ韓族の本流だという自負がある。朝鮮は新羅によって統一されるべきだという信念は強かった。

義蔵は顎《あご》をさすりながら、困ったように定恵を見やった。

定恵は黙ったままである。

「何かあったのか」

意を決して、問うてみた。答えを保留した後ろめたさはあったが、定恵の真意を先に知っておきたい。新羅と百済の対立は今に始まったことではない。その根本原因は複雑すぎて、義蔵といえども簡単には説明できない。

「私は唐国に送られた人質らしい」

ああ、と義蔵は小さくため息をついた。

やはりそうだったか。

いずれは知れることだ。

「いくつになられた、おぬしは」

「十五です」

「ああ、十五歳……。私が唐国に来たのと同じ年齢だ」

義蔵は感慨深げにつぶやいて、しげしげと定恵に見入った。

「新羅は倭国の味方ではないのか。唐国と組んで、百済と倭国を滅ぼすつもりか」

定恵の攻勢は止まない。意気込んだあまり頬が紅潮している。

「まあ、そう苛立《いらだ》ちなさんな。ものには順序というものがある」

「順序？　百済を滅ぼすのが先で、その後が倭国か？」

今日の定恵はどうかしていると思った。

いつもはこんなふうではない。互いに心を開き、仏道以外にも唐国の魅力や自国の風俗や産物を話題にし、冗談も言えば若さからくる悩みも口にした。先輩格の義蔵が諭すことが多かったが、四歳年長であるがゆえの悩みは義蔵の方が深かった。それをあからさまに言えないことで、鬱屈した思いを抱え込むこともあった。

それなのに、今日の定恵はまるで敵を前にしたかのようだ。

そういえば、新たに渡ってきた日本僧がいると聞いている。慈恩寺に入ったそうだが、修行は表向きで、何やら密命を帯びて来たという噂もある。

「倭国から二人の学問僧が見えたようだね」

義蔵は質問をはぐらかした。

一瞬、定恵の顔がゆがんだ。

よくぞ知っている、地獄耳だ、とその目は訴えている。

定恵のうろたえるさまをみて、義蔵は気の毒になった。この年下の友人をいじめる気はさらさらない。気心の知れた間柄だ。

いつか自らの出生について、悩みを打ち明けられた。自分は鎌足の実子ではないらしいと言う。どこから聞き付けたのか知らないが、思春期によくある自らの存在への懐疑だと一笑に付して相手にしなかった。

が、どうもこの定恵という若僧には得体の知れない一面がある。まず弱冠十一歳で入唐したという事実がどうにも不可解だ。あまりに幼すぎる。自国の新羅でも十五歳が最年少だ。自分はその栄誉を担った最初の入唐僧だった。百済や高句麗、西域や吐蕃《とばん》からも留学僧は来ているが、若くても二十歳前後だ。十一歳など、聞いたことがない。まだ子供ではないか。裏に何かあるのではないか。

「質《しち》の件は、来唐した二人から聞いたのかね」

優しくいたわるような目で、義蔵は相手を見た。

定恵は黙したままだ。

「慈恩寺には倭国から道昭《どうしょう》和尚が来ておられる。玄奘三蔵も道昭和尚の賢才を賞賛なさっている。次代の倭国を背負って立つ大徳《だいとこ》になるだろう、と」

「道昭師をご存知で……？」

定恵は意外そうに眉を寄せた。

義蔵は安心した。これで平常に戻ってくれそうだ。

質の件はいずれ落ち着いて話すときがくるだろう。

新羅と倭国は助け合わねばならない。百済を敵に回すのは間違いだ。が、それをいま口にすることはできない。唐と新羅による百済への侵攻をいかにして食い止めるかが目下の急務だ。その点では定恵の立場と一致する。倭国は百済救援を本気で考えているらしい。唐と新羅に背くことは明らかだ。このままでは定恵は殺されかねない。

「おぬしと同じ船で入唐した倭国僧はみな存じておる。道昭和尚は当時二十四歳、最年長ではなかったようだが、学識は随一という前評判だった」

「そこまでご存知とは……」

定恵は目を剝いた。

「長安は広いようで狭い。仏教界はなおさらだ。すべて皇帝の息がかかっているから、情報も筒抜けだ」

「道昭師は法興寺で得度なさって、入唐時にはすでに倭国でも俊英として知られていたそうです。私はまだ子供で、偉いお坊さんと聞かされていただけですが……」

「十一歳では無理もない。世話役の安達和尚と道観和尚には私もお会いしたことがありますよ、慈恩寺で」

「慈恩寺で？　また、どうして……。あの二人は私と一緒に慧日寺にいたはずですが」

「道昭和尚を訪ねて来られて、たまたま私も慈恩寺に用事で来ていて、紹介された。こちらが新羅の学問僧だと知って、びっくりしていた」

定恵は妙な気がした。俺の知らないところで二人が暗躍しているような薄気味悪さを覚えた。新羅とは敵対関係にあることは双方とも承知のはずだ。

「驚いたかな」

義蔵は定恵の心中を先取りしたかのように、かすかにほほ笑んでみせた。

定恵は恥じ入ったように俯いた。

「おぬしが考えているほど仏教界は窮屈ではない。政治は政治、仏教は仏教と割り切っているところがある。道昭和尚はかつて私に向かって、お国は百済と並んで倭国の仏教興隆に力を貸してくれた、とお礼を言われた。私はこれを聞いてすっかり感激したよ」

「そんなことがあったのですか。知りませんでした」

「まだ幼かったのだから仕方がないよ。——ところで、安達、道観の両和尚はその後もお元気でいらっしゃる？」

今度は定恵がびっくりした。地獄耳の義蔵が二人の帰国を知らなかったとは……。

「帰国されました」

「いつ？」

「智通師と智達師と入れ替わりに。二人の乗ってきた船で帰りました」

「そうだったのか」

義蔵はちょっと考え込むようなしぐさをした。右の掌から突き出た親指がゆっくりと顎をさすっている。

「私も十五歳になったので一人立ちすべきだと言われました」

「帰られたお二人は、おぬしに質の件は何も話さなかった？」

「ええ。これっぽっちも。安達師は私とは又兄従弟《またいとこ》の間柄ですので、いわば後見役でした。父から面倒を見るように言いつかってきたのでしょうね」

「しかし、おぬしとは別住まいだったとはいえ、急に帰国されたとは、ちょっと合点がいかない」

義蔵は思いあぐねたふうに首を傾《かし》げている。

「私も突然知らされて、驚きました。代わりに智通師と智達師が来たのかと思いましたが、こちらは慈恩寺に入ったきりあまり姿を見せません」

「うん。おぬしにその立場を分からせるために来たのなら、役目を果たしたら一緒に帰国してもよさそうなものだが……」

腑に落ちない様子で、義蔵は視線を移ろわせた。

「何だか一人置いて行かれたような寂しさを感じま

す」

「大丈夫、大丈夫。質の身分なら、唐朝も大事にするはずだ。唐語もこれだけ上達したし、さしあたって不便はなかろう？」

「ええ。それは……」

「困った時は私に言ってくれ。何なりと相談に乗るよ」

「それはありがたい。頼りにしています」

こうは言ったものの、定恵は相手が百済僧ではなく新羅僧であることで、何やら敵に内通しているような後ろめたさを感じた。

百済と新羅の関係については正直よく分からなかった。自分が唐国に遣わされた質であるからには倭国が百済に肩入れしていることは明らかだ。が、新たにやって来た智通と智達はちゃんと新羅の支援を受けて新羅船で入唐している。倭国が新羅といがみ合っているようには見えない。

吹っ切れないものがあったが、義蔵の親切は身にしみた。

定恵は話題を変えた。

「ここでは浄土教を学んでいらっしゃるのですか」

「いや、そういうわけではない。何でもやりますよ。確かに善導法師が来られて『観無量寿経』などを講じておられますが、この寺が浄土教一色というわけではない」

「慈恩寺では今どんな経典が訳されているのでしょうか」

「唯識論といわれる経論が中心のようだ。私も不勉強でまだよく分からんがね」

義蔵はちょっとバツの悪そうな顔をした。

「世親《せしん》とかいう天竺のお坊さんの考え出した……」

「よくご存知だ」

「神泰師がときどき口にされるものですから。名前だけは聞いたことがあります」

「ああ、神泰和尚は玄奘三蔵の高弟だから、今では訳業の中心になっているのではないかな。いずれはおぬしも学ぶことになるだろうよ」

「しかし、仏典は難しいですね。私に向いているのかどうか、疑問に思うときがあります」

「僧侶というのは信じるだけではだめなんだよね。求法というだろう？　文字通りの追求なんだ。法を求めるための学問。つまり頭で考えることが仕事なんだ。まだ若いから大変に思えるが、これからだんだん身に付いていくよ」

十五歳の定恵がかわいそうに思えた。出家は唐国に質として送るための方便だったのだろう。自ら思い立ってとは考えられない。

「それにしても唐語が上手になったものだ」

ひと言、慰めの言葉を発した。

「いえ、まだまだです。時折り意味が分からなくてぽかんとするときがあります。経典を読んでいるときなら不明の箇所が出てきてもいいのですが、日常の会話で相手の言うことが聞き取れないことがあって、これには参ります」

定恵はきまり悪そうに首を揺すった。かわいいしぐさだと義蔵は思った。自分が唐土に来た十五歳のときはこんなに純真ではなかったような気がする。


十一月下旬、冬至も間近に迫った一日、義蔵がひょっこり慧日寺に顔を見せた。

あれから一か月以上も会っていない。その間、定恵は悶々とした日々を過ごした。周囲の誰もが信じられなくなった。この寺にいる自分を皆が牢獄に押し込められた罪人を見るような目で見ているような気がした。

ただ一人、劉建任だけは違った。彼は前より一層親切に定恵に尽くした。少なくとも定恵にはそう思えた。ということは、建任自身が定恵の身に何か異変を感じ取ったということだ。

この敏感な唐朝の小役人は、定恵がおのが身の何たるかを嗅ぎ取ったに違いない、と勝手に判断した。お前さんは倭国の人質だよ、とは自分からは口が裂けても言えなかった。知らせれば処罰される。ただ、身のまわりの世話をし、行動を詳細に報告することだけがこの男に課せられた任務だった。

「ひどい寒さだ」

定恵の僧坊をのぞき、壁を前につくねんと座している定恵の後ろ姿に気付いて、義蔵はわざと陽気に呼びかけた。

振り向いた定恵を見て、義蔵はどきりとした。頬がこけて、目だけ爛々と光っている。こちらをすぐには判別しかねている様子に、一瞬、義蔵は恐怖を感じた。

頭がおかしくなったのではないか――。

しかし、違った。傾きかけた冬の陽射しが逆光線となって義蔵の顔を見分けにくくしていたのである。眩

しそうに目をしばたたかせていたが、やがて、

「ああ、義蔵和尚……」

こうつぶやいた声に元気はなかったが、義蔵はほっと胸を撫で下ろした。

「突然お邪魔して申し訳ない」

「どうぞ、お入りください」

室内に踏み込んでよいものかどうか迷っていた義蔵に、定恵は今度は潑剌とした調子で応じた。その表情は完全に以前の定恵に戻っていた。

「会いたかった……」

椅子に掛けるなり、定恵は大きく息を吐いて、義蔵を見つめた。

憂いの影を宿しているが、内心の安堵が目元を柔和に染めている。自分の到来を待ち望んでいたのではないかと義蔵は思った。

「あれからご無沙汰してしまった……」

義蔵はへりくだって、年少者のようにうなだれた。悪いことはしていない、心を傷つけた覚えもないと心では納得していたが、質問をはぐらかしたという呵責《かしゃく》は感じていた。一番こたえたのは、なぜ新羅と百済は争うのかというひと言だった。

「いえ、こちらこそ。つい興奮してしまって……」

正面から見る定恵はすでに持ち前の冷静さを取り戻していた。十五歳とは思えぬ落ち着いた物腰である。貴人の風格だ、と義蔵はこの若僧の早熟ぶりに改めて目を見張った。

しかし、この少年は本当に僧侶にふさわしいのかという疑問は打ち消すことができなかった。この前の、あの激高した口吻は官人にこそふさわしい。新羅と百済の抗争は直接倭国に火の粉が降りかかる。国難と結び付いている。熱くなるのも当然だが、十五歳の僧侶の卵にしては関心の度合いが強すぎる。重臣の子という資質が、あるいはこんなところに顔をのぞかせているのか。

それなら、こちらにとっては逆に好都合というものだ、と義蔵は思い直した。操るのではなく、志をともにする盟友になりえる。今日の訪問をためらったが、こうなれば善は急げだ。予定通り事を運ぼう。

「それにしても驚いたろうな、人質だったとは」

おもねるような、人懐っこい口調になった。

「周囲が違った色に見えてきました」

「そうだろう。これまでとは寸分たがわぬ暮らしが続

いているとはいえ、真相を知らされれば気持ちが勝手に動いてくる」

「僧侶の身が恨めしい」

予想外の言葉に、義蔵はたじろいだ。

僧侶という身分をあまりに狭く考えすぎている。これの純粋さがこの男の魅力だが、思い込みを翻させるのは容易ではあるまい。しかし、改めさせねばなるまい。

僧侶が勤行《ごんぎょう》に精進できるのは自国にあって朝廷の保護を受けている場合だけだ。異国に進出した僧侶は何らかの政治的役割を担わされる。これを忠実に果たすことが国家に対する恩返しというものだ。

もっとも、自分は国家を、祖国の新羅を裏切るかもしれない。が、これは目先の軽薄な見方だ。長い目で見れば、自分は国家や民族を超えたもっと大きな理想に突き進もうとしている。大義に殉じるのだ。どこに後ろ暗いところがあろう。

「僧侶だからこそ、安泰でいられるのだよ。仏僧は、唐朝といえどもおろそかには扱えない。お父上はそこを考えた上で、わざわざおぬしを出家させたのだと思う」

「そういうことか」

定恵の顔に、得心と不信がない混ぜになった奇妙な微笑が浮かんだ。

言われるまでもなく、このことには気付いていたのだろう。そして、この両者のせめぎ合いに苦しみ、これほどまでに肉がそげ落ちたのだろう、と義蔵は想像した。

義蔵はこの弟弟子のような異国の少年に言い知れぬ憐憫と愛着を感じた。

「今日はちょっと重大な話をしに来た」

義蔵は警戒するように周囲の壁に目をやった。

察した定恵が、

「大丈夫です。建任は別棟にいます。私が外出するとき、ちょっと行き先を聞くだけです」

義蔵はなお疑い深い目を天井にまで這わせた。

「それより、最近の建任はちょっと様子が変なんです」

「どういうふうに？」

義蔵は素早く反応した。

「しきりに私に同情的な素振りを見せて……。この間など、わざわざ私の部屋に来て、けしかけるような言葉を口にしました」

「けしかける？」

「こちらの思い過ごしかもしれませんが、決起を促すような……」

義蔵の眉間に太い縦皺が刻まれた。不審や警戒心とは違う。何か思い当たるところがあるような、期待のほの見える皺である。

それを見た定恵は逆に不安になった。よけいなことをしゃべったか、と。

「手回しがよすぎる」

定恵には何のことか分からなかった。

「実は、おぬしに相談がある」

「何でしょう」

重大な話というのが、どうやらこの「手回しのよさ」と関係しているらしい。が、うかつに乗り出すべきではないような気がして、定恵は口をつぐんだ。

「唐国は百済殲滅をねらって、着々と準備を進めている。新羅からの要請というのは大義名分にすぎない。本音は朝鮮半島に支配の手を伸ばすことだ。いにしえの楽浪《らくろう》、帯方《たいほう》二郡の奪還は唐国にとっては長年の夢なんだよ」

「倭国も危ないということですか」

「むろん。ただし、まずは百済を滅ぼしてからだ。倭国に対しては領土的な野心はないだろうが、百済の同盟国として目障りな存在ではある。一度懲らしめておかねばという思いは強いはずだ」

「私が質としてここにいてもだめですか」

「当面の措置だよ。倭国にとっては安泰の保証と思いたいところだが、唐国にとっては暫定的な処置にすぎない。というより、形式的なものだ。いざとなれば質の有無にかかわらず牙を剥いて襲いかかる。これが強者の論理であり、歴史の常道だ」

定恵は沈鬱な表情で黙り込んだ。

唐国の歴史はひと通り学んでいる。大漢帝国による三百年にわたる朝鮮支配が高句麗の美川王《びせんおう》による楽浪、帯方二郡への侵攻によって終止符を打たれたのが三百五十年前である。その後の分裂時代は国外に目を向ける余裕はなかったが、全国を統一した隋唐帝国はまたぞろ周辺諸国への侵略を開始し、朝鮮にも触手を伸ばし始めた。

同じ海東の地にあって、高句麗、百済、新羅の三国はなぜ争うのかという疑問は、入唐してしばらく経ってから徐々に定恵の脳裏に萌し始めた。これには義蔵と知り合いになったことが大きく関係していた。国際情勢のほとんどは、この新羅僧の義蔵から手に入れたものだった。

まさか自分がそれに一枚嚙んでいるとは……。

智通、智達から知らされるまで全く想像もしなかった。ひょっとすると義蔵は、自分が倭国から唐に送られた質であることを知った上で、自分に接近してきたのではないか。ここに至って好機到来とばかり、注進に及ぼうとしているのではないか。

とにかく、義蔵の話を拝聴しよう。動揺せずに、心を落ち着かせて耳を傾けるしかない。

「私はおぬしにとっては、いわば敵方の人間だ。が、私は祖国新羅の方針には疑問を持っている」

大胆な発言だった。新羅の朝廷から派遣された国費留学僧が自国の外交政策を批判している。考えられない暴挙だった。反逆の汚名をかぶせられる恐れもあった。

「前におぬしは聞いたことがあるよね、なぜ新羅と百済は争うのか、と」

「今でもその疑問は持っています」

定恵の口調は硬かった。

「内輪話になるが、それには倭国が絡んでいるのだ」

定恵の目が妖しく光った。

「任那《みまな》併合の問題だ」

「ああ、倭国の領土だった……」

幼いときから聞かされていた言葉が思わず口を突いて出た。

「それは誤解だ。任那は加羅諸国の倭人を中心とした小国の一つだ。倭国の出先機関でもないし、いわんや倭国の領土などではない」

「しかし、倭人が治めていたのでしょう？」

「その倭人というのは必ずしも倭国の人々ではない。移住してきた人もいたが、もとから住んでいた人もいる」

「それが、どうして倭人なんですか」

「昔、東方にいた異民族を漢人がそう呼んだにすぎない。倭人は弁韓南部の海岸地帯にいた人々だけでなく、大陸の北方や南方にも『倭人国』があったと古い史書には書いてある。ただ朝鮮南部の海沿いに倭人の集団が住み着いていたことは確かで、新羅や百済ではそこを任那と称して加羅諸国の一つと考えていた」

「それでは、任那は今の倭国とは関係がない？」

「直接的にはね。農を営む韓族とは違った海に拠った交易の民で、おそらくあちこちから海を渡ってやって来た渡来人が祖先だろうと思う。むろん、最も近い倭国から来た人々が一番多かったろうが」

定恵は首をひねった。これが本当なら、教え込まれてきた任那観を修正せねばならない。朝鮮本土の、かつての辰韓の地に発した新羅人の口から出た言葉となれば、信憑性は高い。今まで信じ込まされてきた任那観は倭国側からの一方的な解釈にすぎなくなる。

「漢人は古くから大陸に国家を築いて高度の文化をつくり出したが、確とした国境意識など持たなかった。周辺の諸民族とは戦ったり融和したりしながら、絶えず境界は移動した。朝鮮と倭国も、海を隔てているとはいえ、海峡は狭い。国家出現以前の両民族は自由に行き来していた。大陸からも、北方南方を問わず、大勢の漢人が朝鮮南部や倭国に渡ってきていた」

倭国に渡来人の多いことは定恵もこの目で見て知っていた。彼らは氏族ごとに職能集団を形成して倭国の発展に寄与していた。知識と技術が彼らの武器だった。それだけ倭国は遅れていたということだ。渡来人の中には土着の豪族を凌《しの》ぐほどの実力を身に付け、経済や文化だけでなく政治の分野にも進出している一族もいた。

「古くから倭国の王は討伐の軍を朝鮮に送っていますが、それも……」

「討伐というより、加羅諸国の倭人支援のためですよ。倭人集団は強大なときは新羅や百済を脅かしている。そのため時には両国は連合して倭人に対抗している。当時の倭国には海を渡って朝鮮に侵略するほどの組織立った軍隊はなかった」

これは大変なことだ、と定恵は思った。新羅や百済に対する見方を根本的に改めねばならない。

「朝鮮三国の関心は常に漢土の王朝国家にあった。王朝は何度か入れ替わり、時には分裂したりしたが、何しろ強大だったからね。地続きの朝鮮にとっては直接存亡にかかわる隣国ですよ。海の向こうの倭国への関心はその意味では二の次だった」

義蔵はここでちょっと頬を赤らめた。倭国の重臣の子弟を前にして申し訳ないが、とそのはにかんだ目は告げていた。

「しかし、今は違う。倭国の存在が新羅にとっても百済にとっても重要になってきている」

一転、義蔵は首を据えて定恵を正視した。

「おぬしも承知しているとは思うが、いま新羅は唐国の支援を受けて百済を攻撃しようとしている。原因は加羅諸国にある。新羅はちょうど百年ほど前、真興王《しんこうおう》の時代に加羅を統合した。お国は確か欽明《きんめい》天皇の御世だった。この真興王の時代に新羅は大きく領土を拡張した。当然、百済は反発する。倭国もおもしろいはずはない。百済と倭国はこれを契機に緊密な繋がりを持つようになる。しかし、聖徳太子の時代になって、倭国は新羅重視に変わる。太子は仏教を通じて新羅と友好関係を築き始める。黄海に面した甕津《おうしん》半島まで支配下に治めた新羅は、大陸文化を直接取り入れようとする太子にとっては重要な中継地になるわけだ。危険な高句麗領海を避けて、甕津半島からまっすぐ西に向かえば、すぐ山東半島に行けるからね」

「ああ、聖徳太子の親新羅政策のことは私も聞いております。しかし、甕津半島にそんな意味があったとは……」

定恵はおのれの無知を恥じた。同時に、義蔵の知見と博識に舌を巻いた。

「ところが、聖徳太子が遷化《せんげ》されると、一転、今度は新羅を敵視するようになる。同じ推古天皇の御世に、大臣《おおおみ》蘇我氏は親百済政策を復活させようと図る。もともと蘇我氏は百済と縁が深い一族だからね。しかも天皇を上回る権力の持ち主ときている」

どこまで倭国の情勢に通じているのか、と定恵は空恐ろしくなった。

この調子では、今日はただならぬことを聞かされる羽目になりそうだ。聞かされるだけならまだいいが、何かを企んでいて、それを押し付けられるのではないか。

定恵の胸に重苦しい靄《もや》がたち込めてきた。

「で、今日のお話というのは？」

苛立たしげに定恵は肩を起こした。

「ひとつ、私と力を合わせてみる気はないかね」

義蔵はゆったりとほほえみかけてきた。

「どういうことでしょうか」

他人行儀に応じた。警戒心が萌してくる。

「新羅と百済の戦闘を回避するために立ち上がるのだ」

「そんなことができるのですか」

「その気になれば、できないことはない」

定恵は呆気にとられて、ぽかんと相手を見つめた。

それができれば、むろん喜ばしい。が、義蔵と自分という組み合わせでは何の力にもなるまい。二人とも十代の若僧だ。しかも、こちらは倭国から遣わされた人質だ。勝手な振る舞いが許されるはずはない。

「びっくりするのも無理はない。大それた試みであることは私も重々承知の上だ。が、いま乗り出さなければ、海東は戦場と化すだろう。それだけでなく、倭国も唐軍に蹂躙《じゅうりん》されるかもしれない」

それは分かっている。自分は倭国を守るために送られてきた。が、新羅や百済を救う義務はない。そんな余力は倭国にはない。確かに百済が滅びれば倭国は危殆《きたい》に瀕する。それを食い止めるのがおのれの役目だ。それ以上のことはできない。

定恵は沈黙したまま、虚ろな目を遠方に投げた。窓の外に境内の冬景色が広がっている。冬至の直前にしては妙に暖かい。小春日和だ。先日降った雪も溶け出して、松の枝から雫が垂れている。見慣れた景色に厚みが感じられないのは、いま聞いたことがあまりに現実離れしているせいか。

義蔵は微笑を含んだまま卓上の茶碗を手に取った。ゆっくり口に近づけ、上目遣いに定恵の反応を窺う。


ひと口啜ると、おもむろに茶碗を置き、今度は定恵の顔をのぞき込むように見た。

「唐突な話で困惑しているのは無理もない。が、これは昨日今日の思い付きではない。すでに準備は始めている」

「準備?」

怪訝そうに定恵は眉を上げた。

「そう。——ここに常駐している劉建任、あのおぬしの監視役を、すでに味方に引き入れてある。これはつい最近、成就したことだがね」

建任の態度が最近急に変わってきた。含むところのあるあの柔らかさ。顔を合わせたときの合図をするような親しげな眼差し——。

初めに「手回しがよすぎる」と言ったのは、このことだったのか。

「建任が……」

そのまま絶句した。

頭がぼうっとしてきた。

そんな定恵を尻目に、義蔵の弁舌は続く。

「彼奴《きゃつ》は重責に似合わぬ小役人だ。位階などない。一応、尚書省の礼部に属してはいるが、外交官人の下働

きにすぎない。それだけおぬしには気を許していると
いうことですよ」
「しかし、見張り役でしょう？」
「形の上ではね。しかし、何か干渉するかね。束縛が
ましいことでも？」
「いえ、別に……」
「そうだろう？　異国の質は国賓待遇というのが国際
慣行だ。大切に扱わねばならない。だから、質の監視
役ほど楽な仕事はない。小役人で充分務まるわけだ。
そこが狙い目なんだよ」
「どうやって籠絡したのですか」
「むろん、カネだ。カネさえ握らせれば、唐国では何
でも叶《かな》う」
大した男だ、と定恵は思った。カネと坊主は最も似
つかわしくない組み合わせだ。清貧を貫くのが僧侶の
務めのはずである。カネは不浄のもの。喜捨も食べ物
で受け取ることが戒律では定められている。
そのカネで建任を買収するとは……。
あっ、と突然閃《ひらめ》くものがあった。
間諜だ。国家間の陰謀に手を貸す間諜だ。
そうなれば国家から資金を提供されて当然だが、気
になるのは今回の義蔵の試みだ。場合によっては、国
家に逆らうことになりかねない。ここには国家の枠を
超えた大義がある。私利私欲とは無縁だ。義蔵は祖国
の新羅を理想化しすぎているのではないか。
「僧侶は清廉潔白を旨とせねばならない。それはその
とおりだが、国家あっての仏教だ。私がここに今日こ
うしてあるのも国王のおかげだ。武烈王陛下のお力添
えで唐国に来た。むろん、陛下は仏法を修めることを
命じた。しかし、新羅は、お国と違って、これまでも
絶えず存亡の危機にさらされてきた。国が危うい時は、
僧侶も進んで国家に殉じる。それが新羅の伝統であり、
僧侶の義務でもある」
定恵の危惧をよそに、義蔵は滔々《とうとう》と弁じたてる。
定恵は話を合わせるしかなかった。
「武烈王は即位前に倭国にも来ていますね」
「そう。金春秋《きんしゅんじゅう》と名乗っていらしたころだ。おぬしは
まだ子供だったはず。倭国では質《しち》のつもりらしかった
が、あれはれっきとした使節だった」
「高向玄里《たかむくのくろまろ》殿が発足間もない改新政府の使節として新
羅に乗り込んで、質を出せば新羅が代行していた旧任
那の貢を中止するという約束ができて、それで金春秋

殿を連れて来たと聞いていますが……」

「とんでもない。朝貢使だよ。だから孔雀《くじゃく》と鸚鵡《おうむ》を持参して天皇に献上した。本音は百済を牽制するところにあった」

「そういえば、翌年、すぐに帰っていますね」

「席の暖まる暇もなく、今度は唐に向かっている。そこで太宗から色よい返事を引き出した。新羅と唐の連合軍による百済討伐はこの時点で決まったも同然だった」

「大した外交手腕ですね」

「陛下は即位以前に苛酷な体験をしているからね。高句麗に談判に行ったときは、捕らえられて危うく命を落としそうになった」

「そんなことがあったのですか」

「倭国に来る五年前のことだ。百済に圧迫されて善徳女王は未曾有の危機に直面していた。たまたま南部の大耶城《だいやじょう》が百済の攻撃を受けて都督の品釈《ひんしゃく》夫妻が殺された。都督の奥方は金春秋陛下の息女だったので、春秋陛下は復讐心に燃えた。そうでなくても正義感の強いお方だ。高句麗の援助を得るため自ら乗り込んで行った。実は高句麗もこのころ百済と手を結んで新羅の北辺を脅かしていた。新羅から唐国への朝貢路に当たる党項城《とうこうじょう》を襲おうとしていたから、陛下の試みは敵地に身を委ねるようなもの。案の定、高句麗は春秋陛下を拘禁してしまったが、敵方の家臣に同情する者がいて、何とか高句麗を脱出することができた」

「まるで英雄譚ですね」

「この時、陛下を救出するため金庾信《きんゆしん》将軍は三千人の義兵を引き連れて高句麗に攻め入ろうとした」

「ああ、忠臣の金庾信将軍のことは聞いたことがあります」

「金庾信将軍は春秋陛下の義弟に当たる。金官加羅国の王族の血を引いている。将軍の陛下に対する忠誠ぶりは、お国の中大兄皇子に対するお父上、中臣鎌足公を思い出させるよ」

にやっと含み笑いしながら、義蔵はひと息ついた。

父の名前が不意に出てきて、定恵は面食らった。褒められていることは分かったが、照れ臭い。というより、何か危ないものを感じた。

〈乙巳の変〉が成って、父鎌足の名が一挙に上がったことは承知している。定恵の生まれた二年後のことだから、むろん話に聞いているだけだ。が、誇りに思っていたその功績も、長じるにつれてどこか後ろ暗いものを感じるようになった。父は表舞台には登場しない。背後で糸を操る黒衣《くろご》に徹している。なぜなのだ。どうして姿を現さないのか。

表向き、中臣家の名誉と名声はいささかも揺るがない。定恵の入唐時には、内臣《うちおみ》として大錦冠《だいきんかん》を戴く父は三十六歳にして官人貴族の頂点に立っていた。その権威が自分の入唐を可能にしたのだと誇らしげな気持ちで倭国を離れたが、来唐して三年目に思わぬ事態に遭遇した。

慧日寺の門前で一人の行脚僧に出会った。定恵は外出しようと山門から出てきたところだった。

「真人《まひと》殿ですね」

ぎくっとして行脚僧を見やった。

倭語で話しかけられたからである。しかも、出家前の俗名で呼ばれた。

編み笠は脱いで手に持ち、額の汗を拭っている。夏安居《げあんご》に入った暑い盛りだった。

行脚僧は珍しくない。城内のあちこちで見かけるし、民家にも立ち寄る。むろん寺院にも参拝する。たいてい本堂で読経してから庫裏や僧坊の前に立って托鉢するので、すぐに行脚僧と分かる。が、この時の僧侶の風体は乞食僧《こつじきそう》そのものだった。顔は汗と垢にまみれ、渋柿色の僧衣は薄汚れて裾の方には泥が付いていた。

定恵は警戒した。

自分よりだいぶ年長だが、老人というほどではない。着ているものは粗末で体も骨張っているが、いまだ壮年のたくましさを秘めていた。

「中臣真人殿ですね」

返事をためらっている定恵に、再度念を押した。

「昔の呼び名ですよ、それは。今は……」

「定恵和尚。――立派になられた」

こちらの出家名も知っている。それどころか、こちらの幼いころも知っているような口ぶりだ。ますます怪しい。

「どちらの方で？」

「名乗るほどの者ではない。事情があって倭国を脱け出して大陸まで来てしまった」

その目を見て、はっとなった。どこかで見たような気がする。飛鳥での記憶はほとんどないから、難波でのことか。父のもとに出入りしていたような気がする。

眼光が尋常ではない。窪んだ眼窩から挑戦的な光を放っている。穏やかな口調とは裏腹に叱責するような鋭さがある。

再び警戒心が忍び寄った。何か自分に、というより中臣家に恨みがあるのではないか。

「おっしゃるとおり、私は定恵です。かつての中臣真人です」

「ふむ、やはり……」

僧の口もとがかすかに緩み、声はくぐもった。

何が「やはり」なのか。

気味が悪くなった。単に推測が当たっていたというだけではなさそうだ。内に何か棘《とげ》を含んでいる。敵意に似た底深い執念のようなものが感じられる。

知らず知らず定恵は一歩引き下がっていた。

「どういう星の下に生まれたか、そなたはご存知あるまい」

いったん力を抜いて、諭すような口ぶりになった。

「そなたの実の父親は鎌足公ではない」

異なことを言う。気でもふれたかと怪訝そうに相手を見つめた。

僧の目はふと和らいで、鈍い輝きに変わった。厚ぼったく膨れて、脳裏に積もった澱《おり》のようなものが溶け出している。急に相手が年寄りっぽく見えた。意味ありげな微笑が口もとを這っている。

まともに相手をしない方がよさそうだ、と定恵は判断した。僧形に身を窶《やつ》しているが、本物のこじきではないか。仏道をわきまえた僧侶とは思えない。

建国五十年を経て、長安城が首都にふさわしい形態を整えるにつれて、異形《いぎょう》の民が増えてきた。西方の砂漠を越えて流入するのは交易商人たちがほとんどだったが、彼らは風貌と装束からすぐに見分けがついた。先帝太宗は大いに交易を奨励した。近頃では異国の民のもたらす文化や風俗が大都長安に彩りを添えている。

問題は、長安に流れ込んでくる流亡者たちだった。内政に手腕を発揮した太宗は、国内が落ち着くと対外拡張に本腰を入れ始めた。まず北の強豪、契丹と突厥を屈服させ、隋が果たせなかった宿願の高句麗に手を付けようとしていた。が、これだけは思うに任せなかった。貞観十九年（六四五）から三度にわたる高句麗出兵はいずれも失敗し、多数の兵士や農民を疲弊させた。土地を捨てる農民が増えて、食う当てもなく都市に流入する。繁栄の一途をたどる長安は彼らの格好の寄食地となった。豪邸や寺院の立ち並ぶ長安では飢え死にする心配はなかった。

「そなたの父親は孝徳帝だ。母君は左大臣阿倍倉梯《あべのくらはし》麻呂《まろ》の娘、小足姫《おたらしひめ》。孝徳帝が軽王《かるのみこ》時代、寵妃の小足姫を鎌足公に下げ渡したのだ」

血迷っているのではないか。

言うに事欠いて、この自分が孝徳天皇のご落胤とは――。

何を企んでいるのか。

正気を失っているとしか思えない。長い放浪生活で精神に異常を来たしているのだ。まともに取り合ってはならない。

息を詰めて、定恵は相手の言葉を否定しようとした。

「お引き取り願いましょう。妄言に耳を貸す暇はありません」

冷たく言い放って、犬でも追い払うように右手を振った。

顔が上気して、汗が噴き出てきた。行脚僧を門前払いするとは、仏門の徒としてはゆゆしき振る舞いである。が、托鉢に訪れたのならともかく、悪態をつきにきた。いわれのない誹謗中傷を口にするためにここへやって来た。許すことはできない。

行脚僧は肩を怒らして傲然と去って行った。後ろ姿は、初めに見た時よりひと回り大きく見えた。

この件は、義蔵にも打ち明けたことがある。が、まともに取り合ってはくれなかった。自分の見立ては正しかったのだと、その後は定恵自身も記憶から遠ざけてきた。

冬至節がやって来た。

大陸の冬は寒さが骨を刺す。雪も降るが、細かい砂粒のように風に吹き飛ばされ、死角に当たる木陰や塀際に積もる。積もるというより、乾いた白砂を盛り上げたように山をなす。

冬至節が唐国では盛大に営まれることを、定恵はこちらに来てから初めて知った。人々はこの日は一晩中眠らず、翌朝は万福招来を願って互いに祝福しあう。倭国における正月元旦と同じである。

目覚めて朝粥をすすっている時、劉建任が挨拶に来た。

「冬至節、おめでとうございます。早く本国に帰って、法門の伝統を継ぐ日の来ることを祈っております」

外国の僧に述べる祝賀の決まり文句である。が、こんな時刻に建任が顔を出したことはない。

「おめでとう」

定恵も型どおりの祝辞を返した。

すぐに引き下がるかと思ったら、椅子にかけて、何やら話したそうな素振りである。傔従も兼ねているとはいえ、食事中に付き添ったためしはない。

「すでに大勢の参拝者が来ております」

建任が何気なく言う。

「そうか、こんなに早くから」

「昨夜はみな寝てませんから、いくらでも早く来られます」

「そうだったな」

「貴殿はいかがでした？」

「ちゃんと寝たよ。一晩中起きてなどいられない」

「お若いからですよ」

ははあ、まだ子供だと言いたいんだな、と定恵は苦笑した。

建任は今年四十歳になるという。四十歳から見れば、十五歳は確かに子供同然だろう。が、こんなお世辞じみた言い方をこれまで口にしたことはない。不思議だった。

「何ぞおもしろい話でもあるのか」

「義蔵和尚から内々のお話がありました」

あのことだな、と思った。

「聞いている。何やら物騒なところもあるが……」

定恵の口調は歯切れが悪かった。

あの時、明確な返答はしなかった。が、こちらは承諾したものと義蔵は思い込んだのだろう。重大な秘密事項を漏らしたからには、こちらの賛意を前提にしているはずだ。

事実、定恵の心は大きく動いた。疑問が解け、願望が実現するまたとない機会だと思った。断るという手はなかった。確答を避けたのは、ひとえに質《しち》の身を案じたからである。

「私は義蔵和尚を信頼しております」

突然、建任が覚悟の程を披歴した。

「うむ？」

定恵は箸を動かす手を止めた。

「新羅のお坊さんは愛国心が強い。祖国のためなら命を惜しみません」

「どうしてそんなことが分かる？」

「新羅からは大勢の留学生《るがくしょう》や学問僧が来ています。鴻臚寺《こうろじ》の友人から彼らの動静がたびたび伝わってきます」

　鴻臚寺は外国の使節や留学生らを管轄する役所で、中央官庁の末端を担う九寺の一つである。劉建任の属する礼部はその上部機構である尚書省の一部門である。

「なるほど。仏教の位置づけが倭国と新羅とでは違うということか」

　思い当たるふしはある。

　飛鳥にある法興寺は蘇我氏の氏寺で、通称「飛鳥寺《あすかでら》」で通っていた。舒明天皇は倭国で最初の官寺ともいえる百済寺を建立したが、これも護国とは縁がない。天皇自身の私寺のようなものだ。山田寺だって蘇我倉《そがのくら》山田石川麻呂《やまだのいしかわまろ》の氏寺だった。倭国の仏教は氏族仏教で、国家仏教とは違う。先祖の供養や無病息災を願う個人救済の域を出ていないのだ。

　新羅は違う。仏教が鎮護国家の役目を担っている。当然、僧侶も国のために尽くさねばならない。これが仏教本来の使命なのかどうか疑問は残るとしても、現下の緊迫した国際情勢のもとでは、仏教も変容しなければならない。安閑と教理を弄んだり、個人の救済にうつつを抜かしている余裕はない。

「義蔵和尚の評判はどうかね」

「鴻臚寺では上々です。まじめな新羅学問僧として通っています」

「しかし、留住している寺は浄土教だろう？　浄土教は個人救済を本旨としているはずだが」

「仏教のことはよく分かりませんが、義蔵和尚が口にされたことがあります。僧侶も戦塵にまみれなければならない。意に反して人を殺さなければならない。これは僧侶としては最も重い殺生戒を犯すことだが、だからこそ死後の魂の救済が必要なのだ、と」

「ああ、死後の幸福をもたらす極楽浄土か」

「これがないと、人の命を奪うことはできないとおっしゃっていました」

　人の命を奪う、か。

　穏やかではない。

　が、戦争はまさにそうだ。殺生戒を犯す極悪非道な行為だ。

「義蔵和尚とはだいぶ懇ろのようだな」

「光明寺に講説を聴きに行って知り合いました」

「おぬしも釈迦牟尼の信者か」

「信者と言えるかどうか分かりませんが、心の拠りどころにはなっています。特に善導和尚のお話には心を打たれます」

「ああ、善導法師ね。往生楽土を説く生き菩薩として庶民の人気は絶大だとか……」

唐室の内道場には選りすぐりの高僧が出入りしているが、浄土宗関係者はいない。権力者に必要なのはあくまで国家護持の仏教だ。天台にしろ、律にしろ、近頃勢いをつけてきた密教にしろ、宮中で唱えるのはどれも護国祈願の経文ばかりだ。個人の救済など眼中にない。庶民は違うところに救いを求めざるをえないのである。

「実は、今日はお耳に入れたいことがございます」

建任は改まった様子で定恵を見た。

定恵はいやな予感がした。義蔵の企む隠密作戦に何か関係があるのではないか。

「倭国から遣唐使が来ます」

「えっ、本当か」

自分が来てからまだ五年しか経っていない。目的は何なのか。

改新政府が律令体制の整備を急いでいることは知っている。が、神《かむ》ながらの大和の国はそう簡単には律令制が根付くとは思えない。根幹をなす国土は神のお造りになったものだ。それを豪族が私有することを禁じ、民とともに国家に帰属させるのが律令制だが、その根幹はあくまで法令にある。本家の唐国では皇帝たりともこの法令を無視することはできない。

しかし、倭国では神という超法規的人格が存在する。神とは天皇のことだ。事実上、国家も人民も明《あき》つ神《かみ》としての天皇の私有物なのである。公地公民という発想自体が成り立たない。律令制と天皇制とはもともと相容れない。改新政府の試みは、木に竹を継ぐような矛盾を孕んでいた。

天皇中心の中央集権体制は国際情勢に照らしても避けて通れない道である。三国の抗争に揺れる朝鮮と、それを虎視眈々と狙う強大な大唐帝国。倭国が独立を保つには彼らに付け入る隙を与えないことだ。律令制を倭国流に改変して、明つ神としての天皇が統治する神聖な統一国家を造り上げねばならない。

父の鎌足の果たしている役割を、今では定恵もはっきりと認識していた。中大兄皇子こそが執政として倭国を担っている事実上の「神」である。次の皇位を約束されだ皇太子だ。内臣《うちおみ》として鎌足がなすべきことは皇権を不動の地位に高めることである。そのために父は改新政府の要となって血のにじむような努力を続けている。神と天皇を仲立ちするのが古来からの中臣氏の家職である。父の努力が今まさに実を結びつつあると定恵は考えていた。

「鴻臚寺からの情報だから、間違いありません」

「しかし、今頃、何ゆえに……？」

時期が悪い。唐国は新羅の要請を受けて、着々と百済攻撃の準備を進めている。ある意味では敵地に乗り込むようなものだ。

義蔵の話によると、高宗のそばには先帝太宗から引き継いだ新羅の王族金仁問《きんじんもん》と金文王《きんぶんおう》兄弟が宿衛《しゅくえい》として間近に仕えていて、半島情勢を逐一高宗に報告しているとのこと。二人は武烈王の息子である。武烈王は金春秋を名乗っていたころ人質同然で倭国にも来たが、義蔵によればれっきとした使節だったという。三国がいがみ合っている朝鮮の現状に対して、倭国が介入せず、中立の立場を保持させるのが目的だったそうだが、これは成功した。質どころか、金春秋はみごとに交渉を取りまとめて帰国した。

それより倭国を驚かせたのは、帰国した翌年、早くも春秋は唐国に渡り、晩年を迎えていた太宗に新羅救援を直談判するという離れ業をやってのけたことだ。この活発な外交手腕はとうてい倭国の比ではない。島国の倭国はすることなすことが一歩遅れている。〈乙巳の変〉後の内政処理に手一杯だったとはいえ、国外の情勢にあまりにも疎かった。「明つ神」の権威確立に奔走している間に、朝鮮半島は動乱の巷と化した。倭国の対外政策は情報不足もあって後手後手に回っている。

「新たな遣唐使の派遣は、唐国の百済への侵攻を食い止めるためではないでしょうか」

建任の推理はきわめて単純なものだった。

「しかし、倭国にそこまで情勢が分かっているかどうか……」

自国の情報収集能力に疑問を呈しながらも、一方では定恵は自分に都合のよい想像を巡らさずにはいられなかった。

「この私を迎えに来たのではないか」

定恵の頬に赤みが射した。
「いや、それは……」
建任がすぐさま遮ったが、しばらく遠慮するように
ひと呼吸置いてから、
「貴殿が帰ってしまえば、ますます唐国は居丈高にな
りますよ。百済だけでなく、倭国へも攻め入るかもし
れません」
定恵は息を止めた。
そのとおりだ。質《しち》がいなくなれば、倭国に対する歯
止めがなくなる。高宗はしたい放題に振る舞うかもし
れない。
「倭国からの遣唐使はいつ来るのだ」
「たぶん夏でしょう。海の風向きから倭国を立つのは
だいたい夏と決まっています」
「うむ」
義蔵と相談せねばなるまい。まだ半年以上ある。
「遣唐使のことは義蔵和尚はご存知か」
「いえ、これからです。倭国からの使節となれば、ま
ず貴殿にと思いまして」
定恵は建任を見直した。その心遣いは当を得ている。
信頼に足る男かもしれない。

「義蔵和尚に連絡を取って、三人で会いたい」
「分かりました。すぐ手配します」
大丈夫だろうかという一抹の不安はあった。この男
はいわば雇われ間諜だ。危険な立場に身を置いている。
唐室に知れたら、ただでは済むまい。カネに目がくら
んだと義蔵は言っていたが、案外気骨のある男かもし
れない。
この男を雇ったのは義蔵だ。義蔵が間諜であること
は間違いあるまい。異国の男、しかも下っ端とはいえ
れっきとした役人を買収するには相応のカネが要る。
ただ、カネの出所が分からない。その反戦平和思想か
ら母国の新羅だとはとうてい思えない。
朝食はすでに終わっていた。
外は冬至節の参拝者で賑わっているようだった。鐘
の響きや話し声、地面を擦《こす》る布靴の音が賑やかに伝わ
ってくる。境内は広いが、参拝者は僧坊のすぐ近くを
通る。「おめでとう」という挨拶が坊内にも聞こえて
くる。来たる年、顕慶四年（六五九）は大きな変化が
起こりそうな気がした。
三人の会合が実現したのは、二日後のことだった。

場所は光明寺の義蔵の居室、疑われないよう昼間に設定された。定恵は日中ぶらりと光明寺を訪ねて義蔵と雑談することがあったので、別段怪しい振る舞いではなかった。ただ、監視役の劉建任が一緒なのは初めてだった。

「倭国から遣唐使とは、驚いたね」

義蔵が口火を切ったが、定恵の腹の中を見透かしたような物言いだった。

「私も信じられない思いです」

「おぬしを迎えに来たのかな」

義蔵が親しげな笑顔で定恵をからかった。

「もし、そうなら、唐国は倭国を見限ったということになります」

建任が大真面目で口を挟んだ。

なるほど、そのとおりだ、と定恵は思った。そうなれば自分は質として役に立たなかったということになる。

「この時期に遣唐使を派遣する倭国の真意が分かりません」

定恵は率直に疑問をぶつけた。

義蔵はじろりと定恵をにらんだ。本当にそう思っているのかと疑わしそうな目付きである。が、すぐに視線を戻して苦々しげに言った。

「これは新羅の陰謀だよ。武烈王の策謀だ。倭国が唐国と通じているとなれば、百済の戦闘意欲も落ちる。今の百済にとっては倭国だけが唯一の頼りのはずだから」

「しかし、高句麗も百済を応援している」

定恵が反論した。

「確かに高句麗は百済と手を組んで新羅を脅かしている。が、高句麗には百済を助けようという気はない。高句麗の関心は常に地続きの漢人王朝にある。この五十年間、高句麗は対隋唐戦争に明け暮れてきた。政変で淵蓋蘇文《えんがいそぶん》が実権を握り、宝蔵王を担いで何とか国をまとめているが、その強権政治がいつまで持つか分からない。唐朝は高句麗が手強い相手であることをよく知っている。慎重に様子を見ながら高句麗打倒の機会を窺っている。そんな状況下にある高句麗に、百済を助ける余裕はない」

義蔵の口調は自信に満ちていた。

定恵はおもしろくなかった。突っかかってみたくなる。

「唐軍は今年もまた高句麗出兵を行いましたね」

「戦闘はまだ続いていますよ」

建任が引き取って、さらに続けた。

「年内に決着はつかず、年明けも続くでしょう。しかし、戦況ははかばかしくありません。高句麗軍は精強です。今上陛下のもとでは三回目の出兵ですが、隋の煬帝の二の舞いにならなければいいがと思っています」

「危ないか？」

義蔵がじろりと建任を見やった。

「ええ。陛下がすでに撤退を決めているという噂もあります」

「そうなれば、先に弱いところから、ということになるなあ。やはり百済か」

義蔵はため息をついた。

新羅人なのに、まるで他国を憂えているようだ、と定恵はその横顔に見入った。戦争を避けたいという義蔵の願いは本物らしい。

「陛下の宿衛を務めている新羅のご両人を取り込むことはできませんかねえ」

ややあって、建任が誘うようなつぶやきを漏らした。

仁問と文王のことだな、と定恵にもすぐに分かった。

「それは私も考えた。が、警護が厳しくてねえ。なかなか会えない。永興坊《えいこうぼう》の居宅には四六時中警備が付いている。外出も護衛付きだ。何しろ宮室に出入り自由というご身分だからねえ」

王族なら仕方あるまい、と定恵はわが身と引き比べて複雑な思いだった。

「しかし、近づく方法がないわけではない」

ふと義蔵が眉を上げた。

「二人は月に一度、大荘厳寺《だいしょうごんじ》にお参りする。この時、護衛は境内には入らず、山門で待つ。寺に入ってしまえば二人は裸同然だ」

「大荘厳寺とは、ずいぶん遠いところに……」

定恵は不審そうに首を傾《かし》げた。

「新羅の学問僧が大勢いる寺です」

「二人とも仏心が篤いのですか」

「むろん。新羅は仏教の受容は高句麗や百済に遅れをとったが、その後は両国にも劣らぬ仏法崇敬の国になった。お国の聖徳太子ご逝去の折には、追善のため仏像や金塔、舎利なども献上している」

「ああ、それは知っています。その仏像は太子とゆかりの深い太秦《うずまさ》の蜂岡寺《はちおかでら》に安置されました。金塔は難波の四天王寺に納められて、私も拝観したことがあります」

思わぬ出会いだった。定恵の脳裏に一瞬、難波の懐かしい風景が映し出された。

義蔵の博識は続く。

「蜂岡寺は秦《はた》氏の氏寺で、葛野寺《かどのでら》とも言う。秦氏は新羅から渡海した豪族だよ。聖徳太子の信頼の篤かった河勝《かわかつ》のころが全盛期だった」

どうしてこうも倭国の事情に通じているのか、と定恵は気味悪さを感じた。義蔵に向けた目が不自然にゆがむのが自分でも分かった。

大荘厳寺は、長安城の西南隅、永陽坊にある。慧日寺からまっすぐ南下すれば永陽坊である。その間およそ十里（五・五キロメートル）、歩いても一時間ちょっとでたどり着ける。定恵は時折りこの西の城壁沿いを散歩したが、ここまで来ると街並みは一変する。二つの大伽藍がそびえるが、周辺は古い建物が多い。長安の前身、隋の大興城《たいこうじょう》時代のおもかげを残している。すでに住居が取り壊されて空き地になっている所もあり、坊墻《ぼうしょう》も傷みが目立った。

そんな中に、忽然とそびえ立つのが大荘厳寺である。大荘厳寺の名物は木浮図《もくふと》である。これは寺の創始者である隋の文帝が宇文愷《うぶんがい》の勧めで建立したもので、西域渡来の仏牙《ぶつげ》（釈迦の歯）を収めた高さ三百三十尺（約百メートル）の七重の木製仏塔である。創建当時は禅定寺《ぜんじょうじ》と称したが、唐初に大荘厳寺と改められた。

同じ坊内に隣接して大総持寺《だいそうじじ》もあるが、こちらは隋の煬帝が文帝の追善のために建てたものである。隣りにはすでに禅定寺があったので、こちらは西禅定寺と称し、従来のものは東禅定寺になったが、高祖の時代にともに今の名称に変わった。

「大荘厳寺には有名なお坊さんでもいるのですか」

義蔵にそれとなく聞いてみた。

「今はまだいない。が、近々、新羅から義湘《ぎしょう》和尚がお見えになるという噂がある」

「義湘和尚？　聞いたことのない人ですね」

「新羅では学徳の高さと廉潔な人柄で知らない人はいないと言っていい。『摂大乗論《しょうだいじょうろん》』を究めた方だが、飽き足らずに新唯識を求めて唐に来られるという噂だ」

話しぶりから、義蔵はその義湘法師と面識があるのではないかと定恵は思った。

『摂大乗論』なら定恵も聴講したことがある。師の神泰法師の勧めでわざわざ慈恩寺の講筵に連なった。が、ほとんど内容は理解できなかった。若輩で未熟ということもあったが、その観念論についていけなかった。自分は学問仏教には向いていないのではないか、といささか気落ちしたものである。

「新唯識を求めて」という義蔵の言葉に、定恵は何となく惹かれた。義湘和尚とはどんな人なのだろう。このところ修学に熱意を失っていた定恵は、新しい経説なら興味を持てるかもしれないという漠とした望みを抱いた。

「例の二人が大荘厳寺に出かける機会を狙えるかどうかは分からない。が、とにかく情勢を探ってみよう。うまくいけばいいが……」

義蔵はあまり乗り気ではなさそうだった。同国人が大勢集う場というのは、かえって動きづらいということもあるのかもしれない。

第二章　雪梅との出会い

顕慶四年（六五九）が明けた。

元日、定恵は神泰に連れられて、慈恩寺へ年賀に行った。この日は毎年、寺主が三蔵法師玄奘と弟子たちを迎えて新年の斎会《さいえ》を開くことになっていた。定恵が参加したのはこの時が初めてで、十六歳になった定恵を一人前の僧侶として神泰が皆に披露したかったのだろう。

定恵は今まで玄奘の姿は何度か目にしている。慧日寺からの使いで慈恩寺へ行った時、たまたま翻経院から出てくる玄奘を見かけた。あれが名高い三蔵法師かと遠くから仰ぎ見たが、十七年の巡歴に耐えた頑健な肉体は六十歳を間近にしても衰えていないようだった。定恵にはひたすらその風姿がまぶしかった。

斎会では、神泰がわざわざ定恵を玄奘に紹介した。

「おぬしが倭国から来られた定恵であるか」

玄奘はしげしげと定恵を見つめ、かすかに屈託したような表情を浮かべた。

定恵は瞬間、射すくめられたように身が縮んだ。

この大徳は私の境涯を知っているのではないか。自分が質《しち》としてこの大唐にとどめ置かれていることをご存知なのではないか。

「はい。慧日寺の定恵です。よろしくお願いします」

合掌し目を伏せて挨拶した定恵は、ふと傍らに異様な気配を感じた。目を上げると、いつの間にか脇に見知った顔が二つ並んでいる。あっ、と思わず声を上げそうになった。

「智通法師と智達法師ではないか」

「息災で何より――」

びっくり眼《まなこ》の定恵を制するように、二人の倭国僧はゆったりと微笑を返した。

「こちらは倭国朝廷の内臣《うちおみ》中臣鎌足公の嫡男でいらっしゃいます」

智通が椅子をはずして玄奘に擦り寄り、得意げに注進した。

「聞いておる。神泰和尚が何もかもご存知だ」

出すぎたと思ったのか、智通は頭を垂れて慇懃《いんぎん》に引き下がった。

智達は動かなかった。軽々しく周囲に同調しないところがこの男の特徴だった。渡唐する前年、一度新羅で入唐を断念させられた体験が大きく影響しているのかもしれない。楽観の弊害を知り尽くしたような冷静な顔で、この時も智通から一歩身を引く形で席を占めていた。

　この日の施主は西市に近い光徳坊に住む優婆塞《うばそく》の鄭《てい》高佑《こうゆう》だった。かつては富裕な商人だったが、いまでは隠居して静かに余生を送っている。道心が篤く、玄奘の西方巡礼に際して高昌国《こうしょうこく》において多大な金銭的援助をした。玄奘はその恩義を忘れず、帰国して慈恩寺の上座に迎えられた時、高宗に願い出て「清信《せいしん》」の釈号を鄭高佑に与え、有力な檀越《だんおつ》にした。

　高佑は孫娘を同伴していた。

「孫の雪梅《せつばい》です」

　こう言って一同に紹介した時、定恵はそのかわいらしさに目を見張った。自分より二つか三つ年下だろう。

「おうおう、大きくなったわい」

　玄奘は目を細めて雪梅に愛情を注いだ。自分の孫娘にでも接するような好々爺然とした風貌に、定恵は玄奘の別の顔を見た。

　高佑が玄奘と親密な関係だとは聞いていたが、これほどとは思わなかった。おそらく個人的にも玄奘は鄭家と付き合いがあるのだろう。

　智通はと見ると、玄奘の斜め後ろに控えて、側近を気取っている。来唐二年目にしては馴れ馴れしすぎる。父の鎌足はどういう人選をしたのか、と定恵にふと疑念がきざした。

　自分が倭国から遣わされた唐国の質であると教えてくれたのは、この智通である。いまだに解《げ》せないのは、あのとき智通は「ご存知のとおり」と前置きしたことだ。これはどういうことか、とその後定恵はこだわり続けた。

　糸口は義蔵が与えてくれた。新羅の武烈王が金春秋と名乗っていたころ質として倭国に行ったが、あれは使節だった、と言い張ったことがある。それなら、自分も質ではなく、使節なのではないか。

　少年使節？

　しかも父はわざわざ自分の頭を剃って、遣唐使の一行とともに送り出した。これが敵国に遣わす質といえるか？

　智通はその辺の事情は心得ているはずだ。が、その後は慈恩寺に行ったきり一度も姿を見せない。これもおかしい。玄奘法師から法を学ぶという大義名分があるとはいえ、自分に対していかにも冷淡ではないか。

今日、一年ぶりに再会したというのに、何だか素っ気ない。玄奘法師にはおもねるように俺を紹介したが、これも自己顕示の裏返しのように思える。自分が内臣《うちおみ》中臣鎌足の命《めい》を受けて入唐したことを玄奘法師に強く印象づけたかったのではないか。

それにしても、あの雪梅の美しさは……。

定恵の関心はすぐに雪梅の方に移っていった。思春期の十六歳といえば男の精力が沸騰する年頃である。剃髪の身とはいえ、女性《にょしょう》への関心は俗人と変わらない。定恵は雪梅に見惚れながら、ただ感嘆の吐息を漏らすだけで、やましさを心で抑えようとしても生理的に感応してしまう。不婬戒《ふいんかい》というものが存在する理由を定恵もおぼろげながら理解する年齢になっていた。

しかし、いま見る雪梅の美しさは不婬戒とは結び付かなかった。少なくとも意識の上ではそうだった。美しい花を愛でるのと同じだった。

雪梅は蓮の花飾りを髪に付けていたが、顔に化粧っ気はなく、白い素肌がほの暗い御堂の中を蝶のように舞っていた。実際には雪梅は席に座って微動だにしなかったが、定恵の脳裏にはしきりに蝶が飛び回っていたのである。

神泰が定恵を若い僧侶に引き合わせた。

「窺基《きき》和尚だ。玄奘三蔵が特に目をかけていらっしゃる若手の筆頭だ」

「定恵と申します。倭国から来ております」

定恵は頬を赤らめて頭を下げた。

赤面したのは窺基法師のせいではない。雪梅に見とれていて、やおら声をかけられて我に返ったためだった。女人に目を奪われていたのを悟られたのではないか。

「いよいよ本格的に摂論宗《しょうろんしゅう》を学ばれるご心算かな?」

「い、いや、とんでもない。ま、まだ、とても……」

真正面から切り込まれて、定恵はあわてふためいた。謙遜ではなかった。このところ、学問を疎《おろそ》かにしている。集中できない。義蔵の働きかけが邪魔をしている。自分がのほほんと賓客扱いに甘んじていることが罪深いことのように思えてきた。敵国の京師《けいし》にいる自分は何をなすべきかを義蔵が教えてくれた。政事の話になると心が騒ぐのは、やはり内臣鎌足の血を受けているからかと自嘲的に胸につぶやく日々だった。

傍らで神泰が苦笑していた。

「利発な子だが、努力が足りない。わしのせいでもありますがね」

「これからですよ。まだ十六歳でしょう？　私などいつも三蔵法師から叱られてばかりいます」

これは本物の謙遜だった。

当年二十七歳の窺基は三十歳も年長の玄奘法師から唯識の未来を託されていた。玄奘の持ち返った梵典《ぼんてん》を漢訳する僧侶は大勢いたが、窺基は真諦《しんたい》や世親《せしん》の大成した本場の唯識論を唐風に編み直して、唯識の煩雑さを整理し、新しい唯識論を考案しようとしていた。後の法相宗の基礎づくりである。

「神泰和尚にはふだんお世話になっております」

先輩を立てることも忘れない。穏和な微笑の陰に不屈の精神がほの見えた。若い時の玄奘法師もこうだったのではないかと定恵は思った。

定恵は窺基の名を知らなかったわけではない。神泰から玄奘三蔵には秘蔵っ子がいると聞かされていたが、会ったのは今日が初めてである。

「お国からは智通和尚と智達和尚のお二人が見えて、摂論宗を直接玄奘師から学んでいらっしゃる」

倭国の二人の先輩僧への心配りも忘れなかった。定恵は感心した。

当の二人はすぐそこに控えている。智通はしてやったりといった顔で、にんまりほほ笑んで見せた。智達は照れたように俯き、唇を嘗《な》めている。

この二人の役目はいったい何なのか、と改めて定恵の胸に疑問が湧いてきた。玄奘法師から直接教えを受けて、倭国の仏教が遠く天竺と繋がっていることを自慢したかっただけなのか。

しかし、誰に対する自慢か？

新羅か？

それとも大唐帝国への牽制か？

父の鎌足の策謀であることは間違いない。中大兄皇子を国家の中心に据えて、父は律令体制づくりに腐心している。しかし、父の仏教政策はきわめてあいまいだった。もともと神と天皇を結び付けるのが「中臣」という姓の由来であり、「内臣」の任務である。仏教ではなく、神ながらの道が父の背骨を貫いているはずだ。何ゆえに智通ら二人を唐に遣わしたのか。

朝鮮では百済が危急存亡の時を迎えている。救援依頼が倭国に頻々と来ているというではないか。そんな時、坊主を唐国に派遣して何になる？　新羅と手を結んだ唐を牽制するにしても、なぜ仏教僧なのか。

　それは自分にも当てはまる。剃髪に際して、父は慧隠《えおん》法師を自邸に呼んだ。その席で、初めて定恵は父から出家の命《めい》を受けた。何となく周囲が慌しかったのは、日ごろ崇敬している国博士の旻《みん》法師が病に臥せっていたからだけではなかったろう。この時期、父と中大兄皇子は難波の宮を棄てて飛鳥への帰還を図っていたのだ。

　それまで仏教の尊さを周囲から幾度となく聞かされてはいた。また、大和や河内には官寺や私寺が続々と建立され、仏教が国家で枢要な地位を占め始めているらしいとは薄々感じてはいた。が、自分が出家して入唐するなど夢にも思わなかった。向学心は人一倍強かったので唐への憧れはむろんあったが、学問僧として海を渡ることは予想の域をはるかに超えていた。

　自分の仏教知識が付け焼刃であることは、初めから定恵自身も自覚していた。神泰法師もそれを承知の上で、一から手ほどきしてくれた。自分の至らなさを十一歳という若年のせいにして、常に寛容な態度で接してくれた。

　玄奘法師を崇敬してやまない神泰はいずれは定恵に唯識を究めさせたいと思ったが、定恵の人質としての身分がややもすると障害になった。唯識の奥義に導くには立場が不安定すぎる。いつ還俗するか分からない。帰国、あるいは殺害ということもありえる。頭脳の明晰さは疑いをいれないが、必ずしも義学に熱心というわけではない。

　元日斎会は定恵にとっては玄奘一門の名だたる僧侶たちを拝謁する場と化した。居並ぶ高僧たちに圧倒されながらも、定恵の目は雪梅に釘付けになったままだった。智通と智達など、どうでもよかった。

　ただ、脳裏には常に義蔵の影がちらついていた。場違いなところにいるという違和感を拭い切れなかったのは、ひとえにこの影のせいだろう。釈教の尊さは分かる。が、政事の動きから隔絶されたこの温室のような聖域は、どこか空疎だ。あの雪梅の姿だけが本物だった。

　帰りがけに、定恵は鄭高佑から声をかけられた。

「お若いのに、ご立派だのう。ご精進なされよ」

　傍らには雪梅がぴたりと寄り添っている。背丈は小柄な高佑の肩を越えているが、あどけなさが全身を包んでいる。

「ありがとうございます」

定恵は胸のときめきを抑えながら、丁重に言葉を返した。

「ところで、おいくつになられたかな」

「十六です」

「ああ、それなら雪梅と三つ違いだ」

高佑は前歯の欠けた口を小さく開けて、目もとを緩めた。

「お坊さま、よろしくお導きください」

見ると、雪梅は合掌して定恵を見上げている。その澄んだ黒い瞳の奥から柔らかい光が射している。定恵はまぶしそうに瞬きしながら視線を逸《そ》らした。

「道心はわしに劣らずある。いや、わし以上かもしれない」

高佑が口を添える。

どういう意味なのか。

定恵は面食らった。頭の中がぐるぐる回り始める。

道心？

なるほど優婆塞の孫とあらば、道心があっても不思議はない。

しかし、「よろしくお導きください」とは、どういうことだ。この私が弥陀の化身とでも思っているのか。相手を間違えている。

「修行中の至らぬ身です。こちらこそご教示を……」

本音だったが、美しい蓮の花を採りそこねるような気がして、しどろもどろになった。

雪梅は食い入るように定恵の顔を見つめている。真っ白い面《おもて》を穿《うが》つ二つの瞳が人間とは思えない漆黒の輝きを放っていた。

これこそ菩薩の心眼ではないか——。

定恵は逃げるようにして高佑のもとを去った。


正月十五日の元宵節は厳寒のうちに迎えた。

この時期、役所も五日間の休暇に入り、長安の街は祭り一色に塗りつぶされる。坊門は夜間も開放され、人々は夜遅くまで灯籠の飾りつけられた賑やかな通りを散策する。戯場も満員で、寺院や広場に設けられた芝居小屋や見世物小屋も見物人でごった返している。街路でも歌ったり踊ったりの狂宴が繰り広げられる。

寺参りも盛んで、僧侶たちも参拝客の応接に忙しい。

布施や賽銭も増えるので、寺院にとっても書き入れ時である。慧日寺は小さな寺だったが西市に近い商人の多く住む地域にあったので、商売繁盛を願う庶民たちが大勢、縁起担ぎに訪れた。

劉建任は今年は珍しく元宵節の休暇を郷里で過ごすため梁州《りょうしゅう》に帰って行った。質《しち》の定慧の見張り役としては軽率な行動だが、どう上司を言いくるめたのか、みごとに休暇を勝ち取った。

義蔵に絡め取られてからというもの、劉建任は定恵を同志扱いし始めた。何かと定恵の部屋に出入りし、さまざまな情報を吹き込んでは気炎を上げた。こうも変わるものかと定恵はいささか不審の念さえ抱いた。が、建任は悪びれたふうもなく、国際情勢を滔滔《とうとう》と論じて飽きることがない。

建任によると、唐の百済侵攻は確実だという。新羅から再三の救援要請があり、高宗も高句麗より先に百済を討つ覚悟を固めたとのこと。

「朝鮮三国というのは厄介な存在なんですよ。隋朝以来、唐の本命は高句麗征服にあるのですが、なかなか手強《てごわ》くて決定的な勝利は得られない。外堀から埋めていくしかないわけです」

「三回目の出兵もだめだったということか」

「ええ。小競り合いは国境付近で何度かありましたが、勝ったり負けたりで、勝敗は五分五分です。淵蓋蘇文《えんがいそぶん》は大した男ですよ。自らは王位に就かず、楊萬春《ようまんしゅん》という名将を配下に置いて、その権力基盤は磐石です。戦法も巧みで、敵を懐深く誘い込んで退路を断って殲滅するというやり方です。まんまとこれにひっかかった唐の蘇定方《そていほう》将軍は、以後、正面攻撃は自重しています。戦線は膠着状態です」

「それで、百済というわけか」

「百済を挟撃して新羅に恩を売り、それから高句麗を滅ぼすという算段です。唐の本当の狙いは新羅をも属国化することです。百済攻撃は新羅の戦力を消耗させるという計算も働いているんですよ」

事態は複雑に入り組んでいるようだった。

元宵節のお祭り騒ぎも、定恵には馬鹿げたものに見えた。何万もの唐軍が東北の国境沿いで死闘を繰り広げているというのに、この空騒ぎはいったい何だ。非常事態を民衆に悟られないための偽装工作ではないかとさえ思えた。

十六日、まだ元宵節の賑わいは続いていたが、さすがに参拝客は減ってきた。定恵はこの日、慧日寺を抜け出して光明寺に義蔵を訪ねた。ここも参詣客が引きも切らなかったが、僧侶の数も多いので義蔵も適当に手抜きができることを知っていた。

　義蔵の方で定恵の姿に気付いて、わざわざ本堂から出てきた。

「いいところに来てくれた。ちょうどひと息つこうと思っていたところだ」

　こう言うなり、定恵を誘って人波に逆らって山門の方に進んでいく。寺外で憂さを晴らしたいのだろう。ひょっとすると大事な話があるのかもしれないと定恵は思った。

　街路の人込みを横目で見ながら、義蔵は小声でささやいた。

「山東の萊州《らいしゅう》に続々と軍船が集結している」

「新たな戦いが？」

「たぶんね。沖合いまで埋めた軍船のため、交易船も出入りできないそうだ。現地の住民や交易商には箝口令《かんこうれい》が敷かれているようだが、これほどの大作戦を隠密裏に進めようというのが、どだい無理な話だ。秘密はすぐに漏れる。長安でも一部の者はすでに知っている。近く大規模な戦争が始まることは疑いなしだ」

「萊州といえば、私が上陸した港だ」

「そうか。萊州は日本の遣唐使だけでなく、新羅人も利用している。山東の代表的な泊地だが、今や軍港に早変わりしているようだ。もっともこれは隋代もそうだったがね。ただし、煬帝が出兵したのは登州《とうしゅう》だったが」

「ああ、もう少し東にある……」

「そう。私は登州から唐国に入ったんだ」

「それにしても今度の唐軍の規模は桁外れのようですね」

「一大決戦を意図しているとしか思えない。たぶん高宗は新羅と呼応して百済を殲滅する作戦に出たのだろう」

「建任もそう言っていました。高句麗は手強いから、まず先に百済を滅ぼす、と」

　おやっ、という顔で、義蔵は定恵を見つめた。

「そうか、劉建任が……。彼奴《きゃつ》が言うなら、間違いないな。何しろ六部《りくぶ》の役人だからな」

　義蔵は眉をしかめた。新羅の暴走を憤るというより、百済の運命を危惧しているように定恵には思えた。

「新羅の例の王子たちとは、その後……？」

「まだ手付かずだ。どうなるか分からない。大荘厳寺の意向も確かめねばならないし」

「寺への往復の途次を狙うという手もある」

「それは危険だ。かえって騒ぎを引き起こす惧《おそ》れも出てくる。できるだけ大荘厳寺の中で会いたい。知り会いの僧がいるから、相談してみようと思う」

ちょっと遠くを見るような目で、義蔵は街角の方に目を移した。元宵節の賑わいも義蔵には無縁のようだった。この点では、定恵も同じだった。

「お祭り騒ぎをしているどころではない」

義蔵は吐き捨てるように言うと、大通りを横切って行く。定恵は黙ってついて行った。

向かいは西市である。長い坊墻《ぼうしょう》が道路沿いに続いている。義蔵は東門から市《いち》の中に入った。定恵もあとに続いた。

市の賑わいはいつものことだったが、今日はちょっと様子が違う。お上りさんや西方の胡人《こじん》がやたらと目に付く。地元の唐人の方が少ないくらいだ。

そうか、と定恵は思った。

元宵節で城内の民衆は街に繰り出して戯場や芝居小屋に押しかけている。光明寺でも門前の広場に小屋掛けした見世物が大勢の客を集めていた。

「人込みの中にいる方が、かえって安全だ」

義蔵が言う。

やはり何か話があるのだろう。先ほどの唐軍の莱州集結の続きか。それとも一歩踏み込んで、戦争阻止のための具体策でも見つかったのか。

食堂を兼ねた茶屋に入った。客は入り口近くにひと組だけ。五人ほどの男だけの集団だったが、身なりは士大夫《したいふ》風に整っている。それなりの地位と身分を持った男たちに違いない。奥の席に行こうと脇を通り過ぎた時、強い山東なまりが耳をかすめた。

「油断のならない連中だ」

腰を下ろすと、義蔵はちらりと入り口の男たちの方へ目をやった。

まさかと思った。山東の北岸に軍船が蝟州《いしゅう》しているとはいえ、山東の貴族たちが皆これにかかわっているとは思えない。元来、山東の有力貴族たちは保守的で、門閥を誇って新時代の律令制には抵抗していると聞いている。異国に攻め入る府兵は徴兵令に基づいた国家の正規軍だ。それに対して、門閥貴族たちは私兵に守られて容易に中央権力に屈しない。

「見たところ、人品卑しからぬ連中ですね」

「山東の名門貴族たちだろう」

「なぜ、また、こんなところに……？」

「裏工作かもしれない。尚書省のお偉方に山東出身の高官がいる。皇室の内部にも食い込んで隠然たる力を持っている」

「それにしても、こんな西市の茶屋に……」

「民情を探っているのだろう。民百姓はもともと戦いは好まない」

定恵も時々五人組に目を当てながら義蔵の話を聞いていた。言われてみれば、いわくありげな一団だった。そと、そこへ不意に一人の僧形の男が入ってきた。その姿を見て、定恵はあっと叫んで、一瞬身を避《よ》けるようにしだ。

「どうした？」

義蔵がただならぬ気配を感じて、素早く定恵の腕をつかんだ。

「あ、あの男です、私を愚弄《ぐろう》したのは」

「愚弄？」

怪訝な顔付きで義蔵は定恵の目をのぞき込む。

「そうです。私は鎌足の実子ではない、と」

ああ、いつか口走ったことがある。自分の父親は鎌足ではないらしい、と。何を血迷ったかと義蔵は相手にしなかった。確か自らが質の身だと知って混乱していたころだった。

男の方を見ると、紛れもない行脚僧である。別に珍しいことではない。所定めぬ無住の乞食《こつじき》僧はいくらでもいる。

「倭国での知り合いか？」

義蔵が声を潜めて聞いた。

「とんでもない。突然現れて、私の出自を……」

男が近づいて来たので、定恵は言葉を呑み込んだ。顔面が蒼白になり、脅えたように小刻みに震えている。何が怖いのか、と義蔵は不思議に思った。

男はつかつかと歩み寄り、同じ卓子の向かいにでんと尻を落とした。むろん、定恵がいるのを見定めた上でのこれ見よがしのふてぶてしい振る舞いだ。

「今日は光明寺の義蔵法師とご一緒か」

じろりと定恵を一瞥して、大仰に上体を逸らす。

倭語の分からない義蔵は、二人を見比べてただ観察しているだけだ。

「いったい、御坊は何者です？」

自らの動揺を無理やり押さえて、定恵は震える声で詰問した。

「知りたいかね」

男は口もとをゆがめて不敵な笑みを浮かべた。

「ところで、義蔵法師は倭語を解するのかね」

顎で傍らの義蔵をしゃくって、定恵をにらむように見据えた。

「いいえ、できません」

「それなら、いっそ、唐語でしゃべろうかね」

伸びをするように上体を揺らす。余裕しゃくしゃくである。

義蔵にも知ってほしいという魂胆らしい。ますます放っておけない傲慢さだ。定恵の脅えは恐怖に変わった。が、義蔵がいることで、何か勇気づけられるところもあった。

「わしはご覧のとおりの乞食僧だが、無駄飯は食ってない。倭国にいる時、政争に巻き込まれて、唐国に逃れた」

みごとな唐語だ。

「政争？」

「そう。〈乙巳《いっし》の変〉だ」

「私はまだ三歳でしたよ」

「そうだったな。そなたが生まれて二年後のことだ」

「お名前を教えてください。ここは唐国ですから、もう恐れることはないでしょう」

「恐れはしないが、刺客はあちこちにいる。しかも三国入り乱れてね」

「三国というと朝鮮の三国……」

「むろんよ。――それだけではない。三国の抗争には唐国と倭国も絡んでいるので、刺客も複雑に入り組んでいる」

信じられないことだった。刺客という言葉から、自分も誰かにつけ狙われているのではないかという気味悪さが一瞬定恵の背筋を走った。

とにかく、相手の素姓を知りたい。

「お名前を！」

再度、迫った。

「叡観《えいかん》が今の名だ」

「俗名は？」

「それは言えぬ。倭国にいたころ、軽王《かるのみこ》にお仕えしていたということだけは言っておこう」

「軽王？――孝徳《こうとく》帝ではありませんか」

「そのとおりさ」

定恵は半信半疑だった。まさかこのみすぼらしい男が天皇の近侍とは――。

しかし、叡観は傲然としてたじろぐ気配はない。信じるしかなかった。

孝徳天皇に近侍していたとなると、鎌足とは敵対する勢力である。〈乙巳の変〉で中大兄皇子と中臣鎌足が蘇我一族を滅ぼした後、皇極《こうぎょく》天皇は退位し、弟の軽王が皇位に就いた。が、政治の実権は皇太子の中大兄にあった。孝徳天皇は推古朝以来の伝統に従い、天皇不執政を貫いた。というより、貫かざるをえなかった。蘇我氏が執政を務めていた一時期もあったが、〈乙巳の変〉を経て律令制に向かって歩み出した新政府は推古朝に倣って皇太子執政を復活させた。皇太子を動かしていたのが側近中の側近、中臣鎌足である。

孝徳天皇と中大兄皇子の溝は次第に深まっていった。

難波に遷都した孝徳天皇は左大臣阿倍倉梯麻呂《あべのくらはしまろ》、右大臣蘇我倉山田石川麻呂《そがのくらのやまだのいしかわまろ》という実権のない二人の身内に支えられて憂いを癒していたが、難波の地に壮大な宮殿を造営することを夢見ていた。夢が実現したのは、倉梯麻呂が病死し、待っていたかのように石川麻呂が中大兄皇子に謀殺された三年後のことだった。竣工した長柄豊碕宮《ながらとよさきのみや》に移っても、孝徳天皇の孤愁は深まるばかりだった。

そんな折、難波から飛鳥への遷都が企てられた。ちょうど定恵が入唐したころである。宮中が慌しくなってきたことは、十一歳の定恵にも肌で感じられた。こんな時期に遣唐使を派遣することに異を唱える高官もいた。国博士の旻《みん》法師が病に倒れたのもこの時期で、旻法師を心の拠りどころにしていた孝徳天皇の不安は募るばかりだった。

結局、中大兄皇子は難波に執着する孝徳天皇をひとり置いて、一家眷属を引き連れて飛鳥に移る。母の皇極上皇だけでなく、皇后の間人《はしひと》皇女まで同道する。間人皇女は中大兄皇子の同母妹である。同母弟の大海人《おおあま》皇子も一緒だった。孝徳天皇は翌白雉《はくち》五年十月、失意のうちに難波で崩御する。

次の天皇は中大兄皇子ではなく、皇極上皇が重祚《ちょうそ》して斉明《さいめい》天皇となった。中大兄が皇位に就けば、天皇不執政の慣例により執政権を失ってしまう。あえて皇太子の位にとどまって、引き続き政治の実権を握ろうとしたのである。

一連の行為はすべて中臣鎌足が画策し、中大兄皇子によって実行された。

「そなたが渡唐したあと、すぐに旻法師は亡くなり、孝徳天皇も翌年寂しく世を去られた。この難波の悲劇を演出したのが、ほかならぬ中臣鎌足だ」

沈黙した定恵に、叡観は容赦のない言葉を浴びせた。

「何を言いたいのですか」

定恵は相手をにらみつけた。

「その鎌足はそなたの本当の父親ではない」

やはり、と定恵は観念した。動悸が胸の奥から這い上ってくる。

これを言いたくて執拗にまとわり付いてくるのだ。

「不運の孝徳天皇こそそなたの真の父親だ。わしはこの目でそれをしかと見た。鎌足は一時軽王の屋敷に入りびたりだった。事を起こす相手を探していたのだ。皇族でなければならない。そうでないと鎌足の野望は遂げられない」

野望とは〈乙巳の変〉のことだろう。執政の地位を蘇我氏から取り戻して親政を確立したのが中大兄皇子と父鎌足の功績だと聞かされていた。定恵にとってはこの政変は誇るべき偉業だった。

ふと見ると、傍らの義蔵は斜めに俯いて感慨深げである。唐語に変わっていたので、内容は理解したはずである。倭国通の義蔵には〈乙巳の変〉は目新しい事件ではなかったかもしれない。が、定恵の本当の父が孝徳帝であるとは、たぶん初耳であろう。

「鎌足は乗り換えたのだ。軽王頼むに足らず、と中大兄皇子に鞍替えしたというわけだ。法興寺の槻《つき》の木広場で行われた蹴鞠《けまり》の会で、脱げてしまった皇子の靴を拾ってあげたのが機縁でね。軽王を見限った鎌足は、ひたすら皇子に近づく機会を窺っていたというわけだ。みごと功を奏して、以後は皇子の側近、いや、知恵袋になる。何ともあざといお方よ」

実父でないなら、いくらけなしても失礼にはなるまいと思っているようだった。

槻の木広場の件は定恵も知っていた。中大兄皇子との出会いがこの蹴鞠の会だったと、父から直接聞いたことがある。しかし、これはきっかけに過ぎず、以後の父に対する皇子の信頼はひとえに父の有能さにあったと定恵は信じて疑わなかった。

その鎌足も、叡観によれば、卑劣極まりない男ということになる。しかも、この卑劣にして有能な男は私の父ではないという。

「だから、どうしたと言うのですか」

定恵は突然、開き直った。

「そなたは鎌足に復讐せねばならぬ」

「復讐？　なぜです？」

「孝徳帝の恨みを晴らすのじゃ。そなたの父親の恨みを」

冬の最中《さなか》だというのに、定恵の額にはうっすらと汗がにじんできた。冷静になれという方が無理だった。孝徳天皇の無念は理解できる。しかし、鎌足を恨んで、どうなる？

「有間《ありま》皇子はそなたの同腹の兄君じゃ。謀反の疑いで殺されたことはご存知だろうな」

「えっ？　そ、それは、本当ですか」

定恵は息を呑んだ。

「ご存知ない？　そうか……。つい二か月前のことだ」

叡観はちょっと視線をさまよわせてから、定恵をのぞき込むように見た。

「謀られたのじゃ。中大兄皇子にな。入れ知恵したのは、これも鎌足。有間皇子は孝徳天皇のただ一人の皇子。有力な皇位継承候補となれば、中大兄も放っておくわけにはいかない。むろん中大兄は斉明天皇になってからも皇太子の位にあったが、いつひっくり返るか分からない。聖徳太子の例もある。反中大兄勢力にとっては有間皇子は希望の星だった。——もっとも、そなたもその一人になる資格は充分あったわけだがね」

薄ら笑いを浮かべながら、叡観は定恵を睥睨《へいげい》するように眺めた。

有間皇子の噂は難波で定恵も耳にしていた。聡明で詩心を持った憂愁の皇子という評判だった。定恵より三歳年上だったが、まさか謀反の罪で斬られるとは……。

しかも、二か月前となれば、去年の十一月、いったい叡観はどこからこんな情報を仕入れたのか。

「その時、御坊は倭国にいたのですか」

「ははは。わしが唐国に来たのは孝徳天皇の崩御された年だ。そなたより一年半あとだ。有間皇子の悲劇を目にできるわけがない」

「それなら、どこからその知らせを……？」

「わっはっは。——そなたは唐国の事情に疎いのう。

長安には諸国の間諜がうようよおるわ。倭国からも何人も来ておる。高句麗や新羅、百済となれば、これはもう星の数ほどいる」

嘲笑され、愚弄されながらも、定恵は踏ん張った。ここでへこたれればますます窮地に陥る。覚悟を決めた。

「御坊は誰の間諜だ」

男は不意を突かれて、一瞬たじろいだ。

「間諜は好かん。俺は独立独歩のこじき坊主だ。誰の指示も仰がん」

「では、なぜ、私に付きまとう」

「そなたが人質でいることが気の毒でのう。事実を知らせれば、自由の身になるのではという親心からさ」

「親心？」

「そなたの父親は孝徳天皇。鎌足と中大兄に見捨てられた不遇の帝。しかも、兄の有間皇子は謀殺。そなたは立たなければならぬ。本当の身分を明かして唐国を離れ、倭国に帰って復讐を遂げるのがそなたの責務だ」

「私が孝徳帝の子だという証拠はどこにある」

「聞きたいか。それなら話してやる」

定恵の全身に戦慄が走った。

実の母は小足姫《おたらしひめ》だとは以前に聞いた。確かに小足姫は軽王の妃の一人だった。二人の間には有間皇子も生まれている。いっとき、父が軽王と親密だったことも知っている。しかし、その小足姫を連姓《むらじ》である父に下げ渡すなど、ありえないことだ。

「そなたが生まれた皇極二年という年に何があったかは、そなたも知っていよう。そう、蘇我入鹿《そがのいるか》が斑鳩《いかるが》に攻め込んで山背大兄皇子《やましろのおおえのおうじ》を自決に追い込んだ年だ」

「その入鹿を憎んで事を起こしたのが、中大兄皇子と中臣鎌足だったはずでしょう？」

「確かに。しかし、入鹿をそそのかしたのは、実は鎌足なんだよ」

「そ、そんな……」

でたらめを言うにも程がある、と思った。

「信じられまい。無理もない。が、鎌足は策士だ。入鹿の横暴を黙認して、後に入鹿を誅殺《ちゅうさつ》する口実を仕組んだのだ。入鹿はまんまと罠に嵌《は》まった。父の蝦夷《えみし》はそんな入鹿の浅知恵を日ごろから気にしておった」

「しかし、軽王も斑鳩襲撃に一枚嚙んでいるのでしょう？」

これにはすぐに答えず、叡観は大きく息を吐いた。

「山背大兄皇子襲撃は、実は入鹿の方が軽王に引きずられて起こしたのだ」

「えっ？　首謀者は軽王？」

「そうとも言える。ただし、軽王をそそのかしたのは鎌足だ。鎌足は親しく軽王のもとに出入りしていたが、軽王の器量に疑問を感じ始めた。それを試す意味で、山背大兄を殺戮する計画を持ち出した。これができるのはあなたしかいない、とね」

定恵は混乱した。父が暗躍しているらしいことは察しがついたが、軽王を使って山背大兄皇子をなきものにするとは名分が立たないではないか。

「父は蘇我氏を滅ぼして天皇家に実権を取り戻そうとしていたはずではなかったのですか」

「そのとおりだ。だが、考えてもみよ。入鹿は山背大兄とはいとこ同士だ。ともに蘇我氏の血を引いている。古人大兄《ふるひとのおおえ》を擁立するには山背大兄は確かに邪魔だったが、同族でもある山背大兄を殺すことにはためらいがあった。斑鳩の一族は人望もあったしね」

「そういえば、山背大兄皇子を直接攻撃したのは入鹿ではなく、巨勢徳太《こせのとくたこ》、大伴長徳《おおとものながとこ》といった後に孝徳帝のもとで大臣に任じられる人たちだったとか……」

「そこだよ。彼らは入鹿の手下というより軽王の配下だった。糸を引いていたのは軽王であり、その背後には鎌足がいた。まさか軽王がそこまでやるとは鎌足も思っていなかった。むろん謀議には入鹿も加わっている。が、終始消極的だった。入鹿もまた担がれたようなものだ。担いだ超本人は軽王ではなく、鎌足だがね」

「軽王を皇位に、という思いは父にはあったのでしょうか」

「初めはね。だが、やがて器量不足だと気付いた。それで中大兄に乗り換えるわけだが、斑鳩襲撃はちょうどその境い目の微妙な時期だった」

「しかし、父は山背大兄皇子のもとでの天皇復権もできたはずですよね。それなのに、なぜ上宮王家《しょうぐうおうけ》襲撃を考えたのですか」

「肌が合わなかった。鎌足は現実派で、山背大兄は理想派だ。実父の聖徳太子の威光で斑鳩に独立王国を築いていた山背大兄は、出自の卑しい鎌足にとっては煙たくて仕方がなかった。劣等感を募らせていた。しかも、斑鳩は法隆寺を核にした仏教王国だ。対する鎌足は神道の家柄。鎌足の頭にあるのは天皇を神と仰ぐ明《あき》つ神の王国だ。仏教は単なる護国のための手段でしか

「小足姫が鎌足に下げ渡された経緯だがね」

定恵はぴくりと肩を震わせた。

鬼門だった。これ以上、両親のことは聞きたくなかった。詳細を知っても自分が苦しむだけだ。

黙り込んだ定恵を見て、叡観はしばらく言葉を発しなかった。

「もう結構です」

定恵はひと言、消え入るようにつぶやいた。

自分の出自が揺らいだことで、ずっと不安定な気持ちを抱きながら過ごしてきた。ここで決定的な証拠を突きつけられれば、自分の存在そのものが危うくなる。真相を知りたいとは思うが、今はこのままでいたい。少なくとも唐国にいる間は――。

「御坊はどちらの寺で得度された？」

それまで聞き役に徹していた義蔵が、突然口を開いた。

定恵は初めて義蔵がいたのだと気付き、はっとしてその横顔に見入った。

そうだ、義蔵という強力な味方がいる。落ち込むことはない。

定恵は叡観に目を移した。

なかった」

「軽王の方が、まだましだったのでしょうか」

「皇子とはいっても軽王は器が小さかった。それだけに逆に利用価値はあった。山背大兄はそうはいかない。人格、識見ともにすぐれ、しかも神性を帯びている。『仏』という神性をね。その点、入鹿は鎌足に似ていた。現実派で、目先のことしか考えない。違っていたのは、入鹿には思慮分別が欠けていたことだ。短絡的で激情家だった。まあ、それだけ一本気だったということにもなるがね」

定恵は考え込んだ。

今まで自分が聞かされてきたことはほんの上辺だけの事実にすぎなかったのか。隠された闇の部分が多すぎる。

この男、叡観とは、いったい何者なのか。上宮王家の悲劇をまるで見てきたように話す。当事者でなければ分からないような細部を知っている。自分では孝徳天皇に仕えたと言っているが、それはいつ頃のことなのか。とにかく〈斑鳩の変〉に関しては驚くほど詳しい。

ひょっとすると、山背大兄皇子襲撃事件に加担していたのではないか。

叡観はむっつり黙り込んで、返事をしない。頬が強張って辺りの空気を跳ね返している。

「僧形であるからには、どこかで受戒したのであろう」

義蔵が追い討ちをかけた。

「倭国か？　それとも唐国か？」

訊問調になった。

やはり叡観は黙ったままである。

「御坊の素姓がはっきりしない限り、これまでの話も素直に信じるわけにはいかない」

冷静な男だ、と定恵は義蔵を見直した。やはり一日の長がある。

義蔵は、叡観は倭国から放たれた間諜ではないかと疑っているようだ。新羅や高句麗では僧侶が間諜の役目を担うことがしばしばある。僧形に身を窶《やつ》せば他国への出入りも比較的容易である。僧侶は高度の知識と外交特権で政界からも重宝がられていた。

おのれについて詳細を明かさない叡観は、怪しい人物と見なされても仕方がない。義蔵はここに目を付けて叡観を攻めているのだ。

私度僧、というより、ただのこじき坊主と見なしていた定恵は、叡観に対する見方を変えねばならないと思った。何か重大な使命を帯びて入唐したのかもしれない。無気味なのは、この俺を付けねらっているようなところがあることだ。用心に越したことはない。

つと、叡観が立ち上がった。無言で卓上の編み笠と宝器を手に取り、そのまま挨拶もせず立ち去ろうとした。

定恵は反射的に腰を上げ、引きとめようとした。が、脇からぐいと義蔵が手を伸ばして定恵の袖をつかんだ。

「追うな。いずれまた姿を見せる」

浮かぬ顔で定恵は再び椅子に腰を下ろした。

意識が中空をさまよっている。わけが分からない。あの男、そして義蔵、士大夫風の一団――。

自分は今どこにいるのだ。なぜこんなところにいるのだ。

「だいぶこたえたようだな」

義蔵が茫然自失している定恵の頬を指で弾いた。はっとして、目を凝らした。腰をかがめた義蔵の顔がすぐ間近にあった。

「無理もない。あれだけ父上を悪人呼ばわりされればね」

「本当なんでしょうか、あれは」

　定恵は泣きそうな顔で、義蔵に訴えた。

「分からない。しかし、あれだけ込み入った事情を知っているとなれば、まんざら出まかせを口にしているとは思えない。やはり倭国の朝廷に関係していた者かもしれない」

「いったい、何を企んでいるのか……」

「復讐せよと言っていたな。孝徳帝の恨みを晴らせ、と」

「私が孝徳帝の子だという前提でものを言っている」

「孝徳帝の恨みを晴らすとなれば、現政権に歯向かうことになる」

「そう、自分の父親を敵に回すということだ」

　定恵の面差しにうっすらと苦渋の色が浮かんだ。

　依然として定恵にとって「父」は鎌足だった。無理もない。十一年間、定恵を育ててくれたのだ。今さら父は別にいると言われても、納得できないだろう、と義蔵は思った。生みの母より育ての母という言葉がある。父の場合もまた同じに違いない。

「孝徳帝の恨みは確かに強かったろう。しかし、すでに崩御されている。時代は斉明女帝へと移っている。今は私怨にとらわれている時ではない。国家存亡の危機が海東の諸国に押し寄せている」

　そのとおりだ、と定恵も思った。「海東の諸国」には倭国も含まれている。

　孝徳天皇はすでに過去の人だ。自分の使命はこの新時代にどう即応していくかにある。実父が誰かということなど、取るに足らない瑣末事とせねばなるまい。

「しかし、皇太子の中大兄皇子はなぜ即位しないのだろう」

　ふと義蔵は不審そうに眉をぴくつかせた。

「倭国には天皇不執政という伝統があります。伝統といっても、推古天皇以来ですから、たかだか五十年余にすぎませんが」

「例の聖徳太子が摂政になった……」

「そうです。太子は蘇我馬子を牽制しながら巧みに政治改革を進め、仏教に関しては馬子と協調して興隆に力を尽くされました」

「それは聞いている。が、太子亡き後は蘇我氏が実権を握っている。蘇我氏は皇族ではないはずだ。大臣《おおおみ》とはいえ、あくまで臣下だ」

「そうなんです。そこを突いたのが、父と中大兄皇子でした。〈乙巳の変〉はそうして起こったのです」

「中大兄皇子は実権を保持するため、あえて即位せず、皇太子でい続けたというわけか」

「そうだと思います。斉明天皇は皇子の実母です。それだけわがままも利きます。それに……」

「ん？」

義蔵は顎を起こして、不審そうに定恵を見つめた。

「飛鳥には皇子に反発する勢力がまだ存在していました」

「ああ、蘇我氏に繋がる連中だな。東漢氏《やまとのあやうじ》とか……」

東漢氏は百済・加羅から移り住んだ渡来系の人々だ。山背《やましろ》（山城）を本拠地とする新羅系の秦氏《はたうじ》とともに、畿内では隠然たる勢力を誇っている。

新羅人の義蔵はさすがに倭国に住む渡来人にも詳しいと定恵は感心した。

「そうです。皇子は政治の実権を手放すわけにはいかなかったのです」

「なるほどね。しかし、重祚《ちょうそ》した斉明女帝もはらはらし通しなのではないか。外からは朝鮮三国から頻繁に使節が来る。半島のただならぬ動静が刻々と伝わってくる。斉明帝は飛鳥の周辺の山々を木柵と土塁で覆う大土木工事を敢行している」

現下の倭国の情勢をこうも詳しく知っているとは、と定恵は度肝を抜かれた。この事実は自分でさえやっと最近になって耳にした情報だ。

斉明天皇は巨石を運ぶために飛鳥に巨大な運河を掘らせたが、人々は「狂心《たぶれこころ》の渠《みぞ》」と揶揄したという。これらの防備体制は一般民衆にはその必要性が全く理解できなかった。すべて鎌足と中大兄皇子の綿密な計画に基づいて実行されたのだが、人々は単純に斉明天皇の土木好きな「遊び心」のなせる業と思い込んだのである。朝鮮三国の緊迫感は飛鳥の住民にとっては対岸の火事でしかなかった。

「新羅は武烈王になってから、朝鮮統一の野望を煮えたぎらせている。一国では力量不足と知っているから、唐国を頼るしかない。倭国はせめて中立でいてくれればというのが新羅の最低の願いなのだ」

「唐国に頼りすぎれば、やがて臍《ほぞ》を噛むような目に遭いませんか」

「そこだよ。それを全然分かっていない。狭い半島で三国がいがみ合う必要など全くないのだ。何を考えているのかと腹が立ってくる」

義蔵は苛立っていた。

「動き出す手立てはありますか」

「うん。さっきの男、あれは使いものになりそうだな」

「えっ？」

定恵は目を剝いた。

全身が総毛立つ思いだった。あのこじき坊主、叡観に何ができるというのか。

「今度会ったら、引き留めておいてくれ。必ずまた現れる」

定恵に視線を当てたまま、義蔵はゆっくりと腰を上げた。その目には威圧するような力があった。定恵はただうなずくしかなかった。


元宵節が過ぎると季節は徐々に動き出す。

それまでは冬が谷底に向かって突き進んでいたが、寒さが急に緩む日が出てくる。日が伸びてくるのも実感される。人々はどことなく硬い心を解きほぐされていく。そして、二月の半ば、寒食節《かんじきせつ》を迎えると、もう春が間近に思えてくる。

今年の寒食節には鄭高佑が孫娘の雪梅を連れて慧日寺にやってきた。これまでも慧日寺を訪れたことはあるが、寒食節に顔を見せるのは初めてだった。神泰は不思議に思ったが、とにかく仏寺への供養は欠かさない道心の深い優婆塞である。

「これは、これは、わざわざお越しいただいて恐縮です」

神泰和尚がじきじきに出迎えて客殿に通した。

寒食節は冬至から数えて百五日目、清明節《せいめいせつ》の直前に三日間にわたって煮炊きをせずに冷たいものだけを食べる伝統行事である。唐土では、膾《なます》のような例外はあるが、ふつう料理は温かいものと決まっている。あらゆる食材は火を通して、熱いうちに食べる。寒食節は春秋時代の晋の文王と忠臣介子推《かいしすい》の故事に由来するが、その憐憫哀哭《れんびんあいこく》の物語は仏教の禁欲思想と結び付いて修行の一種として寺院に広まった。

倭国にはこの風習は伝わらなかったので、定恵は唐国に来て初めて知った。あらかじめ作っておいた餳《あめ》や大麦粥を冷たいまま口にする。うまいものではない。が、寒食節の由来を聞いて、定恵は感動した。忠臣の介子推は父の鎌足を連想させた。私利私欲なく中大兄皇子に尽くす姿はまさに介子推そのものだった。

侍僧から客殿に来るように言われたとき、定恵は何事かと思った。今日が寒食節であることはむろん知っていた。が、この日、鄭高佑が来るとは聞いていなかった。しかも、わざわざこの俺に会いたいとはいかなる魂胆なのか。

客殿に行くと、高佑と雪梅が行儀よく控えていた。神泰師はいなかった。意図的に座をはずしたのかどうかは分からない。

定恵は一瞬気おくれしたが、雪梅のかわいらしい姿に誘われるように卓に近づいて行き、向かいの椅子に座った。

「先日は失礼しました」

高佑は人懐っこい微笑で丁寧に話しかけた。

「こちらこそ、お役に立てずに……」

孫娘の雪梅から「お導きください」と言われて赤面して逃げ帰った記憶が生々しい。赤っ恥をかいたと思ったのは、必要以上に相手を意識しすぎたせいだろう。今こうして再びその姿を見ると、相変わらずあどけなく、美しい。

「今日は実は大事なお話があって……」

「この私にですか？」

定恵はびっくりして大きく目を見開いた。

「そうです。この雪梅に倭国の話をしてやってくれませんか」

これは妙なことを言う、と思った。

「私の祖国の話を、この雪梅さんに？」

聞き違いではないか、と怪訝な顔を向けた。

「ええ。雪梅は倭国にあこがれています。倭国に聖王がいたという言い伝えを信じています」

何のことだろうと首をひねった。

やがて、これは聖徳太子のことではないかと気付いた。聖徳太子のことは唐土でも伝説的に語り継がれている。隋代に倭国から求法にやってきた学問僧たちが広めたらしい。現に師の神泰和尚も聖徳太子の名を口にしたことがある。

「私はまだ駆け出しの見習い僧です。自国の仏教にも疎くて……」

定恵はまたもや逃げ腰になった。

どうもこの爺さんは苦手だ。自分の痛いところを突いてくる。孫娘をご褒美のようにちらつかせて、俺の秘密を探りに来たような意地悪さを感じる。

「いやいや、そうご謙遜には及ばぬ。法を説く必要はない。倭国の珍しい話でも聞かせてやっていただければ、それで充分」

定恵は警戒するように高佑と雪梅を交互に見た。頭は相変わらず混乱したままで、視線と同じく焦点が定まらない。

と、突然、雪梅が、

「お坊様、お願いします」

絹のようなしなやかな声を発して合掌した。

この前と同じだ。

定恵は美しい魔物でも見るように雪梅を眺めた。

結い上げた漆黒の髪に今日は花飾りはない。代わりに銀色の笄《こうがい》が斜めに髷《まげ》を貫いている。顔に化粧っ気はなく、額《ひたい》と頬の白さが一点の灯火のように薄暗い部屋に浮かび上がっている。前回は元日の斎会《さいえ》、今日は寒食の節会《せちえ》、時と所をわきまえた間然するところのない身繕いだった。

それにしても、この二人はなぜこんなふうに俺に近づいてくるのか。

「孫娘の願いを聞き届けてやってください。わしにとってこの子は生きる縁《よすが》なのです」

「ご両親は？」

「遠いところにおりましてな。当分、会う機会はないでしょう」

この男の境涯については定恵はほとんど知らない。何不自由なく暮らしている優婆塞だと聞いているだけだ。現に、慈恩寺ではたびたび斎会を催し、玄奘以下、僧侶たちの信望は篤い。商売で富を蓄え、今では引退して道心ひと筋の暮らしだという。

突然、雪梅が泣き出した。ひくひくと嗚咽《おえつ》を漏らしながら、手の甲で涙を拭っている。両親のことに触れられたせいか。子供のような泣き方だった。

「泣くんでない。お坊さまはきっと願いをかなえてくださる」

高佑は孫娘の肩をさすってしきりになだめている。演技ではないか、と定恵は疑った。

何もかも唐突だ。

いったい、この俺のことをどれほど知っているというのか。

「私はこの寺に寄食していますが、本当は……」

「存じていますよ。御坊は倭国から来た大事な質《しち》だ。唐国にとっては賓客も同然だ」

これぐらいは知っていてもおかしくない。しかし、質の身の自分に孫娘を近づけるというのは、よほどの物好きか、他意あってのこととしか思えない。自らに危険が及ぶことも考えられるはずだ。

「質は囚われの身です。大事にされてはいますが、籠の鳥同然です」

「なんの、なんの。それが本当なら、わしが黙ってはいません。御坊は何をしても構いません。どこへ行こうと自由ですよ。ただ、唐国から出られないというだけで、それ以外の制限や束縛はいっさいないはずです」

わしが黙っていません、とはどういう意味なのか。唐朝の意向を左右できるような力を持っているというのか。

改めて定恵は高佑を見つめた。商人ふうに髪を後ろに束ねて、着ているものも地味な厚手の長衣である。腰に締めた帯だけが高価な革帯である。

カネに飽かせて唐朝の高官に取り入り、政治に影響力を及ぼす商人もいると、いつか義蔵から耳にしたことがある。が、目の前の高佑にそんな野心は感じられない。孫思いの好々爺然とした穏やかな面相をしている。

あるいは、隠居を気取った柔和な物腰とは裏腹に、内に堅固な志操を宿しているのだろうか。一か月半前、偶然慈恩寺で会って言葉を交わして以来、こちらはこの老人のことはすっかり忘れていた。急に思い立って慧日寺に自分を訪ねて来たとなると、この老人の覚悟の程がしのばれる。真意はどこにあるのか。

「わしは西域の高昌国《こうしょうこく》の生まれでな」

問わず語りに身の上を話し始めた。

「ご承知のとおり、高昌国は滅んだ」

あっ、と定恵は胸に叫んだ。

高昌国のことはこちらに来てから聞いた。二十年前に太宗によって滅ぼされたという。玄奘三蔵が天竺《てんじく》求法《ぐほう》の旅に立ったときは高昌国王麴文泰《きくぶんたい》から歓待され、仏寺の数も五十を越えていた、とその繁栄ぶりが『大唐西域記』に紹介されている。しかし十七年後の帰国の際にはもはや高昌国は滅亡し、城は廃墟と化していたという。

「慈恩寺の玄奘三蔵は政事にはいっさい口出ししない清廉なお方だが、高昌国のことはとても残念がっておられた」

高佑はちらっと辺りを警戒するような目になった。

客殿には三人以外には誰もいない。閉ざされた厚い扉の外に人がいたとしても、聞こえるほどの大声ではない。むしろ、ひそひそ話に近く、しめやかな余韻だけが床の上を這っていた。

「高昌国を出てからもう二十年になる」

「というと、国が滅びると同時に長安に出て来られた？」

「そう。戦乱はひどかった。太宗の大軍団にはひとたまりもなかった。戦わずして負けたようなものだ」

高佑はちょっと俯いて、往時を偲《しの》ぶように目をしばたたかせた。

「戦争はむごいものですよ」

ぽつりとつぶやいて、目を上げた。その赤く目やにを溜めた瞳には定恵に何事かを訴えるような熱がこもっていた。

そうか、と定恵は思った。

今日の慧日寺訪問は、寒食節に因《ちな》んで故国を供養するためのものだったのだ。おそらく大勢の親類縁者が戦乱で命を落としたのだろう。

「高昌国で商売をされていたわけですね」

「そう。高昌国は西域通商の要衝ですから、賑わっていましたね。おかげさまで商売も繁盛しました」

「なぜ唐国は高昌国を滅ぼしたのでしょう」

高佑の顔がみるみる赤黒く熱を帯びてきた。

定恵もはっとなった。これは禁句だった。唐国に逆らうことになる。

調子に乗りすぎたかと恥じ入っていると、

「わしは漢人です」

きつい声が定恵の耳に突き刺さった。

定恵はわけが分からず、反射的に顔を上げた。

「高昌国にはいろいろな民族が住んでいましたが、漢人も多かった。漢王朝のころから大勢移住して来ていましたからね」

「なるほど」

相槌を打ったものの、高佑の言葉の真意がつかめない。怪訝《けげん》な表情が定恵の面《おもて》を彩っていたに違いない。

すかさず、高佑が、

「高昌国は富に恵まれていましたが、統治が下手でした。王族は土着化した漢人でしたが、内紛ばかり続いて、それで唐国に付け入られたのです」

「すると、漢族のあなたにとっては滅亡はむしろ当然の帰結だと……？」

一瞬、高佑は目を剝いて定恵を見返した。

「故国の滅亡を喜ぶ人間がどこにおりましょうぞ」

詰問するような厳しい皺が顔面に刻まれている。

「わしは高昌国でいっさいを失いました。家族もすべて……」

おやっ、と思った。

それなら、この雪梅は何だというのだ。孫娘だと言っていたはずだ。

定恵の疑問を察したらしく、高佑はふと傍らの雪梅に目をやった。その視線は今までとは違う光を宿していた。肉親愛だけでは片付けられない憂愁を秘めた色合い——。

憐憫の度が強すぎる、と定恵は思った。

ひょっとすると、雪梅は血の繋がった孫ではないのではないか。

「同じ漢民族の国家が同族を不幸に陥れたのです」

明らかに唐国への批判だ。怨念がこもっている。内々にしか口にできない不満だ。

定恵は胸の奥に熱いものを感じた。

この男は俺に救いを求めている。少なくとも信義に通じた仲間だと思っている。どこでどう結びつくのか判然としないが、自分が倭国の質としてここにいることが、高佑には重要なのではないか。


「三蔵法師は高昌国を褒《ほ》めていました。あれほどの仏国土はない、と」

これも謎めいていた。が、高佑にとって玄奘が身内のように親しい間柄であることは間違いなかった。

ここで話を続けることに、定恵は危険を感じた。同じ思いは高佑にもあるのではないか。

話の腰を折るのは承知で、椅子に掛けた尻をずらした。

「いずれゆっくりお話を聞かせてください」

「ああ……そうですね」

素直に応じた高佑は一瞬うろたえたような笑みを浮かべた。が、目は笑っていなかった。真意は通じたと定恵は思った。

「つい年寄りの愚痴を聞かせてしまって……」

「とんでもない。大変勉強になりました。ぜひ続きをいつか……」

傍らの雪梅がびっくりしたようにまん丸い目を向けた。突然、話が中断して、戸惑ったのだろう。自分の願いはどうなったのかと、その目は訴えていた。

「今日はこれでお暇《いとま》しよう。——さあ、小雪《シャオシュエ》、よく頼んでおきなさい」

高佑は立ち上がって、雪梅を促す。

「倭国のお話をぜひお聞かせくださいませ。楽しみにしております」

先ほど泣き顔を見せたのに、今度は笑顔でけろりと言ってのけた。

定恵は面食らった。

新たな疑惑が持ち上がってきた。前回は仏道の教示を、今回は倭国譚をせがむ。その心根はゆかしいが、本当にこの子自身の願いなのか。祖父の高佑が後ろで操っているのではないか。

そうなると、高佑の方にこの俺に近づこうとする底意が隠されていることになる。今日の質の話といい、高昌国滅亡の話といい、考えてみれば愉快な話題ではない。唐国の外交政策が微妙に絡んでいる。

気になったのは、玄奘法師のことだ。高昌国の滅亡を悲しんでいたという。単なる懐古の情だけではなさそうである。高佑の思い入れがあって、話が誇大に伝わったのかもしれないが、少なくとも玄奘法師の胸奥に屈折した心理が隠されていることは確かだ。

――玄奘法師は高昌国を滅ぼした大唐帝国を快く思っていないのではないか。

いやいや、と定恵の心は揺れる。

出国は法に背く犯罪行為だった。極秘の祖国脱出が成功してほっとひと息ついたのが、あの高昌国だった。鑽仰と崇敬の眼差しで迎え入れられた玄奘は仏国土の幸せをそこに見出す。天竺求法の長旅はこの高昌国から事実上始まる。それだけに帰国途次耳にした高昌国滅亡の報は玄奘の胸を深く抉《えぐ》ったに違いない。

帰国した玄奘は太宗じきじきの出迎えを受けて長安入りしたという。国禁を犯したお咎《とが》めはなく、逆に歓待されての帰国である。太宗は文武両道に長《た》けた傑物で、新たに景教（キリスト教）も容認するなど宗教には寛大だった。が、玄奘尊崇の裏には西域方面の新情報を得られるという政治的思惑も絡んでいた。

太宗を継いだ高宗も玄奘の訳経作業を支援した。文治の伝統を誇る祖国は玄奘には居心地がよかったろうが、高昌国の滅亡に見られるような他国への侵略は快く思っていなかったに違いない。仏僧である玄奘には、小国ながら仏の理想を体現した高昌国は王道楽土に思えたはずだ。

その高昌国がなくなってしまった。しかも、わが大唐帝国が攻め込んで滅ぼした。とても許すことはできない——これが玄奘の本音だったのではないか。

その心情を託すことができたのが、誰あろう、あの鄭高佑だったのだ。

ひょっとすると、玄奘法師に力になってもらえるかもしれない、と定恵は夢想した。しかし、清廉潔白で仏道ひと筋の人と聞いている。唐国の百済侵攻を止める力はとてもないだろう。お歳もお歳だ。変な期待は抱かない方がよかろう。

自室に戻った定恵は、しばらくぼんやりと過ごした。

立ち去ったばかりの雪梅の姿が脳裏にちらつく。十三歳、まだ子供ではないか、と空想の尾ひれを断ち切ろうとする。が、あどけない美しさがかぐわしい匂いとともに立ち昇ってくる。

倭国の話、か——。

しかし、なぜ倭国なのだ?

初めは「お導きください」と言った。明らかに仏道帰依の表白だ。それが、一転、倭国への憧憬。あの時ふと聖徳太子が介在しているのではないかと思ったが、高佑はともかく、年端《としは》もいかない雪梅が聖徳太子を知っているはずがない。百年も前の東海に浮かぶ異国の皇子だ。高佑が教え込んで、倭国への夢を煽ったのだろうか。そうなると高佑の意図はどこにあったのか。

高佑は、俺が質《しち》であることを、どう思っているのか。質である俺に興味があるのか。それとも、僧侶の身で質でいることに関心があるのか。あるいは、俺が倭国の人間であることに意味があるのか。

四月八日の降誕会《こうたんえ》がやってくると、もう春も終わりである。釈迦の誕生を祝うこの日を挟んだ七日間は国中の仏寺が多彩な催しをする。

長安で人目を引くのは、諸寺の境内で催される芸能である。参詣が目的というより、この娯楽目当てに庶民は寺院に押しかける。芸人は大方は西域から来た胡人たちで、歌舞を演じるソグドやペルシアの女性たちの異国的な容姿が長安の庶士を魅了した。

中でも、人気があったのは奇抜な服装をした男たちの演じる奇術だった。容貌魁偉な髭面《ひげづら》の大男が鋭い剣を呑み込んだり、口から炎を噴いたり。かと思うと、小柄な男たちが空中に張り巡らした細い紐の上を一直線に駆け抜ける。はたまた屹立した長い竿を猿《ましら》のごとく上り下りする。人々は彼らを幻人と呼んで、その魔法に鬼神の霊を感じた。

定恵は気鬱に悩んでいた。

夏の到来を思わせる心地よい風も胸の中までは吹き込まない。緑を濃くした柳や槐《えんじゅ》も目の奥まで届かない。あちこちの寺院で咲き始めた名物の牡丹も見に行く気がしなかった。

「恋の病だな」

逸早くそう気付いたのは、義蔵だった。ある日、慧日寺を訪ねて来て、僧坊でぼんやりしている定恵を見て苦笑した。

定恵はうろんな目付きで義蔵を見返した。

「恋？」

「そう。女性《にょしょう》だよ」

定恵はぽかんと宙に首をさらした。思い当たる女性はいなかった。

「鄭高佑の孫娘がおぬしに首ったけだという評判だぞ」

「鄭高佑？」

定恵は反射的にその名を口にした。

「その孫娘さ。確か、雪梅とか言ったな」

ああ、と定恵は思った。

そういうことか――。

しかし、腑に落ちなかった。

「雪梅ではない。鄭高佑その人が問題なのだ」

「やせ我慢するな。おぬしの心を占めているのは、その雪梅という女子《おなご》だ」

「まだ子供だ」

「甘い、甘い」

からかうように義蔵は定恵の顔をのぞき込んだ。

「その顔に書いてあるぞ。私は雪梅が好きです、と」

義蔵は得意そうに豪傑笑いをした。

定恵は頭が混乱してきた。

雪梅が俺に首ったけとは、どういうことだ。求法と倭国譚を俺にせがんだだけではないか。あんな子供に男子《おのこ》を慕う情があるとは思えない。しかも、こちらは出家の身だ。義蔵は何か勘違いしているのではないか。

それにしても、義蔵はなぜ雪梅を知っているのか。鄭高佑と顔見知りなのは不思議ではない。慈恩寺の斎会で何度も顔を合わせている。しかし、今まで二人の間で話題になったことはなかった。

「鄭高佑とは何者なのか」

「元商人という触れ込みだが、ひと筋縄ではいかない男だ」

義蔵はちょっと頰を固くした。

「高昌国の生まれとか」

「確かに。高昌国にいた時、玄奘三蔵を出迎えて歓待している」

「えっ？　それでは、三蔵法師とは旧知の間柄か」

「法師が帰国の途次にはもう高昌国はなかった。鄭高佑も長安に移っていた」

「なるほど」

玄奘三蔵のために元旦の斎会をわざわざ慈恩寺で開いている鄭高佑の意図が、これで完全に見抜けた。

「三蔵法師はいったいどう思っているのだろう、唐朝のやり方を」

「しっ！　そ、それは禁句だ」

義蔵は目配せして、唇に指を立てた。

「分かるだろう？　高昌国は唐国の犠牲になったのだ。何が目当てだったたと思う？」

「領土か？」

「それもある。が、狙いは交易の富だよ。しかも、高昌国は西域だけでなく、東方の産物も扱っていた」

「東方の？」

「そう。百済、新羅、それに倭国の玉《ぎょく》もな」

初耳だった。

「高昌国は西域にある国だ。なぜまた遠い海東の諸国と交易できたのか」

「高昌国は突厥《とっけつ》と繫がりがあった。突厥は高句麗と結んでいた。倭国の特産物が百済と新羅を経由して高句麗から高昌国に入っていた」

「長安を素通りして？」

「いくらかは流れ込んでいたがね。太宗は漢代の故地を回復するという名目で周辺諸国を侵したが、真の狙いは異国の富の独占にあった」

「倭国の玉とはね」

信じられなかった。

「翡翠の勾玉を知っているね。翡翠は倭国産が最も珍重される。東市に行けば、今でもたまに見られるよ。高昌国から流れてきたものだ」

「鄭高佑は東方交易にも手を染めていたのか」

「手を染めていたどころか、彼奴《きやつ》の本業は東方交易だった。海東の産物を東の長安と西の大秦《だいしん》（東ローマ帝国）へと売りさばいて、巨額の富を得ていたのさ」

頭に鉄槌を打ち下ろされたような衝撃だった。

「このところ鄭高佑がおぬしに近づいている理由も、これで分かるだろう」

何もかもお見通しのようだ、と定恵は義蔵の多聞《たぶん》に舌を巻いた。そうだったのか、と疑問の一角が溶け出していく。

しかし、自分に接近して何になるのか。すでに商売からは遠ざかっている。今さら交易の再開はないだろう。単なる懐旧か？　それにしては熱心すぎる。執拗といってもいいくらいだ。

「何か企みがあるのだろうか」

定恵は自らに問いかけるようにくぐもった声で言った。

「そこがよく分からない。いずれにせよ、おぬしが倭国から来た人質だという点に狙いがあることだけは確かだ」

「道心は関係ないのか」

「むろん、あるだろう。仏僧はどこの国でも尊敬される。文化の橋渡しもするし、影の外交官として政治的役割を担うこともある」

「いえ、外向きのことではなく、信心そのものから私に近づいて来たということも……」

「何かあったのかね、そう思わせる具体的な何かが――？」

逆に攻め込まれて来て、定恵は言葉に詰まった。

「あるような、ないような……」

「ほおう、面妖な……。正直に話してみたまえ」

義蔵はぐっと身を乗り出してきた。興味しんしんといった面持ちだ。

「鄭高佑は信心深い優婆塞で通っていますよね。特に玄奘法師とは因縁のある特別な関係だということもさっき分かりました。これはこれでいい。仏のお導きだと思います。が、孫娘の雪梅のことが気にかかります」

「そうれ、見ろ。やはり雪梅のことが忘れられないんだろう？」

義蔵は勝ち誇ったように大きく笑った。

「いえ、そうではなくて、この私に説法を依頼したものですから」

「雪梅に説法？」

義蔵の顔が引きつった。

「そうです。とてもそんな資格はないのでと断わったら、今度は倭国の話をしてやってくれ、と」

「倭国の話？」

義蔵は眉を寄せて、しばらく考え込むようにした。が、やがて、

「雪梅は鄭高佑の本当の孫ではない」

ぽつりと漏らして、目を床に落とした。

定恵は驚かなかった。ただ、首筋に刃《やいば》を押し付けられたような冷たい緊張が走った。

やはりそうだったのか。

高昌国の滅亡で財産だけでなく肉親もすべて失った、とかつて高佑は言った。この時から雪梅の身の上が気になり出した。やはり、血の繋がった孫ではなかったのだ。

となると、その出自は？

定恵の謎は一気に深まっていった。

「雪梅というあの娘はどこの生まれなのですか」

「倭人の血を引いている」

「えっ？　そ、それは、どういうことですか」

寝耳に水だった。定恵はあわてふためいた。

「正確には、倭人の孫だ。昔、遣隋使の一員として唐土にやって来た学問僧がいた。その学問僧は唐土の女を好きになって、還俗、長安に残った。その女の故郷が高昌国だった。二人はやがて高昌国に移って商売に励んだ。二人の間には三人の男の子が生まれた。そのうちの一人が雪梅の父親だ」

定恵は息が詰まりそうだった。

不思議なことに、雪梅に倭人の血が流れていると聞いて、雪梅の姿は逆に遠ざかっていった。ありえない現実が光の塊りとなって定恵の頭蓋で乱反射している。雪梅の姿は万華鏡の中の女人のように奇妙にゆがんで、定かな輪郭を失っていった。

「父親はどうしたのですか」

「三人兄弟の長男で、高昌国が唐の侵攻を受けた時は勇敢に戦った。二人の弟は戦乱で死んだ。末の弟はまだ十歳に満たなかったそうだ。何しろ女や子供まで鎌や包丁を持って唐軍に立ち向かったというからね。都市国家は団結力が強い。一国の運命はそのまま個人の運命に直結する」

「高昌国が滅びたのは二十年近くも前ですよね。その後、雪梅の父親はどうなったのですか」

「高佑も命からがら高昌国から脱出したが、そのとき一人の青年と一緒になった。それが後に雪梅の父親になる男だ。二人とも家族を失っていたので、高佑はその男を養子にして、やがて妻を娶らせた」

「そうですか。子供も唐軍に立ち向かったとは、まさに総力戦ですね」

「都市国家の宿命だよ。滅びる時は一人残らず討ち死にして国土は灰燼に帰す。これが定めだ。しかし、そんな状況下でも生き延びる人間はいる。その男がそうで、高佑もまたその一人だった」

「すごいですね。で、高佑殿は息子代わりのその男と一緒に暮らした……」

「そういうことだ。しかし、その男はやがて行方不明になった」

「えっ？　それはまた、なぜ？」

「私も詳しくは知らない。雪梅も生まれていた。母親は心労で倒れて、そのまま死んだ。血の繋がっていない孫娘の雪梅を、高佑が育てるハメになった。因果は巡るというやつかもしれない」

それにしても、義蔵はどうしてこうも鄭高佑のことに詳しいのだろう。元日の斎会で初めて高佑と雪梅に会ったが、そのことは義蔵には話してない。雪梅のことで気恥ずかしい思いをしたということもあるが、あえて知らせるほどのことではあるまいと判断した。

しかし、今となれば、これはもっと早く義蔵に告げておくべきだったという気がする。個人的な感情は雪梅の方に向かっている。が、いま義蔵の話を聞いて、高佑に対してというより、雪梅の父親の方に心が引き寄せられていくのを抑えることができなかった。

倭人の血を引いているこの男は、父祖の地である倭国に行こうとしたのではないか。倭国のことを幼い雪梅にも語って聞かせていたのではないか。そうなると、高佑が吹き込んだに違いないという自分の推測も当てにならないことになる。雪梅自身が倭国を自分に有縁《うえん》の国、もう一つの祖国と思うようになっていたのではないか。

「知りませんでした。びっくりしましたよ。いよいよ雪梅が他人とは思えなくなってきました」

少し顔を赤らめた定恵を、義蔵は単純に雪梅への恋慕ゆえと解した。

「まあ、あわてないことだな」

義蔵は定恵を諭《さと》すように、ほほ笑み返した。

「高昌国は仏国土だったと玄奘法師は述べていますが、今はどうなっているのでしょう」

「復興しているよ。もっとも、かつての高昌国は廃墟のままだがね。近くに新しい街ができて、唐国は高昌県を置いて、以前と同じように西域との交易の要衝として賑わっている」

「いったい貴殿はどこで仕入れるのですか、そのような知識を」

定恵は感嘆しながら、ため息まじりにつぶやいた。

「ははは。人脈だよ、人脈。高昌国の滅亡に関しては、生々《なまなま》しい体験を持った人がまだ大勢生きている。そちらからいくらでも入ってくる」

「顔が広いんですね」

やはり間諜だ、と定恵は思った。が、それを口にするのは憚られた。

それより、人脈で交友を広げていく義蔵の才覚に圧倒された。確かに間諜になるにはうってつけの資質だ。とても自分の及ぶところではない。

「それに、史書を読むこと。稗史《はいし》も役に立つ。経書よりはるかにおもしろい。歴史を知らないと、正確な判断も下せないからね。もっとも、高昌国のことはまだ史書には記されていない。新しすぎるからね。記録より記憶がものを言う」

史書という言葉で、定恵は思い当たることがあった。

唐土は歴史を重視するという。歴代の王朝は克明に前代の興亡を記録する。歴史編纂は国家の直轄事業で、勅命のもと、前王朝の事績が精査される。当代一流の学者や文人が動員され、事実の歪曲は許されない。たとえ現王朝にとって不利な事実であっても真相がありのまま記録される。

この話を聞いたのはまだ倭国にいた幼いころだったが、強く定恵(当時は真人《まひと》)の心に刻まれた。〈乙巳の変〉では、殺された蘇我蝦夷の燃え盛る邸宅から船恵尺《ふねのえしゃく》が『国記』を救い出して中大兄皇子に献じたという。この『国記』こそ政事を司る者の象徴だった。王権は『国記』の所持によって保証される。これが蘇我氏から中大兄の手に移ったということは執政としての蘇我氏の滅亡を意味した。政事の実権は皇室に移ったのである。

「今度、高佑殿に会ったら、本人からもっと詳しく聞いてみます」

「そうし給え。高昌国と倭国、この万里を隔てた両国を一つに結ぶ糸が見つかるかもしれない」

雪梅の父親が倭国にいると想像するなど、義蔵にとっては狂気の沙汰かもしれない。なるほど、いかにも突飛だ。無理もない。

しかし高昌国はまだ終わっていない、と定恵は胸中で叫んだ。そこには、雪梅の可憐な姿が異国的な風情をたたえて花びらのように舞っていた。

第三章　百済の滅亡

坂合部連石布《さかいべのむらじいわしき》を大使とした第四回遣唐使船二艘《そう》が筑紫の大津浦を出航したのは斉明天皇五年（六五九）の八月十一日、唐では高宗の顕慶四年だった。

従来どおり百済沿岸を北上して新羅領甕津《おうしん》半島から黄海を横切る予定だったが、事は順調には運ばなかった。新羅の妨害に遭って船は進路を阻まれ、一か月後の九月十三日にやむなく百済南岸の小さな島に停泊した。このまま新羅の援助なしで黄海を横断するか、航路を南にとって大陸中部を目指すか、議論は一晩続いたが、結局後者に決定して、翌十四日早朝、二艘の船は東シナ海に乗り出した。

この航路での渡唐は初の試みである。大使以下、副使の津守連吉祥《つもりのむらじきさ》、判官の伊吉連博徳《いきのむらじはかとこ》らは一様に緊張した。総勢二百四十名の命運が自分たちの肩にかかっている。知乗船事《ちじょうせんじ》（船長）、舵師《かじし》ら乗組員はベテラン揃いだが、海は魔物である。未踏の航路となると危険は測り知れない。主神《しゅしん》（神主《かんぬし》）や卜部《うらべ》（占い師）は日夜航海の安全を祈った。

大使坂部連石布の乗った第一船は逆風に遭って南海の島に漂着し、大使を始め大部分が殺害されたが、東　漢長直阿利麻《やまとのあやのながのあたいありま》、坂合部連稲積《さかいべのむらじいなつみ》ら五人は生き残り、島人の小船を盗んで大海原を越え、活州《かつしゅう》（現・浙江省麗水《れいすい》）にたどり着いた。

副使津守連吉祥の指揮する第二船は強い北東風が追い風になって、二日後の九月十六日には越州会稽《かいけい》県の須岸山《しゅがんさん》に到着した。

津守連吉祥は九月二十二日に余姚《よよう》県まで船を進め、そこに船や調度類をとどめ置いて随員二十数名とともに駅馬《はゆま》で唐都長安に向かった。十月十五日には長安に着いたが、あいにく高宗は東都の洛陽に滞在していた。あわてて洛陽に引き返して、十月三十日に高宗に拝謁することができた。

定恵は遣唐使の長安来訪を事前に聞き知って、指折り数えながらその日を待っていた。高宗が洛陽にいるので、長安で遣唐使一行と会うことは叶わないのではと危惧したが、杞憂《きゆう》に終わってほっとした。

一行の長安到着の報に接すると、すぐに外交使節の宿泊する鴻臚客館に出向いた。

「わざわざお越しいただいて……」

津守連吉祥は恐縮すること頻《しき》りだった。今をときめく内臣中臣鎌足の御曹司である。渡唐前の姿は吉祥の脳裏に焼き付いていた。十一歳のいたいけなわが子を質《しち》として入唐させる鎌足の心情に涙が出そうになったが、本人は嬉々《きき》として船に乗り込むのを見て、いくぶん心は慰められた。本人は質という身分を知らない。これでいいのだと吉祥は自らを納得させて、難波津から豊碕宮に戻った。定恵の入唐の目的は朝廷でもごく限られた上層部の者しか知らなかった。他言も許されなかった。

立派に成長した定恵を見て、吉祥は目頭が熱くなった。六年の歳月は人の外見をこうも変えるものかと信じられない思いだった。が、すぐに「子供の成長は早い」という俚諺《りげん》が耳に響いて、むべなるかな、むべなるかな、と胸に繰り返した。

ひと通り挨拶が済むと、

「大使は？」

突然、定恵が首を伸ばして、奥を窺うような素振りを見せた。

一瞬、吉祥は言葉に詰まった。

大使の乗る第一船は一向に消息がつかめなかった。上陸してからすでに一か月が過ぎている。もしやという不吉な思いは消えなかったが、未知の航路による渡唐となれば不測の事態もありえよう。一か月や二か月の遅れは不思議ではないと気を取り直した。不安はあったが、いずれ到着するに違いないと強いて楽観を装った。

「まだ到着しておりません。いずれ近いうちにはと思っております」

やっと言葉を押し出して、定恵の反応を窺った。

「そうか。別の船だったのだな」

言葉とは裏腹の何やら腑に落ちぬような目の色が、吉祥は気になった。副使の自分がこうして先に到着したことに後ろめたさを感じた。

「今回の航路は大海原を横切っての危険な試み、順風に恵まれた我らは先に到着しましたが、ひょっとすると大使殿の船は悪風にさいなまれたやもしれませぬ。が、必ず安着の知らせが入るものと信じております」

こう口添えしたのは、傍らに侍した伊吉連博徳である。判官の一人であるこの男は航海中も日記をしたため、毎日の出来事を克明に記録していた。

定恵は自身の渡唐時を思い出した。あの時も二艘の船で大海に漕ぎ出したが、大使高田根麻呂《たかだのねまろ》の率いる第二船は九州の南西沖合いに流されて沈没、百二十人中わずか五人が助かっただけだと後で知った。学問僧の道福《どうふく》と義向《ぎきょう》は海に沈んだ。もし自分が第二船に乗っていたら同じ運命に陥っていたろうと、今回の話も他人事とは思えなかった。

それにしても、黄海に拠らずに東シナ海を一気に横断したとは……。

「無事に着いてくれればよいが……」

心なしか定恵の声は沈んでいた。

「父上は達者か？」

気持ちを吹っ切るように、定恵は話題を変えた。

「ええ。ますますお元気で政事に励んでおられます。このところ半島情勢が不穏で、中大兄皇子ともども頭を悩ませておられます」

吉祥がほっとしたように顔を上げた。

「百済のことか？」

「そうです。何しろ新羅の……」

言いよどんだ吉祥に、定恵はすぐに助け舟を出した。

「唐国への支援要請が執拗なのだろう？」

吉祥はどきりとした。

定恵はこちらの狼狽を見透かしたように、悠然とほほ笑んでいる。

あれからすでに六年、定恵殿も自らの唐における立場を悟っておられるのだろうと見当を付けた。

「一触即発の状態です」

「うむ。事情は承知している。唐が……」

今度は定恵が言葉に詰まった。

しばらく沈黙が続いた。互いに相手の心中を推し量り、本音を言えないでいる。

博徳が割って入った。

「お父上には大勢の新羅僧が従侍しておられます。新羅の情勢は手に取るようにお分かりです」

「道顕《どうけん》、智祥《ちしょう》、法弁《ほうべん》たちだな。少しは役に立っているのか」

〈乙巳の変〉による蘇我氏の失脚で、倭国の渡来僧の中では百済より新羅出身者が勢いを増しつつあった。百済一辺倒の蘇我氏は新羅を敵に回す事態を招いたが、これには任那等の加羅諸国を新羅に奪われたことも影響していた。改新後の朝廷には新羅僧の重用を快く思わない人々もいたが、鎌足は構うことなく道顕ら新羅僧を手もとに置いて海外情勢を彼らから聞き出していた。

「役に立っているどころか、貴重な情報源ですよ。彼らがいなければ倭国は孤立を余儀なくされていたでしょう」

「その新羅が唐国と結んで百済を攻めるとはなあ――」

慨嘆するように定恵は大きくため息をついた。

「高句麗の圧力が絡んでいます。百済も一時期そうでしたが、北方の強国高句麗は絶えず半島の制圧を狙っています」

「唐国の関心も第一は高句麗にある。父祖の地を不法に占拠しているという思いが唐朝には強くある」

「半島も自国の領土だという意識が根底にあるのでしょうかね」

こう言ってから、吉祥ははっと口をつぐんだ。唐国の首都に来て唐国を批判しているおのれのうかつさに気付いたからである。

「唐朝の野心は測り知れない。すでに突厥も高昌国も唐の手に落ちた。今度は海東に目を向けている、倭国も危ない。それでこの私が質としてこちらに送られたのだ」

定恵の表情は至って落ち着いていた。

やはり、と吉祥は思った。おのれの立場を知っているのだ。よくわきまえているのだ。それでいながらこのように冷静でいられるのが吉祥には不思議だった。

「ところで、陛下は長安にはいないことをご存知か」

突然、定恵が思い出したように言った。

「ええ。到着してからすぐに知らされました。洛陽なら途中で通過した所なのに……」

吉祥は悔しそうに唇を噛んだ。

「近頃は皇帝が洛陽にお出ましになることが多いようですね」

博徳が割って入った。

「新しい皇后が洛陽をお気に入りなのさ。四年前に王《おう》皇后が廃されて新たに武《ぶ》皇后になって、いろいろ様変わりしている。男勝りの皇后で、高宗を尻に敷いているという噂だ」

こうつぶやいた定恵の顔は苦々しげにゆがんでいた。

唐室内が何やら騒然としていることは、定恵の耳にも入っていた。后位をめぐる権力争いらしいが、武《ぶ》照《しょう》の立后で混乱は一応収束したと聞いている。しかし、これによって高宗皇帝の指導力は一層低下し、皇后による垂簾《すいれん》政治が始まった。

「わが国は女帝が珍しくありませんが、唐国にはいないようですね」

博徳が興味深げに応じた。

「ひょっとすると武后が唐土で史上初の女帝になるかもしれんぞ」

含み笑いを浮かべて、定恵は一転おどけてみせた。百済出兵という強硬策は武后が主導しているとささやく者がいる。その権力は皇帝をはるかに凌《しの》ぐようになった、とも。しかし、これについては触れない方がいいだろう。

定恵は巧みに話題を逸《そ》らした。

「洛陽は東都とも呼ばれる。一見の価値はあるはずだ」

「近日中に洛陽に引き返します」

吉祥と博徳が口を揃えた。

「ご苦労なことだ」

労《いた》わるように二人を見つめたものの、やがて定恵は、

「それにしても、今度の遣唐使は、いったい何が目的なのか――」

理解しかねるといったふうに、遠くを見つめるような目をした。

「副使の私が言うのも僭越《せんえつ》ですが、猛虎を懐柔するのが目的です」

「懐柔？　それは無理だ。皇帝のご機嫌とりがせいぜいだろう。懐柔まではとてもできまいよ」

吉祥は定恵の成長ぶりを改めて思い知らされた。おのれの地位をわきまえているだけでなく、正確に大唐帝国の力を量っている。先ほどから腹に一物あるような口振りだったが、何か秘策でも練っているのではないか。

「唐軍の侵攻は避けられませんか」

吉祥はカマをかけた。

「すでに大軍が山東の泊地に集結している。貴殿らが北路をあきらめたのはそれ故ではなかったのか」

そうだったのかと初めて気付かされて、吉祥も博徳も恥じ入った。新羅が執拗に進路を妨害したのは、山東に倭国の船を近づけないためだったのだ。作戦は隠密裏に進められているのだろう。

「そうなると、われわれの立場も微妙になりますね」

博徳が顎《あご》に手を当てながら天井を見上げた。

一瞬、氷のような沈黙が一座を支配した。

吉祥は不安にさいなまれた。下手をすると、このまま唐国にとどめ置かれるのではないか。ひたすら大使坂合部連石布の安着を祈るしかなかった。

吉祥の不安は的中した。羅唐連合軍による百済攻撃の煽りを受けて、遣唐使一行はやがて長安に一年近く足止めされることになる。

初めは順調だった。洛陽に逆戻りした副使津守連吉祥一行は十月三十日に高宗に拝謁した。白鹿皮や弓箭《きゅうせん》などの貢物を献上し、連れてきた蝦夷《えみし》二人を拝顔に供して倭国の権勢をそれとなく誇示すると、高宗も興味深そうに蝦夷の風俗などを尋ねた。十一月一日は朔旦《さくたん》冬至《とうじ》で、各国の使節が正装で宮中の賀式に参列したが、自分たち倭国の使節が一番立派だったとうぬぼれる余裕もあった。

高宗は威厳と寛容に満ちあふれた大唐帝国の貫禄を倭国の使節にそれとなく見せつけていたが、裏では武后の献策を受け入れて百済侵攻の準備を着々と調えていた。この時期、百済と同盟関係にある倭国がわざわざ使節を送り込んできたのは、鼠が進んで罠に嵌《は》まりに来たようなものだった。

十二月三日には、予期せぬ出来事が起こった。先年、帰りの遣唐使船で倭国に来た唐人の韓智興《かんちこう》が今回は随伴者として使節団に加わっていたが、この男の従者が遣唐使節を讒訴《ざんそ》して、一行は流罪を言い渡された。この時は伊吉博徳の奏上で罪を免じられたが、唐朝は翌年の百済侵攻を控えて倭国の使節の帰国を差し止める処置をとった。倭国は直接の敵ではなかったが、百済占領計画が外部に漏れるのを警戒したのである。

一行が長安に送られ、半幽閉の生活を強いられたのは、暮れも押し詰まった十二月半ば過ぎだった。

この事実を知った定恵は、何とかして使節団と接触しようと努めたが、許可が得られなかった。一行二十数名は鴻臚客舘にとどめ置かれ、外出もままならなかった。

年が明けて顕慶五年（六六〇）を迎えたが、定恵の気分は晴れなかった。怏怏《おうおう》とした日々に耐えかねて、二月初め、義蔵を光明寺に訪ねて鬱憤を晴らそうとした。

暦の上では春が来ていたが、底冷えのする寒い日だった。朝から曇天で、風こそなかったが、斑《まだら》に雪の残った境内は暗鬱に静まり返っていた。数本の松だけがくすんだ緑の枝を宙に伸ばしている。木蓮《もくれん》も柘榴《ざくろ》も裸木を寒気にさらし、池の水は凍り付いて、池畔の藤棚には骸骨のように太い枝が這っていた。

義蔵の住む僧坊の部屋に入るなり、定恵はいきなり大声を出した。

「いったい、どうなっているんですか。何もかも動きが止まってしまっている」

食ってかかるような定恵の口ぶりに、義蔵はたじろいだ。この男にもこんな激情が潜んでいたのかといぶかしみながら、これぞまさに定恵の義侠心だと心強く感じもした。

「都が洛陽に移ってしまっているからね。武后の気まぐれにも困ったものだ」

とりなすような義蔵の声も、定恵には戯言《ざれごと》にしか聞こえなかった。

「長安は大唐帝国の京師《けいし》なんでしょう?」

「洛陽も都だ。東都とも呼ばれていることは、おぬしもご存知だろう。西京の長安と、大唐帝国には二つの首都がある」

知らないわけではなかった。

それなら、なぜ遣唐使の一行は洛陽ではなく長安に閉じ込められているのだと文句を言いたかったが、義蔵に八つ当たりしてもしょうがない。今、こうして自分が苛立っているのは、別に理由があることは分かっていた。百済が危急存亡の時を迎えているのに、手をこまねいているしかないこの八方塞がりの現状がやりきれないのだ。

定恵の胸中を見透かしたように、義蔵がおもむろに切り出した。

「唐国の百済侵攻を食い止めようといろいろ策を練ったが、事がここまで進んでしまってはいかんともしがたい」

「どんな手立てを講じたのですか」

定恵は詰問するように義蔵をにらんだ。

「実は劉建任に唐軍の内情を探らせた」

「えっ、本当ですか」

日ごろ慧日寺で顔を合わせている監視役の建任の姿が別人のように脳裏に躍り出た。仲間に引き入れたとは聞いていたが、本人はそんな大役を引き受けている素振りなどおくびにも出さない。

「建任はある男を密偵に仕立てて、洛陽に待機している唐将の蘇定方《そていほう》のもとに送った」

「その男とは……？」

「蘇定方の縁戚に当たる男だ。東市で商売をしている」

はて、と定恵は記憶をまさぐった。東市で商売……どこかで聞いたことがある。

やがて雪梅の祖父に行き当たった。

「鄭高佑の……？」

「鄭高佑の店は西市だ。今では人手に渡っているがね。件《くだん》の男は東市で海東の珍品を商っている」

これもいつか耳にしたことがある。海東の珍品や倭国の翡翠の勾玉を扱って鄭高佑はひと財産築いた、と。

「高佑と関係がないのか」

「ないと言えば嘘になる」

義蔵の顔が一瞬曇った。想像以上に定恵も長安の事情に通じている。うっかりしたことは言えない。

定恵の方では、義蔵の持って回った言い方に一層苛立ちを強めた。俺に内緒で何かを企んでいる。俺の知らない人間を次々と引き入れている。

しかし、それを問いただす勇気はなかった。義蔵は質であるこの俺の立場を慮って、あえて内密に事を運んだということもありえる。もしそうなら、これは裏切りというより好意の証しと解すべきだろう。

「で、結果は？」

「蘇定方将軍は、もう引くに引けないところまで来ている、と弁明したそうだ。陛下にお仕えする将軍として、これが最後のご奉公だ、と」

「将軍は確か突厥も制圧した……」

「そう。歴戦の勇士だ。すでに六十八歳になる」

「六十八歳？」

信じられない年齢だった。

定恵は明けてやっと十七歳だ。五十歳も年長の老人が皇帝の信任を得て百済征討軍の総大将になる。知略もさることながら、並み外れた体力の持ち主に違いない。

「その男は蘇定方に直接会って……？」

「そう。海東に何度か商売で出向いたことがあるらしい。地理にも詳しく、まだ若いのに大変な金持ちのようだ」

「名前は？」

「康景昌《こうけいしょう》」

康という苗字から、先祖は西方の胡族ではないかと思った。

「よくそんな男を劉建任は知っていたものだねえ」

「建任は鄭高佑を通して、現役時代の高佑の商売仲間と連絡を取った。康景昌はその息子で、おやじの跡を継いでいる。高佑はこの息子の名付け親でもあるらしい。引退してからも、父子はしょっちゅう高佑のもとに出入りしているようだ」

高佑は漢族だが、高昌国人だった。康景昌の「昌」は高昌国の「昌」から採ったものか。亡国の悲哀を味わっている高佑を慕っているなら、東市で商売をしているという康景昌も戦争の悲惨さはさんざん聞かされているはずだ。

解せないのは一介の無名の商人が、かの大将軍蘇定方に面会できたことだ。いくら遠縁とはいえ、侵略軍の総帥ともいえる大将軍に厭戦気分を吹き込むなど、そう簡単にできることではない。

「今さらどうしようもないとは、蘇定方にも少しは戦いを避けようとする意思があったということでしょうか」

「問題はそこだよ。定方には縁戚の景昌一家に借りがあるらしい。定方は冀州《きしゅう》出身の生粋の軍人上がりだが、祖父の代に景昌の一族に世話になったことがあるらしい。景昌の話には耳を傾けざるをえない義理があるようだ」

「それで、耳を傾けたのですか」

「軍営の私室に導き入れて、ひと通り話は聞いてくれたそうだ。が、すでに百済が高句麗と計らって新羅に攻撃を仕掛けている、情勢は緊迫しており、皇帝の勅も下った、やむなく戦わざるをえず、出陣も間近だ、と弁解していたそうだ。唐軍に決起を促そうとする新羅の謀略に乗せられているような気もするがね」

定方の年齢からすれば、もう戦いは御免だという気持ちはあったに違いない。しかし、父親の代から引き継いだ唐室への忠誠は貫き通したい。これが最後の戦いだと自らに言い含めて、このような返事になったのではないか、と定恵は想像した。

「新羅の王子たちとは、その後……」

高宗の間近に侍っているという二人の新羅王子のことが気になった。警護が厳重でなかなか会えないが大荘厳寺には時々参る、と義蔵はいつか言っていた。

「それが……」

義蔵の顔が苦痛にゆがんだ。

「何か……？」

「大荘厳寺に行ったが、二人は唐軍に従って新羅に向かったそうだ……」

「新羅に？」

義蔵はがっくり頭を垂れた。

「二人は唐の遠征軍とともに海を渡るつもりらしい。百済の道案内を務めるのだろう」

「しかし、いつ長安を離れたのでしょう」

「それが分からん。何しろ警護が厳重だったからね。行動はいつも隠密裏だった」

義蔵のこめかみが脈打ち始めた。後悔が怒りに転じたらしい。

「大荘厳寺を訪ねたのはつい先月、年始の挨拶のためだ。そこで新羅留学僧たちから聞かされて、まさかとは思いつつ寺主に確かめたら、本当だ、と……」

「時すでに遅し、か」

「おそらく年末にでも脱出したのだろう。倭国からの遣唐使が長安に送られたのと入れ違いだったかもしれない」

義蔵はぎくぎく首をねじり、肩を揺すって切歯扼腕の態《てい》。義蔵のこんな姿を定恵は初めて見た。

「新羅の留学僧たちは前から知っていたのでしょうかね、百済攻略のことを」

「おそらくね。これでいよいよ新羅の半島統一が成ると、浮かれておった。何とも能天気な奴らだよ」

義蔵は吐き捨てるように言った。唇がぴくぴく痙攣《けいれん》している。これが同じ新羅の留学僧の口から出た言葉かと、定恵は義蔵の異端ぶりを見せつけられた。

「同胞のよしみは感じないのですか」

こう言ってから、愚問だったと気付いた。慰めようと思ったつもりが、火に油を注ぐ結果となった。

「たまりかねて一喝したら、売国奴《ばいこくど》と罵られた」

悔しさがにじみ出ている。それがさらに自責の念と化して、思い出すのもいやだという顔付きになった。

「売国奴とはひどいですね。そうなると、いなくなった王子たちは彼らの間では英雄ということでしょうか」

「救国のお膳立てをした陰の立て役者といったところらしい。兄の仁問は愚鈍だが、弟の文王は切れ者だ。父親の武烈王がまだ金春秋を名乗っていたころ、すでに文王は父とともに唐に来ている。百済討伐の出兵要請のためだが、そのとき太宗は色よい返事はしたものの、実際には行動に出なかった」

「太宗のころとなると、もう十年以上も前……」

「そう。新羅の真徳女王二年、今から十一年前だ。唐国では翌年に太宗が崩御されたから、貞観も終わりに近いころだ」

「そのころから新羅は唐を頼っていたのですか」

「残念ながら、そうだ。新羅と百済は相争って三百年、骨肉の争いのようなものだ。ともに韓族だし、言葉も同じだ。三韓時代には際立った対立はなかった。三国時代になってから、百済が大陸の南朝との結び付きを強めたのに対して、新羅は甕津《おうしん》半島の目の前にある北朝との交流を活発化させた。大陸の南北朝対立が半島にいびつな形で持ち込まれたわけだ。しかし、両国には政治の面でも文化の面でも大きな違いはない」

「共存より、一つになる方が自然かもしれませんね」

こう口走ってから、定恵はどきりとした。自己矛盾に気付いたからである。

果たして、義蔵が、

「おい、おい、物騒なことを言うではないか。一つになるとなれば、戦争しかない」

義蔵は冗談めかして笑ったが、明らかに困惑していた。

「強者による軍事侵攻しか本当に統一の道筋はないのでしょうか」

自問するように定恵はつぶやいた。

義蔵が探るように定恵の顔を見つめる。

「話し合いで統一を実現できれば一番いいはずだ」

「冗談じゃない。統一するなら武力しかない。歴史を見ろよ。そんな例は一つもない」

国境をなくせばいい、と定恵の内部で別の声がささやいた。

国はそのままで、間を隔てる壁を取り払えばいい。自由に行き来し、好きな所に住めれば、人が殺し合うことなどせずに統一が実現する。いや、統一というより融合だ。国家というものが消失すれば、民衆は外からの強制なしにあるがままの生活を楽しむことができるのではないか。

なるほど夢物語かもしれない。しかし、戦争を食い止めるという自分たちの試みはすでに挫折しかかっている。

「道は閉ざされたようなものですね」

定恵は沈痛な面持ちでつぶやいた。

「唐側を説得することはもはや不可能だ。唐軍の主力も莱州に移動を開始している。しかし、新羅に働きかける余地はまだ残っている」

「えっ？　新羅に？」

呆気にとられて、義蔵を見返した。

「血気に逸《はや》った新羅王室を覆す方法が一つだけある」

義蔵は臍《ほぞ》を固めたような鋭い視線を定恵に投げた。

「それは、また、どんな……」

定恵の頭は空洞と化した。

唐側ではなく、新羅を翻意させる？

できるのだろうか、そんなことが。

「金庾信《きんゆしん》という将軍を知っているだろう？」

「ええ。むろん」

父の鎌足はこの金庾信に擬せられると、かつて義蔵自身が語ってくれた。王を助け、国家統一に貢献した点が共通するらしい。

「武烈王の義兄に当たる方だ。言ってみれば、新羅の蘇定方だな」

「新羅の蘇定方？」

今度は鎌足ではなく、蘇定方だ。

「そう。武勲は数知れない。祖国が危機に瀕した〈毗《ひ》曇《どん》の乱〉で金春秋と力を合わせて善徳女王を守り、新羅の独立を保った。あきれたことに毗曇は唐の王族を新羅王に立てようとしたのだ」

「それはまたなぜ……？」

「太宗の口車に乗せられたのさ。高句麗と百済に絶えず圧迫されていた新羅は何かというと唐に頼った。太宗は、新羅は女王だから侮られるのだ、唐室の一族を王に迎えれば安泰になる、と脅したのさ。真に受けた毗曇一味は善徳女王を引きずり下ろそうとした。ばかな奴らだよ。もし春秋と庾信がいなければ、新羅はその時点で唐国に組み込まれていただろう」

「新羅のやり方は今でも変わらないようですね」

定恵は皮肉な微笑を義蔵に投げた。

「そのとおり。だからこそ、何とかしなければならない」

「しかし、その金庾信も将軍でしょう？　蘇定方と同じように所詮は王のために働く傀儡《かいらい》にすぎないのではないですか」

「庾信を通して武烈王を動かすのだ」

「庾信と親しい人でも身近にいるのですか」

「いや、いない」

「それじゃあ絵に描いた餅ですよ。机上の空論にすぎない」

定恵の辛辣な言葉に、義蔵は一瞬怯んだ様子を見せた。額《ひたい》の脂汗を手の甲で拭って、恨めしそうに定恵を見た。

「金春秋は三国一の愛国者と言われていますね。庾信は高句麗に幽閉された春秋を義兵を引き連れて救いに行ったというではないですか。愛国者という点では、庾信も春秋に引けを取らない」

「確かに。だからこそ詭計が必要なのだ」

「詭計？」

定恵は息をのんだ。思いがけない言葉だった。説得ならまだ分かる。が、詭計を巡らすとなると、穏やかではない。これはもう戦争だ。

義蔵はれっきとした新羅の正規留学僧である。祖国に恩顧のある者が祖国を裏切る。そんな理不尽が許されようか。たとえ理想に燃えた行為とはいえ、仁義に悖《もと》る。義蔵らしからぬ振る舞いだった。

「私は近いうちに帰国する。とにかく一刻の猶予も許されない」

見くだすような一瞥に遭って、今度は定恵が怯んだ。定恵には返す言葉がなかった。呆然と義蔵に見入った。「帰国」という一語が定恵の脳髄を激しく揺さぶった。

自分も帰国したいと思ったわけではない。義蔵が帰国することに違和感を覚えたわけでもない。「帰国」という言葉自体が独り歩きして、眼前に新たな世界を提示したのである。自分にも「帰国」の道がある。あってもおかしくない。自分は倭国の人間なのだから。

同様に、義蔵にとっても「帰国」は一つの手段というより、事態を打開し、先に進むきっかけを与えてくれる天啓と映ったのではないか。「詭計」にどれほどの具体性があるか知らないが、帰国すれば事は成就するという確信が芽生えたのではないか。たとえ盲信だとしても、確かにそれは命を賭けるに値する行為だと定恵は思った。

もはや定恵には「詭計」の中身を問いただす必要はなかった。まずは帰国してみよ、すべてはそこから始まるのだ、と義蔵を擁護したくなる自分がそこにはいた。


六月十八日、水陸併せて十三万の唐軍がついに山東北岸の萊州《らいしゅう》から出陣した。この事実はすぐには長安の住民には伝わらなかった。勝利が確定してから朗報を吹聴し、官民の歓呼を受けるというのが唐朝の習わしだった。

が、今回の海東への出陣は七月に入ると巷に広がり始め、表立って口にする者はなくても、やがて里坊の隅々にまで広がっていった。本格的な水軍の出動は隋の煬帝以来五十年ぶりだった。太宗は打ち続く新羅からの救援要請を巧みに延引し、次の高宗になって三度にわたる高句麗遠征が実現したが、いずれも遼東方面への陸路による出兵が主だった。

定恵の耳に百済遠征の報が入ったのは六月末のことだった。知らせてくれた劉建任は眉をひそめ、困惑した様子だったが、声は歓喜で上ずっていた。

「ついにやりやがったか！」

定恵は舌打ちした。

街の噂は知っていたが、まさかと思っていた。莱州に唐軍が集結していることは前から聞いていた。が、義蔵のもくろみ、建任の努力がいずれものを言うだろうと楽観していた。

考えてみれば、うかつだった。義蔵も建任も一介の留学僧と小役人にすぎない。いくら手を伸ばしても、唐国の政事に影響を与える力などあるはずがなかった。仲間内での密議をあたかも天下国家を動かす大計のごとく錯覚していた。児戯に類する謀《はかりごと》だった。いま建任から出陣を知らされて、初めて定恵はそのことに気付かされた。

「義蔵からいろいろと働きかけがあったろう？」

苦々しい顔付きで建任に目を向けた。

「ええ。私もできる限り頑張りましたが、及びませんでした」

「康景昌のことか」

すでに知っていたのか、と建任は視線を逸《そ》らして定恵の渋面をかわした。が、放っておくわけにはいかない。盗み見るように定恵に目を戻すと、

「そうです。彼奴《きゃつ》なら何とかなるだろうと思って……」

「知り合いか？」

「東市では顔役です。ただし、鄭高佑には頭が上がらない」

「蘇定方も景昌には頭が上がらないらしいが」

「そこが狙い目だったのですが……。出陣は避けられなくても、定方は仮病《けびょう》を使って戦線離脱、という道筋

を考えていたのです」

「出陣が中止にならなければ何の効果もあるまい」

「いえ、そこは大違いです」

建任が前のめりになって、のぞき込むように定恵に目を当てた。

「どう違うのだ」

「蘇定方将軍は部下の信頼が絶大です。軍の強さはひとえに指揮官に対する兵卒の心服の度合いにかかっています。名だたる将軍の麾下《きか》にあるからこそ兵卒の士気も上がるのです。首がすげ替えられれば弱体化は免れません」

「そんなものか」

軍事に疎い定恵はただうなずくしかなかった。

「ご存知の通り蘇定方将軍はだいぶお歳を召しておられます。本来ならもう引退してもおかしくない年齢です」

「知っておる」

「病に伏せれば、司令官交替もやむをえない処置です。そこに的を絞ったのですが、将軍も強情なお方です」

「有終の美を飾ろうとしたのだろう」

「これまで何度も武勲を立てています、いつ辞めても面子はつぶれないはずです」

「なるほど」

「景昌はよけいなことを口にしたようです」

言い終わってから、建任はあわてて口を押さえた。

「よけいなこと？」

建任はすぐには答えず、しばらく黙ったままである。

「何だ、そのよけいなことというのは」

迫る定恵を、建任は労《いた》わるような目で見た。質《しち》の身であるこの異国の青年に一瞬あわれを感じた。

「蘇定方は孤児だった。自身はその出自を知らずに来たのだが、景昌はそれを暴露すれば戦意も萎えるだろうと考えたのです」

「孤児？　──私の知る限りでは蘇定方はれっきとした冀州《きしゅう》の武門の出だ」

「そういうことになっていますが、真相は違うのです。父上の蘇邕《そよう》が隋末の反乱軍討伐の際に戦場で拾ったみなしごです。連れ帰って実子として育てた。敵の胡族の娘に生ませた子だという説もあります」

定恵の顔が蒼白になった。

あの行脚僧叡観の姿が脳裏をよぎった。おぬしは鎌足の子ではない、と何度も叫んだ。

しかし、俺は孤児ではないぞ、とあわてて打ち消した。孤児どころか天皇の子だ。蘇定方とはわけが違う。俺は貴種だ。皇子なのだ。

次の瞬間、ぞっとした。

あのこじき坊主の言を俺は信じているのか。嘘八百を並べて俺を苦しめ、陥れようとしているあのこじき坊主を――。

これこそ術中に嵌《は》まったようなものだ。

「蘇定方将軍はそれを聞いても動揺しなかった……？」

「そうなんです。苦渋の表情を浮かべたが、取り乱すことはなかったそうです。あるいはその事実を知っていたのかもしれない、と景昌は言っていました」

「うむ」

唇を噛んで定恵は考え込んだ。

「結果的には逆効果だったようです。将軍は勇を鼓して立ち上がり、よくぞ来てくれた、と礼を言ったそうです。それから腰の剣を抜き、えい、やっ、と大声を上げて空を切り、そのまま幕舎から出て行ったそうです」

確かに逆効果だったと定恵も思ったが、相槌は打たなかった。蘇定方はたぶん知っていたのだ、おのれの出生の秘密を。それにまつわる憂悶を一気に消し去るために、あえて死地に赴こうとしたのだ。

「武人は怖いのう」

定恵はとぼけた一句で本心を韜晦《とうかい》した。

蘇定方は暴れるだろう。老いに鞭打って百済の軍勢に真正面から立ち向かい、華々しく討ち死にするだろう。稀代の名将蘇定方のみごとな最期だ。疑惑も憤怒もこれですべて断ち切ることができる。

ややあって、思い付いたように言った。

「義蔵和尚のことも聞いておるな？」

「すでに旅立ったとか」

「うん。しかし間に合わなかったろう。国にたどり着けたかどうか」

義蔵が挨拶に来たのは三か月前、出発の直前だった。唐軍の萊州出陣まで三か月はあった。その間、どこで何をしていたのか。新羅に帰国して思惑通り金庾信《きんゆしん》に会えたにしても、唐軍が黄海を渡ったとなると、新羅軍も呼応して出撃したはずだ。義蔵の目算は外れたと断ずるしかない。

「何か考えがあっての帰国でしょう。あの人のことだから抜かりなく事を進めると思いますよ」

建任は詳細は知らないようだ。義蔵は、新羅のことを話しても建任には分かるまいと、わざわざ金庾信のことは伏せておいたに違いない。建任は建任で、義蔵はあくまで唐国内での間諜と割り切っていたのだろう。

「しかし、戦闘が始まってしまえば、義蔵和尚も打つ手がないのではないか。今頃どこで何をしているやら……」

無謀な奴だと思う反面、大した男だと、義蔵を仰ぎ見たくなる。決断も早いが、その行動力には頭が下がる。もし自分が質の身でなければ同伴できたのに、と定恵は悔しがった。

「ところで、遣唐使一行はどうしている?」

「客館で相変わらず不自由な生活を送っています。唐軍の侵攻開始とともに警備は一段と厳重になりました」

「やはり、そうか。ますます会うことは叶うまいな」

この三か月間、建任を通して何度も申請書を出した。が、「許可が下りない」の一点張りである。いったい誰の許可なのかと聞いたら、陛下じきじきの許可だという。質は皇帝の預かりもの、役所も手を出せないという。

「直訴する方法はないものか」

きらりと建任の目が光った。ためつすがめつ定恵を見る。本心を確かめようとでもするように。

「本当にその気がありますか」

「むろんだ」

定恵はためらうことなくうなずいた。

建任の顔が赤黒く変じた。何事か思い巡らすふうである。方法がなくはないらしい。定恵は探るような目を建任に向けた。

「ご承知の通り陛下はただいま洛陽に滞在中です。直訴となれば洛陽までお越しいただくことになります」

「どこにでも行くよ、もし直訴が認められれば」

「認められることはありません。大唐帝国では直訴は違法です。大罪を犯すことになります。高官に取り入って、意思を仲介してもらうしかありません」

いつの間にか建任の表情からよけいな粉飾が消えて、口調まで役人らしくなってきた。が、突き放すような冷たさはない。逆にこちらの意に副《そ》おうとするような真剣さがある。定恵は脈があると踏んだ。

「取り次いでくれそうな高官を知っているのか」

「そんな人はいません。私が思い付いたのは、――いいですか、びっくりしないでください。詐術《さじゅつ》です。策を弄《ろう》するのです。あえて法令の裏をかくのです」

後ろぐらい言葉とは裏腹に、建任は胸を張って自信あり気である。

「詐術とは、また、大それた……」

「大それたも何もありません。勇気だけです、必要なのは。それと、決断力――」

「いったい、どうするのだ？」

「貴殿は皇帝の預かりものだと言われました。預かりものなら皇帝のおそばにいるべきです」

「それは、そうだ」

「にもかかわらず、今は陛下は洛陽に、貴殿は長安に、東と西に分かれている。これはおかしい。貴殿はすみやかに東都に移るべきなのです」

「それができるか？」

「できるもできないも、とにかくそういう状態にしてしまうのです。つまり、貴殿はこっそり長安を脱け出して、洛陽へ行かねばなりません」

「洛陽へは一度行きたかったのだ」

定恵の顔が夢見るようにほんのりと赤らんだ。旧都のおもかげでも脳裏に思い浮かべているようだ。

上気した定恵を見ながら、やはり若いのだ、と建任はため息まじりに胸につぶやいた。が、遊び心で行ってもらっては困る。

「そんな呑気なことを言っていてはいけません。洛陽へ名所見物に行くわけではありません。囚われの身の遣唐使一行に会えるよう勅許を手に入れるのが目的です」

そのとおりだった。

定恵は我に返った。

「勅許は得られそうか」

「それは行ってみなければ分かりません」

「こうなったら、行くしかない」

当たって砕けろだ、と定恵は独りごちだ。どうにでもなれという半ば捨て鉢な気持ちだったが、どこか胸躍るところもある。やはり洛陽という都城の名が持つ魔力か。

このまま事態を傍観しているのはやり切れない。明らかに情勢は変化し始めている。長安に蟄居《ちっきょ》しているのがもどかしい。どんなことをしても長安から脱出したい。質は虜囚とは違うはずだ。今まで自分はおとなしすぎた。従順すぎた。

高宗が洛陽に移ってから、警備が緩んできたような気がする。お目付け役の建任もあまりうるさいことは言わなくなった。義蔵に丸め込まれてから、やり口はむしろ慎重になった。これは役所と定恵の双方に神経を使わねばならなくなったからだろう。ところが、このところ、一方の重鎮が洛陽に去って、二枚舌を使う必要がなくなった。

定恵もひと息ついたが、新たに気になり出したことがある。あの行脚僧叡観の存在である。その後会っていないが、執拗に自分をそそのかした言葉が耳朶《じだ》にこびりついている。それが最近、耳鳴りのように脳中に響くようになった。忘れよう、無視しようと無理やり押さえつけるのだが、義蔵がいなくなると、とたんに勢いを増してきた。

暇すぎるのではないか、と自分に問うた。そうこうしているうちに、唐軍出陣という風雲急を告げる事態が発生した。暇を持て余すどころではなくなった。心中は波立ち、気持ちばかりが急いて、いたずらに時間が過ぎていく。その間隙を縫って、あの叡観の口にした言葉が胸元を締め付ける。

父鎌足への復讐——。

いや、それ以前の、お前の実父は鎌足ではない、孝徳天皇だ、という一句が、怒りを伴った焦燥へと定恵を追いやっていく。夜、床に就いても叡観の姿がちらついて眠れない。がばっと跳ね起きて、「貴様は誰だ!」と思わず叫んでしまう。

来唐七年目にして、初めて定恵は自分自身に深い懐疑を抱いた。質《しち》なら質でよい。それがいやだというのではない。自分が入唐させられた経緯も分からないわけではない。が、自分はいったい誰の子かと思うと、居ても立ってもいられなくなる。叡観から初めて聞かされた時はこじき坊主の世迷《よま》い言《ごと》と無視できた。あの時はまだ定恵自身が子供だった。元服を迎えてはいたが、自分というものが分かっていなかった。

その後、再び叡観と顔を合わせた時、父鎌足の非道を口汚く罵られた。あれはこたえた。父への信頼が断ち切られたような衝撃だった。父が自分を唐へ送り出したのは厄介払いだったのではないか。

自分が孝徳天皇の子であるとすれば、鎌足から疎んじられる怖れは十分あった。倭国では中大兄皇子の権力基盤が固まるにつれて、孝徳天皇の衰勢が目立つようになった。この事実は長安に渡った定恵の耳にも入ってきた。中大兄皇子を支えているのは鎌足である。父である中臣鎌足である。二人は一心同体であり、どちらが欠けてもその権勢が揺らぐことは明らかだった。

そんな中で、自分を孝徳天皇の実子に当て嵌めてみると、鎌足が定恵を手もとに置いておくことは危険極まりないことになる。中大兄一派による孝徳帝追い落としの障害となる。なぜなら次の皇位に定恵が就く可能性が出てくるからだ。いくら鎌足が育ての親としての愛情を吐露して阻もうとも、中大兄は孝徳帝の「皇子」定恵を生かしてはおくまい。いずれ抹殺される運命にある。

たとえ実子でなくても、鎌足が育ての親であることは疑いを容れない。親子の情愛もある。そんな定恵をむざむざと死地に追いやることは鎌足にはできない。それが、わずか十一歳の定恵を唐に送り出した鎌足の真意だったのではないか。

こう考えると、定恵は怒りもさることながら、何となく寂しい気持ちになった。所詮、この世は虚仮《こけ》だ。どんな身分で、どんな境遇に生まれようとも、人はいずれは死ぬ。天皇の子であろうと、こじきの子であろうと、等しく死は免れない。こうして出自について思い煩うこと自体がむなしいことのように思えてくる。

成人するとはこの世の雑事を背に負うことだと聞かされたことがあるが、いっそ成人しなければよかった。それが不可避なら、いっさいの雑事を放擲して気ままにさすらう人生を選びたかった。

叡観が羨ましい。

あの男にはしつこく絡み付いてくる蛇《くちなわ》のような気味悪さがあるが、風のまにまに漂う落ち葉のような身軽さがある。あの飄々とした生き方はどこか魅力的だ。孝徳帝に近侍していたというが、身を窶《やつ》して異国をさすらう放埒《ほうらつ》さは、あるいは宮仕え以上の快感をもたらしているのではないか。

「妙な倭人僧に会ったことがある」

ある時、僧房に来た劉建任にふと漏らした。今まで建任には叡観のことは明かしたことがなかった。

「どんなお人ですか」

「こじき坊主だ」

「こじき坊主？」

鸚鵡返しに言って、眉をしかめた。

「そう。粗末な僧衣を身にまとって、城内をほっつき歩いている。ひょっとすると城外にも足を伸ばしているかもしれない」

「素姓は分からないのですか」

定恵を見つめる目がかすかに膨らんだ。

「この前、やっと白状した。倭国の先帝に仕えていたそうだ」

「天皇にですか」

倭国の政治制度については、建任は一応心得てはいる。定恵付きの職務を命じられた時、ひと通り倭国の朝廷について学んだらしい。「先帝」が誰を指すかも承知していて、あえてその名を出さぬように配慮しているふうだ。

「それなら、高貴な身分の方ではないですか」

「そうかもしれない。が、それ以上は言わんのだよ。何か複雑な事情があるらしい」

「倭国からはいろいろな人が来ています。貴殿は学問僧しかご存知ないかもしれないが、留学生《るがくしょう》もいるし、正式に入唐しながら行方知れずになる人もいる」

「行方知れず？」

定恵はぎょっとなった。

「そうです。そういう人たちには二種類あって、一つは何となく大陸の風土と気風に引かれて帰りそびれた面々、もう一つは女性《にょしょう》が絡んでいます」

「女性？」

「ええ。唐女を好きになって、所帯を持ってしまったという類いですね。こちらは意外と学問僧に多い」

定恵はどきりとした。

瞬間、雪梅の姿が目の奥をよぎったからである。

「唐朝は唐女を国外に連れ出すことを禁じています。留学に来た学生も学問僧も、唐女と一緒に暮らすなら唐土にとどまるしかない。そういう人々は多いですよ、倭国の人以外にもね」

長安には異国人が多い。特に西方から来た胡人がやたらと目に付くが、高句麗や百済、新羅の留学生や学問僧も珍しくない。唐朝から冊封《さくほう》を受けた朝鮮三国はそれが礼儀のように唐国に学生や学問僧を熱心に送り込んでくる。倭国は冊封は受けていないが、遣唐使を見れば明らかなように、唐朝では朝貢国扱いである。

文化は高きより低きに流れる。富は必ずしもそうではない。高きにとどまって、なかなか下にはこぼれ落ちない。貧しい者は永遠に貧しい。が、知的好奇心の対象である文化は貧富に関係なく国境を越える。

「その人は貴殿に向かって何か気になるようなことでも言ったのですか」

「いや、その……」

定恵は口ごもった。

どこまで話していいものやら見定めがつかない。建任はすでにこちら側の人間だと心を許してはいるが、いつなんどき反旗を翻すか分からない。唐人官僚であるという一事はやはり重い。

「やたらと政事向きの話をするものだから」

一般論で逃げるしかなかった。

「唐国の政事ですか？　それとも倭国の？」

「倭国だ。しかも朝廷を巡る対立や葛藤に詳しい」

「先帝に仕えていたなら、そりゃあ舞台裏にも通じているでしょう。――しかし、なぜ唐土にやって来たのでしょうね」

「追い落とされたと言っていた」

「ははあ、亡命ですね。狙われたんですよ、政敵に」

建任は目を光らせて、身を乗り出してきた。

「今の倭国は女帝で、息子の皇太子が実権を握っているそうな。貴殿のお父上は皇太子の懐刀《ふところがたな》だと聞いています」

来たな、と思った。そこまで知っているなら、話は別だ。

「皇太子は先帝とは仲が悪かった」

「孝徳帝ですね。確か皇太子の叔父上に当たる……」

「そうなんだ。先々代の女帝、皇極天皇の弟だ。女帝は政変で退位し、弟を皇位に就けたが、実権は息子の皇太子が握った」

「例のこじき坊主というのは、先帝に近侍していたから皇太子側から遠ざけられたということですね」

さすがに飲み込みが早い。侮れないな、と定恵は警戒した。が、そう思いながらも、建任の誘導に乗せられていく自分が歯がゆかった。定恵の心の隙間に建任は巧みに食い込んできた。

「そういうことだ。坊主憎けりゃで、彼奴の矛先はこの私にも向けられている」

「お父上がご立派だからですよ。皇太子を動かしているのはお父上だと見破っているのではないですか」

「まるで闇将軍だな」

笑い飛ばしたものの、悪い気はしなかった。鎌足の実力を建任も認めている。問題は、例の実父騒ぎだ。これを口にするのはさすがにためらわれたが、これを明かさないと話が進まない。

ままよ、と定恵は意を決した。

「私は実は孝徳帝の子らしい」

予想に反して、建任は驚かなかった。ぴくりと眉を動かして、

「唐朝は貴殿を初めから皇族として遇していますよ」

「えっ？」

狐につままれたように、定恵はぽかんとなった。

これはいったいどういうことか。

「質《しち》になるには、それ相応の身分が必要です。皇族であることが原則ですね。貴殿は倭国の皇子という前提で唐朝も質として受け入れているのですよ」

「しかし、私は執政である皇太子中大兄皇子の側近、中臣鎌足の嫡子《ちゃくし》ですよ」

「表向きは、そうです。が、こちらでは誰も信じていません。貴殿の待遇は他国の王族と同じですよ。新羅から王子が二人来ていたのはご存知でしょう。彼らは宿衛《しゅくえい》ということになっていますが、質であると同時に新羅王が送り込んできだ特使です。皇帝のご意見番、実際には挑発役、皇帝をそそのかすのが目的ですよ。みごと役目を果たして唐軍とともに新羅に向かったのはご存知のとおりです。この二人と貴殿とは、身分の上で全く変わりがありません。唐室は貴殿が偽僧《ぎそう》であることも知っています」

「偽僧？」

「そうです、偽《にせ》の僧侶。渡唐に当たって急遽《きゅうきょ》剃髪させられて学問僧を名乗らされたにすぎないことを……」

定恵は二の句が継げなかった。

七年間、俺は何をしていたのか。

学問僧として慧日寺で神泰師の熱心な教えを受けてきた。幼少の俺を神泰師はわが子のようにかわいがり、励まし、面倒をみてくれた。あれは直弟子としてではなく、唐国にとって重要な人質なので客人扱いせよとの朝命に従っただけなのか。

しかし、なぜ俺はそれを見抜けなかったのか。建任も今までそんなことはひと言も口にしなかった。

義蔵はどうだったのか。今は聞く術もないが、西市の茶屋で叡観に出くわした時、義蔵も一緒だった。叡観が俺の出自を暴きながら鎌足への復讐を迫った時、義蔵はひと言も口を挟まず、押し黙ったままだった。

いま思うと、義蔵も怪しい。

ああ、俺一人が蚊帳《かや》の外に置かれて、無用の呻吟と怨嗟に苛《さいな》まれていたのだ。

笑止の沙汰だ。

謀られたのだ。

定恵は悔し涙を悟られまいとぐっと顎《あご》を引いた。建任は驚いた様子でそんな定恵をじっと見つめていた。


新羅の武烈王は唐軍と示し合わせて、五月二十六日、自ら五万の大軍を率いて百済に侵入した。七月九日には黄山《こうざん》で百済軍と激しい戦闘を交え、ついにこれを破った。それから、白江《はくこう》の伎伐浦《ぎばつぽ》を制圧して進軍して来た唐軍と合流し、同月十二日から連合軍は百済の王都泗沘城《しひじょう》を攻撃した。戦いは熾烈を極めたが、形勢不利と判断した百済の義慈王はいったん旧都の熊津城《ゆうしんじょう》に退いた。が、連合軍の優勢を知るや、同月十八日、皇太子隆ともども連合軍に下り、ここに百済王国は滅亡した。

倭国に百済滅亡の報がもたらされたのは九月に入ってからである。

朝鮮半島の切迫した状況はすでに高句麗の使者から知らされていたが、朝廷の反応は鈍かった。使者は正月に筑紫に到着したものの、難波に迎え入れられたのは五月で、このとき初めて朝廷は、高句麗が西から唐、南から新羅の圧迫を受けて苦しんでいることを知らされる。それから朝廷が成したことといえば護国祈願の法会を催しただけだった。

中大兄皇子の父舒明天皇は宮中に仏教を取り入れた最初の天皇である。母の斉明天皇も仏教への帰依は篤く、子の中大兄もそれを受け継いで、仏教の法力を信じていた。高句麗使節団から朝鮮半島の風雲急を告げる情勢を聞かされた朝廷は、中大兄の主導の下、後飛鳥岡本宮《のちのあすかおかもとのみや》に百僧を集めて『仁王般若波羅蜜経《にんのうはんにゃはらみつきょう》』の「護国品」を読誦させ、戦火が倭国へ波及するのを防ごうとした。このころ、唐から帰朝した学問僧たちは仏教の護国思想を前面に押し出し、国政への影響力を強めていた。国家行事としての仏教儀式はこれら大唐仕込みの学僧たちの指導のもとに執行された。大陸の新制度導入に熱心だった中臣鎌足も、この時期には仏教への傾斜を徐々に強めていた。

すでに五年前の斉明天皇元年（六五五）に、高句麗、新羅、百済の朝鮮三国はそれぞれ倭国に使者を派遣して大和朝廷から支援、ないしは支持の約束を取り付けようとしていた。高句麗は度重なる唐軍の侵攻を何とか食い止めていたが、新羅の金春秋が即位して武烈王になると、今度は新羅からの攻勢に対処する必要が生じた。百済はそんな高句麗と結んで新羅の圧迫から逃れようとしたが、できれば倭国の援助が欲しいところだった。新羅は唐国と連合して百済の殲滅を謀っていたので、倭国が朝鮮に介入せずに中立の立場を保ってくれさえすれば満足だった。思惑の違いはあれ、朝鮮の三国はいずれも倭国を宗主国扱いして味方に付けようと努力していた。

この年（六五五、斉明元年）には前年に派遣した第三回遣唐使も帰国し、朝廷は大使の河辺臣麻呂《かわべのおみまろ》からも朝鮮の不穏な動向を伝え聞いていた。これが四年後の斉明五年（六五九）の第四回遣唐使派遣に繋がるのだが、自国の安全にのみ目が向いて、朝鮮半島の状況、特に百済が存亡の危機に瀕していることを見抜けなかった。

斉明天皇二年（六五六）八月には高句麗は再度八十一名の使節団を倭国に派遣してきた。修好を求めるという名目だったが、本音は百済と組んで新羅の侵攻を食い止めるため倭国の助力を得ようとするものだった。飛鳥朝廷は朝鮮半島の動乱に巻き込まれないよう細心の注意を払いながら、膳葉積《かしわでのはつみ》を答礼大使として高句麗に送ることで何とか宗主国としての面目を保った。

百済滅亡の知らせが入ると、飛鳥の朝廷に緊張が走った。斉明天皇を始め、中大兄皇子、中臣鎌足ら高官たちはみな唐軍の次なる目標は倭国だろうと予想した。が、降伏した義慈王らが唐国に拉致された後、百済の遺臣鬼室福信《きしつふくしん》が同志を糾合して抵抗していると聞いて、朝廷には一縷の望みが生まれた。

十月になると、百済から鬼室福信の使者が来訪して、百済再興の支援を申し出てきた。信書には、倭国に逗留している王子余豊《よほう》を再興百済の国王に迎えたいので帰国させて欲しい、と書かれてあった。

朝廷は色めきたった。先の「百済の遺臣蜂起す」という情報だけでは、その実態もつかめず、半信半疑なところがあった。が、こうして中心人物の鬼室福信が直接使者を派遣してくるところを見れば、抵抗運動は組織的なものと思われる。百済はいったん滅びたが、再興のチャンスはあるのだ、と飛鳥の朝廷は断じた。

百済の再興は百済自身のためというより、倭国の防波堤としての役割が重視された。百済に救援軍を派遣することが決まったのは、それからわずか一か月後のことである。

長安では、劉建任が定恵をひそかに洛陽に連れ出す工作を練っていた。が、それが成就する前に百済滅亡の知らせが入ってきた。

とりあえず、定恵にこの事実を知らせねばならない。

「百済が降伏しました」

「えっ？　いつだ、それは」

早すぎると思った。

「先月十八日だそうです」

「今日は八月八日、まだ一か月も経っていない」

これはどうしたことだ。百済で戦闘が始まったのは七月に入ってからと聞いている。そんなにあっけなく百済は滅んでしまったのか。

「予想外の早さで、私も目算が外れました」

目算とは例の長安離脱のことだな、とすぐに見当がついた。

「それほど百済軍は弱かったのか」

「いえ、わが軍が強すぎたのです。唐軍十三万、新羅軍五万、総勢十八万の大軍が押し寄せれば、百済軍も太刀打ちできませんよ」

わが軍か、と定恵はため息をついた。

無理もない。建任も唐吏だ。唐軍の強さを誇りたくもなろう。

しかし、建任に託された役目は戦闘阻止ではなかったのか。義蔵から賄賂をせしめたのは、間諜を務めるためではなかったのか。

「私の洛陽行きはどうなる？」

「一からやり直さなければなりません。首尾よく話は進んでいたのですが、こう事態が急変しては……」

要領を得なかったが、洛陽へ直訴に行くための方策だけは間違いなく実行に移していたようだ。

「どう急変したのか」

「義慈王を始めとする大勢の捕虜たちが洛陽に送られて来るそうです。それだけでも洛陽は大混乱に陥るでしょう」

「義慈王は戦死したのではなかったのか」

「王都の泗沘城《しひじょう》からいったん旧都の熊津城《ゆうしんじょう》に逃れましたが、形勢不利と見るや隆《りゅう》太子や他の王族とともに唐軍に降ったそうです」

「戦わずして敗れたのか」

「王は戦意を喪失してしまったようです。そのため、鬼室福信は離反して、配下を引き連れて逃亡したということです」

「王は頼むに足らずということか」

定恵は慨嘆した。鬼室福信は再起を期すために逃亡したに違いない。

王が敵に屈しても、民衆は抵抗を続けるという伝統が朝鮮にはある。王権が弱いということもあるが、それだけ民衆の自治意識が強いからともいえる。地方に基盤を置く豪族は民衆を束ねる長である。戦闘となれば、この豪族集団がそれぞれの私兵を率いて参加する。国軍とはいっても、王の絶対指揮下にあるわけではない、律令体制下にある唐の府兵制とは違うのである。唐軍は中央集権が徹底している。

沈鬱な顔になった定恵を見て、建任が慰めるように言った。

「近いうちに遣唐使も解放されると思います」

「えっ？　それは確かか？」

「しかるべき筋からの情報です」

そうだった。建任は内廷の役人だ。信頼してもよさそうだ。

「いつごろになるか」

「それはまだ分かりません。が、百済を滅ぼしたとなると、倭国の使節団を留め置く理由はなくなります」

「それは、そうだ」

定恵の顔に生気がよみがえった。

「案外、早いかもしれません。皇帝の面子にもかかわりますからね」

「うむ」

そうなれば、自分が洛陽に行く必要性もなくなる。しかし、洛陽は見たい。

「貴殿の洛陽行きも、名分が立たなくなりますね。目的は遣唐使との面会の許可を得ることですから」

痛いところを突いてきた。

定恵の顔がまた曇った。

「しかし、洛陽に行きたければ、別の方法もないことはないですよ」

建任は意地悪そうな微笑を浮かべた。定恵の深意を読み取っているのだ。

「どんな……？」

「遣唐使一行を見送るという名目で、洛陽まで一緒に行くのです。遣唐使節団は必ず洛陽を通りますからね」

「なるほど。それはいい考えだ」

大金を渡されたからには何かの役に立たなければ引っ込みがつかない、とでも思っているのか。

しかし、これは妙案だ。今度はこれに賭けてみようと定恵は思った。


遣唐使節団の解放は劉建任の言ったとおり、意外に早く実現した。

九月十九日、一行は帰国を許されて長安を出発、洛陽に到着した。

定恵は一歩遅れたが、これは遣唐使節団との接触をあえて阻もうとする当局側の策謀らしかった。

「事ここに至ってなぜ？」

慧日寺でこの件を聞かされた時、定慧は不満そうにつぶやいた。

「まだ警戒心が完全に解けたわけではない。それに面子もある。そもそも今回の使節団幽閉は必要なかったという思いが皇帝陛下ご自身にはある。側近の忠言に従ったのだが、倭国を恐れているようで体面は傷ついた。早く帰国させたかったというのが陛下の本心です」

こう劉建任は弁解したが、辻褄《つじつま》が合わない言い訳だった。

「私が一緒だと、何か不都合があるのかね」

「やはり倭国の王子だからですよ。帰国する使節団より貴殿ははるかに上のご身分ですから、彼らに何を託すか分からないという不安がある」

「ほほう。私も買いかぶられたものだ」

どこまで本当かと疑いたくなった。

内臣《うちおみ》中臣鎌足の嫡子ではなく、孝徳帝の皇子という扱いであるらしいことは前に聞いた。唖然としたが、いま再びそのことを言われて、ひょっとすると本当かとも思った。

「それで、帰国と決まったのに面会はご法度というわけか」

投げ出すように言って、定恵は椅子から立ってくるりと背を向けた。

境内が徐々に秋色を深めている。神泰法師お気に入りの桐の木がいつの間にか枯れ葉に変じて一枚一枚ゆっくりと地上に舞い降りている。そういえばもう九月もおしまいだ。間もなく強い西風が砂漠の寒気を運んでくるだろう。

「嘆くことはありません。振り出しに戻っただけですよ。洛陽へ行く目的は使節団との面会の取り付けでしたよね。それを陛下に直訴しに洛陽へ行くのでしたよね」

子供をあやすような口調が癇《かん》に障ったが、定恵は我慢した。

「そのとおりだ」

定恵は再び建任と向かい合った。

「面会は洛陽で実現しますよ。いや、必ず実現してみせます」

必死の形相に一瞬哀れを感じた。

「確かか？」

そう言ってから、定恵はそっと薄目になった。

この男も一所懸命なのだ。建任が悪いわけではない。解放された使節団が自分と会わずに長安を去ると聞いて、一瞬定恵の胸に祖国から見捨てられたような痛みが走った。それが八つ当たりするように建任に向けられたのだった。

「ええ。私の責任において、きちんと手配します」

建任は丁重に頭を下げた。

考えてみれば、自分の洛陽行きが許可されたのは望外の喜びと言ってよかった。建任の努力の賜物とは思うが、百済の滅亡で自分の人質としての価値が減じたことが大きく影響しているに違いない。もはやこの俺を質としてとどめておく必要性が薄らいだのだ。

それなら、使節団と一緒に帰国させてもよさそうなものなのに、と定恵の不満はなおくすぶっていた。

「ところで、百済が滅んで、これから朝鮮はどうなる？」

「いえ、まだ百済は完全に消滅したわけではありません。鬼室福信という遺臣が同志を束ねて復讐の機会を窺っています」

「百済を再興するつもりか？」

「そうだと思います」

「そりゃあ無理だよ。戦力が違う」

とても勝ち目があるとは思えない。再興して欲しいという気持ちは、むろん定恵にもないことはない。が、絶望の方が先に立った。いくら勝手知った土地での戦いでも、唐の大軍相手ではひとたまりもないだろう。勝算のない戦さで、また大量の血が流れると思うとやりきれなかった。

「しかし、韓族には抵抗精神が沁み込んでいます。王の非力と優柔不断に、長年、悩まされてきたので、民衆が立ち上がって自力で反抗するという伝統があります」

「それは私も聞いている。が、義を重んじるあまり、玉砕して民族の血を絶やす危険も伴う。国家は滅びても、民は生き続けねばならない」

定恵の眉間には鋭い皺が刻まれていた。

それを見て、建任は当分は秘しておくつもりだった最新情報を、この際、定恵の耳に入れておいた方がよさそうだと判断した。定恵に何とか希望を持たせたい。

「倭国が百済の再興に手を貸すことに決めたようです」

「えっ？　本当か？」

定恵ははっと大きく目を見開いた。

「福信は倭国に余豊王子の帰国と援助を申し出ました。倭国は承知したそうです」

「新たな戦争ではないか」

定恵の顔は見る見るゆがんだ。

激励どころか意気消沈させる結果になって、建任は戸惑った。定恵が反戦論者で、そのためには国家の存在さえ否定するような過激な思想を持っていることを、建任は知らなかった。

おのれの親切が裏目に出たか、と建任は後悔した。間諜を引き受けたとはいえ、俺は唐国を愛している。同じように戦争を嫌う定恵もまた倭国への愛着は断ち難いだろうと勝手に思い込んでいたのが間違いのもとだった。

「百済の再興は、貴殿の願うところでもあるでしょう？」

「むろんだ。が、無用な血は流させたくない。百済が滅んでも民衆が平和に暮らせるなら、それでもよいと思っている」

「国家の滅亡は民衆にとっては最大の屈辱ではありませんか」

「国家など、どうでもいい。民が安穏に暮らせれば、それが一番なのだ」

国家など不要だと言いそうになって、あわてて喉を抑えた。いつか義蔵にそれを口走ったとき、義蔵でさえ驚いたのを見て、定恵は狼狽した。どうやら自分の国家不要論は禁句らしい。国家あっての民草だと誰もが信じて疑わない。

倭国が百済の再興に踏み切ったとすれば、海を渡って軍を進めるつもりだろうか。百済を存続させることが倭国にとってそれほど大きな利益になるとは思えない。それだけの価値があるかどうか疑問だ。他国への侵入と同じように、支援軍の派遣も正義に反する行為ではないか。

　新羅支援を名目とした今度の唐軍の派兵も、結局は唐国による侵略である。多大の犠牲を払っても、得るところはほとんどない。単に唐朝の支配領域が拡大したというにすぎない。領土を増やし、版図を広げることが国家の繁栄を意味するという考え自体が間違っている。

「民の幸せというのは国家の保障がなければ脆いものですよ。亡国の悲哀を味わって他国を流亡する人々がいかに多いかは、この長安にいればおのずと分かるはずです」

　建任は諭すような口調になった。

「確かに祖国を失った西域の民は多いが、長安ではみな自信を持って生活している。流れ者といった引け目や後ろめたさは少しもない」

「それは皇帝陛下の懐が深いからですよ。大唐帝国の自信に裏付けられているからです」

　お国自慢かと反発しそうになったが、ぐっとこらえた。確かにそうとも言える。万事が緩やかで、時にはいい加減だ。そこが根無し草にとってはありがたいのだ。

　しかし、大唐帝国は果たしてこれでよいのか。

第四章　洛陽無残

定恵が洛陽に入ったのは、十月初めだった。九月に入洛していた遣唐使一行はまだ滞在中で、定恵はほっとした。

「手抜かりはありません。使節団は十一月末までは洛陽にいます」

建任がこう言っていたのを思い出した。自信に満ちた物言いは、この男が唐朝の役人であることを証明していた。使節団は朝廷から滞在期間を指定されているのだろう。

南壁の長夏門《ちょうかもん》から入城し、大きな通りをまっすぐ北上した。この通りは洛陽城の都心をほぼ東西に分かっているが、宮城や皇城に通じる中軸路線はずっと西寄りの定鼎門《ていていもん》から北上する大路である。河川が複雑に入り組んでいるため、城郭の西北部に宮城を配置せざるをえなかったのである。

「洛陽はまだ建設途上なのかね」

不審そうに周囲を見回しながら、定恵が言った。

「これでもだいぶ整ってきましたよ」

建仁は洛陽には何度か来ているらしい。

「築城が始まったのは長安と同じく隋代ですが、首都はやはり長安ですからね」

妙なことを言う、と定恵は思った。洛陽の建設は漢代に遡るはずだ。

「隋代？　――洛陽は後漢以降、歴代の王朝が都を構えた所ではないのか？」

「ああ、それはここから十八里ほど東に行った所ですよ。後漢の時代に築城され、北魏が移って来てから最盛期を迎えました」

「えっ？　それなら別の場所か。――知らなかった」

定恵は茫然と建任を見やった。

「そうだったのか。どうりであちこちで槌音《つちおと》が聞こえてくるわけだ」

定恵はおのれの不明を恥じた。

そういえば、今の長安だって隋が大興城《だいこうじょう》として開いたもので、前漢の長安城、秦の陽城《ようじょう》はもっと北の渭水《いすい》べりにあった。

「前の洛陽城はどうなっている？」

「廃墟と化しています。北魏末の動乱で徹底的に破壊されましたから」

そうか、北魏が滅びてそれまでの洛陽は完全に放棄されたのか。

心なしか建任の顔には憂いの影が射していた。

「栄枯盛衰は世の常だが……」

何となく定恵もしんみりとなった。

街並みは賑わっていたが、建築中の建物が至るところで目についた。

「寺の建立もこれからか」

「漢魏洛陽城には千を越える仏教寺院があったそうです。それに追いつこうとしているのですよ」

「千とはすごい。唐朝は道先仏後《どうせんぶつご》と聞いているが、長安でも実際は仏寺の方が多かったようだが……」

「道先仏後は建て前ですよ。皇室が老子と同じ李《り》姓だということで祖先に祭り上げていますが、何の根拠もありません」

大胆な物言いに、定恵はびっくりした。小役人の言動など取るに足らないとはいえ、お上の耳に入ったらただではすまないのではないか。

「なぜ仏教の方が重んじられるのかねえ」

建任は、坊主のくせに妙なことを聞くと言わんばかりに、ちらっと定恵の方に流し目をくれた。

「貴殿は充分ご存知のはずですが……」

定恵も苦笑しながら建任を見返した。

「道仏どちらが優れているかという論争は昔からありましたが、なかなか決着がつかないようです」

建任が精一杯の知識で応じた。しかし、定恵が黙っているのを見て、さらに言葉を継いだ。

「死後の世界も取り込んでいるところが、仏教の強さではないでしょうか」

建任は道心があると以前告白したことがあるのを定恵は思い出した。

「死後の世界か――」

定恵はため息まじりにつぶやいた。

釈迦自らは死後の世界を否定している。ひたすら現世における解脱のみを説く。この教えを今でも守っているのは小乗である。おのずから戒律は厳しい。

しかし、今は大乗の世である。空《くう》の理念が確立して、生死《しょうじ》の区別がなくなった。「般若皆空」である。が、実際には死後の世界を考えずにはいられないのが人間である。現世の行いを審判してくれる絶対者の存在がないと不安なのである。浄土への憧れはこの唐土でも強い。

「武后陛下が洛陽に定住するようになって、急に仏寺の建立が盛んになりました」

建任が完成間近の堂塔を仰ぎ見ながら、意味ありげにつぶやいた。

武后が洛陽好きなのはつとに知られている。最近ではほとんど長安には住まず、高宗の方で洛陽詣でをするというもっぱらの評判だ。政治の実権も武后が握っているという。

「武后はそれほど熱心な仏教信者なのかね」

「いわくがありそうですよ」

「何だね、それは」

建任はちょっと警戒するように左右に目を走らせた。

「后位に就いてからすぐに前の皇后王氏《おうし》と蕭《しょう》淑妃を惨殺しています。立后前に自分を呪い殺そうとしたという名目でね。その後、怨霊に悩まされて長安にはいられなくなったようです」

「いやはや、すさまじい」

権力争いの凄惨さは倭国でも同じである。ただ、子供だった定恵はそれに気付かず、唐国に来てから詳細を知った。

「洛陽での仏教優遇は罪滅ぼしではないでしょうか」

「なるほど。生きている間に仏の補償を求めるというところがいかにも唐土らしいね」

「この先、何をするか分かりませんよ。皇帝陛下は病弱で気が小さいときていますから」

思い切ったことを言う。小役人の戯言《ざれごと》とはいえ、いつ誰が聞いているか分からない。この男には意外と太っ腹なところがある、と定恵は感心しつつもはらはらした。

八つの坊を通り過ぎたところで大きな河に出た。

「洛水《らくすい》です。これが洛陽城を南北に分断しています」

新中橋《しんちゅうきょう》と呼ばれる橋の上から流れを見下ろした。水量は豊かで、ゆったりと流れている。荷物を積んだ河舟が盛んに行き来している。洛水を城中に取り込んだのは名案だったな、と定恵は感心した。

北郭に入ると坊が大きくなった。左が承福坊、右が玉雞坊《ぎょっけいぼう》である。南郭の坊の二倍はある。坊の北から瀍水《てんすい》が流れ込んでおり、ここで左右に分かれて漕渠《そうきょ》となる。西は新潭《しんたん》を経て洛水に注ぐ。漕渠は川幅は狭いが、それでも小型の荷舟が行き交い、なるほど洛陽が物流の拠点であることを実感させられた。

漕渠に沿って東に進む。北側の坊はまた南郭と同じように小さくなり、景光坊、時邕《じよう》坊と続く。次の毓財《いくざい》坊でやっと宿舎の浄土寺にたどり着いた。都城全体が長安よりひと回り小さいとはいえ、よく歩いたものだ。長夏門から七里はあるだろう。優に一時間はかかった。

浄土寺は北魏時代に創られて、隋代にこの洛陽新城の建春門（当時は建陽門）内に移築された。それが唐代になって再度この毓財坊に移されたもので、洛陽随一の古刹である。

隋末の大業《たいぎょう》十年（六一四）、玄奘は十一歳でこの寺に預けられ、初めて『維摩経《ゆいまきょう》』や『法華経』に接し、仏教に目覚めた。十三歳のとき、洛陽で十四人の出家を許すという勅が出て、年齢が足りなかったにもかかわらずこれに応募、試験官がその志と挙措《きょそ》に感じ入って特別に得度を許した。以後、十七歳まで玄奘はこの寺で過ごし、『涅槃経《ねはんきょう》』や『摂大乗論《しょうだいじょうろん》』を学んだ。

浄土寺の住職からこんな来歴を聞かされて、定恵は興奮した。玄奘ゆかりの名刹を定恵の宿舎に指定したということは、唐朝としてはそれなりに気を使ったということかもしれない。たぶん劉建任の意向が働いているに違いない。

「やれやれ、これでひと安心だ」

案内された僧坊に荷物を置くと、定恵は庭に向かった椅子に腰を下ろした。

庭前はきれいに掃き清められて、松と柏がすっきりと枝を伸ばしている。松は鮮やかに緑の葉を茂らせているが、柏の葉はすでに薄茶色く枯れている。いつまでも枯れ葉を枝にとどめているのが柏木の特徴である。

「長安より暖かい気がするが……」

「東に開けていますからね。気候は長安よりいくぶん温暖です」

劉建任は定恵が満足そうに椅子に掛けているのを見てほっとした。これで、まず、第一関門は突破した。次は遣唐使節団との面会の取り付けだ。

実は定恵の身分については、すでに質としての実質的役割は終わっていた。当分は唐国にとどめておくが、倭国との間がよほど険悪にならない限り、近いうちに帰国させる手筈になっていた。

それをあえて口にしなかったのは、定恵に対する思いやりだった。もともと学問僧という触れ込みでの入唐である。質《しち》であることを表立って口にすることは唐室としても憚っていた。質の意義が薄れれば、帰国の決定は本人の意思に、というより派遣してきた倭国の朝廷に委ねた方がよい。

「私はこれから東城内にある尚書省に顔を出して、貴殿の安着を報告してきます」

「ご苦労だな」

旅装を解かずに立ったままでいる建任に、定恵はねぎらいの言葉をかけた。

「ここに泊まるんだろうな」

「そういうわけにはいきません。たぶん東城に近い清化坊《せいかぼう》の官舎に宿泊することになると思います。宮仕えはつらいですよ」

言葉とは裏腹に、その顔は晴れやかだった。予定が順調に進んで安堵したのだろう。

翌日、昼近くに建任は浄土寺にやって来た。いささか興奮した面持ちである。

「今日の午後、百済の義慈王一行が入城します」

「何？　義慈王？」

「囚われの身で当地に送られてきました。皇帝陛下も洛陽にいらっしゃるので、ここで対面なさるつもりでしょう」

「それはまた奇異な巡り合わせ……」

定恵はそれ以上、言葉が出なかった。

虜囚の屈辱を敵国の万民にさらすことになる。その心中を思うとやり切れなかった。見たくないというのが本音だった。が、見なければならないと自分に言い聞かせた。百済のために自分は唐国に質として送られてきたのだ。その百済の帰結がいま眼前に提示されるのだ。

午後三時ごろ、定恵は建任に連れられて、東城南壁の承福門前の広場に出向いた。見物人でごった返しており、警備のために金吾衛《きんごえい》の騎馬兵が何十騎と出ていた。

「すごい人出ですね」

思わずため息を漏らすと、

「天下の見ものですからね」

平然とつぶやく建任がいまいましい。他人事と思っているのだ。この俺の立場を今の建任は忘れている。衆人と同じように戦勝国の一員としてこれから開幕する凱旋の晴れ舞台を観覧しようとしているのだ。

やがて、旧中橋《きゅうちゅうきょう》を渡っておびただしい行列が近づいてきた。先頭と両脇には騎馬の兵士が付き添っている。

「あれが義慈王です」

虜囚の身とはいえ王の装束に身を包んで、どことなく威厳がある。

「左後ろが太子の隆、後ろの一団が百済の王族と高官たちです。百名近くはいるでしょう」

建任の声が得意そうに弾んでいる。

定恵は目を皿のようにして行列を見つめた。落ち着いた足の運びにほっと救われる思いがした。縄で縛られているわけでもない。蹴散らすような虐待を受けているわけでもない。粛々とした行進だが、卑屈さは微塵も感じられなかった。

定恵はふうっとため息をついた。

「後ろに続く連中は？」

万に達するかと思われるみすぼらしい集団がとぼとぼと歩いてくる。

「兵士として戦った百姓たちですよ。一万人以上はいます。俘虜として連れて来られたのでしょう」

「どうするつもりだ。処刑するのか」

「それはありません。百姓たちは僻遠の地に移されて生業に就きます。ただし、身分は半奴隷ですね。古来行われてきたしきたりです」

移民政策というわけか。

しかし、慣れない異国で奴隷同然の身でこき使われるのは大変なことだろう。塗炭の苦しみを強いられることになるな、と定恵は同情した。

「王はそうはいくまい」

「こうしてわざわざ連れ帰ったからには殺すようなことはしません。殺すならとっくに首を刎《は》ねています。皇帝陛下は慈悲深い方として知られています。もっとも、そこが皇后に付け入る隙を与えているのですが」

最後の「皇后」の部分だけは、さすがに小声になった。

定恵は先ほどから行列の反対側に気になる一団を見出していた。十数名の男ばかりの集団である。その服装は唐人とは異なっている。かといって西域の胡人たちとも違う。どこかで目にしたことのある風体である。

ややあってから、あっと叫びそうになった。

倭人ではないか。

遣唐使の一行ではないか。

見慣れた感じがしたのは、倭国の官人の位階を表す色別の冠と当色の袍《ほう》を身に着けていたからである。

「あそこにいるのは倭国の人々ではないのか？」

傍らに立つ建任にささやいた。

建任は行列の向こうに目を凝らした。今まで気付かなかったが、確かに異形《いぎょう》の集団がいる。しかも着飾っている。唐国や胡人の装束ではない。

「うん、確かに倭人だ。遣唐使節団の一行かもしれない」

建任の顔に不審そうな表情が浮かんだ。

「どうして知ったのか……」

じっと列の向こうに目を当てたまま、いかにも解せぬというふうに首をかしげている。

「今朝、あの人たちには会っているんですよ」

「えっ？　どこで？」

「鴻臚寺です。皇城にある……」

「例の外交役所か。洛陽にもあるのか」

「むろんあります、東都ですから。長安にある役所はすべてここにも揃っています」

「何の用事で行ったのか」

「呼び出しがありました。定恵殿は近々に質を解かれて自由の身になると告げられました。そうなると遣唐使と同じように鴻臚寺の管轄に移ります」

「自由の身？」

「ええ。今までも賓客扱いでしたが、これからは完全に外交使節の扱いです」

「外交使節……？」

定恵は一瞬、息が止まった。

目の前の百済の残影が俺を自由にしたのだ。義慈王に感謝せよということか。

「鴻臚寺を出ようとしたところで、遣唐使と鉢合わせしました。津守吉祥《つもりのきさ》殿と伊吉博徳《いきのはかとこ》殿、それから訳語《おさ》の三人でした。ほら、向こうの右端にいるお二人……」

建任は話している間も遣唐使節団から目を離さなかったが、ここで大きく顎をしゃくって前方を見据えた。なるほど、それらしい二人が遠目にも確認できる。

「何を話した？」

「行き違いですからほんの短い立ち話でした。定恵殿はお元気かと聞かれたので、ええと答えておきました。自分たちは清化坊の客館にいると教えてくれました。定恵殿も洛陽に来ていると言うと驚いていましたが、いずれ近日中に会えるだろうと先方も喜んでおりました」

どうやら遣唐使たちもこちらの事情を察しているようだ。遣唐使一行との面会もこれですんなりいくだろう。

「とにかく、ここでは知らんぷりをしていましょう。幸い向こうも気付いていないようですから」

定恵は無言でうなずいた。

行列は延々と続く。建任の言ったとおり、これでは万を上回る人数だろう。

百姓たちの服装は惨めだった。薄汚れた野良義姿が大部分で、足取りもおぼつかなかった。戦争の犠牲者はいつも農民たちだ、と定恵の身内から沸々と怒りが立ち昇ってきた。彼らを救えなかったのは自分の責任のような気がした。

路上で建任と別れて、定恵は一人で浄土寺に帰ってきた。いつになく疲れを感じた。あまりに多くのものを見せられた。しかもどれものっぴきならない重要なことばかりだ。

自分が自由の身になったというのが、一番大きな衝撃だった。百済の滅亡で質としての意味は薄れたはずだとは思っていたが、こう早く解放されるとは予想外だった。

自分はこれからどうなるのか。

長安を去るとき、師の神泰法師は何も言わなかった。ちょっと弟子を旅立たせるような気軽な調子で、ゆっくり東都を見物してらっしゃい、と手を振って送り出してくれた。が、いま考えると、あれが別れのしるしだったのか。洛陽行きが認められたとき、すでに師はこの俺が帰国する運命にあることを知っていたのではないか。

今日から質ではなく学問僧として生きるという手もある。そうすれば、この唐土にこれからもとどまることができるだろう。洛陽でも仏寺を宿所にあてがわれたということは、唐朝も自分を学問僧として遇しているということだ。

しかし、仏教の勉強はもうたくさんだ。興味を持てない。自分が夢中になれるのは国家の大事だ。もっと言えば、国と国とのありようだ。百済が滅びたのは不覚だったが、再興の気配もあるという。そうなれば朝鮮半島はまだまだ流動する。自分が活躍する場は間違いなくある。

ふと、義蔵のことが頭に浮かんだ。続いて、乞食僧《こつじき》のあの叡観。さらに、鄭高佑とあのかわいい孫娘の雪梅——。

彼らはどうしているだろうか。

遣唐使一行との面会が叶ったのは、彼らを見かけてから五日後のことだった。十一月まで一行は洛陽にいると聞いていたので、定恵は焦らなかった。が、お互いに自由の身になったのなら、気軽に行き来してもよさそうなものなのにという不満もあった。

「清化坊の客館にこちらから出向くわけにはいかないのかね」

劉建任に聞いてみた。彼は毎日のように浄土寺に顔を出した。

「いけないことはないですけど、もうちょっとお待ちください。今、手筈を整えておりますから」

「何か手続きが要るのかね。向こうもこちらも、もう自由の身だろう？」

「ここは皇帝治下の唐国の東都です。外国人使節の行動にはそれなりの心配りが必要です」

どういうことなのか、と首をひねった。

「心配りとは、警戒かね。それとも礼遇かね」

「礼遇です。遣唐使にも貴殿にも、これまで制限を設けて不自由を強いてきました。ここで大唐帝国が体面を繕って、両者に恩を売ろうという魂胆です」

簡単に詫びるようなことはしないということか。恩着せがましい態度が気に入らなかった。

「放っておいてくれた方が、よほどありがたいんだがね」

苦笑しながら、迷惑そうにつぶやいた。いい方向に進んでいることは確かなので、これ以上追及するのはよそうと思った。

それから間もなく対面は実現した。何と役所が一席設けて両者をねぎらった。場所は東城内にある鴻臚寺の接待所である。驚いたことに鴻臚卿の蕭嗣業《しょうしぎょう》が同席して自ら采配を振るった。

開宴の辞も蕭嗣業が述べた。

「この度はご迷惑をかけた。が、ご承知の通り百済は滅んだ。諸君をこれ以上引きとどめておく理由はなくなった。倭国の使節団として、大唐帝国から学べるものはすべて学んで、心おきなく帰国されるように」

蕭嗣業の挨拶は簡にして要を得ていた。よけいなことはいっさい言わない。

定恵は自分も「倭国の使節団」の一員として扱われ

ているらしいのを知って悪い気はしなかった。僧衣姿の定恵は一団の中では目立った。自分の存在を蕭嗣業も心に留めているに違いないと思うと、やっと定恵の胸にも当てはまることは確かだ。「帰国」の話は自分にも安堵がきざした。

宴たけなわになって、遣唐副使の津守吉祥と判官の伊吉博徳が定恵の席にやって来た。

「一年ぶりですね。その後もお変わりなく、何よりです」

吉祥は丁重に頭を下げた。内臣中臣鎌足の御曹司とあれば、粗略には扱えない。ここで縁を深めておけば帰国してから何かと有利になるかもしれないという打算もあった。

頭の中で素早く数えて、定恵がまだ十八歳であるのを知って、吉祥はその成長ぶりに驚いた。体つきも、一年前に長安で会った時と比べてひと回り大きくなっている。その時、吉祥の脳裏に浮かんだのは、聖徳太子が皇太子になったのも十八歳の時だったという事実である。

「そちたちも大変だったろう。長安に戻されたのを知って何とか会おうとしたが、結局だめだった」

「かたじけないことです。私どももお会いしたいと思いながら、警備が厳重で叶いませんでした」

「分かっておる。お互い、苦労したな」

定恵は久しぶりに使う自分の倭語が少しぎこちない気がした。思わず後ろに控えた博徳の方を見やった。自分の倭語が通じているかどうか確認するようなしぐさだった。

「まさか洛陽においでになっているとは思いませんでした」

目の合った博徳が、微笑を含んで応じた。定恵には、ちゃんと通じていますよ、という合図のように聞こえた。

「今や洛陽は長安を凌ぐ勢いだね」

「皇后陛下がお気に入りと伺っています」

同じようなことを建任も口にしていた。

「ところで、百済の義慈王……」

ここで定恵はいったん口をつぐんだ。

「――その後、どうなったろうか」

一瞬、気まずい空気が流れた。誰もが蕭嗣業の方をそっと窺い、さらに接待している鴻臚寺の役人たちにも視線を走らせた。が、倭語でのやりとりなので唐人たちにはいっさい分からない。吉祥も博徳もほっとしたが、百済の件はここでは触れない方がよかろうと思った。

「それより、珍しい話をご披露しましょう」

吉祥が末席に侍っている数人の男たちに一瞥をくれた。使節団の一行だが、見たことのない顔ばかりである。

「誰だと思いますか。第一船に乗っていて助かった連中ですよ」

博徳が引き取ってあとを続けた。

「すると、大使の船に乗っていた……？」

「そうです。大使の坂合部連石布《さかいべのむらじいわしき》殿は命を落とされましたが」

信じられない思いだった。大使を乗せた第一船は待てど暮らせど到着せず、全員絶望視されていた。行方を絶ってからすでに一年以上経っている。

「亡霊かと思いましたよ」

そう言って、吉祥はこの奇遇を説明した。

それによると、つい十日ほど前、一同が泊まっていた客館に鴻臚寺の役人に連れられた五人の男がやってきた。全員が唐服だったが、一人は、ひと目見てすぐに東漢長直阿利麻《やまとのあやのながのあたいありま》であることが分かった。いかつい体と眼光炯々とした顔付きに見覚えがあった。射手《いて》として大使の護衛役で乗り込んでいた男である。東漢長直氏はかつて蘇我氏に仕えた渡来系の一族だった。

随員の坂合部連稲積《さかいべのむらじいなつみ》もいた。大使の石布《いわしき》の同族である。他の三人は記憶になかった。聞くと、いずれも水手《かこ》だという。五人とも若い。この若さが漂着した島の住人の襲撃を跳ね返したのだ。五人は島人の船を奪って闇夜にひそかに脱出して大海原を渡った。爾加委《にかい》というその南海の島は本土の南に連なる島の一つだったのだろう。しかも、百人以上が殺されたというから、住民も多く住むかなり大きな島だったと思われる。

「ちょっと話を聞いてみたいですね」

定恵は好奇心を抑え切れず、思わず身を乗り出した。

「こちらに呼び寄せましょう」

使節団の総勢は二十人を越えていた。第一船の五人は末席に連なっていた。吉祥は近習の者を呼びに行かせた。やがて阿利麻と稲積の二人がやって来た。

「内臣の鎌足殿の御曹司だ」

吉祥が定恵を紹介した。

二人は恐れ入ったように平伏した。

「いや、そうかしこまらずに。ここに来るまでの様子を聞かせてくれ」

二人は顔を上げてうなずいた。

「小船で、よくもまあ果てしない大海原を乗り切ったものだ」

「風任せでした。小さな帆が一枚だけでしたが、順風に恵まれました」

稲積が答えた。

「唐国のどこに着いた？」

「括州《かつしゅう》というところです。明州よりはるか南です」

聞いたことはなかった。が、だいたい温州《うんしゅう》の近くだろうと見当をつけた。

「怪しまれなかったか」

「われわれを見つけた村人はすぐに夷人と見分けて、役人を呼びに行きました。駆けつけた役人と筆談を交わし、われわれが倭国の使節団の一員であることを伝えました」

「よく信用されたな」

「信物《しんもつ》は島で略奪されましたが、幸い牒を肌身離さず持っていましたから」

「何、牒を？」

「そうです。遣唐大使に叙するという勅牒です。大使が島で殺されたとき、私が抜き取って身に付けていたのです、いざという時のために」

「うーん、それはみごとな処置だ。さすがは坂合部氏の一族——」

定恵は感嘆した。

坂合部氏も渡来系で、播磨を本拠とする豪族である。代々、朝廷の外交政策に携わり、遣唐使に任命された石布は坂合部氏の出世頭だった。同じ血を引くこの稲積も並々ならぬ外交手腕を持ち合わせているものと思われる。

「牒を見た県令は目の色を変えました。まるで私が大使ででもあるかのように対応が一変しました。衣糧を供され、州から州への移動は護衛付きで、客館に泊まり、使節扱いでこの洛陽まで来ました」

「それにしても大変だったろう。ご苦労だった」

九死に一生を得たと言っていい。大陸横断に海難は付き物だったが、この種の冒険譚はめったに聞けるものではない。全員が海の藻屑と消えるか、土着の島人に虐殺されてしまう。生還するのは稀である。

「大使を始め大勢の犠牲者は気の毒で慰めの言葉もな

いが、しかし、そちたちは艱難を排してよくぞこの洛陽までたどり着いてくれた。礼を言うぞ」

定恵は興奮した面持ちで二人に杯を取らせた。自らの杯にも酒を注ぐと立ち上がり、一同に向けて「乾杯！」と叫んだ。周りにいた吉祥、博徳らも声を合わせて飲み干した。

同席していた役人たちが何事かと一斉に首をもたげたが、言葉は分からずとも一同の所作から事情はおおよそ察したようだった。

乾杯が終わると、一座は和やかに語り合った。

「皇帝陛下にもお目通りしました」

稲積がふと漏らした言葉に、定恵は鋭く反応した。

「陛下に？」

破格の待遇ではないかと思った。かつて副使の吉祥が高宗皇帝に拝謁しているが、これは大使が未到着だったので代役として当然のことだ。外国からの正式な使節には皇帝は必ず謁見する。が、今度の稲積に関しては、これといった肩書きはない。随員の一人にすぎない。

「ええ。私もびっくりしました。宮中に出向いた時はさすがに緊張しました」

「それはそうだろう」

定恵は羨ましく思った。

高宗に関しては、太宗を継いだ第三代皇帝として当初、英名は高かった。が、先帝の寵愛した武照に籠絡され、ついに皇后王氏を追放して立后させてからは、盛名は衰えつつあった。武后の専横を許し、皇帝の権威は下降の一途をたどっていた。それでも、高宗が大唐帝国を隆盛に導いたのは、その海外拡張策が功を奏したからである。先帝の太宗は内治に力を注ぎ大唐帝国の基盤を固めたが、そのおかげで次の高宗時代に周辺諸国への侵攻が可能となったのである。

「他の四人も一緒にか？」

「はい。おそらく漂流譚に興味があったのではないかと思います。奇談ですから」

なるほど奇談だ。ありえないような奇跡といってよかった。高宗は好奇心だけは旺盛のようだ。前年、副使の吉祥が倭国から連れて来た蝦夷二人を引き合わせたとき、高宗はためつすがめつ手に取るように見て、この二人についていろいろ質問したという。今度も稲積らの数奇な運命に冒険心を掻き立てられたのだろう。

「どんな点に興味を持たれたか」

「島人に襲撃された場面ですね。実はこれはわれわれにとっては一番思い出したくない事柄だったのですが」

無理もない、と定恵は思った。大使殺戮の光景は悪夢のように稲積ら五人の脳裏に焼き付いたに違いない。

稲積らはたくさんの下賜品を手に、宮中を辞したという。

冒険譚や下賜品には定恵はほとんど関心はなかった。百済と新羅の一件、それに唐国を悩ませている高句麗問題、これらについて直接高宗の意見を聞いてみたいというのが定恵の本心だった。


十一月一日、高宗は洛陽宮城の則天門楼で百済の義慈王以下の虜囚を面通しした。囚われの身とはいえ、王の位にあった人物とその一族である。高宗は寛恕の心で大唐帝国の威厳を見せつけようとした。義慈王以下全員が赦免を宣告された。

高宗の温情は予想されていたので、関係者は誰も驚かなかった。初め武后も宰相たちも斬首を主張したが、蘇定方将軍が強く反対した。文治の伝統を誇る漢人王朝で、武人の意見がこれほど重用された例はいまだかつてなかった。僭越《せんえつ》だと怒りをあらわにする高官もいたが、高宗は君臣を制して、蘇定方の進言に従った。蘇定方のこれまでの功績は甚大だというのが、その理由である。文字通り百戦錬磨の勇猛ぶりだった。今回の老骨に鞭打っての百済攻略は人々の感涙を誘うに充分だった。

蘇定方は百済侵攻に先立って面会した東市の商人、康景昌の嘆願を忘れていなかった。勅命とあれば討伐は避けられない。が、何とか康一族の恩顧に報いたかった。戦いをやめることができないなら、せめて百済の王を救いたかった。無辜《むこ》の民の犠牲を少なくして、民心を安らかにしたかった。

しかし、この心中は誰にも明かすことはできなかった。ただひとり胸の奥に秘めて、じっと耐えるしかなかった。

赦免の通告がなされると、義慈王以下の虜囚の口々から嘆声が漏れた。壇上、高宗の間近でこれを聞いていた蘇定方は、目頭を熱くして感謝の呪文を唱えた。戦った甲斐があったと思った。人を殺すのが武人の役目である。戦闘の修羅場には慣れていた。が、今回の百済征討ほど身に沁みて切ない思いをしたことはなかった。騎上で剣を振り回している最中にも康景昌の顔が瞼にちらついた。こんな苦しい戦いは今までなかった。年齢のせいもあったかもしれない。思うように手足や体が動かないつらさをしみじみ味わった。

全員赦免の報を聞いて、定恵はほっと胸を撫で下ろした。

定恵はこの日、義慈王以下の百済の虜囚に処置が下されることを劉建任から知らされていた。真冬を思わせる寒い日だったが、朝から寒気が体の内側にも張り付いていた。寒さというより、針で突き刺すような痛みが皮膚の内側を這い回っていた。そのくせ、頭だけが熱を帯びたようにぐらぐら沸騰していた。

「陛下は百済再興の動きをご存知なのかね」

義慈王の赦免を知らせに来た建任に、定恵はそれとなく聞いた。

「無論、ご承知です。しかし、あまり気にしていません。王を捕虜にしたからには、残党がいくら暴れても知れたものだという考えのようです」

「倭国が援軍を差し向けるという話も伝わっているのか」

「ええ。これも唐室は承知しています。倭軍との戦闘体験はありませんが、唐軍に比べたら物の数ではないとタカをくくっています」

なるほど、そうかもしれない。

倭国はかつて何度か朝鮮南部に派兵したことがある。が、新羅軍を相手にした戦いは小競り合いに近く、戦闘といえるほどのものではなかった。外国の軍隊と本格的に戦った経験はないも同然である。朝廷軍の主な役目は国内での紛争の処理である。これまでの豪族による反乱騒ぎでも、朝廷の命を受けた臣下が家臣軍団を派遣するだけで事足りた。大陸の戦争に比べたら、戦争ともいえない小規模な衝突にすぎなかった。これではとても強力な外国軍と戦うことはできまいと定恵は思った。

「蟷螂《とうろう》の斧か……」

自嘲気味につぶやいたものの、定恵の頭には割り切れないものが残った。

百済が敗れて唐の支配下に入ること自体にはさほどの抵抗を感じない。人心が動揺せず、民が安んじて暮らせれば、頭がどう挿《す》げ替わろうと大した問題ではない。が、百済人の誇りという厄介なものがある。

新羅は初めから唐の援助を恃《たの》んで同じ韓族の百済を滅ぼすという姑息な手段を選んだが、百済人には不当な弾圧には屈しないという強い矜持《きょうじ》がある。その血は支配層にではなく民衆の内部に深く根を張っている。いったん抵抗精神に火がつくと悲惨な状況を呈することになりかねない。余豊王子を担いだ鬼室福信以下の百済の遺臣たちが捨て身の戦法で羅唐連合軍に立ち向かったら、いったいどうなるか。想像するだけで、定恵の胸はきりきりと痛んだ。

百済王が赦免されたという知らせはほどなく遣唐使一行の耳にも届いた。誰もが唐朝の温情に驚嘆させられた。唐国は偉大である、とても叶わない、こんな国と戦うなど暴挙に等しいと、その軍事力より徳の高さに度肝を抜かれた。

十一月二十四日、遣唐使一行は洛陽を立って帰国の途についた。翌年、元号が改まって龍朔《りゅうさく》元年（六六一）となり、一月二十五日に江南の越州に到着した。しばらく州府に滞在した後、遣唐船を留置してある余姚《よよう》県に向かった。

百名を超える現地待機者たちは狂喜して一行を迎えた。長安で使節団が幽閉されたと聞いた時は気分が滅入ったが、辛抱強く待った甲斐があったと思った。船を守ること自体はそう難しくはなかった。問題はいつ帰国できるか見当がつかないことだった。異国の港に足止めされた不自由さが不安に拍車をかけた。鬱屈を紛らす手段もなく、乱暴狼藉《らんぼうろうぜき》を働いて官に捕縛される者もいた。ぶらりと出かけたきり、行方知れずになった者もいる。残置者たちの忍苦は一年四か月に及んだ。

船が余姚を出帆したのは四月一日である。七日に舟山《しゅうざん》群島の樫岸山《ちょうがんさん》に到り、島陰で一晩風待ちをして、翌八日、西南の風を得て大海に船を放った。

この年（六六一）、一月には、高宗は河北、河南、淮南《わいなん》の各地から四万四千の州兵を集めて高句麗を討たせた。蘇定方は遼東道行軍大総官として大軍を率いて平壌近くまで陣を進めた。唐朝は老将蘇定方の機略をまだ必要としていた。鴻臚卿蕭《しょう》嗣《し》業《ぎょう》も扶余道行軍総管としてこの作戦に参加した。一団には征服した西域のウイグル兵が多数従軍していた。百済を滅ぼした高宗は宿願の高句麗討伐に本格的に動き出したのである。

副使津守連吉祥の乗った遣唐使船の復路は順調ではなかった。海中に道を失い、風波に弄ばれて、九日後にようやく耽羅島《たんらとう》（済州島）に漂着した。百済滅亡の煽りを受けて耽羅王国は微妙な立場に置かれていた。島人の王子を何とか慰撫懐柔して船に乗せ、五月二十三日にようやく筑紫にたどり着いた。

倭国は騒動の最中にあった。すでに前年九月に百済滅亡の報が入り、十月には鬼室福信から百済再興の支援と王子余豊の帰国を嘆願する使者が来訪していた。朝廷は危機感を募らせ、すぐに支援を決定した。十二月には斉明天皇を始めとする朝廷がこぞって難波に遷り、武器や物資の調達を開始した。

年明けの正月には朝廷首脳は海路で筑紫に下った。老体の斉明女帝には息子の皇太子中大兄が付き添い、大海人皇子《おおあまのおうじ》、間人皇女《はしひとのひめみこ》、内臣の中臣鎌足らも同行した。三月、船団は那大津《なのおおつ》に到着し、磐瀬《いわせ》に行宮《あんぐう》を設け、長津宮《ながつのみや》とした。戦略上の配慮から、五月には行宮を筑後川流域の朝倉《あさくら》に遷した。

遣唐使一行は図らずもこの朝倉宮で帰朝報告をすることになったが、九州に行宮が営まれているのを知って驚いた。噂で耳にしていた倭国による百済救援が現実のものであることを知って、一行は強い衝撃を受けた。津守《つもりの》吉祥《きさ》と伊吉博徳《いきのはかとこ》の脳裏には、洛陽で目にした義慈王の痛ましい姿がよみがえった。帰国の安堵感は瞬時に吹き飛び、風雲急を告げる事態に新たな緊張を強いられることとなった。

帰国した一団の中に僧道昭《どうしょう》がいた。定恵と同じ船で唐に渡り、長安の慈恩寺で玄奘法師に八年間摂論宗《しょうろんしゅう》を学び、帰国した時は三十三歳になっていた。中臣鎌足は長男の定恵が今回は帰国しないことを知っていたので、消息だけをそれとなく尋ねた。

「お元気です。私どももと時を同じくして皇帝のいらっしゃる洛陽に移り、そこでお別れしました」

これ以上のことは言わなかった。鎌足も聞かなかった。が、鎌足がさほど定恵の身を案じていない様子に、道昭はやはりと思った。

定恵が同じ僧侶でも特別な任務を帯びて入唐したことを道昭は知っていた。留住の寺も違ったし、師事した僧も違う。定恵の師神泰《しんたい》は玄奘の弟子だが、自分が玄奘に師事したのはあくまで仏教の本義を学ぶためである。十一歳の倭国の質《しち》が玄奘の信頼する一番弟子に預けられたのはそれなりに理解できた。

道昭は成長した定恵が仏教より政事に関心を移しつつあることをひそかに憂えていた。が、父親が今をときめく内臣中臣鎌足となれば無理からぬことに思えた。顔を合わせる機会はたびたびあったが、差し出がましい口を利いたことは一度もなかった。

道昭は帰国後、飛鳥の法興寺に入って禅院を営み、摂論衆《しょうろんしゅう》を組織して『摂大乗論』の普及に努めた。鎌足は摂論衆の外護者《げごしゃ》として援助を惜しまなかったが、道昭にはそれが定恵への罪滅ぼしのように思えてならなかった。やがて道昭はわが国の法相宗《ほっそうしゅう》第一伝として仏教界に不朽の名をとどめることになる。

朝倉行宮に身を寄せた斉明女帝は、長途の旅が老体に障ったのか、間もなく病床に伏した。中大兄を始め周囲はひたすら神仏に祈った。女帝は夫の舒明天皇が発願し工事が中断したままになっている百済寺《くだらじ》造営のことを頻りに口にし、あの世で聞かれたら何と答えたらいいかと懊悩した。中大兄は必ず私が完成させますと約束し、傍らにいた鸕野《うの》皇女（後の持統天皇）も炊女《かしきめ》となってお手伝いしますと言って安心させた。

中臣鎌足は持仏の璧玉観音像に日夜、女帝の平癒を祈願した。ある晩、夢にその観音が現れて、祈請《きしょう》を聞き届けようと告げるのを聞いた。傍らに控えていた高句麗僧道顕《どうけん》は鎌足の女帝に対する並々ならぬ至誠に強く心を動かされた。

七月、斉明女帝は崩御した。享年、六十八歳。皇極天皇時代に息子の中大兄による〈乙巳の変〉で一度は退位したものの、弟の孝徳天皇の逝去を受けて重祚《ちょうそ》、斉明天皇となってから六年が経過していた。

中大兄の落胆は大きかった。過ぐる二十年を思い浮かべつつ母親の亡骸《なきがら》を船で難波に運び、さらに飛鳥の川原宮《かわらのみや》に遷して殯《もがり》をした。この非常時に飛鳥を遠く離れた筑紫で薨去《こうきょ》した母親を思うと、中大兄の胸は張り裂けんばかりに痛んだ。

皇位の継承は先送りして、皇太子として称制《しょうせい》を敷くことにした。天皇でもあり、母でもあった斉明の喪に服するという名分があった。また、百済救援という国運を左右する非常時に遭遇したということもあった。が、何より恐れたのは天皇不執政という伝統の罠に絡め取られることだった。

即位すれば政治の実権は手放さざるをえなくなる。これまで推し進めてきた強力な中央集権国家づくりは頓挫しかねない。天皇の座に就くことはそのまま権力の放棄を意味した。何よりこれを強く懸念したのは、当の中大兄より腹心の中臣鎌足だった。これまでも中大兄の参謀役として朝政を操ってきた鎌足は、ここ一番という勝負どころでまたもや抜け目のない知略で主君を唸らせたのである。

葬礼が一段落したところで、中大兄は皇太子のまま鎌足以下の群臣を従えて急ぎ筑紫に引き返した。天皇家の不幸にかまけて、百済救援という国家の一大事を疎《おろそ》かにするわけにはいかない。百済再興の成否は倭国からの救援の有無にかかっていた。中大兄は朝廷軍の強化に全力を傾けた。

定恵は龍朔元年（六六一）をまるまる洛陽で過ごした。

前年十一月末に遣唐使節団と別れてから、定恵の胸にはぽっかりと穴が開いたような空虚感が広がった。が、それはほんのひと時だった。自分が遣唐使に随行して帰国できないことはとうに分かっていた。

質《しち》から解放されたとはいえ、唐朝はまだ定恵を手放す気はなかった。表向きは学問僧としての修行が終わっていないというものだったが、根底には定恵をまだ唐国にとどめておく方が有利だという政治的判断が潜んでいた。ただし、唐国内での行動にはいっさい干渉しなかったので、これは唐国に諸々の繋がりができていた定恵には逆に好都合だった。望郷の思いより冒険心を優先させたのは、ひとえに十九歳という若さだった。

それなら、この際、洛陽をじっくり見ておこうと定恵は若者らしい好奇心を働かせた。

定恵が気にかけていたことが一つあった。それは洛陽古城のことだった。建任から漢魏洛陽城は廃墟と化して東方十数里に埋まっていると聞かされてから、一度訪ねてみたいと思っていた。

仏寺の林立する古都洛陽の繁栄が定恵の頭を華やかに彩っていた。北魏時代の戦乱で大きく破壊されたそうだが、その廃墟をぜひこの目で見たいという願望は日増しに強まっていった。

三月、陽春の一日、定恵は建任と辻馬車を雇って洛陽古城を訪れた。十八里、時間にしてわずか三十分足らずだった。

城外に出ると、一面の麦畑である。すでに青い穂が出始めている。東の彼方には霞のたなびく山並みが遠望できたが、進んでいく先は平地がどこまでも続いている。華北一の穀倉地帯であることがひと目で分かった。

「なるほど、長安とは地形が違う」

ぐるりと視線を巡らせて、定恵は感心したようにつぶやいた。

「向こうには黄河が流れています」

建任が左手前方を指差した。緑の木立が一直線に続いている。白楊の並木だろう。

小さな村落で馬車が止まった。建任が降りて、村人と何事か語らっている。しばらくすると戻ってきた。

「案内を頼むことにしました」

やがて老人が一人乗り込んできた。前歯が欠けて、額の皺が目立つ痩せた老人である。

「村の長老だ。昔の洛陽を覚えているそうだ」

「おいくつですか」

定恵が聞いた。

「今年で八十になります」

強い訛《なま》りがあった。洛陽にも長安とは違う訛りがあるが、この老人の音声は妙に喉先に息がつかえて、洛陽城内で聞くものとも響きが違っていた。聞き取れないことはなく、これが本来の洛陽語なのか、と定恵は興味を持った。

馬車はゆっくり動き出した。

「子供のころ、城内でよく遊びましたよ」

老人が問わず語りに口を開いた。

「城内？　すると、城内に家があったのですか」

建任が振り向いて、驚いたように老人の顔を見た。二人用の馬車だったので、建任は入り口の柱につかまり背を反らして立っていた。

「いえ、城外の大市《だいし》で商売をしていました。しかし、もう城内は荒れていて、子供でも簡単にもぐり込めました。この村がその大市の跡ですよ」

老人の言葉に反応したかのように、馬車が急停車した。

「向こうに見えるのが白馬寺《はくばじ》です」

右手前方にこんもりとした森が見える。

「この辺に市《いち》があったのか――」

馬車から降りて、定恵が感慨深げに辺りを見回した。農家が散在しているが、市の名残りはいっさいとどめていない。大市は洛陽城の西郊にあったというから、かつては賑やかな一画だったに違いない。

「同業の人々が里を成して、あちこちに住んでいました。この辺りは延酤里《えんこり》といって、すぐ隣りの治觴里《ちしょうり》と並んで酒造りで有名でした」

「あなたの家も？」

「そうです。いまじゃ百姓ですがね」

「酒造り以外には、どんな商売がありましたか」

畳みかけてくる定恵に、老人は我が意を得たりとばかり、頬を緩めてしゃべり出した。

「近くには調音《ちょうおん》、楽律《がくりつ》の二里がありました」

耳慣れない言葉に、定恵は怪訝な顔をした。訛っているので、よけい聞き取れない。

「管絃と歌の道ですよ」

「ああ、なるほど。――そこで演奏した？」

「そうです。昔、田僧超《でんそうちょう》という笳《あしぶえ》の名手がいたのもそこです。征西将軍の崔延伯《さいえんはく》は遠征のたびに僧超を伴い、『壮士の歌』を吹かせて軍兵を鼓舞したといいます。これを聞くと、臆病な兵士たちも奮い立ち、闘志を燃えたぎらせたそうです」

「崔延伯か。聞いたことがある。孝文帝の時期の武将ですね。数々の武勲を立てたが、最後は賊軍の流れ矢に当たって死んだとか……」

建任がすかさず応じた。さすがは六部の役人だと思ったが、巷では語り継がれている人物なのかもしれない。定恵には初めて聞く名前だった。

「孝文帝から三代の皇帝にお仕えしたそうです」

老人が補った。

「孝文帝といえば、北魏の都を平城《へいじょう》から洛陽に遷した皇帝……」

定恵の北魏に関する知識はこれぐらいだった。

「そのとおりです。この時から北魏は漢化していきます。胡語の使用を禁じ、名前も漢風に改めます」

「そういえば、北魏は鮮卑族が築いた王朝だったね」

「鮮卑の拓跋《たくばつ》という部族です。それまでは拓跋氏を名乗っていましたが、洛陽に遷都してからは元《げん》氏に変えました」

建任と定恵の会話を、老人はうなずきながら聞いていた。

「隋唐はこの流れを汲《く》むわけだから、純粋な漢族というのはいないのではないか」

定恵が冗談めかして言った。

「そのとおりですよ。唐の皇室には明らかに鮮卑の血が混じっている。庶民の場合も、漢族とはいっても大部分は北方異民族との混血ですね。大唐帝国も華北一帯は混血部族の集合体ですよ」

「どうりで異民族にも寛容なわけだ」

定恵の口吻はいくらか揶揄《やゆ》気味だったが、嘘ではなかった。

長安には明らかにそれと分かる異民族が大勢住んでいたが、特別な目で見られることもなく、漢族と協調融和して和やかな日常を営んでいた。定恵が日本人であることを意識するのは質《しち》という身分の時だけで、平生は長安人と言っても充分通った。

そういえば、倭国も渡来系が幅を利かせている。差別はいっさいない。むしろ渡来系は優れた知識や技能で倭人から一目置かれている。しかし、渡来系は朝鮮から渡ってきた部族が大部分を占め、長安で見るような多種多様な民族はいない。外形だけでなく、生活習慣や風俗も似ているせいか、倭国に移って来てもすぐに同化してしまう。

ところが、長安の異民族は自らの民族性を大事にしている。民族独自の風習を矯《た》めることはしない。西方の異民族において、特にそれは顕著だった。顔付きや体形も違ったが、風俗や文化の面でも民族の伝統を大切にする。それらをひっくるめて許容する懐の深さが大唐帝国にはあった。いろいろな民族がいて当たり前と割り切っていた。

「唐国は人種の坩堝《るつぼ》ですよ。唐人といってもさまざまだ。顔付きも、背の高さも、同じ唐人でありながら千差万別ですからね」

誇っているわけでも卑下しているわけでもなく、建任は恬淡《てんたん》としている。そういう建任自身も、漢人とはいいながら、どこかの民族の血が混じっているのかもしれないと定恵は思った。

「ほかにはどんな商売がありましたか」

しばらく埒外《らちがい》に置かれていた老人を気遣うように、定恵が声をかけた。

「市《いち》の北側には慈孝《じこう》、奉終《ほうしゅう》という二つの里がありました」

「寺院ですか」

「いや、棺桶を売ったり霊柩車を賃貸《ちんが》しするところです」

「なるほど」

どうりでそんな里名が付くわけだ、と定恵は苦笑した。

傍らの建任は浮かぬ顔をしている。

「弔いの歌うたいもいました。孫厳《そんげん》という男は特に有名で、狐が化けた美女を娶《めと》って、正体がばれたとき厳の髪の毛を切り取って逃げて行ったという話が伝わっています。おもしろいのは、それ以後、街で女に髪の毛を切られる男が続出して、着飾った女を見かけると人々は狐のお化けだと言って気味悪がったそうです」

挽歌《ばんか》を歌うのを商売にしている人がいるのは、定恵も長安で何度か目にしていた。が、この孫厳の話が肝心の商売とどう結び付くのか判然としない。

「それは風刺でしょう、きっと。幼帝を操る太后への面当てといったところですよ。北魏のころには、文明太后とか胡太后とか、いろいろ変な太后がいましたから」

建任がしたり顔で言った。

武后を当てこすっているのではないかと定恵は思った。太后ではなく、現役の皇后だが、その専横はすでに世間でもひそかに顰蹙《ひんしゅく》を買っていた。

雲行きが怪しくなってきたのを感じ取ったのか、老人が話題を変えた。

「阜財里《ふざいり》とか金肆里《きんしり》とかには金持ちの商人がたくさん住んでいましたね。高楼付きの豪華な邸宅に住んで、奴婢《ぬひ》たちまでご馳走をたらふく食べ、金糸銀糸の錦繍《きんしゅう》を身にまとっていたといいます」

「どの辺ですか」

「葬儀屋の集まっていたすぐ北側です」

定恵は興奮しながら周囲に目をやったが、見える物はみすぼらしい民家と緑に覆われた畑の広がりだけだった。

そのあと、三人は白馬寺へ行った。近いので、馬車に乗らずに歩いた。その方が周囲をよく見渡せた。

白馬寺は中国最古の仏教寺院である。北魏末の戦乱にも破壊されずに残った。奇跡といってもよかった。境内もきれいに整っている。ここだけが荒廃から免れて浄土のような荘厳さと静謐を保ちえたのはなぜなのか。

山門から中に入り、庫裏《くり》を訪ねると住職が出てきた。僧形の定恵を見て、住職は一瞬緊張の面持ちを見せた。伏し目になり、あわてて合掌した。自分よりはるかに若いのに、定恵の姿に異変を感じたらしい。唐人とは違う何かが住職の胸を射たようだ。

「御坊は新羅から来られましたか」

「いえ、倭国です」

「倭国？」

住職の頬がぴくっと引きつった。

「それはそれは……」

住職は汗を拭うように手巾を額に当てた。当惑の態である。

倭国は敵だという意識がこの住職にあるのではないか。すぐに、仏法に国境はないと思い直したが、定恵から警戒の念は去らなかった。

「この方は学問僧として唐国に来てもう八年になります。ずっと長安の慧日寺で修行されました」

脇から緊張を解きほぐすように建任が説明した。

「慧日寺といいますと、神泰和尚のいらっしゃる……？」

「そうです。神泰和尚のもとで修行なさいました」

住職は恐縮して、腰を屈めるようにして再度合掌した。

よけいなことを言う、と定恵はやや不機嫌になった。権威を笠に来て住職をやり込めているような意地悪さがある。ありがた迷惑だ。

「どうぞ中へお入りください。お茶でも一杯……」

住職は定恵と建任を庫裏と棟続きの客殿に請じ入れた。汗をかきながら気を使ってあちこち動き回る住職を見て、定恵は気の毒になった。

寺童が茶を運んできた。まだ十歳ぐらいの子供である。ふと定恵は自分が唐国に来たのもこの年頃だったと、その頼りなげな所作に憐憫を感じた。

「どうぞ」

声変わりもしていない透き通った声で、二人に茶を勧めた。目が合った時、定恵は一瞬雪梅を思い浮かべた。色の白い上品な顔立ちをしていた。

住職が再び姿を見せた。先ほどとは違って正式な法衣を身に着けている。なぜこのように改まった態度をとるのか、定恵には不可解だった。

「よく生き残りましたね、この白馬寺……」

黙っているのが気づまりに思えて、定恵の方から先に口を開いた。遠慮がちに、しかし観察するような目で。

「〈六鎮《りくちん》の乱〉を鎮圧した爾朱栄《じしゅえい》の時に、この寺も荒されましたが、何とか立ち直りました」

〈六鎮の乱〉は孝文帝の急激な漢化政策が誘引となって起こった。北部辺境に追いやられていた鮮卑の名族たちが洛陽の朝廷に反旗を翻したもので、孝明帝から孝荘帝にかけて八年間、北魏は乱れに乱れる。永安三年（五三〇）、ようやく戦乱は収まるが、これ以後、今度は乱を収束させた爾朱栄が外戚となり、一族の横暴が目立つようになる。

「千を越える仏寺が城市もろとも廃墟となる中で、この寺だけが無事に残りました。ひとえに釈迦牟尼の血縁《けちえん》によるものです」

住職はまたもや合掌した。

後漢の明帝《めいてい》が夢に金神《きんじん》を見て、西域に使者を派遣して異国の神である丈六の仏像を招来したという。経典とともに白馬に乗せて運んだというのが命名の由来であることは、定恵も知っていた。六百年も昔の話である。

「奇跡ですね。仏縁は大事にしなければなりません」

定恵も住職に和して合掌した。

「西域から持ち来たった経函《きょうかん》が今でもあると聞いていますが……」

「ございます。楡《にれ》の木でできています。後ほど、丈六仏と一緒にご覧に入れます」

「それはありがたい」

定恵も心が和んできた。

話が長引きそうなのを予感したのか、建任はここで退座した。近くを散策してくるという。馬車を山門の前に待たせたままなのも気になっていたようだ。

宝塔に案内されたとき、定恵はその一室で異様な物音を聞いた。物音は壁を隔てた隣りの部屋から聞こえてくる。耳を澄ますと、物音ではなく人のうめき声だった。くぐもった男の声が高く低く揺曳《ようえい》する。

「あれは……？」

先導してくれた住職に聞いた。

「ああ、何でもありません。修行中の僧が発するおのれを叱咤する声です」

にわかには信じられなかった。どんな厳しい修行をしているのか。

経函は丈が高く、漆でも塗ったように黒っぽく変色していた。住職が蓋を開けた。中を見た定恵は驚いた。

「これは簡冊《かんさく》ですか」

紐で綴じられた細い竹のようなものに文字が書かれている。

「いえ、貝葉《ばいよう》です。天竺にある多羅樹《たらじゅ》の葉を干して切ったものです。紙の代わりです」

聞いたことはあった。まだ紙のなかった天竺ではこの貝葉に盛んに経文を書き写したという。短冊様に切って紐で繋ぎ合わせる。堅いので巻物にはできない。数枚綴じたものを重ねて保管する。函が厚いのも無理ないなと思った。

「どんな経典ですか、ここに書いてあるのは」

「四十二章経《しじゅうにしょうぎょう》と言い伝えられていますが、よく分かりません。ただわが国最初の漢訳仏典であることだけは確かです」

「訳したのは誰ですか」

「明帝が西域から招来した天竺僧、摂摩騰《しょうまとう》と竺法蘭《じくほうらん》の二人です」

表面は茶褐色にすすけて、文字も色あせてほとんど判読できない。ようやく漢字だと分かる程度だ。

「そういえば、これが伝わったのはお国でも紙が造られ始めた時期ですね」

「そうです。この貝葉は天竺から大月氏国《だいげっしこく》に伝わったのを、明帝が招来したものです」

「いや、参りました。さすがは白馬寺……」

定恵は素直に感嘆の声を上げた。

「ちょっと手に取って見てもいいですか」

「残念ながら手で触れることはできません。ばらばらになってしまう恐れがありますから」

住職は申し訳なさそうに、しかし誇らしげな様子で蓋をした。

本堂の大雄殿に移って、丈六の弥勒菩薩像を拝した。これが明帝が夢に見た金神かと定恵は目を凝らして仰ぎ見た。金箔はところどころ剝げ落ちているが、優美で端正な顔立ちはどこか異国的な趣を感じさせた。こんな大きな像をどうやって白馬に乗せて運んだのだろうと定恵はあらぬ想像をした。が、仏教初伝の伝説だと思えばいいのだと、やや醒めた気持ちで客殿に引き返した。

宝塔で耳にしたうめき声が気になっていた。何でもないと住職は言ったが、わざと避けて通ろうとする不自然さがあった。何かを隠しているのではないか。

定恵は思い切って切り出した。

「先ほど宝塔で耳にしたうめき声ですが」

住職がはっと身構えた。

「修行しているのは、どんな方ですか」

「新羅の僧侶ですよ」

よけいなことを気にすると言わんばかりに、住職の目は胡散臭《うさんくさ》げに濁った。

「どんな修行かは存じませんが、あの声は尋常ではない」

住職は目を光らせた。顔は土気色に変わっている。

「修行の様子を見せてもらえませんか」

住職の目が斜めに床を刺した。困惑と狼狽が首筋を薄赤く染めている。しばらく何かを思い巡らすふうだったが、やがて観念したように口を開いた。

「実は気を病んでおりまして」

「気を病む？」

定恵は不審そうに顎を突き出した。

「百済から這這《ほうほう》の体《てい》でたどり着いて……」

「百済から？　――新羅の僧侶ではないのですか」

義蔵ではないかという思いが定恵の胸をぐらつかせていた。

「新羅から百済に乗り込んだようです」

ますます義蔵の疑いが濃くなる。

「なぜ、そんな姿に……？」

「戦《いくさ》を阻もうと無謀にも敵国の王に忠言に及んだらしい」

「百済の義慈王にですか」

「ええ」

瞬間、昨秋目にした義慈王の虜囚姿が目に浮かんだ。

すると、この話は百済が滅亡する前のことだ。義慈王の侵略に新羅が手を焼いていたころだ。

「それで、乱暴された？」

「いいえ。安逸をむさぼっていた義慈王は相手にしなかったようです。それで、故国に帰り、新羅の重臣に訴えたようです、百済を攻めないように、と」

義蔵に間違いあるまい。

「気が触れたのは、それでは、新羅で？」

「そうです。祖国を裏切る者、敵国に通じた間諜呼ばわりされて、ひどい拷問を受けたようです」

「よく殺されなかったものだ」

熱いものが痛みを伴って定恵の喉に込み上げてきた。住職を正視できなくなって、床に目を落とした。

「遣唐留学僧だったので、新羅としても勝手に処分するわけにはいかなかったようです」

「それで、またこの唐国に……？」

「ええ。百済経由で」

「その僧侶は義蔵という名ではありませんか」

住職の顔色が変わった。目は引きつり、歯が剝き出しになった。吼えかかるような形相で定恵を見据える。

「御坊は……御坊は……」

吐く息がぜいぜいと音を立てている。

「私は義蔵和尚の知り合いです。友人です」

僧衣で口を覆うようにして、住職は前後に体を揺らした。

「それを、は、早く、おっしゃればいいのに……」

どういうことだ、と定恵は戸惑った。

俺に救いを求めているのか。それとも面倒に耐えかねて厄介払いをしたいのか。

「長安で親しく交際していました。が、突然姿をくらましました」

「それはいつですか」

右手で胸を押さえて、住職は冷静さを取り戻そうとしていた。

「昨年の春です。理由も告げずに」

「帰国するつもりだったのではありませんか」

「そう思いました、私も。しかし、誰にも告げずにというところが不可解でした」

「帰国せずに、直接百済に乗り込んだのでしょうね」

「どういう道筋で百済に入ったのだろう」

定恵は目を虚ろにして、ひとりごちた。

「さあ、全く分かりません。何しろあのような状態で来ましたから」

申し訳なさそうに住職は目をしばたたかせた。

「義蔵和尚は武烈王が放った新羅の間諜ですよ。それなのに、新羅を裏切ったと思われたのでしょう。非戦を説くなど、この時勢ではそう受け取られても仕方がありません。二重間諜扱いされたのだと思います」

「間諜？　そうですか、新羅の間諜……」

何か思い当たることでもあるのか、住職は目を伏せて自らの内部を覗き込むような素振りをした。

「しかし、そこまでよく事情が分かりましたね。気を病んでいるにしては……」

「実は連れがあったのです。倭国の僧侶です。その男が介添えをして、やっとここまで義蔵和尚を運んできたのです」

「倭国の僧侶？」

再度、定恵の胸は波立った。

いったい何者か？　在唐の僧侶ならほとんど頭に入っている。

「正式な僧侶ではないかもしれません。乞食《こつじき》僧といった風体でした」

あの男ではないか？

不吉な影が定恵の脳裏をよぎった。

「名前は？」

「叡観と名乗っていました」

「やはり……」

定恵は呪文のように叡観という名を何度も口中で唱えた。額には見る見る汗がにじんできた。

「どうかされましたか」

怪訝そうに住職が定恵を見る。

「叡観は僧侶などではありません。僧形に身を窶《やつ》しているだけです。倭国から流れてきた風来坊ですよ」

急《せ》き込んだ物言いに、住職は呆気にとられて、定恵の顔をしげしげと眺めた。

二人の立場は完全に逆転した。

「ご存知なんですね、その方も」

攻めるような口調が定恵に釈明を促していた。

「叡観からは脅迫されています」

「脅迫？」

「ええ。何を企んでいるのか……」

「御坊には何か弱みでもあるのですか」

住職の目がきらりと光った。

「いえ、そういうことではなくて。――これは倭国の政事が絡んでいます」

ふと、義蔵が「詭計を弄するつもりだ」と言っていたのを思い出した。

住職には事の次第を知らせる必要はない。問題は義蔵だ。

「厚かましいお願いですが、義蔵和尚に会えないでしょうか」

「会っても話はできませんよ。完全に虚《うつ》けてしまっています」

「それでもいいから会いたい」

住職はゆっくりと歩き出した。宝塔へ案内するつもりらしいとその素振りから見当がついた。定恵は黙ってあとに従った。

牢屋のような宝塔の一室で、義蔵は放心状態で横たわっていた。寝台に斜めに寝そべり、口から泡のようなよだれを垂らしていた。

定恵は一瞬、別人かと思った。頬は青白く、髪の毛は伸び放題だった。よく見ると、閉じた眼尻から頬骨に至る線にかすかにかつての精悍《せいかん》なおもかげが残っていた。

「義蔵和尚！　義蔵和尚！」

寝台の傍らに腰を屈め、肩を揺すりながら定恵は呼びかけた。

うっすらと瞼が開いた。が、その目は何も見ていず、宙にぽかんと投げかけられた空洞にすぎなかった。

振り向くと、住職が小さくうなずいた。納得したかと定恵に念を押しているふうだった。

「今は安静状態です。興奮すると物を投げつけて、大声で叫びます。ですから、ご覧のとおり部屋には何も置いてありません」

これでも部屋か、と定恵は狭い室内を見回した。寝台と便器の甕《かめ》だけで、他には何もない。天井近くに横に細長い窓がある。板戸は外側に押し開けられていた。そこから陽射しが入ってくるので暗くはない。こちらが南の方角かと見上げた定恵の目に、黒っぽい血のような染みが映った。不吉な予感がした。

「あれは……？」

住職が定恵の目の先を追った。

「あそこに這い上がり、脱け出そうとして手を怪我したのです」

「脱け出す？　それならふだんはここに閉じ込めているわけですか」

「仕方がありません。出すと、どこへ行くか分かりません。他人に危害を加える恐れもあります」

ああ、監禁か、と定恵の目から涙がこぼれそうになった。

これが、あの闘志に満ち溢れていた義蔵の末路か。正義感が災いしたのだ。高邁《こうまい》な理想と実行力がおのれを不幸のどん底に陥れたのだ。

「叡観はどうしました？」

もしや一緒にいるのではと思ったが、その影すら見えない。

「私どもに義蔵和尚を預けて、そのまま姿を消しました」

「うむ」

定恵は驚かなかった。叡観らしいと思った。ここまで連れてきたことで、自分の責務は果たしたとさっさと立ち去った。行脚僧に戻ったのだ。

いつか義蔵が叡観のことを「役に立つかもしれない」と言ったことがある。まさかと思ったが、事実、役に立ったのだ。おそらく叡観を買収したのだろう。そして百済への道案内に仕立てた。叡観は倭国の人間、倭国は百済とは同盟国だ。しかも、二人とも僧形だ。義蔵が新羅の間諜だとしても、僧侶に国境はない。百済の警戒心も薄れる。

どこまで叡観が関与したのか知りたい。が、義蔵がこうなったからには、叡観から聞くほかない。しかし、肝心の叡観は行方不明だ。

それにしても、なぜ白馬寺なのだ。偶然たどり着いた先が白馬寺だっただけか。それとも、義蔵は白馬寺に縁故があったのか。

再び客殿に引き返して、定恵は勧められるままに茶を喫した。幸い建任はまだ戻って来ない。

「義蔵和尚はどうしてこの白馬寺に来られたのですか」

一服した後、遠慮がちに聞いた。

住職はさして気にもとめず、

「以前、この寺に住んでいたことがあります。短い期間でしたが」

そう答えると、自分も茶碗に口をつけた。

「えっ？　本当ですか。いつですか、それは」

思いがけない知らせに気が高ぶった。

「新羅から入唐した時です。長安に入る前にここに立ち寄りました。知り合いの先輩僧の紹介状を持っていました。その僧は前にここで修行したことがあり、今では新羅の高僧になっています」

「そういうことでしたか」

定恵は安心しながらも、白馬寺がこの先ずっと義蔵の面倒を見てくれるのか心配だった。そんな定恵の心中を察したのか、住職はさらに続けた。

「出会いは仏縁です。窮地に陥ればお救いするのが僧侶の務めです」

「御仏《みほとけ》の加護を祈ります」

万感の思いをこのひと言に込めて、定恵は合掌した。

洛陽の夏も暑い。ただ、長安と違うところは河川の水が涼味を呼ぶことである。東に平野が開けているので風も心地よい。しかし、長安と違って、夜になっても暑熱が抜けない。

「長安は盆地ですから、夜は涼しい。洛陽と反対ですね」

六月末に浄土寺に顔を見せたとき、建任がわけ知り顔に言った。残暑の厳しい日だった。

「ところで、皇城の方は変わりないかね」

「高句麗遠征軍が苦戦しているようです」

「出発したのは確か一月だったね」

「そうです。先日、新羅の武烈王が陣中で戦死されました」

「えっ？　新羅軍も一緒だったのか」

「唐軍に呼応して高句麗を攻めていたのです」

「討ち死にか？」

「いえ、病死のようです」

陣中で討ち死にするのは武者の誉《ほま》れと言うが、国王が病死となれば全軍への士気に影響するのではないか。このとき定恵の頭には敵味方の区別はなかった。

「王位は誰が継いだ？」

「嫡子の法敏さまです。文武王《ぶんぶおう》になりました」

「英明か？」

「二男の仁問さまの方が父王とはしっくりいっていたようですが、法敏さまは早くから太子に立てられていた明敏なお方と聞いています」

「仁問は弟の文王とともに長く唐にいて高宗に仕えていたはずだ」

「兄弟仲はいいので、武烈王なきあとも新羅の王室は磐石《ばんじゃく》と見受けます」

「しかし、唐軍と足並みを揃えて高句麗を討つことにためらいはなかったのか」

「そこが難しいところですね。唐国の最終目的は高句麗の討伐です。が、新羅は百済を滅ぼすのが当面の目標です。百済さえ滅びれば高句麗の脅威も減るからです。いま、百済復興軍の動きが活発化してきたとなれば、新羅は軍を高句麗ではなく、もっぱら百済の反乱軍に投入したいところです。新羅軍は痛し痒しだったでしょう」

「唐軍の苦戦もそれが影響しているのか」

「直接的には関係ありません。兵力が違いますから。しかし、新羅軍に動揺が広がっていることは確かですね」

「そうだろうな。百済が復興すれば元《もと》の木阿弥《もくあみ》だ」

「それもありますが、唐軍への反感が目だってきています」

「反感？」

「高句麗征討はありがたいが、朝鮮全土への唐国の野心がほの見えてきたからです」

「なるほど」

分かるような気がした。唐の拡張政策の最終目標はやはり領土の併合なのだ。

滅びたはずの百済で旧臣による抵抗が頻発しているという。あちこちで私兵を率いて立て籠もっていると も聞く。

「唐による百済の占領政策がうまくいっていないのですよ。属領にしたような傲慢な態度が反発を買っているのです」

「韓民族は地縁で団結する。正義感も強い」

「唐軍は足元がふらついてきた感じです」

「高句麗戦で勝ち目はあるのかね」

「さあ……」

さすがの建任も先が読めないらしい。

「高句麗軍も強いですからね。蘇定方も平壌を包囲したものの戦況は膠着《こうちゃく》状態です」

「寒くなる前に落とせなければ退却ということも……」

「ありえます。陛下は武烈王の死を悼んで洛陽城門で弔典を行いましたが、これは新羅の軍民を懐柔するためですよ。」

建任の辛辣な分析に、定恵はたじたじとなった。事情が分からないから、定恵としては相槌も打てないし反論もできない。ただ、同盟国とはいえ、他国の王の葬儀を唐都でも行うというのは異例のことだ。

高宗は弱気になっているのではないか。

「武烈王の死はさておいても、高句麗軍はさすがに強いという噂は宮中でも広がっています。陛下も固唾を呑んで戦況を見守っているようです」

「何しろ隋も滅ぼせなかった相手だからね。先帝の太宗が本格的に攻め込まなかったのは賢明だったかもしれない」

「百済を滅ぼした勢いに乗って高句麗まで攻め込むというのは、早計だったかもしれませんね。将も兵も疲れています」

「総指揮官の蘇定方はもう七十歳になるのだろう？二か国続けての連戦というのはどだい無理だよ」

「私もそう思います。しかし、陛下の信任が厚くて……」

建任は視線をはずして、ちょっと考え込むような顔をした。

「足元が危ないのが、唐室にとっても一番の気がかりでしょう」

「足元？」

「ええ。先ほど話した百済の反発ですよ。すでに百済再興軍が編成されたという話も耳に入ってきています」

「えっ？　それなら余豊王子も帰国した？」

「今のところまだですが、これも時間の問題でしょう。鬼室福信がしつこく倭国に要請していますから」

「成算があるに違いない。鬼室福信というのは、そんなに大物なのか」

「百済の王族にして将軍です。新羅の金庾信のような存在です」

「余豊を新しい百済王に据えるつもりか」

「たぶん、そうでしょう。が、余豊王子もなかなかの人物と聞いております。武列王と金庾信のようにうまくいくかどうか……」

「こちらは両雄並び立たず、か」

「その懸念はありますね。福信は強暴で冷酷な一面もあると聞いております」

「王族なら自ら即位することもできるはずだ」

「しかし、廃帝義慈王の子がいる限りは、それは無理ですよ。人望のある余豊を担ぐ方が世間には有利に働くはずです」

「なるほど。ちゃんと計算している」

去年、当地で目にした義慈王の虜囚姿が目に浮かんだ。

性懲りもなくまた戦争か。

しかし、このまま百済の故地が唐国の支配下に入ることも、定恵にはおもしろくない。百済の地は百済人が治めるべきだ。いや、治めなくてもいい。民が安全で、平和に暮らせれば、支配者など要らないのだ。いない方がいいのだ。

「倭国の軍は本当に百済に遠征するつもりか」

「間違いないと思います。何しろ天皇自らが筑紫に下り、行宮を築いたぐらいですから」

「斉明天皇はご高齢なのに……」

「そのようですね。しかし、中大兄皇子はまだ即位する気はないようです。もっとも、皇子はすでに全権を掌握していますから、たとえ天皇に不測の事態が起こっても百済への支援は続けるでしょう。百済再興への思い入れは人一倍強いという評判です」

「ああ……」

定恵は嘆声を漏らした。

あの義蔵が自らの精神を損ねてまで懸命に取り組んだ義挙が、いま無残にも潰《つい》えていく。

「執政としての中大兄皇子を支えているのが、ほかならぬ貴殿の御父君、中臣鎌足公ですよ」

建任は痛いところを突いてくる。

鎌足は父ではないぞ、と叫びたくなる。

途端に、あの叡観の顔が浮かんでくる。

八月、秋の気配が漂い出したころ、斉明天皇の崩御が報じられた。

もしや百済遠征は中止されるのではとかすかな望みが定恵の胸中に芽生えたが、続いて、倭国の百済支援が本格化してきたという知らせが入って、その願いも烏有《うゆう》に帰した。

「倭国はすでに百済救援に乗り出しているようですね」

こう口にした建任も半ば憂え顔である。

「母帝の喪も明けないというのに、中大兄皇子は早々と筑紫長津宮の前線基地に戻ったという」

「今のところは物資や武器の輸送だけのようですが、いずれは軍も派遣するでしょう。着々と徴兵を進めているようですよ」

定恵は頭を抱えた。

帰国した遣唐使節団は大陸の情勢を正確に伝えたのだろうか。朝廷は唐軍を相手に勝てると思っているのか。

父上の鎌足は何をしているのか。こんな時こそ識見を発揮して中大兄を諫《いさ》めねばならないのに。父上は唐国の実力を知っているはずだ。斉明天皇の崩御は無謀な企てを中止する絶好の機会のはずなのに。

次から次へと悔恨混じりの憤怒が湧き起こってきて、定恵の脳髄は割れんばかりだった。実際に頭痛がする。痛みを払いのけるように首を二、三度振って、秋色を濃くしていく窓外の境内にぼんやり見入った。

第五章　玄奘の嘆き

龍朔二年（六六二）が明けた。

定恵は二十歳を迎えた。中大兄皇子が〈乙巳の変〉を起こしたのもこの歳《とし》だ、と定恵は独りつぶやいた。何事かが起こる。いや、起こすのだ、と胸を熱くした。

元宵節が終わったら洛陽を立つ、と劉建任から告げられていた。それも悪くないな、と定恵は思った。洛陽の元宵節は二度目だった。もう一度見ておきたいという気持ちがあった。長安は見飽きている。年々派手に、きらびやかになっているが、東都洛陽の元宵節はまたひと味違っていた。

二日前の十三日ではなく、十四日から始まる。五日間も大騒ぎするのは京師の長安だけらしい。東都でも三日間となると、他の諸城市も同じだろう。元宵節当日の十五日はさすがに盛大だった。長安との一番大きな違いは河面に満艦飾の船を浮かべることだった。なるほど洛陽だ、と定恵は感嘆した。

今年も人々は厳寒の中を河畔に群れ集まっていた。城内を南北に分かつ洛水べりが最も賑わっていた。河畔は洪水に備えて充分な空き地を確保してある。そこにさまざまな見世物小屋が並び、奇術や演舞が披露された。芸人には胡人が多い。髯《ひげ》茫々の大男が口から炎を吹き出す。宙に放たれた直立した縄を侏儒《しゅじゅ》がするすると登っていく。碧眼の女たちが胡服に身を包んで亜麻色の髪をなびかせて華やかに舞う。水面に映った鮮やかな縞模様を掻き分けて、灯籠を輪のように飾り付けた船がゆっくりと進む。

「去年より船の数が多い」

思わず傍らの劉建任に声をかけた。

「皇帝陛下ご夫妻がいらしているので、今年は特に趣向を凝らしたのでしょう」

「陛下もご覧なっているのかねえ」

「たぶんどこかでね。ただし、二人で一緒に眺めるということは考えられない」

「どうして？」

「武后の専横が目立ってきて、陛下は苦り切っている。夫婦仲は悪くなる一方です」

喜んでいいのか、悲しむべきなのか、定恵は迷った。

が、皇帝夫妻の不仲は唐国の海東への関心を殺《そ》いでくれるのではないかというほのかな期待があった。

「しかし、外交では足並みが揃っている」

「というよりも、武后に引きずられているのですよ。仕方なく、陛下も意気投合しているわけです」

高句麗征討という隋代からの宿願には勝てない。

「それほど高句麗が憎いのか」

「目の上のたんこぶなんですよ、唐朝にとっては。北辺を脅かす突厥《とっけつ》は何とか屈服させた。もっとも西に移った同族がまたもや勢力を強めていますがね。それに対して、北東の高句麗は漢王朝の故地だという思い込みがある。境界もあいまいで、隙あらば侵入してくるというのもおもしろくない。隋朝が滅びたのは度重なる高句麗遠征が原因です。煬帝も高句麗には勝てなかった。その高句麗を討つのは、いわば唐朝に課せられた義務のようなものです」

「そこまで怨念が尾を引くものかねえ。執念深いものよのう、人間というのは」

「人間というより、国家ですよ、執念深いのは」

定恵はぎょろりと建任をにらんだ。川面の灯火を下から受けて、鬼のように形相が一変している。

動かないでいると、さすがに寒い。水面から寒気が這い上ってくる。雑伎の一団の演舞が終わったらしく、大きな拍手とどよめきが背後から聞こえてきた。

長安はさすがに懐かしかった。

慧日寺に顔を出すと、神泰師が怪訝《けげん》な顔で出迎えた。

「遣唐使のご一行と一緒に帰国したと思っておったが……」

帰って来たのが悪いような気がした。

神泰師に見送られて慧日寺を後にしてから一年三か月が経っている。そう思う方が自然なのかもしれない。

「ご迷惑でしょうか」

「なんの、なんの」

神泰師は温顔に戻って、いたわるような目で定恵を迎え入れた。

「無事に着いたろうか、道昭和尚は」

ああ、俺のことより道昭法師のことを気にかけているのだ、と定恵は落胆した。が、長年、慈恩寺で玄奘のもとで机を並べた兄弟弟子だ。無理もないと思った。

それより、神泰師も遣唐使の動向を知らないというのは意外だった。洛陽にも安着の知らせは来ていなかった。情勢が情勢である。倭国や海東との通信は故意に遮断されているのかもしれない。慈恩寺なら、道昭法師との縁で、何らかの消息が分かるのではないかと期待していたが、空振りに終わった。

「こちらにも便りはありませんか」

定恵の顔は不審そうにゆがんでいた。

「ない。一行が洛陽を立たれたのはいつだった?」

「一昨年の十一月末でした」

「すると、とうに一年は過ぎている。はて、さて、妙なこともあるものだ……」

神泰師は首をひねって視線をさまよわせた。

海東不穏のことは神泰師も承知しているはずだ。しかし、倭国も絡んでいることまではご存知ないかもしれない。これは厄介なことになりそうだ、と定恵は軽い胸騒ぎを覚えた。

「時世が時世ですから、どこかで滞っているのかもしれません」

暗示するような言い方で誘いをかけてみた。

「困ったものだ。四海平穏といきたいところだが……」

神泰師の眉が曇った。

「玄奘和尚はお変わりありませんか」

師の心痛を思いやって、わざと話題を変えた。

「今年、還暦を迎えられたが、訳経への情熱は少しも衰えていらっしゃらない。ただ年齢相応にお体は弱ってきなさったが……」

「今でも慈恩寺の翻経院に?」

「時々お顔を出される。頭はしっかりなさっている」

「そうですか。安心しました」

「一度お目にかかるか」

おや、と思った。神泰師の方からこのような言葉をかけられたことは一度もない。何らかの異変を感じ取っているのだろうか。

「お会いできますか」

「いつぞや、定恵和尚も帰国したかと聞かれたことがある」

「えっ? 私のことを?」

「そう。道昭和尚と一緒に帰ったはずだとお答えしておいたが」

神泰師は浮かぬ顔で、何やら屈託しているふうだ。

また慧日寺に住みたいと率直にお願いした方がよさそうだ、と定恵は判断した。

「ここでまたしばらくご厄介になってもいいですか」

「いいどころじゃない。遠慮なくとどまるがよい」

ありがたい言葉だった。師はまだ自分を見捨てていない。

二月になってから、玄奘法師との面会が実現した。先日降った雪が溶け出して、路面のぬかるみから湯気が立っていた。

陽射しが明るい。

いよいよ春だなあと定恵は独りごちた。

慈恩寺に着くと、窺基《きき》和尚が出迎えてくれた。三年ぶりだった。

「大きくなられた」

そう言って笑った窺基自身もまだ三十歳になったばかりだが、いつの間にか定恵の背丈は窺基を越えていた。窺基が唐人としては小柄なことにこのとき初めて気が付いた。

「やっと二十歳になりました」

こう言ったのは先導してきた神泰である。この年下の窺基が玄奘の後継者として長安仏教界に重きをなしつつあることを、神泰は無視できなくなっていた。訳経の能力だけでなく、経典研究でも一頭地を抜きん出ており、近頃は摂論宗《しょうろんしゅう》を唐風に編み直した新唯識論の完成に精出していた。

「お世話になります」

定恵は神妙に頭を下げた。

「三蔵法師がお待ちかねです。さあ、どうぞ」

僧坊の一つに案内された。ここは玄奘法師専用の私室として使われていた。窺基はすぐに姿を消した。

「大きくなられたのう」

玄奘の発した一声は窺基と同じだった。

傍らで神泰が目を細めている。

「図体ばかり大きくなりました」

定恵は平身低頭して、経卓を挟んで玄奘の向かいに座った。

「今日はおぬしに知らせたいことがあってのう」

目配せするような合図を神泰に送った。神泰はうなずいて席をはずした。

「これから口にすることは他言無用じゃ」

声を潜めるようにして玄奘はつぶやいた。温和な眼差しがこの時ばかりはきらりと光った。

定恵は射すくめられたように体が硬くなった。前歯のない玄奘の口もとがきつく結ばれ、鼻の下に皺が数本刻まれている。

定恵は頬を強張らせたまま、やっとの思いで口を開いた。

「承知しました。決して他には漏らしません」

玄奘は黙ってうなずいてから、ゆっくり話し始めた。

「高昌国という国が、昔、あった」

はっとした。

コウショウコク、コウショウコク、と二、三度口の中で唱えた。

――鄭高佑だ。それに康景昌……。

「存じています」

定恵は震えながら言葉を押し出した。

「その高昌国はわしが唐国を離れたとき、最初に温かく迎えてくれたところじゃ」

「仏国土だったと……」

「そう」

じろりと玄奘は定恵に目をやった。

「しかし、帰りに立ち寄った時にはもうなくなっていた。唐国が滅ぼしたのだ」

苦渋が玄奘の面《おもて》を覆っていた。

「なぜでしょうか」

「国王の麴文泰《きくぶんたい》が西突厥と結んだことが太宗陛下の怒りを買ったのだ」

「しかし、同じ漢人ですよね、国王も」

「まつろわぬ者は滅ぼす、これが唐朝のやり方だ」

「仏教はその前には無力ということですか」

定恵は息を荒げた。

「王法は仏法に優先する。これが唐朝のみならず、わが漢人王朝の伝統的な考え方だ。この制約のもとで仏教の伝来が許されたのじゃ」

「しかし、異国の神を請来したのは皇帝ご自身ではなかったですか」

「ああ、後漢の明帝ね。夢に見た西域の金神《きんじん》をわざわざ迎えに行かせた。しかし、皇帝あっての仏教だ。この国では仏法は王法に従わざるをえない宿命を負っている」

何を言いたいのか、と定恵は戸惑い気味に視線を移ろわせた。

玄奘は定恵の反応を見ながら、しばらく沈黙していた。いつ本題に入るべきか時機を窺っているふうだ。

やがて決心したように、ゆっくり口を開いた。

「かつて高昌国人だった一人の老人がいる」

定恵の心臓がぴくりと鳴った。高昌国人とくれば、鄭高佑以外にない。

「その孫娘に雪梅という女子《おなご》がいる」

間違いない、と定恵は思った。が、口にしてはならぬと自分に言い聞かせた。他言無用という禁忌が自分を過度に縛っているようだが、安全に越したことはない。

「その子を倭国に送り届けて欲しいのだ」

意外な言葉だった。

鄭高佑から雪梅に倭国の話をしてやってほしいとは頼まれたが、まさか当人を倭国に連れて行けとは……。

「高佑老人は自らそこまでは口に出せなんだ」

俺に遠慮したのか。

確かに突飛な思い付きだ。しかもこの俺とは昵懇《じっこん》というほどの間柄ではない。玄奘に直訴したに違いない。

玄奘が高昌国滅亡を嘆いていることは劉建任から聞かされていた。おそらく高佑と雪梅をめぐる不思議な因縁もご存知だろう。しかし、高佑が雪梅をこの俺に託して倭国に送り届けるとは……？

第一、倭国に雪梅を受け入れてくれる当てがあるのか。

「どうして道昭和尚に託さなかったのでしょうか」

玄奘の目が当惑気味にたゆたった。想定外の質問だったのだろう。

「道昭和尚には仏僧としての重い使命がある。倭国に法相宗という新しい唯識を広めてもらわねばならぬ」

定恵は首をすくめた。

愚弄されているとは思わなかった。自分が学問に身が入っていないことは、すでに神泰法師から聞き及んでいるのだろう。

「おぬしは政事の世界で活躍されるお方だ。いずれは倭国を背負って立つことになる」

「還俗ですか」

「今の身分は仮の出家と心得ている。おぬしの心は学問僧を超えている。本来の姿に立ち返るだけのことだ」

全身から力が抜けていく気がした。いちいちもっともだが、玄奘三蔵から破門を言い渡されたも同然だ。

衝撃が身内を貫いた。自分が神泰法師の弟子なら、玄奘法師の孫弟子にもなるとひそかに自負していた。その矜恃が足元から覆され、崩れ去ってしまった。

学問僧を超えている――この言葉は何を意味するの

か。

「超えている」とは「値しない」の逆説的表現であろう。唐土流の謙遜した言い方だ。

しかし、と定恵は思った。これは政界で名を成せば仏法を支配できるという自分への励ましではないか。王法優位を逆手にとって、自分の行くべき道を教え諭しているのではないか。

もし後者なら、玄奘法師の嘆きは深いと言わざるをえない。あれだけの大事業を成し遂げ、唐室の崇敬篤い玄奘三蔵でさえ、仏法の優位を確立することはできなかった。皇帝の庇護の下で繁栄を謳歌するしかなかった。その苦衷を察すると、俺の屈辱感など物の数ではない、と定恵は思った。

「高佑さんはなぜかわいい孫娘を倭国に行かせるのでしょう」

玄奘の顔が沈み込むようにゆがんだ。困惑が苦渋の色合いを深めている。話すべきかどうか、自らの心に問いかけている。

「わしはもう老い先短い」

独り言のようにつぶやいた。

「この際、倭国から来たおぬしに知らせるのはわしの義務かもしれない」

定恵は沈黙するしかなかった。重大な告白がなされようとしていることは明らかだった。

「雪梅の父親が倭国にいるかもしれない」

「雪梅さんが倭人の血を引いていることは知っています」

おやっという顔で、玄奘は定恵を見つめた。

「どこで聞いたか?」

「光明寺にいた義蔵和尚からです」

「ああ、義蔵和尚――」

玄奘の目が虚ろにしぼんだ。

義蔵の今の惨状をご存知なのだろうか、と定恵は一瞬身構えた。

「新羅に帰ったようだが、今頃どうしているか」

ご存知ないのだ。

しかし、とても知らせる気にはなれなかった。あまりに残酷すぎる。

「義蔵和尚とは親しかったのでしょうか」

「何度か会っている。正義感の強い学問僧だった」

「今度の戦乱で……」

言いかけて、言葉が縺《もつ》れた。

玄奘が先の戦乱をどう見ているのか、皆目見当が付かない。ひょっとすると何もご存知ないということもありえる。

「むごいことよのう……」

戦乱がか？

それとも、義蔵のこと？

玄奘の声が急にしゃがれて、目元が潤んだように見えた。

いやいや、義蔵の悲劇は知るはずがない。

涙もろくなった玄奘を見て、定恵は息が詰まった。紛れもない老いが玄奘の心を侵食していた。

「多くの人々が辛酸を舐めています。戦争を何とか食い止めたいというのが義蔵和尚の宿願でした」

「しかし、百済は滅びたそうな」

「まだ余韻はくすぶっています。復興軍が百済の各地に蟠踞《ばんきょ》しているそうです」

「戦争はまだ終わらんのか」

返す言葉がなかった。

義蔵は心を病んで白馬寺にいる。重度の障害を負った身である。義蔵の努力にもかかわらず事態は悪い方へと進んでいる。

「事態は予断を許しません。倭軍までが参戦の準備をしています」

「本当か？」

「本当です。唐軍と一騎打ちになるやもしれません」

玄奘が皺だらけの目尻を引きつらせた。

「何たることか……」

がっくりと頭を垂れて、肩を小刻みに震わせている。

「雪梅さんを倭国に送り届けるのは、今の時点では無理かもしれません」

玄奘は黙したままだ。

「私自身も去就を決めかねています。帰国すべきかどうか――」

「高佑殿が言っておられた。倭国は仏法有縁の地だ、と」

「そうですか。高佑さんは優婆塞《うばそく》、そんな言い伝えもご存知なのですね」

「南岳大師慧思《えし》は生まれ変わって東海の仏国土である倭国にいらっしゃる、と」

厩戸皇子《うまやどのおうじ》（聖徳太子）のことだとすぐに分かった。

慧思は天台宗の開祖と崇められ、転生譚が数多く残されている。東方の君子国で生まれ変わって太子となったという説は唐土でもよく知られていた。

「南岳大師の生まれ変わりと言われた厩戸皇子はすでに亡くなられています」

これ以上は言えなかった。太子の一族は滅びた。いや、滅ぼされたのだ。その悲劇に自分の父親も一枚噛んでいるとなると、よけい口は重くなる。

叡観の奴め、と胸中で罵声を浴びせた。

しかし、病んだ義蔵を新羅から連れ帰ったのは叡観だ。叡観がいなければ、義蔵はどこかで野垂れ死にしていたろう。さもしい根性の持ち主とはいえ、義蔵の命を救ったことに変わりはない。

「今の倭国はどうなっているのだ」

玄奘のこめかみはぴくぴく脈打っていた。

「お国から学んだ律令制を根付かせようと苦心惨憺しております」

「おぬしの父君は倭国の天皇を動かしているそうだな」

動かしている？

定恵は絶句した。そういうことになるのか。それほどまでに父の権限は強いのか。

「天皇は今は空位です。昨年、斉明帝が薨去されて、中大兄皇子はまだ皇位に就いておられません。称制を敷いておられます」

「うむ。聞いておる。その中大兄というお方はなぜ天皇にならぬ？」

追い込まれているような気がした。知るまいと思ったことを意外にも存じ上げている。玄奘三蔵がこれほど倭国に関心を抱いているとは予想もしなかった。雪梅の件で、鄭高佑から聞いたのか。しかし、高佑も誰かから倭国の情報を手に入れたに違いない。

それは誰か？

叡観？

そうか、叡観はたぶん高佑とも知り合いなのだ。二人を結び付けたものは何か。片や乞食僧、片や豪商の優婆塞、接点はある。

続いて、康景昌という名が浮かんだ。

そうだ、あの男もいる。会ったことはないが、海東の珍宝を商う高佑の知り合いというではないか。

義蔵によれば、劉建任の依頼を受けて、高佑はこの男を遠縁に当たる蘇定方のもとに遣わしている。叡観は康景昌とも昵懇なのかもしれない。

そうなれば、玄奘の人脈は果てしなく広がる。いや、高佑を巡って、その一円に玄奘がいて、この俺もいるという構図だ。

「母帝の喪に服していらっしゃるからではないでしょうか。本当のところは私にも分かりません。百済を支援するために筑紫に行宮が設けられ、母帝はそこで崩御されているので、遺志を継いで、百済が復興するまでは皇位には就かないつもりなのかもしれません」

「敗れたら、どうする？」

不意討ちのような質問だった。

定恵はそこまで考えたことがなかった。困惑した定恵を尻目に、玄奘はゆっくり茶を飲み干した。喉仏が大きく上下する。

「もう、よい。話がくどくなった」

独り言のようにつぶやくと、やおら、

「雪梅を託したぞよ。高佑殿の願いはわしの命令と心得よ」

有無を言わさぬ口調に、定恵は玄奘と高佑の深い縁《えにし》を感じ取った。

高佑が玄奘の檀越《だんおつ》であることなど些細なことにすぎない。根底には高昌国滅亡のことがある。悲嘆を超えて、憤怒がある。それを唐朝に向かって揚言できない悔しさが玄奘の腹の底を這い回っている。このままでは仏法は危ないと思っているのではないか。

「承知しました」

相手の勢いに飲み込まれて、定恵はこう返事するしかなかった。

大変な宿題を抱え込んでしまった。責任の重さに押しつぶされそうだった。

しかし、一方では、玄奘法師との密盟によって、自分は孫弟子として不朽の名をとどめるだろうという俗気も生じていた。これは仏法とは程遠い外道《げどう》に属する名誉だったが、この時の定恵にはそこまで気付く余裕がなかった。というより、定恵の心はかくまで仏教から遠ざかっていたというべきかもしれない。

「恩に着るぞよ」

玄奘は満足そうにほほ笑んだ。


三月、春たけなわの洛陽に、高句麗遠征に赴いていた蘇定方率いる唐軍が帰還した。凱旋ではなく、戦い半ばでの総引き揚げである。勅命とはいえ、実質的には敗北だった。

戦闘は熾烈を極めた。淵蓋蘇文《えんがいそぶん》率いる高句麗軍は百済軍よりはるかに精強だった。地理的な優位もあって、しばしば唐軍を窮地に追い込んだ。懐深く誘い込まれた唐軍が背後から高句麗軍に急襲されるという危うい場面もあって、どうにか馬邑山《ばゆうさん》の敵陣を突破して平壌を包囲したものの、敵陣は固く、戦闘は長引いた。冬を迎えても決着はつかず、結局、大雪に阻まれて膠着状態に陥った。ここで高宗による勅命が発せられて、引き返さざるをえなかったのである。この時、蘇定方は平壌道行軍総官に転じていたが、無念の思いを噛み締めながら洛陽に引き返した。

定恵が鄭高佑の訪問を受けたのは、四月に入って間もなくだった。

「いよいよ春ともお別れですな」

慧日寺の客殿から緑を濃くした境内の木々を眺めながら、高佑はゆっくりと茶を口に含んだ。椅子に掛けた背が丸くなって、ここにも老いが影を刻んでいた。

ふと、玄奘法師と、この高佑と、どちらが年長なのだろうと思った。

玄奘法師は確か六十三歳になられたはずだが、老いは身体に限られている。が、高佑は心も老け込んだ様子だ。覇気が感じられない。眉毛にも白いものが混じり、皮膚のたるみが一段と目に付いた。ひょっとすると高佑の方が年上か。

「本当ですね。西明寺の牡丹が満開だそうです。」

調子を合わせながらも、定恵は雪梅が一緒でないことに落胆していた。今まで会った時は高佑はいつも雪梅を伴っていた。今日も当然二人で来るものと思い込んでいた。が、家僕が付き添って来ただけで、雪梅の姿はなかった。

「よくぞ承知してくださった」

高佑は目頭を手巾で拭いながら、定恵に感謝した。

玄奘法師から聞いたのだろう。雪梅を倭国へ連れて行ってくれという願いは確かに承知した。承知せざるをえないほど力のこもった懇望——命令だった。

それにしても、高佑は老け込んだものだ。涙もろくなった。考えてみれば、最愛の孫娘を引き渡す相談に来ているのだから、目頭がにじむのも当然かもしれない。

定恵はちょっと考え込んだ。申し訳ないような、いたたまれない気持ちである。

「今日は雪梅さんは、どうしました？」

あえて別離のことには触れず、雪梅の不在を嘆くことで高佑の気持ちを和らげようとした。

「恥ずかしがって……。あの子もすっかり大人になりました」

「大人に？」

咄嗟《とっさ》には意味が分からなかった。

今まで「お坊さま、よろしくお願いします」と口ずさんでいた言葉は、高佑口移しの呪文のようなものだったのか。

「あの子は御坊に惚れております」

高佑は掌で顔面を拭って、しぼんだ目を精いっぱい大きく開けた。

「あの子の運命は御坊が握っています」

定恵は胸を突かれた。熱いものが喉元に込み上げてくる。

ひと呼吸置いてから、ゆっくり言葉を押し出した。

「雪梅さんを倭国に連れて行くことは簡単ではありませんよ」

「むろん、心得ておる。女性《にょしょう》が国外に出ることを唐朝は禁じておる」

「それは外国人と結婚した場合でしょう」

「いや、結婚していなくても、一人では無理だ。陛下のお許しを得た特別な任務を帯びていない限りは……」

「特別な任務……？」

「たとえば正学の教示とか、仏法の弘布、歌舞の伝授など――」

「尼僧になればいいのですね」

「そうなれば結婚はできない」

「結婚？」

不意を突かれた。

むろん特定の相手を指した言葉ではなく、一般的な話なのだろう。が、定恵には引っかかるものがあった。

「雪梅さんはお父さんに会うために倭国へ行くのではないのですか」

「むろん、そうだ。が、わしはもう先がない。いつ死ぬか分からない」

「いやいや、お元気ですよ。まだまだ……」

お愛想を言ったものの、高佑が雪梅の行く末を案じていることは間違いなかった。高佑は自らの衰えを自覚しているのだ。死後、雪梅が路頭に迷うことを一番恐れている。今のうちに父親に巡り合わせて引導を渡し、安穏な最期を迎えたいのだ。

「御坊だけが頼りなのです。どうか、あの子を案じてやってください」

分かりました、と返事をしたいのだが、言葉だけの慰めでは無責任になる。実現までには難関がいくつも控えている。

まず、唐国における自分の立場である。質の身分は解消されたと劉建任は言っていた。自由の身であることはほぼ間違いなかろう。しかし、建任がいまだに傔従のように自分にまとわり付いているのはなぜか。監視役は不要になったはずだ。しからば文字通りの傔従で、唐室の恩顧ということか。今でも頻繁に慧日寺にやって来る。

次に、戦争のことがある。これが一番厄介である。成り行きが見通せない。倭国の参戦は避けられそうもない。が、蘇定方率いる高句麗遠征軍は洛陽に引き返している。無気味な動きである。冬将軍に阻まれて撤退したとまことしやかにささやかれているが、真相はどうなのか。百済再興軍に立ち向かうために海東の南部に軍を転進させようとしているのではないか。

最後に、自分自身の問題がある。俺は倭国に居場所があるのか。父上からは一向に連絡がない。質でなくなったら、帰国せよという命令が下されてもいいはずだ。現に道昭法師は先の遣唐船で帰国している。たぶん無事に倭国に着いたろう。それなのに、自分には何の沙汰もない。これはひょっとすると俺の質としての身分が終わっていないからではないか。父上はその方がいいと思っているのではないか。

この件になると、決まって叡観が登場する。「鎌足公はおぬしの父ではない」というあのひと言が頭の隅にこびり付いている。自分が忘れられた存在なのではないかと疑ったとき、この叡観の言葉は重く胸にのしかかる。駄目押しされたように、俺は父上から疎まれて当然なのだと意気消沈してしまう。

雪梅を連れての倭国行きは甘美な夢想を誘う一面もなくはないが、落ち着いて考えると、雪梅の父親が倭国にいるという保証はどこにもない。いったい誰がそんなことを言い出したのか。

「お伺いしますが、雪梅さんのお父さんは本当に倭国にいるのでしょうか」

妻と娘がありながら忽然と姿を消した男——。

遣隋使の一員だったという父親の故郷をひと目見たくて、単身倭国へ渡ったという。しかし、確たる証拠があるのか。

「父親を恋うのは自然な人情です」

「それはそうですが……」

定恵は戸惑いながら相槌を打った。

高佑の心中では願望と現実がごっちゃになっている。しかし、熱意に水をさすような言葉は口にできない。悲願を現実としてあえて受け止めねばならない。

「わしも覚悟を決めました」

「覚悟？」

定恵は高佑の目をのぞき込んだ。

「ええ。このまま雪梅を飼い殺しのような状態にしておくわけにはいかない。何とか父親のもとに送り届けたい。そのためにはここで縁を切るしかないではないか」

高佑は大きくまばたきをした。苦渋の決断を口にしたことで、再び気持ちが高ぶってきたようだ。

「当てがあればいいのですが……」

定恵の声も沈みがちだった。

「ないことはない」

高佑の皺だらけの乾いた瞳の奥にぽっと光が射した。

「それはまた……どんな……？」

「倭国から帰ってきた男に会った」

「唐人ですか」

「いや、倭人だ」

倭国の人間で「帰ってきた」は変ではないか。ずっと唐土に住んでいる男なのか。

「名前は分かりますか」

「蘇日向《スーリーシィアン》と名乗っていた」

「蘇日向《スーリーシィアン》？」

明らかに唐名だ。しばらく考えてから、やっとその倭名が浮かんだ。

蘇我日向《そがのひむか》だ。別名、蘇我身狭《むさし》。

腹違いの兄、右大臣蘇我倉山田石川麻呂《そがのくらのやまだのいしかわまろ》を讒言《ざんげん》によって自尽に追いやった男だ。中大兄皇子は事件後に讒言だったことに気付いて、日向をひそかに九州に下して大宰帥《だざいのそち》にしている。が、この事件は孝徳天皇を孤立に追いやろうとする中大兄と鎌足の陰謀で、日向は利用されただけだと言われている。日向はやがて大宰帥の地位を追われ、行方を絶ってしまった。

その日向が唐土に流れて来ていたとは……。

ふと、定恵の胸にさざなみが押し寄せてきた。波の彼方に叡観の顔が浮かんでいる。

——叡観は蘇我日向ではないのか？

執政の中大兄にとっては、石川麻呂事件の真相を隠蔽するには日向は邪魔者だったはずだ。形の上では大宰帥に栄転させて日向の功績に報いたが、実際には都から追放するための左遷の処置だった。朝鮮三国の不安定な情勢を受けて筑紫の大宰府の重要性は増しつつあったが、役所としてはまだ未整備の小さな官衙にすぎなかった。日向の大宰帥就任は名目だけのもので、早めに解任して抹殺するつもりだったのではないか。数年後、危険を察知した日向は海を渡ってこの唐土に逃れて来た……。

しかし、どうやって高佑は蘇我日向と知り合ったのか。

「いつごろですか、その蘇日向とお会いしたのは」

「去年の春じゃった」

「去年の春……」

もう一年も前だ。自分はまだ洛陽にいた。そして劉建任と白馬寺を訪ねて義蔵の変わり果てた姿を見た。あの時、住職は叡観が義蔵に付き添ってやって来たと言っていた。それきり叡観の消息は知れない。

おそらく長安に戻って、今度は蘇日向の唐名で滞留したのだろう。いや、初めから日向はある時は行脚僧叡観、ある時は倭国の官人蘇日向と使い分けていたのだ。倭国の人間であることは隠す必要はなかった。長安には異国から学問僧や留学生が大勢来ていた。

そうか、と定恵は舌打ちした。完全に騙されていた。俺に対しては乞食行脚の僧形で倭国の政変の犠牲者を演出し、鄭高佑の前では倭国の官人蘇日向としてふてぶてしく振る舞っていたのだ。

二重人格……？。

というより、変装の達人。これは間諜がしばしば用いる手だ。

「どんな格好をしていましたか」

「きちんとした唐服に身を包んで、どう見ても倭国の人とは思えなんだ」

やはり、そうだ。亡命した官人気取りだったのだろう。

「遣唐使節団は前年の暮れには帰国したと聞いていたので、何かの都合で居残ったのだと見当をつけた」

「どなたの紹介で？」

これが重要な意味を持つ。高佑と叡観を直接結び付ける線は見当たらない。

「康景昌……」

あっ、と思った。蘇定方の縁戚に当たるというあの東市の商人だ。高佑のかつての同業者の息子。確かその名付け親だったと高佑は言っていた。この男なら叡観と知り合いになってもおかしくない。あのこじき坊主は好んで市を徘徊する。東西にある市は情報の坩堝《るつぼ》だ。間諜にとっては絶好の餌場である。犬のように鼻をくんくんさせながら東西の市をうろつきまわる叡観の姿が目に浮かんだ。

「御坊もご存知のはずで」

この時ばかりは高佑はしたり顔で、前歯の欠けた口を緩めてにたりとした。

「そうでしたか」

定恵のため息を聞いて、高佑はさらに勢いを増した。

「あの方は出家の身でもある。叡観という法号をお持ちだ」

やはり、と思った。

これで正体は完全にばれた。

定恵は突っかかるように高佑に言った。

「私度僧《しどそう》でしょう？」

「いや、ちゃんと戒を受けていらっしゃる」

「本当ですか」

「唐土に来てから洛陽で修行し、長安に出て来て律師から受戒している」

信じられなかった。

叡観が正式な僧侶？

そんなことがありえようか。

待てよ、と定恵は思った。この俺に雪梅の倭国行きを懇望した玄奘は、ひょっとしたら叡観を知っていたのではないか。叡観が蘇我日向という倭人の官人であることも……。

「ついこの間、玄奘三蔵にお目にかかりましたが、その時にも雪梅さんの倭国への随行を頼まれました」

高佑は黙ってうなずいた。

「玄奘三蔵も叡観法師のことをご存知なのでしょうか」

「むろんご存知だ。わしが紹介した。が、今度の件では、三蔵法師はただわしの身の上を慮って雪梅の倭国行きに協力してくださっているだけだ」

玄奘が高昌国への思いで高佑と意気投合していることは知っている。加えて、高佑は慈恩寺の有力な檀越《だんおつ》だ。個人的にも玄奘を支援している。高佑と雪梅の行く末を気にかけても不思議はない。

話題を振り出しに戻した。

「雪梅さんのお父さんは倭国で健在なのでしょうか」

「蘇日向殿が倭国で会っている」

定恵は痛撃を食らった。

俺の知らないところで事態が進展している——。

「倭国のどこですか」

「筑紫の般若寺という寺だ」

「ああ、それは日向殿が自分で建てた寺ですよ」

蘇我日向は大宰帥に任じられて五年間、その地位にとどまった。石川麻呂事件の後、難波宮で中大兄皇子は日向の動向を窺っていたが、大宰府の拡充に力を注いでいる日向を解任する口実が見つからなかった。官人としては有能で、左遷のはずが昇進と同じ結果をもたらしつつあった。

事件後四年経って、白雉《はくち》四年（六五三）、中大兄皇子は孝徳天皇を置き去りにして母の皇極上皇一統を引き連れて飛鳥に移った。翌年、孝徳天皇は難波で失意のうちに崩御するが、重篤の知らせを聞いた筑紫の日向はその平癒を祈って般若寺を建立する。これを耳にした飛鳥の中大兄は立腹して日向暗殺を図る。が、事前に察知した日向は完成目前の般若寺を捨てて唐国に亡命する。孝徳帝が崩御して間もなくのことだった。

もともと中大兄にとっては日向は恨みの対象だった。蘇我氏打倒の陰謀を巡らしていた時、中臣鎌足の勧めで、蝦夷《えみし》・入鹿《いるか》親子と仲の悪かった蘇我氏傍流の蘇我倉麻呂《そがのくらのまろ》の子倉山田石川麻呂《くらのやまだのいしかわまろ》を自己の陣営に引き込もうと石川麻呂の長女を娶る段取りになっていたが、約束の夜、異腹の弟日向がその娘を横取りしてしまった。中大兄は怒り、日向を斬ろうとしたが、鎌足が制して事なきを得た。日向の石川麻呂謀反の讒言はこの時の罪滅ぼしだったが、中大兄の胸中には許婚者を略奪された屈辱感が消えずに残っていた。

「雪梅の父は筑紫の阿曇比羅夫《あずみのひらぶ》という方に仕えていたそうだ」

「どうしてそれが分かったのでしょうか」

半信半疑だった。海を渡った唐土の無名の男が雪梅の父親だったとは、あまりに話ができすぎている。

「雪梅の父親は張穆明《ちょうぼくめい》という敬虔な仏教信者だ。高昌国人の血を引いているからね。倭国に渡った時、筑前の志賀島《しかのしま》に流れ着いて、阿曇氏という島の有力者に保護されたらしい」

「阿曇氏といえば水軍を有する筑紫の豪族だ。志賀島が本貫の地と聞いています」

「おそらく阿曇氏の家人《けにん》になって生を養っていたのだろう。水軍の雄となれば、唐土から来た素姓の知れぬ男でも使い道はあると当主は判断したに違いない」

「あるどころか、これは玉のような存在ですよ」

「玉？　それは、また、どうして？」

高佑はぎょろりと皺に包まれた目を剝いた。

「戦争ですよ。近々唐軍と一戦を交えることになるだろうと阿曇氏は予測していたのだと思います」

「すると、兵役でのご奉仕か」

「唐語を操るわけですから、実戦よりも諜報で重んじられるでしょう」

「なるほど」

うまいところにもぐり込んだものだと高佑は思った。危ない橋を渡ることになりそうだが、戦争さえ起こらなければ倭国での暮らしは安泰だろう。

倭国参戦の可能性は唐朝の上層部ではすでに話題になっていた。が、脅威はいかほどでもなかった。むしろ倭国を軽蔑する風潮が生まれていた。遣唐使を派遣し、長年唐朝の恩顧を蒙っている倭国が百済再興軍の要請に応えて唐国に歯向かうとは身の程知らずもいいところだ。ほぞを嚙む目に遭うだろうというのが大方の見方だった。

「ところで、日向は阿曇氏に仕えていた張穆明とどうして出会えたのでしょうか」

定恵は話を引き戻した。

「大宰府に近い般若寺に、穆明はしばしば参詣に訪れていたらしい。一時帰国した日向は般若寺に留住していて、たまたま唐人らしい男の存在に気づいて声をかけた。やがて親しくなり、その身の上を知るようになったと言っていた」

「これはまた奇縁ですね。しかし、般若寺が日向の私寺とはいえ、よくそこに滞在できたものだ」

定恵の口調は独り言に近かった。日向が般若寺を捨てて唐国に亡命した経緯を高佑は知らないはずだ。

「自分の造った寺なら誰に遠慮することもないのでは？」

「ええ、まあ、そうですが……」

歯切れの悪い返事に、高佑の目がかすかに濁った。

定恵はこれには触れない方がいいと思った。日向はいわばお尋ね者である。が、もう八年も前のことだ。中大兄の恨みも消えたろう。いや、消さざるをえないほど事態は切迫していた。個人的な怨念は捨てて、今は一致結束して唐という巨大な敵軍に当たらねばならない。唐国帰りの日向は戦略上も利用価値の大きい存在だったはずだ。

同じことが、阿曇氏にとっても言えた。唐語がしゃべれるというだけで、張穆明は訳語《おさ》として充分役に立つと踏んだのだろう。

しばらく沈黙が続いた。二人はそれぞれの感慨に浸りながら茶をすすった。敵意や不信はない。ただどこか割り切れない思いが双方の胸底にくすぶっていた。

やがて定恵が口を開いた。

「雪梅さんの目的がお父さんに会うことだとすると、とにかくその所在を確かめなければ……」

高佑はうなずきながら不安そうに部屋の隅に目をやった。

「日向殿に直接会って詳しく倭国でのことを聞いてみたいですね。私にとっては乞食《こつじき》僧叡観ですが、全く知らない仲ではありません」

冒険だとは思った。叡観は雪梅の父親のことより、この俺の出自のことをまたうるさく言い立てるに違いない。その執念深さは異常である。が、今回は雪梅の父親に関してだけでなく、倭国の政治情勢もできるだけ探っておきたい。

「そういうことでしたら、わしが手筈を調えましょう」

吉と出るか凶と出るか分からない。が、あの叡観が蘇我日向であり、つい一年前に倭国に行ったとなれば、倭国の情勢を知る上でも好都合だ。

定恵には、もうひとつ、叡観に問いただしたいことがあった。義蔵の件である。義蔵を百済から連れ帰ったとなれば、半島の動静も分かるだろう。

高佑は家僕に支えられるようにして帰って行った。その後ろ姿を見て、定恵は胸を突かれた。老いが隠しようもなく全身を覆っていた。

五月、倭国は阿曇比羅夫に百七十艘の軍船を率いさせて余豊を百済に送り返した。実質的な百済支援軍の派遣開始である。

すでに前年九月に、中大兄は百済王子余豊に織冠を授け、多蒋敷《おおのこもしき》の娘と娶《めあわ》せて、余豊送還の準備を整えていた。この年三月に再度、百済の鬼室福信から余豊帰還を促す使者が来たので、斉明天皇の葬礼が一段落したところで実行に移したのである。中大兄は再興百済の王位を約束された余豊に最高位の冠位を贈り、大和朝廷の百済復興軍に対する支援が本物であることを鬼室福信に印象づけた。

倭国が百済救援軍を派遣したという知らせは五月末には長安の定恵の耳にも届いた。鄭高佑が訪ねて来てからまだ一か月も経っていない。その間、叡観との面会をどぎまぎしながら待ったが、音沙汰はなかった。

百済への出兵の真偽を確かめようと、劉建任を呼んだ。

「とうとう倭国が参戦したと聞いているが」

「倭軍は本気のようです」

この時ばかりは劉建任も眉をひそめた。

「百七十余隻の軍船で一万人以上が百済に押しかけたようです」

余豊を倭国から迎えた鬼室福信の歓喜するさまが目に見えるようだった。百済の遺臣たちは勇気百倍、民衆を率いて怒濤のごとく新羅軍に襲いかかるだろう。

「指揮官は誰かね」

「筑紫の阿曇比羅夫です。水軍で名を馳せている豪族のようです」

張穆明も従軍したに違いない。これで雪梅の倭国行きは当分不可能になるなと定恵は思った。不思議と悲しみはなく、むしろ安堵感の方が強かった。雪梅の父恋いは分かるが、この唐国でもう少し雪梅を見守りたい。海東の不穏が定恵には心配だった。もしも戦乱に巻き込まれて雪梅が命を落とすようなことがあれば後悔してもし切れない。

張穆明のことは建任に話すつもりはなかった。

「果たして大丈夫かね」

「これは新羅の作戦に嵌《は》められたのですよ」

定恵の心中を見透かして、建任はわざとぶっきら棒に答えた。

「と言うと？」

小首を傾げて建任を見つめた。

「朝鮮統一を夢見ている新羅にとっては、倭国が唐国と敵対してくれた方がありがたいのです」

「なぜだ」

「唐の狙いは朝鮮全土を征服することにあります。新羅はこの野心を見抜いています。いずれは唐の勢力を新羅から駆逐せねばならなくなる。唐国と倭国が親密だと腹背に敵を負うことになりますからね」

「しかし、高句麗が簡単に落ちるとは思わないがね」

「むろん、そのとおりです。だから、段階を踏んで進むというのが唐の作戦ですよ。新羅の要請に応えて、まず百済を滅ぼす。それから新羅軍を利用しながら高句麗を攻める。高句麗征討は隋朝以来の悲願ですから、これで好機到来ということになります」

「そう筋書きどおりに行くかね」

「先帝太宗の〈貞観の治〉を受けて、いまや大唐帝国は磐石《ばんじゃく》の地盤を誇っています。突厥《とっけつ》を西に追いやり、高昌国を滅ぼし、あとは海東に版図を広げるのが残された課題です」

「倭国は？」

「海を隔てているので、おのずと制約があります。羈縻《きび》統治はとても無理です。冊封《さくほう》で我慢したいところですが、倭国もしたたかです。あの推古天皇は煬帝に対して堂々と対等外交を主張してきましたからね」

「唐軍も今回は倭軍と一戦を交えるつもりかね」

「仕方がないでしょう。この際、倭軍を叩いておけば、将来的には有利に事が運ぶという計算もあると思います」

「倭軍に勝ち目はあるかね」

建任は笑い出しそうになって、あわてて口を覆った。相手が倭国の重臣の御曹司だったことに気付いたからである。

「無理でしょうね」

赤子の首をひねるに等しいというのが建任の本音だったが、そこまでは言えない。よくも唐軍と戦う気になったものだとその無謀さに呆れた表情をつくるのが精一杯だった。

当惑している建任を見て、定恵もふうっとため息をついた。

「新羅も度《ど》し難い国だ」

建任の情勢分析が、定恵の頭の中を占領していた。

「あの武烈王は大物でした」

「去年亡くなった……」

「そうです。金春秋……」

「高宗皇帝も洛陽で葬儀を催している」

「実際はほっとしたのではないかと……」

「えっ？」

定恵は三白眼《さんぱくがん》になった。

建任はきまり悪げに下を向いた。

「なぜ陛下がほっとする？」

建任はもじもじしていたが、

「新羅があまり強くなりすぎると、あとが厄介です」

「あとが厄介、とは……？」

「つまり、その……新羅を屈服させるのにてこずるからです」

「ははあ……」

定恵も合点がいった。

唐の本当の狙いは半島の征服にある。百済を滅ぼすのはいいが、新羅が強くなりすぎても困る。百済の度《たび》重なる侵攻にも耐え、新羅を守り通した。武烈王は独力では無理と悟って唐国に支援を仰いだが、もし武烈王がいなければ新羅はとうに百済に屈服していたかもしれない。

「唐国は高句麗をどうするつもりかね」

「百済を討ってから新羅軍と一緒に高句麗に攻め込むでしょう。むろん唐軍が主力ですが、新羅軍を動員することでその勢力を削《そ》ごうという算段ですよ」

「そこまで読んでいるのか、唐朝は……」

信じられないというふうに定恵は大きく息をついた。

「武烈王と高宗との心理戦争だったのですよ。それが、片方の武烈王が死んだ。こうなると高宗のひとり勝ちですね。高宗というより武后でしょうかね」

我が世の春を謳歌していた高宗にも、一つだけ気がかりな点があった。先帝からの宿願である高句麗征討が思うに任せないことである。苦慮する高宗を焚き付けて百済討伐を決断させたのは妻の武后だった。実質的な唐の政治はすでに武后が取り仕切っていた。武后は唐室で宿衛を務めていた武烈王の王子仁問《じんもん》の進言に従ったのである。いわく、まず百済を討ってください、百済が滅びれば新羅軍は唐軍を助けて高句麗に攻め入ることができます、と。

夫の唯一の憂いを断ち切ることで、武后はおのれの地位を盤石にしていった。武后が狡猾だったというより、仁問の計略が功を奏したのである。仁問の後ろには武烈王がいる。すべて武烈王の策略で事が運んでいた。

倭国はいったいどうなるのか、と定恵は呻吟した。唐軍との戦闘で敗れれば、今度は倭国そのものが存亡の危機に立たされるだろう。それを承知で中大兄皇子は軍兵を百済に送ったのか。それとも倭国が参戦すれば百済の復興軍は必ず勝てると踏んだのか。相手は新羅軍で、唐軍との戦闘は予期していないのか。

ずるずると破局に向かって突き進んでいく倭国の姿が瞼の裏を灰色に染めていった。祖国の朝廷が信じるに値しなくなった。中大兄皇子だけではない。陪臣の中臣鎌足も何を考えているのか見当がつかない。新羅の謀略に乗せられていることを鎌足は見抜けなかったのか。

父、鎌足――。

しかし、本当にわが父上なのだろうか。

定恵の思いはここで反転して、またぞろ叡観の幻影にからめ取られていった。

鄭高佑から連絡が入ったのは六月初め、酷暑の日だった。

叡観こと蘇日向に会えることになった、自宅に来られたし、とその文面にはあった。手紙を持参したのは、いつぞや高佑に付き添ってきた家僕である。

「お変わりないか、高佑殿は」

ひと通り目を通してから、定恵が問うた。

「ええ。だいぶ弱ってきておられますが……」

足を引きずるようにして帰って行ったあの日の高佑の後ろ姿が目に浮かんだ。

「雪梅殿は……？」

何気ないふうを装って聞いた。

「こちらはお元気そのもので……。若いというのは羨ましいものですな」

こう言った家僕も、なるほどもう若くはない。とうに五十は過ぎているだろう。

「分かった。お伺いする、と伝えて欲しい」

十日の午後四時という指定だった。四時という時間が少々気になった。中途半端な時間である。日が長いので四時は真っ昼間だが、二時間もすれば夕食の時間だ。叡観の都合でこんな時間になったのだろうか。

約束の日、定恵は朝から落ち着かなかった。日が高くなるにつれて気温がぐんぐん上昇した。境内の樹木の陰が小さく萎み、乾いた地面が砂漠のように白く光っている。そよとも風が吹かず、熱気が僧坊の内部にも押し寄せてくる。

高佑の家は慧日寺からは西市を挟んだ真向かいの光徳坊にある。徒歩で二十分もあれば行ける。真夏の日盛りに外出するのは気が進まなかったが仕方がない。

定恵は西市の西門から市《いち》に入り、混雑する市中を横断して東の門から出た。光徳坊の西門はすぐ目の前である。目指す鄭高佑の家は坊内の十字路に沿った大きな門のある豪邸だった。さすがは西域との交易で富を成しただけのことはある。店は手放したが、住まいは元のままなのだろう。

案内を請うと、例の家僕が出てきた。顔見知りなので、ほっとした。いつになく緊張していたのだ。見知らぬところというだけでなく、叡観との面会がどんな事態を招くのか見当がつかなかった。今までの出会いはいずれも喧嘩別れも同然の後味の悪さだった。

客間にはすでに来客がいた。見知らぬ男である。

いつになく上機嫌の高佑が脇に控えていた。

「こちらは康景昌。いつぞやお話した、かつてわしと同業だった者の息子だ」

「というと、蘇定方将軍の遠縁に当たる……」

「そのとおり。――こちらは倭国の定恵和尚」

手際よく定恵を康景昌に紹介した。

「かねがねお噂は承っております」

丁重な言葉遣いに、定恵は教養のある男だなと直感した。商人らしい媚びやへつらいがない。官服を纏《まと》えば立派な役人だ。

「こちらこそいろいろお世話になっております」

定恵が日本風に頭を下げると、景昌は椅子から立ち上がって握手を求めてきた。がっちりとした大きな掌だった。背も高い。軍人みたいだと思った瞬間、ああ、蘇定方将軍の一族だからな、と納得した。

定恵は仰ぎ見るような格好で相手に目を注いだ。優しそうな眼差しがこちらを見下ろしている。

「さあさあ、お座りください」

高佑が椅子を勧める。家の中ではあまり老いを感じさせない。ゆったりとした物腰がかえって大人《たいじん》の風格をかもし出している。

「叡観和尚はまだですか」

腰を下ろした定恵が落ち着かない様子で聞いた。

「間もなく見えるでしょう」

あわてるなと言わんばかりに、高佑は微笑で定恵を制した。それから入り口に向かって合図をした。家妓とおぼしき女が茶を捧げ持って入ってきた。一瞬、雪梅かと思った。が、年齢も容貌も似ても似つかぬ中年の女である。定恵は顔を赤らめた。

「食事の時には雪梅もご相伴《しょうばん》します。恥ずかしくていやだと拗《す》ねていましたが、やっと説き伏せました」

そうか、やはり夕食付きの接待だったのだ。用件を先に済ませてから宴を張るつもりなのだろう。その席には雪梅も連なるようだ。

待ち遠しい。が、その前に叡観と一戦を交えねばならない。まるで戦場にでも来たみたいだと苦笑したが、事実、緊張と不安が期待を押しのけてしまっている。これではだめだと定恵は自らを叱咤《しった》した。

叡観がやって来たのは三十分後だった。何と僧形ではなく、唐服に身を包んでいる。言葉も初めから唐語だったので、どう見ても倭人とは思えなかった。

「これは驚いた。還俗したのですか」

定恵は皮肉っぽい視線を叡観に預けた。

「時には唐人、時には倭人、僧形の時は国籍不明じゃ」

叡観は少しも動じず、椅子から立ち上がった定恵を頭のてっぺんから足の先まで舐《な》めるように見回した。

「立派に成人なされた。倭国の皇子の風格が出てきた」

皮肉には皮肉で応酬したつもりか。

しかし、定恵には宣戦布告に聞こえた。

「まあ、今日は穏やかに行きましょうや」

高佑が割って入った。叡観の気性を、というより叡観と定恵の確執をすでに承知していると見える。

康景昌の方は微笑を含んで余裕たっぷりである。その態度から、叡観とも旧知の間柄であることが知れた。

「ここでは叡観和尚ではなく、倭国の官人蘇日向として振る舞ってもらいますぞよ」

高佑が釘を刺すように叡観に言った。

腰を下ろしたところで、家妓が叡観のために茶を運んできた。前の家妓とは違う。いったい何人の家妓がいるのかと定恵はそら恐ろしくなった。

財を築き、皇室御用達を務め、玄奘三蔵の庇護者をもって任じている男だ。家妓や家僕が何人いてもおかしくはない。が、これまでの高佑との接触では、優婆塞《うばそく》という先入観のせいか、隠者のような生活しか頭に浮かばなかった。孫娘の雪梅に見守られながらひっそりと経《きょう》を唱えている孤独な老人の姿が脳裏に定着していた。

その雪梅は姿を現さない。恥ずかしがって、と高佑は言った。以前は、御坊に惚れている、と言った。しかし、今となってはどこまでが本当か疑わしい。雪梅はここにはいないのではないかという妙な疑心まで湧いてきた。

「ぼつぼつ本題に入るとしましょう」

茶を飲み終えた叡観を見て、高佑が微笑しながら言った。こちらも余裕しゃくしゃくだ。

康景昌の同席は予想していなかったが、あるいはこれは高佑の配慮かもしれない。蘇定方の一件はこの男なしでは語れない。定恵がこの男に関心を持っていることを、高佑はどこかで聞き及んだに違いない。

「倭国で雪梅のお父さんにお会いしたのは、いつですか」

定恵が単刀直入に切り出した。

叡観は一瞬、斜めに定恵を一瞥してから、ふんぞり返るようにして話し始めた。

「二年前の秋だ」

「と言うと、顕慶五年、百済が滅びた年ですね」

「さよう。わしは戦《いくさ》が終わったのを見届けて、百済から倭国に移った」

「いったい御坊は、いや貴殿は、いつ百済に渡ったのですか」

唐服の叡観を「御坊」と呼ぶのも妙な気がして、あわてて「貴殿」と言い換えた。

「戦の始まる時だ。もっともその前の年にも一度行ってるがね。唐軍が三度目の高句麗出兵から戻ったすぐあとだ」

「その時は義蔵法師も一緒でしたね」

ここぞとばかり定恵は決めつけるように言った。

果たして叡観の顔がさっと青ざめ、両の目が鋭く光った。

「どこで聞いた？」

「義蔵法師が今どうなっているかはご存知ですよね」

問いかけには答えず、定恵は追い討ちをかけることで優位に立とうとした。

「洛陽の白馬寺にいるはずだ」

視線がまたも斜めに切れて、一瞬定恵を遠ざけた。あの悲惨な逃避行を思い出したらしい。

「義蔵法師がああなったいきさつを聞かせてください」

「とんだお節介をしたものよ」

投げ出すように言って、そのまま視線を卓上に這わせた。

「お節介かどうかは別にして、義蔵法師はやむにやまれぬ気持ちから動いたのだと思います」

「大それた試みだ、戦《いくさ》をやめさせようなどと……」

「正義感の強い方でしたから」

「正義感？　そんなものは国同士の駆け引きでは邪魔なだけだ。利害得失がすべてだ」

周囲がはらはらしているのが分かった。が、ここまで来たら引き返すわけにはいかない。

「貴殿はお金で義蔵法師に頼まれたのでしょう？　百済まで同行してくれ、と」

叡観の顔が青白く変じた。が、すぐに不敵な笑みが漏れた。

以前、義蔵は新羅に帰って金庾信《きんゆしん》将軍を説得すると言っていた。王族であるこの「新羅の蘇定方」を動かすことで武烈王を翻意させるのだと気負いこんでいた。が、白馬寺の住職の話では、新羅ではなく、百済から戻ったという。

「義蔵法師はなぜ新羅ではなく、百済に行ったのでしょう」

「敵地に乗り込む方が勇ましく見えるからね」

叡観は唇を舐めながら薄ら笑いを浮かべている。

「しかし、本当の敵は自国の新羅だったのでは？」

「好戦的だったのは新羅より百済の方さ。義慈王は国境沿いの新羅領土を何度も蹂躙《じゅうりん》している」

「本当ですか」

「何も分かっておらんようだな、そなたは。そんなことでは皇位には就けぬぞ」

「皇位に就く？」

「そなたは孝徳帝の皇子、あの憎《にっく》き中大兄を倒していずれは天皇にならねばならぬ身だ」

「またぞろ、そんな出まかせを！　私は中臣鎌足の嫡男、孝徳天皇とは無関係です」

「そう思いたい気持ちは分かる。分かるが、出自は欺けない。鎌足公にはすでに跡継ぎが生まれておる」

「えっ？　い、いつですか、それは」

「わしが義蔵法師と百済に行った年だ。倭国では斉明天皇の五年。不比等《ふひと》と名付けた。鎌足公はとうにおぬしを見限っている。このまま帰国されては困るのだ。中大兄と謀ってそなたを唐国に追放したわけだから」

二人のやり取りには倭国の皇位継承が絡んでいるらしいと知って、他の二人は興味津々といった顔付きである。緊張のため、部屋にこもっていた熱気が次第に冷めていく。

康景昌は身を乗り出して、ひと言も聞き漏らすまいと真剣な面持ちである。

高佑は話題が横道に逸れて、肝心の張穆明《ちょうぼくめい》のことがどこかへ行ってしまったことに不満を抱きながらも、事の成り行きに耳目を奪われている。

定恵は一転、叡観の矛先をかわすように、口を尖らせた。

「そ、その件は、もう結構です。それより、義蔵法師はいったいどうしてあんなふうに？」

雪梅の父親、張穆明のことが今日の話題だ。それはむろん分かっている。が、古傷が痛み出したように義蔵の運命がちくちくと胸を刺した。

叡観は覚悟を決めたのか、大きく首を立てて定恵を見据えた。

「義蔵法師は百済の王室に乗り込んで、新羅からの遣使を名乗って義慈王に面会を求めた」

「新羅からの遣使？」

意表を突かれたが、考えてみれば義蔵は新羅派遣の遣唐留学僧である。新羅の密使を兼ねていたとしても不思議はない。朝鮮三国では僧侶が間諜を務めることがあるのは定恵もたびたび耳にしている。

「何とか新羅への侵略をやめさせようとしたのだ。あの大戦は新羅が仕掛けたというより、度重なる義慈王の新羅侵攻がそもそもの発端だからな」

義蔵はまず百済の新羅への侵略をやめさせようとしたのか。新羅の王室への働きかけはその後でいい、と。

「新羅が唐に援軍を求めたのは、百済によって窮地に追い込まれたから……？」

「そのとおりだ。しかし、義慈王は聴く耳を持たなった。会おうともせず、門前払いだ」

「それで、今度は新羅に？」

「そう。新羅は祖国なのだから、道案内は要らない。一人で出かけた」

「それなら、どうして貴殿が連れ帰ってくることに……？」

叡観はここでごくりと喉仏を震わせ、ひと呼吸置いた。

定恵もその沈黙を容認した。次に重大な告白が控えていることは間違いなかった。

「わしは義蔵法師をばかにしていたわけではない。否、むしろ尊敬していた。あの破天荒の振る舞いはかつてのおのれを彷彿《ほうふつ》とさせた」

急にしんみりとなった叡観の口調に、定恵はどきりとした。

かつてのおのれ――ここには過去の叡観、いや蘇我《そがの》日向《ひむか》の、数々の冒険譚が詰まっている。叡観は義蔵に主義主張を超えた同類意識を感じ取ったのではないか。

「わしはこっそり義蔵法師のあとを追った。虫が知らせたのだ。危ないぞ。身内の新羅はもっと手ひどい打撃を義蔵法師に加えるのではないか、と」

叡観を見つめる定恵の目は次第に粘り気を帯びてきた。

「――そのとおりになった、というわけですね」

「悪い予感は的中した」

いつか白馬寺で住職から聞いたとおりだった。義蔵は二重間諜の咎《とが》で半殺しの目に遭ったが、叡観が身元引受人となって義蔵の命乞いをした。叡観が倭人僧であることが幸いした。唐国への逆送という処断に落ち着いたが、これは義蔵が遣唐留学僧だったので唐の皇帝にも配慮せねばならなかったからだという。百済経由で、義蔵は白馬寺まで叡観を送り届けた。

一同は固唾《かたず》を飲んで叡観を見守った。高佑は掌を斜めに振って、もういいと言わんばかりに辺りの空気を遮った。そこには叡観への労《いた》わりの気持ちがにじみ出ていた。

義蔵を白馬寺に置き去りにした責任を問う気は、定恵にはもうなかった。白馬寺に連れ帰ってくれただけでありがたかった。

数分の後、叡観自らが沈黙を破った。

「翌年の六月、わしはまた百済に行った。蘇定方将軍に付き従って莱州《らいしゅう》から船出した」

「えっ？　莱州から？　それなら、あの十三万の軍勢を率いた百済征討軍と一緒に？」

「そこに至るいきさつは、こちらがよくご存知だ」

叡観は斜め向かいの康景昌に目をやった。思わぬ展開に、定恵は呆気にとられて叡観と康景昌を交互に見比べた。

叡観は百済の滅亡に手を貸したのだろうか。それとも単に便船代わりに唐の軍船を利用しただけなのか。いや、それより、倭国ではなく、なぜ百済に再度行こうとしたのか。

名指しされた景昌は一瞬困惑したように頬をゆがめた。

かつて康景昌は蘇定方の軍営に出陣を思いとどまるよう説得に行った。義蔵の願望が巡り巡って景昌に託されたのだ。が、この試みはみごとに失敗した。恩義のある景昌を裏切ってでも定方は皇帝に忠義を尽くすしかなかったのだ。将軍としては当たり前かもしれない。

やがて景昌が重い口を開いた。

「蘇日向殿の百済渡航の希望を高佑さんから聞いて、私は蘇定方将軍に相談しました。出陣を避けられなかったことで負い目を感じていた将軍は、私に秘策を授けました。唐軍に紛れ込んで内密に百済へ人を遣わすことができる。そういうことなら、百済まで安全に送り届ける、と」

定恵の胸の鼓動が高まった。初めて聞く話だ。

「私は高佑さんに伝え、高佑さんはさらに蘇日向殿にそれを知らせた。義蔵和尚はすでに帰国して白馬寺にいましたが、ご承知のとおり重い病気にかかっていて……」

そこで、蘇日向、いや叡観の二度目の渡航となるわけか。

しかし、なぜ叡観が名乗りを上げたのか。叡観が百済へ行こうとした目的は何なのか。

「どうして百済へもう一度行こうと思ったのですか」

「倭国よ、わしの目的地は。それにはいったん百済の地を踏まねばならない」

「帰国するつもりだったのですね」

「ちょっと様子を見にね。こちらに来てからもう七年も経つ。ほとぼりも冷めたかと思って」

「ほとぼり？」

「えっ？　――うん、い、いや、わしの内輪の事情よ」

あのことだな、と定恵はすぐに閃いた。異腹の兄、蘇我倉山田石川麻呂を讒言《ざんげん》して中大兄皇子ににらまれた一件。それで日向は大宰師に追い遣られた。

しかし、このことを口に出すのは定恵には憚られた。第一、自分がこの事件のことを知っているとは日向はゆめゆめ思うまい。秘しておきたい事柄に違いない。

「百済からまっすぐ倭国に行ったのですか」

わざと話を先に進めた。叡観に対するせめてもの思いやりだった。

「いや、もののみごとに戦乱に巻き込まれた。蘇定方将軍の読みも少し甘かったようだ」

「というと、唐軍は苦戦を強いられた？」

「いや、闘いは順調だったが、百済の義慈王の往生際が悪くてね。唐軍は伎伐浦《ぎばっぽ》で百済軍を蹴散らし、金庾信将軍率いる新羅軍と合流して王都の泗沘《しひ》城を目指したが、何と城を包囲された義慈王は近臣を連れて夜陰に紛れて遁走した。すぐ北の熊津《ゆうしん》城に立て籠もったので、ここを攻撃して、ついに降伏させた。蘇定方将軍は義慈王と王族重臣九十三名、従軍した百姓一万二千人を捕縛して唐に連れ帰った」

洛陽で目にしたあの行列だとすぐに分かった。王や重臣よりこじきのような百姓の群れに衝撃を受けた。戦争の悲惨さは庶民を直撃する。

「蘇定方将軍は貴殿を百済に送り届ける約束は守ったわけだ」

「それはそうだが、一人だけ戦陣を離れるわけには行かない。百済の住民は反唐に凝り固まっていたからね」

「しかし貴殿は倭国人。百済人から見れば友邦の民でしょう？」

「わしもそう思っていた。が、どうして、どうして。何しろ唐軍に守られて百済に来たわけだから、唐人に見られても仕方がない。百済語もできないし」

「どこで蘇定方将軍と別れたのですか」

「戦闘が終わってからだ」

「それでは熊津城まで同行して？」

「仕方がないだろう？　途中で袂《たもと》を分かてば敵中に放り出されるようなもの。蘇定方将軍からはしばらく我慢してくれと言われた。唐軍が徳物島《とくもつとう》に到着してから熊津城が落ちるまで、ちょうど一か月、もっとも戦闘が始まったのは伎伐浦だから、まるまる戦場にいたのは十日ほどだがね」

「しかし、激戦を十日も体験したわけですね」

定恵は興奮してきた。戦《いくさ》を嫌い平安を願う自分が、なぜこのように胸を高ぶらせるのか不可解だった。戦地に身を置いてみたいという願望すら覚えた。二十歳の若者の血がたぎり、肉が踊った。

「義慈王を捕らえてからすぐですか、倭国へ行ったのは」

「いや、一か月以上足止めされた。義慈王の降伏が七月十八日だった。九月三日に蘇定方将軍は義慈王以下の捕虜を連れて帰国の途についた。この両方の日付けは今でも頭にこびり付いている。一か月半にわたって、将軍は当面の戦後処理に追われた」

「蘇定方将軍を見送ってから倭国へ向かったのですか」

「そう。信頼の置ける新羅の官人にわしを託して将軍はは凱旋して行った。確かに信頼できる役人だった。護衛の兵士も付けてくれたので危険は感じなかった。あとで分かったのだが、新羅は戦闘中から百済の民衆を敵に回さないよう細心の注意を払っていたのだ」

「それはまたなぜでしょう」

「戦後のことを考えていたのだろう。敵は百済の王室であって、庶民はいずれは統一新羅の住人になる。支配を安定したものにするには人心の掌握が欠かせないからだ」

「そんな配慮が新羅にあったとは……」

信じられない思いだった。国を挙げての戦争なら百済人憎しに徹してもよさそうなものを。

「武烈王の深慮だろう。彼奴《きゃっ》はしたたかな王だった」

叡観は視線をはずして、いまいましそうにつぶやいた。

「去年、亡くなりましたね」

「うむ。しかし、新羅の基礎はすでに築いてあった。そういえば金春秋時代からすでに大物だったよ」

武烈王に対する強い思い入れがあるようだった。定恵は太刀打ちできなかった。自分が唐土の地でのんびり過ごしている間に、叡観は海東へ二度も行っている。


倭国にも一時帰国している。自分の目でなまなましい半島状況を見聞している強みがあった。

ふと、百済より新羅を高く買っているのは倭国朝廷に対する反発もあるのではないか、と定恵は思った。中大兄皇子は孝徳帝の親唐路線に見切りをつけ、親百済路線に大きく舵を切った。百済復興のための支援軍派遣もその一環である。孝徳帝に仕えていた蘇我日向こと叡観としては、中大兄の政治路線にはことごとく反発したくなるのだろう。中大兄には煮え湯を飲まされたという思いがあるに違いない。

「百済から倭国へは？」

「唐軍が征した伎伐浦から船で海岸沿いに南下して、筑紫に着いた。大宰府にはあえて顔を出さず、真っ先に般若寺を訪ねた。さすがにわしのことは覚えていた。手厚く遇してくれたよ」

「貴殿が建てた寺ですよね、般若寺は」

「そうだ。しかし、完成直前に唐国に逃れたので、半ば打ち捨てたような形になっていた。ところが、七堂伽藍を備えたみごとな寺院になっていた」

発願のきっかけになった孝徳天皇が薨去《こうきょ》し、日向は寄る辺なき身になってしまった。加えて、飛鳥に移った朝廷の外交路線の変更で、大宰帥《だざいのそち》の日向は居心地が悪くなる一方だったのだろう。

孝徳帝旧臣の蘇我倉山田石川麻呂の讒言事件、それを遡る石川麻呂の娘の拉致事件と、日向は自らが飛鳥朝廷にとって目障りな存在であることは十分承知していた。中大兄は自分を恨んでいる。いずれは消される運命にある。その前に身の安全を図らねばならない。選択肢は倭国脱出しかなかったのだろう。

般若寺に寄せる日向の思いはいかばかりであったろう。般若寺が快く日向を迎え入れたことは、定恵にも何かしら安堵感を与えた。

「般若寺にずっと滞在していたわけですね」

「自分の家のような安楽な気分になれた。ほっとしたよ。大宰府もわしの帰国には気付いていたが、どういうわけか見て見ぬふりだった。そのうちに帥《そち》自らがうやうやしく挨拶に来た。初めわしは罠かと勘ぐったが、そうではなった。唐国の事情や百済滅亡の実態をあれこれ質問された」

時代は変わったのだ。大宰府もその礎を築いた日向を無視できなくなっていた。百済滅亡に衝撃を受けた倭国の朝廷は自国の安全を考えねばならなくなった。大宰府は大陸からの玄関口である。この際、利用できるものは何でも利用しようというのが中大兄の考えのようだった。

蘇我日向が唐から帰国して般若寺にいると知った大宰府は、飛鳥に急使を派遣して日向の処置を仰いだ。中大兄は歓待するようにと命じた、唐国の最新事情を知る重要な人物の到来と判断したのだ。

「そうでしたか。この目で百済滅亡を目撃したわけですから、朝廷にとっては貴重な証人だったのでしょうね」

「まあね。気味悪くなったよ、あまりに丁重なので」

叡観は一瞬、舌なめずりするような卑しい顔付きになった。

こういうところが好かん、と定恵は眉をしかめた。が、雪梅の父親のことを聞き出さねばならない。平静を装って、再び叡観に擦り寄っていった。

「張穆明《ちょうぼくめい》さんはよく般若寺にお参りに来ていたのですか」

「十日に一度はね。熱心な御仁《ごじん》もいるもんだと思った。が、どうもふつうの信者とは様子が違う」

「どんなふうに？」

「倭人の服装が身に付いていない。連れもなく、いつも一人だ。渡来人だなと見当をつけた」

「渡来人は珍しくはなかったでしょう。特に筑紫では」

「そりゃそうだ。大陸や朝鮮から来た人間は昔から大勢いた。が、倭国の風俗に溶け込むのは早い。見る見る倭人になっていく。ところが……」

「張穆明さんは違った……？」

「うん。何やら鬱屈しているところがある。新天地に来たという潑剌とした生気がない。般若寺に参るのも何かの願掛けかと思うようになった」

「なるほど」

「ある時、参拝が済んだところを見計らって声をかけた」

「はあ」

「きょとんとしてわしの顔を見つめたが、住職と分かって急に泣き出した」

「泣き出した？」

「そう。声をこらえて男泣きするのだ。わしは周囲の目もあるから客殿に誘って、そこでゆっくり話を聞いた」

「言葉はどうでしたか、倭語は……」

「どうにか通じたが、うまくはなかった。渡来人であることはここからもすぐに分かった」

「なるほど」

「驚いたことに長安から新羅を経て倭国に来たというのだ」

「目的は？」

「父の祖国をひと目見たかった、と……」

定恵は涙ぐみそうになった。

雪梅の姿がこの男に重なる。この男にとっては愛しいわが子。そして、もう一方には別の親子がいる。この男と倭人の父親。

いたいけな娘を置き去りにして海を渡り、たった一人で異国をさすらうにはどれほどの覚悟が必要だったことか。

「父親は倭国の遣隋使の一員だったと聞いていますが……」

「それは間違いない」

突然、口を挟んだのは高佑だった。それまで黙って叡観と定恵のやり取りを聞いていたが、ここでおのれの出番を悟ったかのようだった。

「隋朝も終わりにさしかかった大業十年に倭国から最

後の遣隋使船が来ている。倭国では推古女帝が摂政の聖徳太子と協力して仏法の受容を熱心に進めていた時期だ。この時の遣隋使は犬上《いぬかみの》御《み》田耜《たすき》という方で、十五年後には第一回の遣唐使も引き連れて来唐している」

「詳しいですね」

定恵は感心しながらも、なぜそんなことまで知っているのか不思議に思った。

「息子が、ということはあの張穆明だが、肌身離さず持っていた綾絹の護身袋の中に父親がおのれの出自を記した一文が入っていた」

「ほう、なるほど、それでこんなに詳しく――」

ありえることだと定恵は思った。父親は息子に倭人の血を引いていることを忘れるなと言いたかったのではないか。

遣隋使の一員としてはるばる海を越えながら、大陸の女性と結婚し、しかも妻の故郷である高昌国で命を落としている。高昌国が滅亡することを予見していたのかもしれない。大陸では出身地が人格を証明する重要な役割を果たす。残された息子がどこの馬の骨とも分からぬ人間にならないようにと、この一文を綾絹の小袋に忍ばせたに違いない。

「父の祖国である倭国を見たいと思ったのも、無理からぬ気がしますね」

定恵は感慨深げにつぶやいた。

「張穆明は倭国が気に入ったようじゃった」

叡観が自信ありげに言った。

「しかし、見ず知らずの国にふらりとやって来て好きになるなんて、ふつうなら考えられないですね」

定恵は自らが唐土へ来た十年前を思い出していた。大勢の供回りがいて、何の不自由も不便もなかった。まだ子供だったことが幸いしたのかもしれない。子供は適応力に恵まれている。

しかし、張穆明は立派な大人だ。妻もいたし、子もいた。妻子を捨ててまで彼を倭国に駆り立てたものは何だったのか。

「高佑殿の息子さんと知った時は、わしもびっくりしたよ。高佑殿に消息の分からない息子さんがいるとは聞いていたが、まさか倭国に来ているとは……」

叡観は一瞬、喉を詰まらせた。

定恵はおやと思った。涙ぐんでいるのではないか。

「お父さんは倭国のどこの人だったのでしょう」

「それは分からない。そこまでは書いてなかったのだろう。もっとも、書いてあっても、今となっては親類縁者を探し当てるのは難しいだろう。時が経ちすぎている」

叡観の声は再び勢いを取り戻した。

「奥さんが亡くなったことは知っていましたか」

定恵はやおら不躾《ぶしつけ》な質問を浴びせた。

「知らなかった。出奔してから間もなく亡くなったようだと言うと、しばらくぽかんとしていた」

「娘さんのことは？」

「向こうから尋ねてきた。元気か、と。——忘れてはいなかった」

娘を忘れることなどありえない、と定恵はむきになって自分にいい聞かせた。あのかわいい雪梅のおもかげが脳裏いっぱいに広がった。にこやかな笑顔に恥じらいが付け加わっていた。近ごろ高佑がしきりに口にする「恥ずかしがって」という言葉がかもし出した新たな風情だった。

「雪梅がかわいそうだ……」

高佑が急に鼻水をすすり出した。

涙もろくなったのはあながち年齢のせいだけではあるまい。孫娘の実の父親がいま倭国に健在とあらば、本来なら喜ばなければならない。が、その倭国が気に入ったという父親は娘を受け付けないのではないかという疑念がきざしたのではなかろうか。

叡観が困惑したように高佑を見る。

叡観と高佑がどの程度親しいのか、定恵には分からない。が、叡観としてより倭国の官人蘇日向として、かなり前から高佑に接近していたことは充分考えられる。高佑が玄奘や高宗皇帝とも親しいことをどこかで聞き知ったのだろう。

「雪梅さんはもう倭国に行くことに決めているようですよ」

定恵がふと口にしたのを聞いて、

「えっ？　そ、それは、また、どうして？」

叡観の顔色が変わった。この件は初耳らしい。

定恵はちぐはぐなものを感じた。

叡観は高佑に関してはすべてを知っているわけではないようだ。高佑が雪梅を俺に託して倭国に行かせようとしていると聞いたら腰を抜かすのではないか。

これ以上、雪梅のことには触れない方がよさそうだ、と定恵は思った。

黙りこんだ一同を見て、叡観は慨嘆するように言った。

「若い女性《にょしょう》が倭国へ行くなど、火中の栗を拾いに行くようなものだ」

「それほど危険ですか」

「戦争だよ。今は百済が戦場だが、いずれ倭国にも飛び火する。現に倭軍は百済に出兵し始めた。が、これは負けるに決まっている。唐国を相手に勝てるわけがない。勢いに乗って唐軍は倭国に攻め込んで来るだろう」

一気にまくし立てると、叡観は茫然と空《くう》を見やった。怒りに近いものが叡観の胸を圧している。それが雪梅の無謀を責めているのか、倭国の行動に腹を立てているのか、定恵には判然としなかった。

そもそも叡観は今の倭国に反感を抱いている。中大兄皇子は孝徳天皇を足蹴にした謀反人だと決め付けている。今の朝廷が滅びれば本懐を遂げたも同然なのだ。百済出兵は飛鳥の朝廷が自滅の道へ踏み出す第一歩となる。

それなのに、叡観の口吻はまるで倭軍の出兵を諫《いさ》めているような口ぶりだった。

「張穆明もたぶん今頃は百済だ。阿曇氏に仕えるからには徴用は避けられまい」

「となると、倭国へ行っても雪梅さんはお父さんに会えない……」

「会えないどころか、途中で命を落とすだろう。倭国へ行くには百済を通らなければならない。戦場に足を踏み入れることになる」

高佑の目がまた潤んできた。

黙って聞いていた景昌はどうしていいか分からず、大きな背をかがめておろおろしている。

定恵は何やらほっとした。もともと雪梅を同伴して倭国に行く話は、玄奘法師を通して高佑から持ちかけられたものだ。託された荷物のようなものだ。荷物が雪梅という可憐な女性だからこそ食指が動いたものの、肝心の雪梅に死なれては元も子もなくなる。雪梅を手に入れる方法はこの唐国にあってもいくらでもある。

「高佑殿、今はあきらめた方がよさそうですね」

定恵の言葉に、高佑はしわぶきしながら小さくうなずいた。いったんは手放す気になったかわいい孫娘をもう一度手元に置くことになる。喜ばしいことだ、幸せなことだ、と定恵は思おうとした。が、高佑が涙声で口にした言葉は意外なものだった。

「今日はこれでお引き取り願いたい。体調が思わしくない。晩餐も取りやめということに……」

景昌は心配そうに高佑の顔を覗き込んだ。それから、立ち上がって高佑の椅子に近づき、肩をさするようにして脇から支えた。

確かに高佑の顔から血の気が引いていた。定恵も思わず腰を浮かした。

高佑の落胆は定恵の想像をはるかに超えていた。雪梅の倭国行きは定恵にとっては単なる延期だったが、高佑にとっては水泡に帰したも同然だった。二十歳の定恵には年齢の制約というものを実感することができなかった。未来は永遠だと信じていたのである。

叡観も立ち上がった。

大柄な景昌に支えられてゆっくり戸口に向かう高佑は子供のように小さく見えた。あとに続きながら、定恵は今宵の雪梅との対面がふいになったことを何よりも残念に思った。

第六章　新羅僧義湘《ぎしょう》の入唐

龍朔三年（六六三）が明けた。倭国では天智二年、運命の年の到来である。

　中大兄皇子はいまだ即位せず、称制のまま筑紫長津宮で百済支援軍の増強に努めていた。三月、上毛野君《かみつけののきみ》稚子《わくこ》を前《さきの》将軍、巨勢《こせの》神前《かんさきの》臣《おみ》訳語《おさ》を中《なかの》将軍、阿倍引田《あべのひけたの》臣《おみ》比羅夫《ひらふ》を後《しりえの》将軍に任命し、総勢二万七千人の兵を百済に派遣した。

　五月には高句麗に使者を送って、百済復興軍を助けて対新羅戦に突入する旨を伝えた。高句麗はかねてから百済と同盟関係にあり、南北から新羅を挟撃して唐国の海東への侵攻を阻止しようとしていた。倭軍の参戦は渡りに船だった。

　六月、上毛野稚子の前軍は新羅の沙鼻《さび》と岐奴江《きぬえ》の二城を奪取した。

　七月、復興百済の王余豊は鬼室福信に謀反の疑いありとして、これを処刑した。百済の王族であり、遺臣を糾合して百済の再興に尽力したこの勇将の死は倭国を動揺させた。真相は窺い知れなかったが、福信は果敢が高じてしばしば残虐に走るという風評があった。

　八月、駿河の豪族廬原君臣《いおはらのきみおみ》は精兵一万余を率いて百済に渡った。目指すは百済の西岸、白村江《はくそんこう》である。白村江は錦江《きんこう》（白江）が黄海に注ぐ河口にあり、百済の王城である泗沘《しひ》城、その奥の旧都熊津《ゆうしん》城に通じる水陸の要衝である。ここで倭軍は劉仁軌《りゅうじんき》率いる唐の水軍に遭遇し、激しい戦闘が繰り広げられた。

　海戦は唐軍の一方的な勝利に終わった。倭国水軍は四百艘の軍船を焼失し、捕らえられた兵も多数にのぼった。唐の水軍は百七十艘、対する倭軍はその三倍にも達したが、どだい船の大きさが違った。倭国の軍船は漁船を改造したにわか仕立ての小船が大部分で、重装備の唐の大型装甲艦船には太刀打ちできなかった。抗戦人数はともにほぼ一万で互角だった。

　復興百済王余豊は側近数名とひそかに戦場を離脱して、その後の消息はいっさいつかめなかった。北方に逃れ、おそらく高句麗に亡命したのだろう。

　この知らせが長安に届いたとき、定恵は次は倭国だと直感した。今まで唐朝は倭国には「東方の君子国」

として礼を尽くしてきた。冊封を受けなかったために、倭国は独立国同然に振る舞ってきたが、時折り遣唐使が来訪して朝貢することで臣下の礼を尽くし、唐国も何とか面子を保ってきた。

その面子がここに来て完全につぶされた。弱小軍団とはいえ、正面から堂々と戦いを挑んできた。あたかも飼い犬に手を噛まれたごときだった。許しておくわけがないと定恵は憂慮した。

さしあたって困るのは、雪梅の倭国行きである。何とか実の父親に会わせてやりたいが、肝心の父親、張穆明がどうなったか分からない。叡観が言うとおり、阿曇比羅夫が先遣隊として海を渡ったなら、阿曇氏に仕える穆明も従軍を免れなかったろう。白村江での海戦は廬原軍が受け持ったようだから、ここでの戦死はまずありえない。が、内陸の戦場で命を落とした可能性は充分ある。地上戦でも百済復興軍は敗北を重ねたというから、救援の倭軍も同じ憂き目に遭ったことは想像に難くない。

劉建任を前に、定恵は頭を抱えた。

「これで倭国との仲が険悪にならなければいいのですが」

建任も他人事とは思えないふうだった。

「百済の内紛にも呆れたものだ。余豊が鬼室福信を斬り殺すとはな。百済復興の英雄ではないか」

福信はたびたび余豊の帰国を飛鳥の朝廷に要請してきた。そんな福信を余豊が自ら手にかけるとは信じられなかった。

「福信はその前に同志の僧道琛《どうちん》を殺して、その兵を糾合しています。やった者が、今度はやられる。疑心暗鬼にとらわれて、復興軍は自滅したようなものです」

情報に関しては建任の方が一枚上手だった。

定恵は黙り込むしかなかった。

「そもそも百済を助けるというのが間違いの元でしたね。百済は高句麗と組んで新羅の抹殺を図っていましたから」

「それは唐側からの一方的な見方では……？」

反論したものの、定恵の声に勢いはなかった。

「新羅の方が先を見通していたということですよ。武烈王の遠謀が功を奏したのです。倭国を対唐戦に誘い込む。そうして百済を滅ぼし、唐の圧力が新羅と倭国に分散するようにした。新羅の自衛策ですよ」

「高句麗はどうする？」

「いずれは唐軍が征服します。不倶戴天の敵ですから。新羅もそれを願っています。が、高句麗は容易には落ちない。強大な軍事力を誇り、唐国も何度か煮え湯を飲まされていますからね」

「当面は南韓の統一ということか」

「そのとおりです。しかし、問題もあります。このまま唐軍に居座られると、新羅の統一は危うくなります。新羅は唐国が朝鮮全土を乗っ取ることを一番警戒しています。新羅としては何としてでも旧百済の地を併合して統一王朝を築きたい。百済から唐軍は撤退してもらわないと困るわけです。倭国が唐国に敵対してくれれば唐軍の力を殺《そ》ぐことになります」

「倭国は金春秋の策謀に乗せられたということか」

「死してなお威光を輝かせています。さすがは金春秋ですね」

二人とも武烈王という諡号《しごう》より「金春秋」という本名の方に馴染みがあった。即位前に倭国へも唐国へも足を運んでいたからである。

「これから海東の地はどうなるかね」

「高句麗を横目で見ながら、唐国は新羅の押さえ込みにかかるでしょう」

「押さえ込み？」

「そうです。新羅に南韓を統一されれば、唐国の野望は挫ける」

「唐国の狙いはやはり朝鮮全土を支配することか」

「そのとおりです。新羅は唐国にとっては属国も同然です。形の上では独立国ですが、百済を独力では潰せなかった。唐軍の支援を必要とした。しかも二十年の長きにわたって唐国に支援を要請し続けた。今回、高宗陛下が重い腰を上げたのは、対高句麗戦に有利と判断したからです。高句麗を南北から挟み撃ちできるからです」

「新羅が独立していてはまずいかね」

「王室は丸め込めるが、民衆はそうはいかない。唐国は韓民族のしたたかさを知っています。民衆の腹の底には奔放不羈の気概が強く流れています。完全な独立を認めれば、必ず対等の外交を主張してくると踏んでいます」

「対等ではまずいのかね」

「中華思想のもとでは、対等、すなわち反唐です。高句麗を滅ぼすには南韓が従順であることが必須条件です。唐国の指示で動く傀儡《かいらい》政権でなければならない。

そのために頭を悩ませているのが目下の唐の現状だと思います」

建任はよどみなくしゃべった。しかも自信に満ちている。建任ひとりの判断というより、唐室内部の意見が反映されているとしか思えない。小役人とはいえ、尚書省礼部の官人である。上層部の意向が漏れ伝わってくるのだろう。

事実、その後の半島情勢は建任の口にしたとおりに推移した。

唐軍は旧百済領から撤退せず、三年前の百済滅亡以来続けてきた都督支配を捨てなかった。新羅による百済併合は形だけのものとなり、実質的には旧百済領は唐の支配下に置かれた。新羅の反発は強まるが、二度にわたる対百済戦で戦力を消耗した新羅軍には今は唐軍を跳ね返す力はない。誰のおかげで百済を殲滅できたのかと言われれば、返す言葉はなかった。

新羅には国軍といえるものはいまだ存在せず、貴族の私兵集団が軍団を形成していた。しかも、実際の戦いはその下の県令や地方豪族の率いる民衆が主力だった。王権を中心とした律令体制が未整備だったため、これ以後、律令体制の確立と軍制の改革が焦眉の急となる。

「これから唐国はどう動くかね」

「高句麗の形勢を窺うしかありませんね。敵は高句麗一本に絞られましたが、淵蓋蘇文《えんがいそぶん》がいる限りは簡単には手を出せない」

「新羅はどうするか」

「国体の整備を急ぐでしょう。王権を強化し、律令国家の構築を加速させる」

「唐との軋轢《あつれき》は？」

「尾を引くでしょうが、当分は隠忍自重《いんにんじちょう》です。旧百済領を支配している唐軍は反面教師のようなもので、新羅の軍制を整えるためにはいい手本になります」

「倭国と唐の関係はどうなるかね」

「倭国は当然警戒を強めるでしょう。唐軍が押し寄せる危険は高いと判断しているはずです。すでに倭国ではあちこちに山城《やまじろ》を築いているというではありませんか」

「えっ、本当か」

驚いた。今度は本土で一戦を交えるつもりか。

白村江では倭軍の一方的な敗戦で終わった。が、このまま唐国が黙って引き下がるとは思えない。再度戦いを挑むところまではいかなくても、責任を追及し、何らかの補償を要求してくる惧《おそ》れは充分ある。

しかし、山城を造り始めたとは……。

「唐の水軍の威力に、倭国は恐れをなしたのではないでしょうか。今までは海があるからと安心していたが、この考え方が根底から覆された。いつ攻めてきてもおかしくないと思い始めた」

「そうか。そういうことか」

いっそ倭国へ向かう軍船で俺と雪梅を運んでくれればいいのに、と定恵は開き直りたくなった。

山城を築くという発想が、定恵には理解できなかった。こんなことをして何になるのか。一時の気休めにすぎない。周囲が海だらけの倭国には侵入口は無数にある。どだい唐国を相手に戦うこと自体が無謀極まりない。身のほど知らずもいいところだ。

「しかし、唐国はいきなり武力に訴えるということはしません。必ず外交を優先させます。今回も、ただでは済まないぞという脅しはかけてきますが、それは外交政策の一環としてそう言うだけで、倭国がどう出るかでその後の両国関係は決まるでしょう」

相変わらず理路整然としている。間然するところがない。

定恵は納得するしかなかった。

白村江での倭軍の敗北を聞いた鄭高佑は、これで雪梅の倭国行きは絶望的になったと意気消沈した。

昨夏の蘇日向の話から、雪梅の父親が倭軍の一員として百済で従軍していることは間違いなかった。その百済支援の倭軍が今年に入って立て続けに増強されたというのに、戦況は改善されなかった。肝心の百済復興軍が内紛によって弱体化し、倭軍も実力を発揮する機会がなかったようだ。何より新羅と連合した唐軍の力が圧倒的に強く、倭軍も対抗できなかった。

極め付きが白村江の倭軍の敗北である。これで羅唐連合軍の勝利が確定した。今度こそ百済は完全に息の根を止められ、抹殺された。新羅は唐国の庇護の下、朝鮮統一への第一歩を踏み出したのである。

張穆明《ちょうぼくめい》が生存している可能性はほとんどなくなった。海東の戦場で屍《しかばね》をさらしている張穆明の姿を思い浮かべて、高佑は涙した。今となっては、蘇日向が口にした男が人違いであってくれればと念じた。が、長安に残した娘の名を自ら口にしたという穆明を他人と思い込む理不尽は、何よりも高佑自身がよくわきまえていた。

高佑が慧日寺《えにちじ》に定恵を訪ねて来たのは、秋も終わろうとする九月の末だった。

突然の来訪に、定恵は心穏やかならざるものを感じた。百済の潰滅が明らかになってから顔を合わせるのは初めてである。

「よくいらっしゃいました」

丁重に迎え入れたものの、定恵の憂悶は去らなかった。

なぜこうも心が乱れるのか。

高佑が気の毒だという一面もある。雪梅との倭国行きが破綻したという無念も低徊している。が、何よりもこの一年、当の雪梅を見ていないことが最大の原因だった。

高佑は何かを隠しているのではないか。

「お元気になられましたね」

椅子に掛けた高佑に向かって、お世辞ではなく、本心から驚きの声を発した。

昨年の夏、叡観と康景昌を前に、体調が思わしくないのでお引き取りくださいと言った時の青ざめた顔が、まだ脳裏に強く刻まれていた。顔だけではない。全身に老いの影が射していた。

その後も二、三度、見かける機会はあった。が、見知らぬ他人を交えた形式張った集まりだったので、雪梅のことを話題にするわけにはいかなかった。それより、高佑の老化が一段と進んでいることは一瞥しただけで明らかだった。

今日も例の家僕が一緒だった。が、体を支えられての来訪ではなく、杖を突いてはいるものの、足取りだけはしっかりしているのが救いだった。

「まあまあというところだ。いつぞやは失礼した」

去年のことを言っているのだろう。本人も気にしているところを見ると、やはり忘れられない出来事だったということか。宴会を取りやめたことを申し訳なく思っているようだ。

「いいえ、かえってご迷惑をおかけしてしまって……」

定恵も恐縮した。

「実は、雪梅のことだが」

高佑が目を合わさずにつぶやいた。

定恵はどきりとした。

「困ったことになった」

ここで目を上げて定恵を見つめた。

「何かあったのですか」

「ある乞食僧《こつじきそう》に夢中になっている」

脳天を割られる思いだった。

砕けた脳髄の隙間から叡観の姿が垣間見える。乞食僧といえば、叡観しか思い浮かばなかった。

「まさか……」

叡観ではないでしょうね、と続けるはずの言葉は喉に押し込んだ。が、高佑には、この一句は不信を表す単なる感嘆詞としてしか映らなかったようだ。

「本当の話だ。信じられんかもしれんが」

「誰ですか、その乞食僧というのは？」

「義湘《ぎしょう》という新羅の坊さんだ」

ほっとした。

が、その名はどこかで聞いたことがある。

しばらく頭の奥をまさぐってから、はたと気付いた。

昔、義蔵が口にした大荘厳寺に来ることになっているという新羅の名僧だ。

「以前、義蔵和尚からその名を聞いたことがあります」

「義蔵和尚から？」

皺《しわ》に包まれた高佑の目が見る影もなくしぼんできた。

「義蔵和尚は白馬寺で……気の毒なことよのう」

定恵も一瞬込み上げてくるものがあって、目の前の高佑の顔が次第にぼやけてきた。耐え切れずに、そっと脇を向いた。

気を取り直したのは、高佑の方が先立った。

「義湘和尚は、徳の高い立派な坊さんらしい。新羅で摂論宗《しょうろんしゅう》を学んだが、飽き足らなくて、唐国でさらに学問を積むため渡って来たという」

「唐に来たのは、いつですか」

義蔵は「近いうちに」と漠然と口にしただけだった。

「百済が滅びた翌年、龍朔元年だそうだ」

年号から、この百済の滅亡とは義慈王の降服を指していることは明らかだった。今から二年前、義蔵はすでに気を病んで白馬寺にいた。義湘和尚の来唐のことはむろん知るまい。

「いくつぐらいの方ですか、その義湘和尚は」

知らず知らず尊敬の口調になっていた。

「三十代後半らしい」

年齢を問うた自らの真意が、この返答を聞いた直後に分かった。自分と比較したのだ。俺の方がずっと若い、と。

何たるあさましさ！

雪梅を目当てにこの学問僧と張り合おうとしたのだ。

この時ばかりはさすがに定恵も自らを恥じた。

「摂論宗に満足できないとは……」

すぐに関心を別の方角に向けた。

増上慢《ぞうじょうまん》ではないか。

それとも、異能の持ち主なのか。

「玄奘三蔵ではなく、智儼《ちごん》和尚のもとで華厳《けごん》を学びに来たそうだ」

「摂論は卒業したというわけですか」

慨嘆とも賛嘆ともつかぬため息が漏れた。

智儼は華厳宗を開いた杜順《とじゅん》に少年時代に才能を見出され、華厳の注釈に摂論の唯識を採り入れて華厳教学の基礎を築いた名僧である。初祖杜順に続く華厳宗第二祖とされる。このころ、すでに六十歳を越えていたが、新羅にもその名声は聞こえていた。

義湘は新羅にあって『摂大乗論《しょうだいじょうろん》』を読んで唯識に関心を持ち、六五〇年、天竺帰りの玄奘の新唯識を学ぶために同学の元暁《がんぎょう》とともに陸路唐国へ向かったが、高句麗の軍隊に阻まれて引き返す。三国時代の朝鮮では僧侶の間諜が多く、警戒されたのだろう。百済滅亡後の龍朔元年（六六一、新羅も唐暦）、二人は今度は海路で渡唐を目指す。同行した元暁は途中、髑髏《どくろ》に溜まった水を飲んで悟るところがあり、そのまま帰国、義湘は単身で渡唐を果たした。当初は慈恩寺の玄奘のもとにいたが、翌年、智儼のいる雲華寺《うんげじ》に移った。

「新羅では仏性論や戒律も修め、清貧に徹した修行僧として評判を呼んでいたらしい」

高佑は肌寒い季節だというのに額の汗を拭った。内側から熱いものが込み上げてくるようだ。それが義湘への傾倒からくるのか、道を違《たが》えた孫娘への慨嘆からくるのか、定恵には測りかねた。

「いつごろ義湘和尚にお会いしたのですか」

「去年の春じゃった」

そうすると高佑宅に招かれて叡観や康景昌と顔を合わせた時より前ということになる。

「どのようないきさつで……？」

問い詰めるようで気が引けたが、抑えることができなかった。事は雪梅にかかわっている。このまま放置しておくわけにはいかない。

「拙宅に托鉢《たくはつ》に来られた」

「托鉢に？」

「そう。乞食《こつじき》に来られたのじゃ。文字通りこじきのような姿じゃった」

定恵は声がなかった。

乞食僧は珍しくない。正規の修行にこの乞食行《こつじきぎょう》がある。寺の食事は摂らず、民衆から施しを受けて経を念ずる。根底には無一物への希求と鑽仰《さんぎょう》がある。

しかし、新羅から来た修行僧が、しかもすでに名声を博して新しく法《のり》を開こうとする僧が、弊衣《へいい》で乞食して歩くとは……。

「雪梅がひと目見て、その姿に打たれた」

ああ、と定恵は喉を震わせた。

そうだったのか、雪梅……。

俺が堕落していくことに我慢ならなかったのだ。

俺に復讐しようとしたのだ。

今や俺の化けの皮が剝がされたのだ。

――いつだったろう、最後に雪梅を見たのは。

「どうかなさったかな」

定恵の目にはうっすらと涙がにじんでいた。

「いえ、何でもありません」

指先で瞼《まぶた》を払った。嗚咽が漏れそうになって、あわてて喉を閉じた。

「不憫《ふびん》よのう、乞食修行は」

定恵の涙を義湘への同情と勘違いしたようだ。

孫娘は御坊に惚れている、と俺に向かって言ったのは、ほかならぬこの高佑自身だ。あれは虚言《そらごと》だったのか。雪梅を倭国に送り出すための口実だったのか。

俺はいったい何だったのか。

いや、俺はそもそも坊主なのか？　本当に出家者なのか？

雪梅を初めて目にしたころは、確かに俺は仏法を信じていた。修行を積んで、高徳の僧になりたいと念じていた。その志が少年僧の顔をりりしく引き締めていたに違いない。

雪梅は言った。お坊さま、よろしくお導きくださいと。こう思わせるひたむきな求道心が、あのころの俺の瞳を澄んだ虹色に輝かせていたのだ。

今はどうだ。

往時とは似ても似つかぬ俗心が俺の内部を醜く染めている。

所詮、政事とは醜いものだ。正義の名のもとに悪徳と殺戮が横行する。権力は社会を幸福にはしない。人心を縛り、忍従を強い、果ては心身を絶望の淵に追いやる。

救いはあるのか？

この世に平安はあるのか？

「雪梅は義湘和尚の男ぶりに惚れたのじゃ」

「男ぶり？　惚れた？」

何を言い出すのか。

「御坊は徳の人ではない。誠《まこと》の人じゃ」

精いっぱいのお世辞だ、と定恵は憤った。

徳がないのは分かる。が、誠とは何か。

なまぐさい政事の世界、権力の修羅場が、何で誠になるのか。

――ははあ、正義のことだな、と定恵は気付いた。

あらゆる権力は正義を旗印とする。正義の名のもとに戦い、殺す。敵対するものはすべて悪なのだ。悪も厭わず、おのれの信じる正義とやらに殉じるのが誠なのだ。

高佑はこの俺が僧侶には向かず、政事人間だと宣言したのだ。早く仏界から身を退き、還俗して政事に専念せよと忠告しているのだ。


「しかし、雪梅さんは前にはこの私を……」

定恵は抗った。

「誤りだった。間違いに気付いたのじゃ」

「私を捨てて、義湘和尚に乗り換えたというわけですか」

「仏僧としての御坊に疑念を抱いたのじゃ。というより、限界を感じたのじゃ」

「確かに私は修行が足りない。人を教え諭す徳は持ち合わせていません」

「御坊の関心は政事にある。仏道にはない」

定恵は打ちのめされて、黙るよりほかなかった。

同じ指摘は前に叡観からも受けた。叡観なら我慢できた。蘇我日向《そがのひむか》、これが叡観の正体だ。叡観もまた僧衣を纏った亡命倭国人だ。その狙いは倭国の転覆にある。中大兄皇子を倒すことにある。まさに俗界の欲望に身を苛《さいな》まれている政僧だ。

しかし、この俺は俗塵にまみれて何をしようとしているのか。

確かに政事に目が向いていることは自分でも認める。が、何を意図し、何を目標としているのか。ただ漠然と世の中の動きに心を奪われているだけだ。倭国だけではない。唐国、さらに朝鮮。この三国の絡《から》み合いに俺の目は釘付けになっている。

「雪梅さんの心はもうすっかり義湘和尚に？」

「そうじゃ」

「倭国にいるお父さんに会う気持ちは？」

「失せたようじゃ。百済が完全に滅びたのを知って、あきらめたのじゃ。そうよのう、蘇日向殿の話では張穆明は倭軍の一員として百済に渡ったようじゃから。討ち死にしたことは間違いなかろう」

叡観が焚き付けたのではないか、と定恵は思った。あきらめがよすぎる。あれほど切望していた倭国行きをこう簡単にあきらめ切れるものなのか。父親との再会が目的とはいえ、この俺と倭国へ行くことをあれほど願っていたのに。

しかし、すべては人伝《ひとづて》だ。雪梅本人から聞いたわけではない。倭国行きをあきらめたというのは作り話かもしれない。

しかし、叡観がそそのかしたとなると、なぜ雪梅を俺から遠ざける必要があったのか。俺の将来を見越して、重荷にならないためか。

重荷？

雪梅が重荷に？

「義湘和尚は雪梅を諭しました。淫欲を捨てよ、と」

「淫欲？」

定恵は赤面した。

「いっさいの欲望は道の妨げになる。女性《にょしょう》としてこの愚僧を慕うことも淫欲という醜い欲望のなせる業《わざ》である、と」

「そ、そこまで……」

定恵は二の句が継げなかった。

「そこまで徹しておられる、義湘和尚は。見上げたお方じゃ」

「雪梅さんは、何と……？」

「恥じ入って、それならせめて弟子にと懇願した」

「剃髪して比丘尼《びくに》に？」

「そう。しかし、義湘和尚は許さなかった。そなたが愚僧を慕う限りはどんなに姿を変えても淫欲は変わらない、と」

「そこで、淫欲を捨てよ……」

「無慈悲じゃのう。だが、この無慈悲が仏本来の姿なのじゃ」

「えっ？」

「おのれを捨てるには残酷なほど無慈悲にならねばならない。無になってこそ初めて無限の慈悲を衆生に分け与えることができる」

「菩薩ですよ、それでは」

「そう、義湘和尚は菩薩じゃ」

ああ、と定恵は再び慨嘆した。

雪梅だけではない。高佑もまた義湘法師の虜《とりこ》となっている。この二人をかくも夢中にさせた義湘法師とはいったいいかなる人物なのか。

定恵の好奇心がめらめらと燃え上がってきた。

「義湘和尚がいらっしゃるのは、どこのお寺ですか」

「雲華寺《うんげじ》じゃ。そこで智儼《ちごん》和尚から華厳を学んでいらっしゃる」

雲華寺は西街の崇賢坊《すうけんぼう》にある。高佑宅のある光徳坊からは南に一つ隔てただけの近さだ。この坊には隋代に建立された海覚寺、大覚寺などの古刹もある。定恵の住む慧日寺からもそう遠くない。

「托鉢は今でも続けていらっしゃる？」

「寺の斎食《とき》はいっさい摂《と》らず、食べものは城内を乞食《こつじき》して布施に頼っているそうじゃ」

ふうっ、と定恵は大きく息を吐いた。

これはただ者ではない。

重い石のような塊りが頭から首へ、肩から背中へと降りてくる。これが何なのか、定恵には突き止められなかった。が、この重荷に耐えるだけの気力がこの時の定恵にはあった。それは若さのもたらす恵みであり、また錯覚でもあった。

高佑が帰ったあと、しばらく定恵は茫然と僧坊の前に立ち尽くした。

高佑が絶交を宣言するために訪ねて来たことは明らかだった。あれほど親しかった高佑に見放された。高佑だけではない。孫娘の雪梅までもが俺を見限った。雪梅がいとおしい。雪梅に会いたい。

ふと、雪梅は本心から俺に愛想を尽かしたのかという疑念が湧き起こってきた。すべては高佑の扇動ではないのか。雪梅を思うがままに操り、自分の意思を押し付けているのではないか。そうでなくても雪梅は従順な娘だ。祖父の高佑には絶対服従を貫いている。雪梅自身の気持ちは別なのではないか。

定恵は居ても立ってもいられなくなった。雪梅に直接会って真意を確かめたい。確かめずにはおくものか――。

数日後、定恵は頭に血がのぼった状態のまま、高佑の自宅を訪ねた。以前、一度来ている。家はすぐに分かった。表門に錠は掛けてなかった。堂々と中に入って、玄関口で大声で名乗った。驚いたことに雪梅本人が出てきた。

その美しさはすでに少女のそれではなかった。一人前の女性《にょしょう》のあでやかさだった。

物狂おしい感情が定恵の胸ぐらを締め付けた。すぐには声が出ない。

立腹したように真っ赤になって仁王立ちになっている定恵を見て、雪梅は一瞬たじろいだ。が、すぐに笑顔をつくって、涼しげな目を向けた。

「祖父は留守なのですが」

「あ、あなたに、あ、会いに来た」

荒い息遣いが喉を締め付けた。

「私に?」

不審そうに注がれた視線を、定恵はすがるように受け止めた。

「そう。あ、あなたに」

目を離さず、今度は食い入るように雪梅を見つめた。

「とにかく、お上がりください」

雪梅は冷静だった。見ず知らずの男ではない。かつてあれほど恋い焦がれたはずの相手である。それなのに、と定恵の胸に切ない痛みが走った。

客間に通された定恵はようやくひと息ついた。

家婢が茶を運んできた。この前見たことのある年輩の女である。卓上に茶碗を置いて手を引っ込めるとき、ちらっと定恵を見た。口元に冷笑を浮かべている。定恵は不快になった。

俺は途方もない非礼を演じているのではないか。

居ても立ってもいられなくなり、逃れるように眼前の雪梅に突っかかっていった。

「義湘和尚に心服しているそうですね」

有無を言わさぬ口調で、雪梅をぐっとにらみつけた。

「ええ」

雪梅は驚いたふうもなく、冷然と定恵を見つめる。

「倭国行きはあきらめたのですか」

この俺をあきらめたのか、と言うに等しかった。

雪梅の眉がぴくりと動き、こちらを見る目が湿り気を帯びた。

が、次の瞬間、思いも寄らぬ一句が小さな口もとから発せられた。

「海東に父の骨を拾いに行きます」

定恵は茫然と相手を見やった。

「まだ亡くなったわけではない」

これだけ言うのがやっとだった。

「いいえ。生きている望みはありません。蘇日向さまがおっしゃっていました」

なるほど、そうかもしれない。

しかし、骨を拾いに行くとは、あまりに唐突ではないか。

ひょっとすると叡観は雪梅にも直接、張穆明のことを話したのかもしれない。お父さんの張穆明は阿曇氏の軍勢に従って百済に渡った、と。

定恵も叡観からそれを聞いている。が、戦死したかどうかは叡観自身も明言しなかった。倭軍が白村江の戦いで敗北した後、百済復興軍も潰滅しているから、確かに生存の可能性は低い。が、死んだと断定するのは早過ぎる。

「海東に行くには新羅の坊さんと知り合うのが得策だということか」

いやみである。自分で自分の言葉に愕然とした。俺はどうかしていると思った。


本当はそこまで邪推しているわけではない。単なる嫌がらせだ。そして、この言葉を吐かせたものはほかならぬ嫉妬だということも分かっていた。

「そんな……」

雪梅は上体を揺すって抗議した。その身振りが怒りというより媚態に映って、定恵はよけい腹が立った。

あの純情可憐な雪梅はどこに行ってしまったのか。

「私では不服か？」

禁句が口を突いて出た。

なんとやましい言葉か。

自分は堕落した、とこの時はっきり定恵は自覚した。

同時に、自分はもう仏者ではない、と。

「尊敬していました。海を越えてはるばるやって来た異国の学問僧として。しかも、年端《としは》もゆかない幼い年齢で……」

雪梅は肩を落として追憶にふけるように遠くを見つめた。

「私はあなたをひと目見て、強く心を惹かれました。幼いころあなたのお姿には後光が射しておりました。幼いころから祖父に聞かされていた弥陀の幻影があなたのお姿と重なりました」

定恵は黙って聞いていた。数年前の自分が別人のように瞼の裏をよぎる。それはあまりに幼く、か弱い少年僧の姿である。あれが自分だったとは思えない。無知蒙昧を絵に描いたような痛ましい姿だった。

「私はあなたに夢中になりました。私を清らかな世界に導いてくださるお方だと確信しました」

定恵は口を閉ざしたままだった。自らの過去が反逆して今の自分を貶《おとし》めているような気がした。

「しかし、その後あなたは成長するにつれて変わっていきました。私の理想とする仏の道ではなく、殺伐とした争いの道へと進んでいかれました」

「人はなぜ争うのか……」

定恵の口から独り言が漏れた。

「仏教は争いから最も遠い世界にいるはずです。それなのに、あなたはその争いの世界へ自ら乗り込んでいきました」

「いや、まだ乗り込んではいない。これからだ」

雪梅ははっとなって定恵を見た。両の瞳が濡れたように光っている。

「この一年、私はあなたにお会いする機会がありませんでした」

その言葉に誘われたように、定恵は過ぎた日々に思いを馳せた。その間、雪梅のことを忘れたことは一度もなかった。雪梅のことが話題に出るだけで、心はしっとりと濡れた。

「祖父が私をあなたに託して倭国へ行かせようとしていることは知っていました。父の穆明のことは長年、気にかかっていました。倭国にいるならひと目会いたいと切望するようになりました」

「自然な願いだ」

定恵はうなずいた。

「初めは御坊に従って倭国へ行くのを楽しみにしていました。しかし、やがて苦痛に変わっていきました。私は二の足を踏むようになりました」

「これはまた、とんだご挨拶だ。私のどこが気に入らない？」

「修行を捨て去ってしまったからです。あなたは長じるにつれて政事の方面に関心を移してしまわれました」

「なるほど、そのとおりかもしれない。が、これは私の宿命かもしれない」

「宿命？」

　雪梅は怪訝な顔をした。

「あなたは倭国から派遣された学問僧ではなかったのですか」

　両掌を机の上に重ねて、射るような眼差しを定恵に向けた。

「それは、そうですが……これには複雑な事情が絡んでいるのです」

「どんな……？」

　目を光らせて、一瞬身を退《ひ》いた。

「あなたは何もご存知ない？」

「いいえ、何も聞いておりません」

　定恵は言いよどんだ。

　俺の実父は孝徳天皇だという噂を、祖父の高佑は知らないはずはない。叡観、つまりあの蘇日向から聞かされているだろう。二人はこちらの想像以上に親しい仲のはずだ。

「私は唐国に追放されたらしい」

「そんな……年端もいかない少年を異国に追いやるなんて……」

「信じられないでしょう？　ところが、そうだと言い張る男がいる。しかも、すぐ身近に」

　雪梅はきょとんとした。くるくる動く両の瞳が少女時代の可憐な面差しを彷彿とさせる。

　ああ、この澄んだ瞳が俺につぶやいたのだ。お坊さま、よろしくお導きください、と。

「私は倭国では邪魔な存在らしい」

「蘇日向さまではないのですか、疎まれて倭国から逃れてきたのは」

「そういえば蘇日向、叡観法師もそうだ」

「あなた方お二人は倭国の政事の犠牲者だ、といつか祖父が申しておりました」

　そうか、高佑がそんなことを……。

　ということは、高佑から見れば、俺も叡観も倭国を追われた同類ということになる。結束して事に当たるのが我々の使命だと心得ているのではないか。

「立場は違う。蘇日向は確かに亡命者だ。倭国にいれば命を狙われる危険があった。しかし、俺は違う。俺の父は倭国を治める中大兄皇子の内臣《うちおみ》だ」

「それなのに、どうして倭国にいられないのですか」

　定恵は言葉に詰まった。

　言うべきか、言わざるべきか。

　それより、本当に雪梅は何も知らないのか。

雪梅との仲が壊れてしまったことは疑いを容れない。ここで真相を明かすことが訣別の挨拶になるかもしれない、と定恵は悲壮な決意をした。

「私は本当は倭国の天皇の子供らしい」

「えっ？　それでは、やはり、倭国の皇子さま？」

雪梅の頬にぱっと朱がさした。

意外な反応だった。軽薄としか言いようがない。驚くのはいいとしても、この単純無垢な喜びようはいったい何だ。身分違いの幸せを夢見る世間知らずの少女の顔だ。

それより意外だったのは、「やはり」というひと言だった。雪梅はうすうす気付いていたのだ、この俺が天皇の落胤腹《らくいんばら》だということを――。

「いや、これは事実かどうか分からない。そういう噂があるというだけのことだ。その噂を広めている張本人があの蘇日向、叡観だ」

「あの人、何か怖い……」

突然、雪梅が首をすくめて不安そうに辺りを見回した。

「何かあったのか、蘇日向との間に」

雪梅は両手で耳を塞ぐようにして、顔を覆った。恐怖に耐えているようなしぐさだ。

「あの方は私を祖父から引き離し、無理やり倭国へ連れ出そうとしています」

「無理やり？　あなたは自分で倭国行きを望んだのではないのですか」

「ええ。以前はね。でも、その後あきらめてからも、あの方はしつこく私に倭国行きを勧めるのです」

定恵の不審は見る見る拡大した。顎《あご》をさすりながら、要領を得ない顔を雪梅の前にだらしなくさらした。

「蘇日向さまには別のもくろみがあるのではないかと思います」

「もくろみ？」

「ええ。私を利用しようとしています」

「しかし、あなたの倭国行きの目的はお父さんに会いに行く……」

「そうです。ただそれだけです。それなのに、蘇日向さまは私を倭国の皇后の位に就けようと……」

「皇后の位？」

何とばかげたことを！

定恵は笑い出した。

「そうです。今の倭国の朝廷は穢れている。正当な皇位は定恵殿が継ぐべきで、その后には唐女を娶《めと》る。そうすれば倭国と唐国は敵対せずに仲良くやっていける。一心同体になれる、と……」

定恵は啞然とした。

言うに事欠いて、何と言うことを！

しかし、日ごろの言動に照らし合わせれば、納得できない話というわけではない。ただ、この俺を天皇にするというのは初めて耳にする言葉だ。しかも、雪梅を皇后に……。

定恵は虚ろな目を雪梅に投げたまま、しばらく茫然としていた。自分の体に血の気を感じない。張りぼてのように重量感を失ってしまった。

遠大といえば遠大、まるで志怪小説でも読んでいるような浮遊感だ。いや、荒唐無稽といった方がいい。叡観は被害妄想が高じて頭がおかしくなったのではないか。

それにしても、雪梅に皇后の位を持ち出すとは、笑止千万だ。

「蘇日向さまは何か企んでいらっしゃる……」

雪梅は爪を嚙みながら、独り言のようにつぶやいた。明らかに困惑の態である。


「確かに叡観は今の倭国の朝廷を憎んでいる。皇位の転覆を意図しても不思議はない」

「それなら、御坊が天皇のご落胤というのは、やはり本当……？」

「ご落胤かどうかは知らないが、叡観によれば私の父は先代の天皇だったそうだ」

「今の天皇は女帝と聞いていますが」

「いや、その方は斉明天皇といって、先年崩御された。今は天皇不在だ。称制といって皇太子が政治を行っている」

「先帝とはその女帝のお父様ですか」

「いや弟君だ。孝徳天皇といって難波に宮を営んでいた。不遇のうちに崩御されて、再び姉君の女帝が皇位に就いた」

「今の皇太子がその女帝の皇子ということなら、御坊の従兄弟ということになりますね」

「叡観が言うことが本当ならね」

「私、御坊が唐国に来られたお歳《とし》を聞いたとき、本当に驚きました。十一歳でしょう？　まだ子供ですもの」

「その由来を叡観がまことしやかに私に教えてくれた。これにはわけがあるのだ、と」

雪梅を相手にこんな話をするとは夢にも思わなかった。

定恵は一瞬、異界に迷い込んだような感覚に襲われた。今、自分がどこにいるのか分からなくなった。

しかし、ここは間違いなく高佑の家だ。目の前にいるのは孫娘の雪梅。俺が初めて恋慕の情を抱いた女性《にょしょう》だ。

「御坊はそのお話を信じていらっしゃるのですか」

雪梅は追及をやめない。この俺を見限ったというのに、なぜこれほど執拗なのか。

「信じるも信じないもない。まるきりのでたらめだ。俺を惑わせるための罠だ」

「それなら、蘇日向さまを斬ったら？」

「斬る？」

呆然と雪梅を見返した。

これが慎ましやかな女子《おなご》が口にする言葉か？

しかも、僧侶を相手に……。

——そうか、高昌国だ。高昌国の滅亡が絡んでいる。戦火と殺戮がこの女の意識の奥底にむごたらしい血の海を潜ませている。父の穆明も、祖父の高佑も、あの高昌国とは深い縁《えにし》で結ばれている。

「私、あの蘇日向という人が叡観という法名を名乗っているのが不思議でなりません。出家したのなら俗名は捨てて、叡観和尚で通せばよいのに」

「叡観は世を忍ぶ仮の姿で、いつか蘇日向として、いや倭国では蘇我日向だが、名門蘇我氏の御曹司として政事の表舞台に返り咲こうとしている。出家者などではない」

「不浄です。僧籍に身を置く資格などありません。仏への裏切りです。義湘和尚は身も心も仏に捧げていらっしゃいます」

「義湘法師」が出てきて、何やら不意を突かれた。同時にほっとした。これ以上、わが身の内側を削り取られる苦痛を味わわなくて済む。

しかし、実際はそうではなかった。

「蘇日向さまは義湘和尚に近づこうとしています」

「えっ？　そ、そんなばかな……」

「本当です。新羅のことをいろいろ知りたいという名目で——」

「新羅のこと？」

そう繰り返してから、義湘が新羅僧であることを思い出した。うかつにも念頭からいつの間にか消え失せていた。

「新羅のことを知って、どうするつもりなのか……」

雪梅に尋ねたわけではない。事の成り行きでこぼれ出た独り言だった。

「私の父の消息を探し当てると言うのです」

「それは、また……」

定恵はわが耳を疑った。

いったい雪梅はどこでこのような情報を手に入れたのか。叡観と個人的に親しくなることなど考えられない。何より雪梅は叡観を嫌っている。仏を冒瀆するにせ坊主と決めつけている。そんな男と会話を交わすなどありえないことだ。

祖父の高佑から聞いたのだろうか。

もしそうなら、叡観は相当深く高佑の懐に入り込んでいることになる。この自宅にも頻繁に出入りしているのかもしれない。雪梅はその折に二人の話を小耳に挟んだのか。

「しかし、それは単なる親切心なのかねえ。下心あっての、つまり何かの口実ではないのか……」

これも独り言に近かった。

定恵は次第に闇の中に迷い込んで行くような気がした。思わぬ方向に話が逸れていく。雪梅という小娘を相手にしているだけでそうなのだ。裏ではもっと驚くべき事実が進行しているのではないか。

ほとんど疑心暗鬼のうちに、ためつすがめつ定恵は雪梅を見やった。

「叡観が新羅の情勢を探りたいというのは、別に目的があるはずだ」

「何か思い当たることでもあるのでしょうか」

「ないこともない」

雪梅の目が妖しい光を放った。

「倭国の転覆を図るために新羅の力が必要なのだ」

「倭国の転覆というと、先ほどの皇太子を倒すことですか」

「そう。中大兄皇子だ」

「私の父の件は、どうなるのでしょう」

「もし生きていれば、使い道があるぐらいには思っているかもしれない」

「使い道？　まあ、ひどい。それなら父は単なる道具ですか」

「そう。事ほどさように叡観という男は腹黒い奴だ」

雪梅の顔が悲しげにゆがんだ。

「叡観を恐ろしいと思ったあなたの直感は当たっている。あの男を新羅に行かせてはならない」

「しかし、唐国にいても迷惑です」

「あなたにとっては目障りでしょうね。私にとっても同じです。あの男のおかげで、私は足元がふらつくことがある」

「どういうことですか」

「もし彼奴《きゃつ》の言うとおり私の父が孝徳帝だったら、私は倭国に帰れば殺されるかもしれない」

「えっ、そ、そんな……」

「中大兄皇子にとっては政敵になるからね。私は皇位継承の有力候補だ」

「その皇子はいっそ早く天皇になってしまえばいいのに、なぜ称制を続けているのでしょうか」

「いろいろ言われているようだ。母帝の服喪のためとか、天皇になれば実権を手放すことになるとか」

「天皇こそ最高の権力者ではないのですか」

「倭国には執政は皇太子、天皇は補佐役という伝統がある。もっとも、わずか五十年ほど前に生まれた慣習だがね」

「理解できないわ、そんなしきたり……」


要らざることをしゃべってしまった、と定恵は後悔した。つい相手の熱意に押されて、言わでもがなのことを口にしてしまった。

しかし、雪梅にも奇妙なところがある。父親の一件が絡んでいるとはいえ、こうまで叡観を気にしているとは思わなかった。

「あの男には唐国以外に居場所はないのだ」

「じゃあ、このまま長安にとどまるしかない？」

「平穏に過ごそうと思えばね。しかし、人一倍執念深いのがあの男の特徴だ。このまま黙って引き下がることはあるまい。現に、新羅に触手を伸ばしている」

「私だって父の最期は知りたいと思っています」

「それ、それ——そこに、あの男が付け入る隙が出てくるのだ。用心に越したことはない」

雪梅に対して漠然とした不安が生まれてきた。

叡観に騙されて、一緒に新羅まで行くのではないか。

しかし、目下の相手は義湘なる新羅僧だ。雪梅が夢中になっているのはこの義湘法師だと、高佑はわざわざ自分に言いに来た。雪梅自身も義湘法師への崇敬の念を隠さない。

気になるのは「新羅」という共通点だ。百済が完全に抹殺された今、倭国は朝鮮に足がかりを失った。北方で高句麗が踏ん張っているとはいえ、倭国からはあまりに遠い。百済を併合した新羅という敵国が大きく前面に立ちはだかっている。加えて、白村江で唐国に打ちのめされた倭国は、今後唐国との関係で難しい対応を迫られるだろう。

雪梅は急にしょんぼり沈み込んでしまった。なぜこんな話になったのか、自分でも腑に落ちない様子だ。

気分を一新しようと、定恵は殊更陽気に語りかけた。

「どうだろう、一度、義湘和尚に会わせてもらえまいか」

「会って、どうするのですか」

一転、雪梅はきつい目で定恵をにらんだ。

「あなたが尊敬するお坊さんだ。私にもご利益《りやく》があると思う」

「御坊はすでに出家の身でしょう？　今さら教えられるところはないと思います」

切り口上に雪梅は反論した。

義湘のことになるとむきになる。この点からも雪梅の傾倒ぶりは本物だと定恵は思った。義湘を奪われるような気がするのだろう。

「いや、私はそれほど増上慢ではない。あなたも知っているとおり、ずっと修行を怠っている。僧形に身を窶《やつ》しているだけで、中身はご覧のとおりだ。俗人以上に俗人、すでに化けの皮は剝がれている」

雪梅は瞳を凝らしてじっと定恵に目を当てた。その言葉を信じるべきかどうか、自分の胸に問いかけてでもいるように。

ここまで開き直れば、もう怖いものはないと定恵も覚悟した。

「そんなに御坊がお望みなら、今度托鉢に見えたとき、お願いしてみます」

雪梅もついに折れた。

心なしか、その顔には憂いのかげが射していた。

冬至が間近に迫って、寒さが日々募ってきた。

冬至節は倭国の正月並みの賑やかさである。定恵はふと今年で何回目になるだろうと指折り数えてみた。何ともう十回目である。来唐してから十年、よくぞこんなに長く居ついたものだと思う反面、あっという間に過ぎたという感じもする。少年から青年へ、歩みは遅々としていたが、他方、一足飛びだったような気もする。

　自分が成長したという自覚はあまりない。身辺に疎かったあのころに比べると、なるほど周囲の様子はだいぶよく分かるようになった。が、これは内面的な成長とは無関係だ。誰にも訪れる年齢相応の変化にすぎない。

　心を苛《さいな》むのは、やはり学問僧としての修行を中途で放棄してしまったことだ。自分が質《しち》として無理やり唐国へ送られたという事実を知ったのがきっかけだった。自分は騙されて唐国に来た。自ら好んで仏門に入ったわけではない。なるほど唐国で学ぶには学問僧の身分が一番手っ取り早かったことは確かだ。

　倭国では帰朝した僧侶たちが政界でも重要な働きをしている。旻《みん》法師しかり、南淵請安《みなぶちのしょうあん》も学問僧として入唐した。いずれも帰国後、倭国を担う春秋に富む青年たちの訓育に当たった。政事の面でも朝廷の要人たちの顧問役として活躍した。唐国帰りの仏僧たちは倭国の基礎づくりに貢献した。

　自分が出家させられて渡唐したことは恨むまい。しかし、あの叡観の言うとおり、邪魔者として異国に追い払われたのなら、心は穏やかではない。呪われた分、呪いたくなる。しかし、誰を呪えばいいのか。中大兄皇子をか？　それとも、父の鎌足か？

　しかし、こう思うこと自体、叡観の術中に嵌《は》まっているようでおもしろくない。これこそ彼奴《きゃつ》の思う壺だ。叡観が蘇我日向《そがのひむか》だと知った今は、彼奴の企みにやすやすと乗せられてたまるものかとついむきにある。彼奴の復讐心は並みはずれている。自分がそれに手を貸す愚挙だけは犯したくない。むしろ彼奴の復讐心を叩き潰すことが自分の使命のように思える。それが父を助け、父を盛り立ててくれている中大兄皇子に対する義理立て、いや恩返しである。

　自分はやはり中臣鎌足の子なのだ。内臣《うちおみ》中臣鎌足の嫡男なのだ。

　と、ここまで来て、はたとうそ寒さを覚えた。

　次男が生まれたと耳にした。叡観が言うことは当てにならないが、その名前まで知っているとなると話は別だ。

　不比等《ふひと》――。

　生まれたのは斉明五年（六五九）の八月、と叡観は言っていた。何と十六歳も年下だ。父鎌足は四十六歳だったはず。俺が渡唐して五年後だ。この弟の誕生を父はどんな気持ちで迎えたのか。厄介払いした長男の身代わりとして、これで跡継ぎができたと喜んだのだろうか。もしそうなら、父にとっては自分はやはりなきに等しい存在、もはや死んだも同然ということになる。しかし、唐に送った長男の帰国を想定しているなら、この次男の誕生を俺に知らせてもよさそうなものだ。方法はいくらでもある。あの津守吉祥《つもりのきさ》の遣唐使節団が難波を漕ぎ出したのは同じ年の七月だったから、こちらは無理にしても、民船による折節の渡航は珍しくない。その気になればいくらでも幸便を託すことはできる。それをしなかったということは、叡観が出まかせを口にしたということではないのか。あれは叡観の妄言だったのではないか。

一連の疑惑は定恵の心を陰鬱なものにした。考え始めると、夜も安眠できなかった。

そんなある日、高佑の家僕が慧日寺にやって来た。一通の書状を携えている。前日は午後から雪になり、境内の松の枝葉もうっすらと白く染まっていた。

「お寒くなりました。さすがに冬至節が近くなると……」

初老の家僕は僧坊に入るなり手に息を吹きかけながら書状を取り出した。顔見知りだけに、定恵も何となく気分がほぐれた。

「高佑殿に変わりはない？」

この前会ってから二か月が過ぎている。この寒さは老いの身にはこたえるだろう。

「おかげさまで何とか元気です。近頃は昼間も臥《ふ》せっていることが多くなりましたが」

「臥せっている？」

「いいえ、別に病気というわけではなく、寒さしのぎですよ」

ほっとしたが、この冬を乗り切れるのか心配になった。

すぐに書状に目を通した。何と高佑ではなく、義湘法師直筆の手紙だった。定恵に面会を求めている。雪梅は約束を守ったのだ。「十二月五日に来られたし」とある。最後に「雲華寺《うんげじ》　義湘」と署名してあるのを見て、定恵の胸は熱くなった。名立たる新羅僧との面会が叶う。高佑と雪梅を虜《とりこ》にした学問僧だ。どんな男なのか。

しかし、次の瞬間、不安が這い上ってきた。もともとは嫉妬に由来する願望だ。恋敵に会って、その正体を見極めたいという下衆の勘ぐりがその動機だ。果たして先入観なしに冷静に接することができるかどうか自信がない。

「分かった。承知したのでよろしく、と伝えてくれ」

とにかく家僕に向かって承諾の返事をした。

「ところで、これは雲華寺から直接託されたものか？」

「いえ、滅相もない。高佑さまからの言い付けです」

どうやら雪梅から高佑へ、高佑から義湘へと伝わり、義湘が高佑に託したものらしい。自分の意図は高佑にはどう伝わっているのか。雪梅の言い方次第だ。二人とも信心が篤い。尊崇している義湘法師にこの俺が会いたいとなると、これは聖教《しょうぎょう》を求めての純粋な動機からと信じたに違いない。嫉妬の感情などいささかも思い浮かばなかったろう。

定恵は冷や汗をかいた。都合のよい解釈だとは自分でも思ったが、こう思うことで自分を奮い立たせたかった。事実、定恵の胸中には高徳の僧への憧憬は失われていなかった。

「そうか。ご苦労だった。高佑殿にもよろしく伝えてくれ」

「承知しました」

家僕は板戸を押し開けて戸外の寒気へと自らを押し出した。すでに初老の身だというのによく働く。同情とも労《いた》わりとも付かぬ思いが定恵の胸をよぎった。

十二月五日、約束の日に定恵は雲華寺を訪ねた。

冬至を過ぎたというのに妙に暖かい日だった。三寒四温の温の日に当たっていたようだ。これ幸いと、定恵は慧日寺から雲華寺まで歩くことにした。崇賢坊は西市の南を回って一坊隔てたすぐ斜め先だ。一時間もかからずに行ける。少し早めに出て、西市をぶらついて手土産でも買おうと思った。

出がけに、外出から帰った神泰和尚とばったり出会った。

「どこぞへお出掛けかな」

「ちょっと雲華寺まで」

「雲華寺とは……。何ぞ用事でもおありか」

定恵は言葉に詰まった。義湘法師の名を口にしていいものかどうか。

「新羅から来られた学問僧に会いに行きます」

名前は出さずにあいまいに答えた。

「ああ、義湘和尚か」

どきっとした。なぜ知っているのか。

次の瞬間、ああ、そうだった、神泰師は高佑とも昵懇《じっこん》だったと気付いた。高佑から義湘法師のことは聞いているのだろう。

「一度は玄奘三蔵から教えを受けておった。確か来唐は一昨年《おととし》じゃった」

「えっ？　それでは初めは玄奘三蔵に？」

「そう。篤実な修行僧じゃったそうな」

「なぜ、また、玄奘三蔵のもとを離れたのですか」

「唯識の観念論に限界を感じられたようじゃ」

これ以上問いただすことは憚られた。自らの浅学を披瀝《ひれき》することになりかねない。

定恵は『成唯識論《じょうゆいしきろん》』の翻訳に没頭している玄奘の姿を、慈恩寺の翻経院で何度か見ている。鬼気迫るものがあった。周囲には弟子たちが数人たむろしていたが、中でも窺基《きき》の姿が目立った。玄奘が傍らの窺基に話しかけると、窺基は間《ま》を置かず手もとの経典をのぞき込む。若い窺基がすでに玄奘の右腕になっているようだった。

「そうですか。それで、雲華寺の方へ……」

「何でも玄奘三蔵の方から雲華寺の智儼《ちごん》和尚を紹介したそうじゃ」

「それでは師公認の宗旨替え……」

「摂大乗論《しょうだいじょうろん》はまだ宗派には至っていない。翻訳研究の段階じゃ。学派といった方がよい」

なるほど『成唯識論』は天竺で長年にわたって大勢の学僧の手を経てまとめられた経論集だ。信仰集団である宗派を形作る以前の、いわば経典の整理検討段階での成果である。これを基本に据えた宗派がいずれは出てくるだろうが、窺基がそれをやりそうな気がする、と定恵は思っていた。実際、窺基が法相宗を開くのはこの後、いくらも経たない時期だった。

「今は智儼和尚のもとで華厳を学んでいらっしゃるとか」

そこまでご存知だったとは、と定恵は忸怩《じくじ》たる思いに駆られた。同時に、宗派を越えて学僧が自由に行き来する開放的な唐国の仏教界に感心もした。

「義湘和尚によろしく言っておいてくれ」

神泰師が義湘法師と顔見知りであることは間違いないようだ。

「承知しました」

うやうやしく頭を下げて、定恵は小走りに山門の方へ向かった。

これは手強い、と思った。義湘を訪ねる資格が自分にあるのかと自問した。教理に関する話になれば退散するしかない。せめて人柄だけでも知っておきたいと願った。雪梅が慕うほどだから、人格面でも俗人を敬服させる何かを持ち合わせているに違いない。

西市は人でごった返していた。昼休みが終わって、午後の賑わいが増す時間だ。定恵は何を選んだものか迷った。手土産なので、やはり菓子の類がよかろうと胡餅《こへい》を買った。西市は胡商が多く、胡食はいうまでもなく、西域産の珍品も山のように並んでいる。高価な玉でできた調度品も目に付く。

運華寺に着いたのは三時を少し過ぎたころだったが、真冬の陽射しはすでに傾き始めていた。寺の名前は知っていたが、中に入るのは初めてだった。境内は慧日寺と同じぐらいの広さと見受けたが、雰囲気はだいぶ違う。松が少なく、庭前のあちこちに樹種を異にした無数の裸木が寒気を跳ね返していた。葉が落ちているので樹間の向こうまで見通せたが、夏には鬱蒼とした森になるに違いない。

義湘法師は定恵を待ち受けていた。

「よくぞいらした。お待ち申していた」

言葉に訛《なま》りがある。というより、漢音がぎこちない。来唐して二年は経っているはずだが、唐語の習得にはてこずっているのではないかと想像した。自分の場合はわりと早かった。二、三年で話し言葉には不自由を感じなくなった。が、それは子供だったことが幸いしたのかもしれない。

義湘法師は三十代後半と聞いていたが、実際には四十を越えているのではないかと思うほど老成していた。聖人とはこういうものかと定恵はしげしげとその顔に見入った。色白で面長だが、目が優しく澄んでいる。着ている渋柿色の僧衣が使い古して擦り切れそうなのが気になった。

「ご高名は高佑殿からお聞きしております」

「高佑殿、――立派な優婆塞《うばそく》ですね」

「孫の雪梅さんも御坊に心服しております」

「度が過ぎている。愚僧を買いかぶっておられるようだ」

義湘法師はちょっと迷惑そうに唇をゆがめた。

「弟子入りしたいとおっしゃっていました」

「女性《にょしょう》の弟子は取りません」

きっぱりと宣言して、あとは黙ったきりである。

定恵は話の接《つ》ぎ穂を失って狼狽《ろうばい》した。

「それより、御坊は長年当地で修行されたお方、私は足元にも及びません」

何という言葉か、と定恵は呆気にとられた。揶揄しているふうには見えない。となると、本心か。いったい誰からこんな出まかせを吹き込まれたのか。

「修行はとうにあきらめました。私は僧侶には向いていません」

「いやいや、修行はこれからだ。まだお若い。今から悟ったのでは末が恐ろしい」

くっくっと笑ったような気がしたが、嘲笑ではなく、冗談のようだった。意外と気のおけない人なのかもしれない。

「海東は大変でしたね」

定恵は意図的に話題を変えた。仏教談議でこちらの恥をさらすのは忍びない。

「倭国にも迷惑をかけた」

おやっと思った。迷惑をかけた相手は百済であって、倭国ではない。

「いいえ、倭国こそ新羅に迷惑をかけました」

「しかし、むなしいものよのう、戦《いくさ》は。――大勢の人が死んでいく」

義湘法師の目の辺りが曇った。祖国の勝利を喜んでいる顔ではない。

義湘という新羅僧は戦争とは無縁だったのか。

義蔵の姿が亡霊のように浮かび上がった。そういえば、同じ新羅僧だ。義湘の名を聞いてから、同じ新羅僧でありながらついぞ義蔵のことには思い及ばなかった。義湘のことばかり考えて暮らしたが、義湘はただ雪梅との関係において俺の関心を引いただけだったのか。俺から雪梅を奪った男――それが定恵の義湘像のすべてだったのか。

どうかしている、と定恵はおのれにつぶやいた。

「義蔵という新羅から来た学問僧をご存知ですか」

義湘の頬がぴくりと震えた。

「存じておる。お気の毒じゃった。間諜僧の末路はあわれよのう」

「間諜になる僧侶がどうして多いのでしょうか、海東には」

「愛国心が強すぎるのだ。僧侶の本分をまっとうできないほど常に外敵に脅かされている」

「外敵？」

「そう。百済も、高句麗も。それに唐国も。倭国も、新羅にとっては外敵だった」

　定恵は恐ろしくなった。これほど厳しい異国観を耳にしたことはなかった。

「新羅は周りを敵に囲まれていたというわけですか」

「そのとおり。いやでも新羅人は愛国者にならざるをえません。絶えず国の存亡が問われているのですから。浄土教が浸透するのにふさわしい風土ですよ、新羅は」

　定恵は面食らった。ここでなぜ浄土教が出てくるのか。

　太平坊にある実際寺には善導《ぜんどう》という大徳がいて浄土教を広めているという噂は聞いていた。が、定恵は浄土教についてはほとんど無知だった。

「浄土教とはどのような教えなのでしょうか」

「称名《しょうみょう》念仏ですよ。南無阿弥陀仏を唱えれば、誰でも浄土に行ける。戦乱の世では僧侶も命がけです。苛酷な状況下で生きる人々にとっては、浄土信仰は、唯一、死後の安寧を約束してくれるものだった。――義蔵法師も浄土教を信じておられたはずですよ」

　そうか。そうだったのか。

　自分からはひと言も口にしなかったが、ひそかに浄土教を信奉していたのだ。死と隣り合わせのわが身を安心させるには、極楽浄土の存在は不可欠だったのかもしれない。

　定恵は義蔵に切ないほどの憐憫を感じた。白馬寺でのたうち回る義蔵を胸に抱きしめたい。安心をもたらしてやりたい。が、死後でなければその安寧は訪れないとなると、あまりにむごい仕打ちではないか。

「生きているうちに極楽浄土を実現できないものでしょうか」

　義蔵を正気に戻したいという一念が吐かせた言葉だった。

「できますよ。できます」

　かすかに笑みをたたえて、義湘法師は力強く言った。

「ひたすら信じることです。そうすればこの世に仏国土が出現します」

「修行ですか」

「しかり。ただし、従前の修行ではだめです。悟りは外に求めるものではなく、おのれの内部に見出すものです。ひと皮ずつ自らの俗念を剝がしていく、これが真の修行です。やがておのれの内部に宿る仏性に行き着きます。これが、すなわち悟りです。そうなったとき、いっさいが平等で、調和と安穏をもたらす浄土が実現するのです」

「夢のようなお話ですね」

「そうかもしれません。しかし、これは三蔵法師も願っていらっしゃる世界ですよ。万民平等は釈迦牟尼以来変わらぬ仏法の基本です」

「その三蔵法師のもとを去って、こちらにいらしたのはなぜですか」

義湘はやや頬を強張らせた。戸惑っているというより、自らの苦衷と対峙しているような真剣な眼差しだった。

「私は玄奘三蔵を尊敬しております。『成唯識論』を漢訳するのは並み大抵のことではありません。その宿願を達成されたのは、ちょうど私が三蔵法師に師事していた時のことです」

「すると、去年……？」

「そうです。それを見届けて、私はこちらに移りました」

「やはり唯識には物足りないところが……？」

「いえ、あれはあれで立派な経論です。この世に実在しているものは何もないということをみごとに論証してみせてくれました」

「しかし、それは玄奘三蔵の発見ではなく、龍樹《りゅうじゅ》や世親《せしん》といった天竺の学僧たちが見抜いた真理ではないでしょうか」

義湘はぎょろっと定恵をにらむように見据えた。

「そのとおりです。が、漢訳の過程で徹底的な検討が加えられております。それを手伝ったのが窺基《きき》和尚でした」

「ああ、窺基和尚……私もお目にかかったことがあります」

「窺基和尚は万物の存在現象を五位百法に分類して、師の教えを一段と深いものにしました」

「唯識は広まりますか」

義湘は考え込むように目を薄く閉じた。

そこに、定恵は義湘の答えを見出した。唯識は空《くう》を追求し、結実させた偉大な経論である。が、現実は少しも変わらない。そこに義湘法師は物足りなさを感じたのではないか。

「私にはまだ修行が必要だ。頭を冷やして、違った視点から物事を見る目が必要だと気付いたのです」

「違った視点とは、唯識とは別の見方のことですか」

定恵も執拗だった。ここまで来れば、矛《ほこ》を納めることはできなかった。

「そう思ってくれてもよい。物の存在や現象をいくら正しく認識しても、世の中の実態が変わらなければ仏国土は実現しない。現実とどうかかわるかが庶民の立場から見た仏教の重要な役割なのだ」

「そうなると、僧侶は研究ひと筋というわけにはいきませんね」

「むろんです。ただし、誤解してもらっては困る。現実とのかかわりと言っても、世の中の仕組みを変えるということではない。それはあくまでも政事の務めだ」

「政事を抜きにして、どうやって変革が可能なのですか」

「あるがままの自分を理法に叶った存在として肯定することです。今が苦しいから死後の世界に安らぎを求めるというのとは違う」

ははあ、浄土教とはここで一線を画するのだな、と定恵は思った。

「現実肯定ですか」

「そう考えてもよい。そのためには人々の融和を図らねばならない」

飛躍があると感じたが、こうなるのは当然の帰結のように思えた。

「人間同士の関係が大事だということですね」

義湘はおやっという顔で定恵を見つめた。

「御坊は察しがよい。そのとおりです。私たちは有縁《うえん》の輩《やから》だ。誰ひとり個として存在することはできない。お互いに助け合わないと生きていけないのだ」

定恵はおのれのわがままを指摘されたような気恥ずかしさを感じた。

確かにそのとおりだ。不和も争いも個の主張から始まる。個が孤を生み、耐えられなくなって凶暴と破壊に走る。歴史はその繰り返しだ。

「落ち着く先は、きわめて常識的な世界ですね」

「そう。その常識を再認識して実行に移すことが華厳思想の柱になる」

肩すかしを食らったような気がした。あまりにあっけない幕切れだ。しかし、言うところに毫《ごう》も間違いはなかった。定恵も納得するしかなかった。

しかし、この行うに難い常識の実践と厳しい修行生活はどこでどう繋がっているのか、定恵には大きな謎だった。

義湘法師に会ったことは高佑と雪梅しか知らないはずだったが、いつの間にか劉建任が嗅ぎつけて探りを入れてきた。

暮れも押しつまった十二月の末だった。義湘法師に会ってから十日も経っていない。

「新羅僧の義湘和尚に会ったそうですね」

「誰から聞いた？」

「それは、まあ……」

建任は言葉を濁した。おおかた鄭高佑からだろう。知られて困るような相手とは思えないのに、なぜ明言しないのか不思議だった。

「義湘和尚は噂どおり立派な方だ」

「しかし、新羅の学問僧だ」

「新羅だろうと唐国だろうと、偉い人は偉い」

「それはそうですが、自分の立場も考えないといけません」

「どういうことだ」

説教じみた口調になるのはこの男の癖だが、義湘法師に絡んでわざわざこんな忠告をするのが理解できなかった。

「ご存知のとおり海東は百済が滅びて新羅が南韓を統一しました」

「それが、どうかしたか」

定恵もつい挑戦的になった。

「新羅に反発する百済人が大勢倭国に亡命しました」

「そういうこともあるだろう。昔から百済と倭国は仲がよかった」

「しかし、今度の亡命は政治的な意図が隠されているような気がしてなりません」

「またぞろ百済の再興かね」

「いえ、それはもうないと思いますが……」

建任は下を向いて、ひと呼吸置いた。何か迷っているふうだ。

「ただ、百済の遺民たちは倭国に働きかけて、唐国に敵対行動をとるように仕向ける恐れがあります」

「ははあ、百済を滅ぼしたのは新羅ではなく、唐だということか」

「そうです。新羅憎しが高じて唐国憎しに変じています」

「しかし、百済の遺臣たちがそそのかしても、倭国は動くまい。白村江ではさんざんな目に遭っているし

「……」

「だからこそ憎しみを煽り立てようとしているのです」

「亡命百済人たちは本気で唐国と戦う気があるのかね」

「それは分かりません。が、当面、亡国の責任を唐国の仕業に帰して、その苦衷を倭国に理解してほしいと念じていることは確かです」

「倭国も困惑しているのではないか」

「私の得た情報では、倭国は唐軍の侵攻を最も恐れています」

「それは前にも聞いた」

「闘いを挑む力は今の倭国にはありません。軍事的な劣勢は目に見えています。唐国を懐柔して、何とか侵攻を食い止めたいというのが本音だと思います」

「そのとおりだ」

「しかし、百済人の怒りは収まりません。亡命先の倭国で、新羅や唐国と関係のあった者を暗殺しようと企んでいます」

「それは穏やかではない」

「私は貴殿の身を案じているのです。この後、倭国に帰られてから、百済人に殺される危険があるのではないか、と」

「私が？」

あまりに現実離れした妄想だった。百済人に恨まれる筋合いはない。

「貴殿はどういうわけか新羅人と親しくなる性癖があります。義蔵和尚といい、今度の義湘和尚といい……」

そうか。ここで義湘と関係してくるのか。

やっと定恵は建任の意図が読み取れた。義湘に深入りすると義蔵の轍《てつ》を踏みますよ、と忠告しているのだ。今度は貴殿自身も安泰ではいられない、命を落とすことになりかねませんよ、と。

「いや、参った。そこまで心配してくれているとは」

定恵は高らかに笑った。

「笑っている場合ではありません。亡命百済人の密偵が暗躍していることが、最近知れました」

「密偵？」

「そうです。すでに亡国の輩《ともがら》であってみれば間諜という言葉は使えません。有力者の意を受けた私的な密偵ですよ」

「この長安にか？」

「そうです。ひそかに貴殿の動静を探っています」

定恵の眉がぴくりと動いた。

「私を殺して、どうなる？」

「倭国の実力者の御曹司であることを見抜いています。御坊が執政である中大兄皇子を動かす内臣《うちおみ》中臣鎌足の嫡子であることを」

「ちょ、ちょっと待て。その私を殺して……」

「殺すのではありません。拉致して人質に取り、倭国の朝廷を思うままに操ろうという魂胆です」

「唐国との開戦か」

「そうです。百済滅亡の恨みを晴らそうというわけです」

「それは無理だ」

「無理なことはありません。貴殿を誘拐することなど、たやすいことです」

「いや、そうではない。私が言っているのは倭国が対唐戦争に踏み切る件だ。脅されてもすかされても、倭国には唐国と戦う気はない」

断言したものの、定恵の後頭部から得体の知れない靄《もや》のようなものが立ち昇ってきた。それがとらえどころのない不安の塊りとなって脳髄で凝固する。

安心はできない。どうやら事態は変化しつつあるようだ、と定恵も感じ始めた。

「それは貴殿の一方的な解釈かもしれませんよ。事態は動いています。現に、唐国は倭国進駐の準備と思われる動きを見せ始めています」

「倭国進駐？　闘いをする前から？」

「ええ。白村江で倭軍を破ってから、唐国は倭国を征服した気でいます。旧百済領地と同じように倭国にも都督府を置こうとしています」

定恵は耳を疑った。

「筑紫に都督府を置いて、飛鳥に傀儡政権をつくろうという魂胆です」

筑紫に都督府？

なるほど、倭国の前線基地は筑紫だ。筑紫の大宰府は倭国の外交政策を一身に担っている。その勢威はかつて中央政府も制御できないほど強大だったと聞いている。天皇家とは別の豪族が支配する一つの王国だったという説もある。が、〈乙巳の変〉を経て中大兄皇子が執政となってからは完全に大和朝廷の統制下に入ったはずだ。さもなければ斉明天皇の筑紫下向もありえなかった。

しかし、蘇我日向のこともある。左遷されたはずの日向が大宰府を梃入《てこい》れし、強大な権限を持つ役所に作り変えた。大宰府を中心とした筑紫地方にかつての独立王国を再現しようとしたのではないかとも言われている。中大兄側からすれば危険この上ない試みだ。

今度の百済出兵では、外交を大宰府に任せきりにしていた禍根を取り除くべく、中大兄皇子自らが筑紫に乗り込んで陣頭指揮をとった。にもかかわらず、白村江で惨めな敗北を喫した。その隙を狙って唐軍が筑紫に押し寄せて来てもおかしくはない。

おのれの楽観を改めざるをえないようだ、と定恵は思った。

「唐国は倭国の責任を追及するつもりなのです。対百済戦では唐国も多大な犠牲を払った。倭軍の参戦はこれに拍車をかけた。勝ったからといって、倭国をこのまま放置しておくわけにはいかない。倭国の領土が欲しいわけではない。唐国の面子が許さないのです」

また面子か、と定恵はうんざりした。建任が唐人であることをいやが上にも意識させられる。面子という言葉を発する時の建任は、そこに国家的な威厳を持たせるが、実は建任自身の面子ではないのかと反論したくなる。

「倭国も脅えています」

じろりと定恵を一瞥した。

「筑紫を中心に防塁を築いて海からの侵入に備えようとしています」

定恵は黙って聞いていた。倭国の情勢は唐国の官人である建任の方がはるかに詳しい。自らの祖国だというのに、定恵にとって倭国は遠く隔たった外国と同じだった。

それより、倭国が外敵の侵入を阻む準備を始めたとなると、これは本格的な戦争の予兆ではないか。唐軍と戦っても負けるに決まっている。倭国は百済の二の舞いを演じるのではないか。

「闇にうごめく百済人とは別に、唐国は唐国で貴殿を利用するかもしれない」

聞き捨てならない言葉だ。

「それはどういうことだ」

「貴殿を帰国させずにあえて唐国にとどめておく。その方が筑紫を占領しやすくなる」

「ちょ、ちょっと待て。私はすでに質《しち》の身ではないはずだ」

声が上ずった。

「それはそうです。が、依然として唐朝の管理下にあります。何をしても自由ですが、勝手に国外に出ることはできないことは前にもお知らせしたとおりです。唐朝はここへ来て改めて貴殿が役に立ちそうな存在だと認識し始めたのです」

この畏《かしこ》まった物言いは何だ。慇懃無礼《いんぎんぶれい》もいいところだ。

「私をまた人質として使う気か」

「いったんは手放したものの、失ったものの価値に改めて気付いたというわけです。これは唐朝の誤算でした」

どこまで人を小馬鹿にするつもりか、と定恵は切歯扼腕《せっしやくわん》した。顔は赤く膨れ、こめかみがぴくぴく震えている。

「私はどうしても帰国したいというわけではない」

思わず口を突いて出た言葉に、定恵自身が愕然《がくぜん》とした。

やせ我慢か？

雪梅の姿が脳裏にちらついた。浮かんでは消え、消えては浮かび、影絵のように揺れている。

俺は雪梅をあきらめ切れないのか。雪梅のために唐国にとどまりたいのか。

定恵の頭は混乱した。黒い塊りが一挙に押し寄せてきて脳髄を掻き回す。思わず両腕で頭を覆った。

「どうかしましたか」

建任がいぶかしげに見つめる。

「いや、何でもない。おぬしの剣幕に圧倒されただけだ」

「私はただ事実をお知らせしただけです。私見はいっさい入っていません」

建任の落ち着き払った態度が癪に障る。妬ましくなる。

質の身を解かれてからも、劉建任は依然として定恵お付きの唐朝官吏だった。以前ほど頻繁には姿を現さなくなったものの、要所要所ではきちんと報告や伝達を欠かさない。自らの意思というより唐室の意向を受けてのことだと定恵は判断した。

が、この定恵再人質の話はどう見ても秘密に属する事柄だ。国家機密である。それをわざわざ知らせるというのは建任個人の善意から出た行為と思わざるをえない。事実しか述べていないというのは正しいだろうが、言うべきでない事実も口にしている。不用意からではなく、あくまで俺に対する好意からとなると、腹を立てるわけにもいかない。

「海東が一段落したというのに、また新たな戦争か」

定恵は嘆いた。

「しかも、今度の戦争は倭国が相手だ」

「その前に高句麗との戦いが始まるかもしれませんよ」

「そうだった、高句麗がいた」

倭国が前面に出てきて、うっかり高句麗のことを失念していた。

「唐国にとっては倭国より高句麗の方がはるかに手強い相手です」

また憎らしいことを言う。

「それはそうだろう。煬帝も煮え湯を飲まされて、そのために隋は滅んだ。長年の宿敵だからね、唐国にとっては」

「しかし、当面はうかつには手を出せません、淵蓋蘇《えんがいそ》文《ぶん》がいるうちは」

「その分、倭国への風当たりは強くなりそうだな」

建任の目が意地悪く光った。それだけ分かっていれば言うことはない、と安心したような目だ。

「高佑殿は路頭に迷っているようですね」

突然、建任が思い出したようにつぶやいた。

定恵はおやっと思った。路頭に迷っているのは、この俺なのに、ここで高佑が出てくるのはなぜなのか。

「大事な孫娘が新羅僧に夢中になって……」

ああ、そのことか、と定恵はむしろほっとした。

高佑にとっては、海東における倭軍の敗北で雪梅の父親探しが挫折したことの方が重要なはずだ。が、実際に気にかけているのは孫娘の義湘への恋着となると、高佑の本心はいったいどこにあるのか。

俺にとっても、雪梅が義湘法師に恋い焦がれている方がよほど気にかかる。悩ましい痛恨事だ。雪梅を手放したくない。坊主としては戒を破ることになるが、欲念を抑えることはできない。

幸い、雪梅に対する俺の想いは建任には見透かされていないようだ。嫉妬の感情をあからさまに出すことは避けよう。

「初めに言ったろう、その新羅僧は立派な方だ、と。何も心配することはない」

「しかし、新羅僧は間諜を兼ねる者が多い」

「はははは」

思わず定恵は笑い出した。

少しも分かっていないようだ。建任の危惧は政事の枠を出ていない。これはこれで立派な役人気質だ。しかし、僧侶はみな間諜だと言わんばかりの浅慮にも困ったものだ。

「義湘和尚は違う。義湘和尚は純粋な修行僧だ。俗事にはいっさい背を向けていらっしゃる」

半信半疑というより、軽蔑したような目で建任は定恵をねめ回した。

「そうですか。お会いしたのなら、間違いないでしょう」

突き放すように言って、そっぽを向いた。

やれやれ、と定恵は呆れながらも安堵のため息をついた。

建任に愛想をつかされれば、こちらはかえって安泰でいられる。雪梅への恋着を建任に知られるのはまずい。建任とはあくまで公的な付き合いにとどめておきたい。たとえ建任の方で私的な好意を振りかざしてきても。

蓋《ふた》をするような言い方で建任を追いやったが、雪梅に関しては定恵も闇の中だった。今後どうなるのか、どうすべきなのか、何らの目算もなかった。義湘を恨む気持ちはない。尊敬すら感じる。雪梅を奪った男という妬ましさはもう消えていた。ただ、雪梅がいとしいだけである。失うにはあまりに惜しい存在である。

誰が何と言おうと、雪梅は定恵にとっては最初の、そして、たった一人の女性《にょしょう》だった。

第七章　さらば長安

　唐朝が倭国成敗の策動に乗り出したという知らせが定恵の耳に入ってきたのは、年が明けた麟徳《りんとく》元年(六六四)の新春だった。

　龍朔から麟徳に元号が改まったこの年の元宵節は、例年にも増して華やかだった。前年、白村江で倭軍の水軍を打ち破り、百済の残党を潰滅させた戦勝の余韻がこの祭りを一層盛り上げているようだった。五日間にわたって長安の街は官民一体の乱痴気騒ぎに明け暮れた。夜間も坊門は開け放たれたままで、歌舞の音曲が街区の隅々にまでこだました。

　狂宴が終わろうとする十七日の午後、定恵は来客の知らせを受けて僧坊から客殿に出向いた。半月続いた新年の法会がようやく終わり、ほっと胸を撫で下ろしていた時だったので、この突然の呼び出しは定恵を不機嫌にした。そうでなくても昨秋以来、定恵の心は安定を欠き、躁と鬱とを繰り返していた。

　客殿に一歩足を踏み入れた時、定恵ははっとした。倭国から使節が来ている。何事かと胸が引きつった。が、次の瞬間、それが錯覚であることを知った。使節と見誤った人物は倭国の官服を身にまとった叡観だった。

　定恵は怪訝《けげん》な顔で叡観と対座した。

「今日は倭国の官人としてお目にかかるつもりで参った」

　傲然とした態度が事の異常さを物語っていた。

「はて、いかなる用件で……？」

　努めて冷静を装って、定恵は挨拶を返した。

「そなたを帰国させる話が進んでいる」

「帰国？」

「そう。いよいよ倭国へ送還だ」

「送還？」

　質《しち》の身分はとうに解かれている。今さら送還とは何事か。侮辱している。俺の運命は自分で決することができるはずだ。

「唐朝はいよいよ倭国への締め付けを強化してきた」

「白村江の懲罰か？」

「それもある。が、唐朝としては倭国を懐柔せねば新羅を支配下に置けないと判断した模様だ」

「懐柔するには私を送還するに如《し》かずというわけか」

「さすがにお察しが早い」

叡観は舌なめずりするように茶をすすった。

「しかし、私はすでに質の身ではないはずだ」

「いや、それは早とちりというもの。百済の義慈王を捕らえた時点でいったんは解放されたが、白村江の戦闘で再び質の身に戻された」

同じようなことを劉建任も言っていた。行動の自由はあるが国外へは出られない、と。

「私を送還すれば、本当に倭国は服属すると唐朝は思っているのか」

「そこが問題なのさ。送還するかしないか、これから唐国は慎重に見極めるだろう」

「それなら、送還が決まったとはいえない」

「そのとおりだ。が、さし当たっては倭国の鼻先にそなたをぶらさげて、唐国としては送還する意思があることをはっきり示す必要がある」

何とえげつない言い方だ。人をばかにしている。まるで俺を牛馬のように扱っている。

「いずれにしても、近いうちに送還に向けて動き出すことは間違いない」

叡観はにんまりとほほえんでみせた。手の内はお前には見せられないが、この際は黙って従うことだ、とその目が暗に忠告していた。

「唐国は筑紫を都督支配しようとしている」

「筑紫に唐の都督府を置くつもりか」

「そう。それがだめなら、少なくとも唐軍の駐留は認めよと迫ってくるだろう」

軍を駐留させるとは占領支配するということだ。ただ事ではない。倭国が承知するはずがない。

「本当にそこまで考えているのか」

「確かな筋からの情報だ。こう見えても、わしは倭国の亡命官人だからね」

それでわざわざ倭国の官服姿で登場というわけか。

やれやれ、と定恵はため息をついた。

「劉建任のような小役人とは違う六部の高官から入手した話だ。それによると、まず百済総督が部下を倭国の朝廷に派遣する。それでも話が進まなければ長安から正式な使節を送って説得する」

旧百済領地が唐軍の都督支配を受けていることは定恵も知っている。新羅は強く反発しているが、唐朝は意に介さない。当面は共通の敵である高句麗に向けて両国は手を結ばざるをえないが、高句麗征討が成ればいずれ唐国は新羅と敵対するだろう。

「なぜこの時期に倭国に手を伸ばそうとするのか」

「去年の白村江での暴挙が引き金になっている。が、真の狙いは対高句麗戦にある。倭国が高句麗と内通していることは周知の事実だ。高句麗を討つときに倭国に背後を突かれることを唐国は一番恐れている」

「倭国にそれほどの力があるとは思えないが……」

買いかぶりもいいところだ、と定恵は思った。それだけの力があれば、白村江で負けてはいなかったろう。

それとも白村江の敗北に懲りて倭国は急に軍事力の強化に乗り出したのか。筑紫の沿岸に防塁を築き始めたとは聞いているが、あくまで防御的な措置にすぎまい。海を渡って他国に攻め入る余裕など倭国にあるはずがない。

「唐朝も執拗だね」

定恵は呆れ顔だった。

「今が千載一遇の好機と考えている。思い通りに事が運んで、唐朝の関心は一直線に高句麗に向かっている」

「倭国はとばっちりを受けているようなものだ」

「そこで、このわしの出番というわけだ」

「どういうことだ」

「唐朝のある筋が、わしに秘密の任務を託した」

「ある筋？」

「うーん。これは明かせない。正式な手順に則った外交交渉とは別に、裏取引で目的を達しようとする一団が現れた。これには唐室内部の権力争いが絡んでいるがね」

「それで、使節団に先駆けてこっそり倭国へ行く……」

「そういうことだ。亡命の身には打ってつけの仕事というわけさ」

どうやら叡観は唐室内の反主流派と結び付きがあるらしい。それだけ深く唐室内に食い込んでいるということだろう。

それにしても、わざわざ秘密の任務を俺に打ち明けに来るとは、どういう心づもりか。

「どんな任務だ」

「そなたの送還が倭国の朝廷にどういう影響を与えるかを見極めることだ」

「私を帰さないこともありえるということか」

「そう。結果次第ではね。そなたは倭国では微妙な立場にある」

例の出自の秘密が絡んでいるな、と定恵は直感した。俺を唐国にとどめておく方が倭国の朝廷は喜ぶという可能性もある……。

冬だというのに、定恵の首筋に冷たい汗が沁み出てきた。

倭国の朝廷は叡観を信用するだろうか。外交交渉に秘密は付き物とはいえ、相手は唐国に亡命した旧倭国官人である。裏切られる恐れを覚悟した上で会談に臨まなければならない。正式な使節が追って来るとなれば、これは二重外交だ。こちらとも辻褄《つじつま》合わせの工作が必要になる。

もしかすると叡観は朝廷とは接触せず、隠密行動で朝廷の意向を探ろうとしているのかもしれない。叡観の素姓からいえば、こちらの方がふさわしい気がする。

「驚くのも無理はない。が、唐朝にも事情がある。使節団は真正面から筑紫都督の設置を要求するだろう。その代わり、定恵殿はすぐにお返しする、と。しかし、こんな正攻法が通用するほど倭国の朝廷は単純ではない。交渉は行き詰まる。そこで、このわしが助け舟を出して、搦《から》め手《て》から攻めるというわけさ」

「搦め手？」

「そうよ。倭国の弱みを突いて、唐国の要求を認めさせるのだ」

「倭国の弱み……」

「そう。お前さんだよ。天皇の血筋を受けたお前さんだよ」

やはり、と思った。が、今度は驚かなかった。想像したとおりだ。

ひょっとすると、唐室内にも倭国朝廷の内部に通じた人物がいるのではないか。いくら叡観でも唐室に密告をするほど落ちぶれているとは思えない。逆に、唐室を手玉に取ってほくそえんでいるようなところがある。

質《しち》であるからには、事態が収拾すれば帰国させるのは当然の義務だ。それどころか帰せば恩寵を垂れることになる。外交上は立派に礼を尽くしたことになる。

それなのに倭国は俺の帰国を望んでいない。それを断るには何らかの譲歩が必要だ。筑紫駐留を認めるから定恵は帰さないでほしい――こう出るつもりだろうか。

以前、劉建任は、俺の帰還と引き換えに、唐朝は筑紫への都督府設置を認めさせようとしていると言った。しかし、これは倭国がこの俺の帰還を望んでいるという前提に立った上での話だ。建任は俺が倭国では疎まれていることを知らないようだ。建任は唐朝内の表《おもて》の情報にしか通じていない。

いったい、どちらが本当なのか。叡観が倭国の旧官人であるだけに、こちらの方がはるかに正鵠《せいこく》を射ているような気がする。

「私を帰国させないという算段か」

にらむような目を叡観にぶつけた。

「さよう。そうなる可能性が大きい。そなたは目下の倭唐関係では外交の切り札となる」

「ひどい。あんまりだ」

力んでみたものの怒りはすぐにしぼみ、悄然としたつぶやきに変わった。

叡観が狡猾な男であることは重々承知している。が、この期《ご》に及んで、なおかつこのような脅しをかけてこようとは……。

人非人だ！

鬼だ！

定恵は激しく身悶えした。ぶるぶると肩を震わせ、叡観に襲いかからんばかりに椅子から立ち上がった。

「まあまあ、そう興奮しなさんな。まだ話は終わっていない」

身じろぎもせず、目だけ爛々と光らせて、叡観はゆったりと制した。

「そちの腹の内はとうに分かっている。どこまで私を苦しめれば気がすむのか」

吐き捨てるように言って、定恵は再び椅子に尻を落とした。

「そなたを苦しめない方法がひとつだけある。雪梅殿を連れて新羅に逃げてほしい」

ぐっと異物でも喉に押し込まれたように、定恵は息が苦しくなった。

茫然と叡観を見つめる。

前後の脈絡がない。

これはいったいどうしたことか。

「察しがつかぬと見えるな。では、説明して進ぜよう」

小馬鹿にしたような笑いが口もとを這っている。

「鄭高佑殿の孫娘が新羅僧に首ったけという話はご存知でしょうな」

声までが薄気味悪い色合いを帯びてきた。凌辱されたような痛苦が定恵の胸奥を走った。

「高佑殿は参っている。何とかして孫娘を救いたい。それにはそなたの力を借りるほかないと思っている。雪梅殿を拉致して新羅に逃げてほしいのだ」

「なぜ新羅なのだ」

「倭国ではそなたの命が危ない。理由はお分かりですな。さりとて唐国では雪梅殿の気持ちは変わらない。あの義湘法師をとことん追いかけるだろう」

「それを振り切って、どうやって雪梅殿を……？」

「ふふふふ」

押し殺したような笑いが叡観の口から漏れた。

「女性《にょしょう》の心が分っておらんな、そなたは」

そう言って、今度はからからと笑った。

定恵は呆気にとられて相手を見つめた。

「雪梅殿は今でもそなたを恋うておる」

「それは違う。愛想を尽かした、とはっきり本人から宣告された」

「雪梅殿は勘違いしているのだ。義湘法師に対する想いとそなたへの思慕は別ものだ。そなたに対する想いは男を恋い慕う女の本能的なものだ。義湘法師への想いは信心から来た崇敬の念だ。その違いに自分では気付いていない」

「しかし、高佑殿は雪梅殿は義湘法師に惚れこんでいると言っていた」

「高佑殿も動顛《どうてん》していたからな。そんな言葉で鬱憤を晴らすしかなかったということよ」

叡観はいなすように言って、薄ら笑いを浮かべた。

定恵はにわかには信じられなかった。高佑によれば、義湘法師は「淫欲を捨てよ」と雪梅に説教したという。自分への敬慕は女という生身《なまみ》が男に抱く醜い欲望の一種だと喝破《かっぱ》した。

しかし、叡観の言い分を聞いて、定恵の心中には迷いが生じた。義湘法師は雪梅を正しく導くために、あえて「淫欲」という言葉を使ったのではないか。崇敬が愛欲に転じないようあらかじめ伏線を張ったのではないか。

義湘法師は女人を信用していない。女は仏道修行には妨げになると考えている。それで淫欲の一語で雪梅を退けたのではないか。

「雪梅殿は新羅に父親の骨を拾いに行きたいと言っていた」

ふと思い出したことを口にした。

叡観はぎょろりと目を剝いた。肩の辺りが小さく痙攣《けいれん》した。定恵を見つめる目が次第に焦点を失っていく。

「そうか。――そうだったか」

自らを納得させるように何度もうなずいた。

敵に塩を送ってしまったかと定恵は狼狽した。あの言葉が雪梅の本心だったかどうかは分からない。分からないのに不用意に口に出してしまった。

「それなら、かえって好都合。そなたはお供として同行すればいいわけだ」

果たせるかな、叡観は勝ち誇ったように大きく息を吸った。声の調子も一段と跳ね上がった。雪梅は拉致するまでもない、ちょっと声をかければすぐに新羅へ飛んで行く、とその目は語っていた。

「わしはそなたら二人を新羅に送り届けてから、単身倭国へ渡る」

「雪梅殿の父親探しはどうなるのか」

「知ってのとおり、張穆明《ちょうぼくめい》殿はもう生きてはいまい」

ちょっと黙り込んだのは、穆明追悼の気持ちの表れか。

「しかし、調べてみる必要はあるはずだ。娘の雪梅殿とすれば何もしないわけにはいかないだろう」

抗うように定恵は言った。

「調べるなら倭国の方が先だ。生きているか死んでいるかは筑紫の志賀島に行って阿曇《あずみ》氏に尋ねてみるのが一番手っ取り早い」

「もし、帰国していなければ……」

「そう、新羅で死んだのだ。まさか生きて新羅で暮らしているとは思えない」

「それはそうかもしれないが……」

歯切れが悪くなったのは、穆明が倭国へ行ったのも同じく父親を探すためだったと気付いたからだ。同じ運命を娘の雪梅もたどることになる。親子二代の異国での父親探し――こんなことが実際にありえるのだろうか。

「穆明殿は果たして倭国でお父さんに会えたのだろうか」

「そんなことはどうでもいい。いま大事なのは雪梅殿を新羅に連れ出すことだ」

叡観はすかさず定恵の言葉を跳ねつけた。

穆明に関して、叡観は何かを隠しているのではないかと定恵は邪推した。穆明に会ったのは叡観ただひとりである。穆明が父親を探して倭国へ迷い込んだことは叡観も知っているはずだ。しかし、なぜか穆明のことが話題になると叡観の口は重くなる。

「倭国へ行くには、いやでも筑紫を通らねばならない。穆明の消息は自然に耳に入ってくる」

「そうすると、新羅では私と雪梅殿は置いてけぼりということか」

「そなたらにとってはその方がいいだろうよ。若い男女の旅に妙な付き添いは要らない」

にやりと笑ったが、すぐに叡観の顔は引き締まった。

この時ばかりは叡観の官服姿がよく似合った。いつもの薄汚れた僧服姿の叡観とは違う。壮年氏族の気品のようなものが漂っている。やはり蘇我氏の血を引く由緒ある家柄の男だと、定恵は改めて叡観をつくづくと眺めた。

「そなたと雪梅殿にはしばらく新羅にとどまってもらう。新羅といっても百済の旧地に居を定めるから、倭人であるそなたは温かく迎えられるはずだ。旧都の熊《ゆう》津《しん》か泗《し》沘《ひ》辺りを考えている」

出まかせとは思えなかった。唐室の知り合いか鄭高佑の人脈をたどって事を進めるつもりなのだろう。亡命官人という立場が有利に働いて、叡観にはあちこちに手づるがあるようだ。

定恵は観念するしかなかった。

「実行はいつですか」

「暖かくなるのを待つ。といっても準備に時間も要る。四月ごろを考えている」

「あと三か月……」

「そのとおりだ。が、そなたは動かずともよし。すべてこのわしが事に当たる」

「世話になっている神泰師には事前に知らせておきたい」

「それも必要ない。劉建任から伝えさせる」

建任まで手玉にとっているのか、と定恵は空恐ろしくなった。なるほど建任は唐朝六部の官人とは言え、取るに足らない小役人だ。一方、叡観のもくろみは唐朝の有力な一派が内密に練った秘策で、国家の命運にかかわっている。建任など物の数ではあるまい。

「それにしても驚いたよ、御坊の策略には」

あえて「御坊」と呼んで敬意を表した。

定恵は何となくほっとしたところもあった。あまりに破天荒な申し出に警戒心が先に立ったが、話を聞いているうちに次第に前のめりになってきた。うまく丸め込まれたような気もするが、今の自分にとって悪い話ではない。

渡唐十年の節目を迎えていた。ここで一念発起しなければ飼い殺しの目に遭うという不安があった。蛇の生殺しのような状態にこれ以上は耐えられない。倭国への帰還が叶わないなら大唐で果ててもよい。また、新羅で新天地を踏み出すことも厭わない。とにかく今の中途半端な先の見えない生活だけはもう我慢ならなかった。

叡観の誘いはある意味では渡りに船だった。が、今までのいきさつからにわかに信じるわけにはいかない。この男の最終目標は大和の王朝を転覆させることにある。父鎌足が心服する中大兄皇子の抹殺にある。これまでの叡観は俺に決起を促し、反逆をそそのかすことに主眼を置いていた。が、ここに来て、叡観も柔軟になってきた。怨恨と復讐心は消えていないが、目的を達するには情勢の変化に適応すべしと作戦を変えたようだ。慎重に事を運ぼうとしている。

叡観の野望をわきまえた上で、利用できる点は大いに利用しよう。それが逼塞《ひっそく》状態から脱け出す最善の方法だと定恵も考えるようになった。

二月に入ったばかりの寒い日だった。定恵は突然、鄭高佑から招待を受けた。夕食をご馳走したいから来てくれという。

妙なこともあるものだ、と定恵は一瞬迷った。昼ならまだ分かる。僧侶は昼食を摂ったら、その日はもう食事をしない。一日二食である。僧侶に斎食《とき》を施すなら日中を選ぶ。それなのに、今度の話は日の暮れ方をわざわざ指定してきた。日没とともに坊門は閉じられる。これでは慧日寺にも帰れないではないかと定恵はしばらく思案に暮れた。

が、時刻が迫ってきて、定恵は決心した。ここでためらうようでは事は成就しない。これも叡観の仕掛けた罠のひとつだと自分に言い聞かせた。罠はすなわちあの新羅行である。しかも雪梅が一緒だ。高佑宅には雪梅が待っているはずだと思うと、不安は消し飛び、進んで罠に嵌まりに行きたくなった。

光徳坊にある高佑宅に着くと同時に城内に閉門を告げる太鼓の音が鳴り響いた。三度鳴ると完全に坊門は閉ざされる。運命を決する音だ、と定恵は思った。今夜は帰らない。いや帰れない。

顔なじみの家僕が門を開けに来た。

「冷えますな、もう二月だというのに」

愛想笑いを浮かべて家僕は定恵を門内に導いた。確かに寒い。春も半ばを迎えるというのに吹く風が冷たい。

「日はだいぶ長くなった」

暮れなずむ庭園を見渡しながら、定恵は家僕を思いやるように言葉を添えた。足元をかざす提灯を手にしていたが、まだ敷石の上は明るかった。植え込みの方から啓蟄《けいちつ》を知らせる花信風《かしんふう》に乗って桃の花の香りが漂ってくる。

屋敷に導かれて、客室に案内された。いつぞや叡観らと顔を合わせた部屋だ。あの時は高佑が突如晩餐を中止して追い返された。今日招かれたのはその詫びを兼ねているのではないかと思った。

あの日も雪梅と会えることをひそかに願っていたが、みごとに裏切られた。今日もまたそうなのではないか。誰もいない部屋を見回していると、出がけの気負いは消え失せて、不安が首筋から這い上ってくる。


やがて高佑が姿を見せた。意外なことに雪梅も一緒だ。祖父の身を案じるように、高佑の腰を支えながら登場した。

定恵の胸の鼓動が早くなった。

高佑を長椅子に座らせると、雪梅はその横にぴたりと寄り添った。定恵に視線を合わせようとはしない。怒っているようには見えない。不機嫌そうでもない。むしろ決然とした落ち着きに全身を包まれていた。

「ご苦労じゃった。わざわざお呼びして……」

高佑の声が弱々しい響きを伝えた。やはり老いが忍び寄っていると定恵はいたたまれない気持ちになった。

「いいえ、私の方こそお言葉に甘えて」

そう返したものの、動悸は一向に収まりそうもない。この調子だと一大決心を強いられそうだと不安がきざした。

「率直に言おう。すでに蘇日向殿から聞いておるとは思うが、今日限りでこの子を手放すことにした」

言い終わると、傍らの雪梅を突き放すように見た。

雪梅は「ううっ」とうめき声を上げた。高佑の手を取ると涙で濡れた頬にあてがい、すすり泣いた。

定恵は呆気にとられた。老い先短い祖父と秘蔵っ子の孫娘との永久《とわ》の別れ――芝居でも見ているようで現実感がない。

「どういうことでしょうか、これは」

これだけ言って、茫然と二人を見やった。

次の瞬間、さらに驚くべき事態が起こった。

雪梅が祖父のもとをさっと離れて、軽業師のように向かいの定恵のところに擦り寄ってきた。定恵が腰を下ろしているのは紫檀製のがっしりした一人用の肘掛け椅子だ。横に割り込む隙はない。

雪梅は床に膝を突いて定恵に上体を投げかけた。

「私は嘘を言っていました」

涙を流したまま訴えるように定恵の顔をのぞき込む。仰向けた白い面《おもて》に濡れた瞳が星のように瞬いている。

定恵の心は凍りついた。

どうしていいか分からない。

ゆっくりと両腕で雪梅の肩をつかんだ。抱き起こそうとしたが、雪梅の上体は張り付いたように動かない。抗うように頭を左右に振り、やおら定恵の首に両腕を巻き付けてきた。

座ったまま定恵は雪梅の腕に搦《から》め捕られた。前のめりになって抵抗する。が、雪梅の顔が大写しになって視野を塞いだ。目も鼻も頬も、雪梅の唇に占領された。

「私を連れて行ってください、新羅へ」

熱い吐息がその唇から漏れた。

返事をする間もあらばこそ、薄く濡れた頬を定恵の頬に押し付けるように重ねた。鼻先が雪梅の髪の毛に触れる。かぐわしい茉莉花《まつりか》の匂いがした。

定恵の両腕はいつの間にか伸び切った雪梅の背中に回っていた。

「新羅へ、新羅へ行こう」

このひと言で、やっと雪梅の呪縛から解き放たれた。気が付いてみると、高佑の姿が見当たらない。目の前の長椅子に雪梅がたった一人で座っている。

何時《なんどき》が過ぎたのだろう。異変が起きたのだ。夢か現《うつつ》か分からない。

これは仕組まれた罠だったのか。

「安心しました。もう嘘は言いません。私にとってはあなたさまが唯一の頼りです」

あなたさま？

こんなふうに雪梅から呼ばれるのは初めてだ。今までは「お坊さま」だった。

やはり奇跡が起こったのだ。幻影ではない。雪梅はとうとうこの俺に本心を吐露したというわけか。

椅子に端座した雪梅の姿はさながら弥陀の来迎に付き従う天女だった。

「おじいさんはどうします？　独り取り残されますよ」

「それは心配ご無用です。家僕も下婢もいます。私が父の最期を見届けないうちは死に切れないと祖父は言いました」

「張穆明さんですね。おじいさんにとっては実の子ではないのに」

「でも、私にとっては実の父親です」

「あなたのために自ら身を退《ひ》いたのですね」

高佑の苦衷が目に見えるようだった。幼いころからずっと慈しみ育てた孫娘を手放さねばならない。自分の年齢を考えると、それは死別を意味した。よくぞ決心したものだと感嘆しつつも定恵には素直に喜べないものがあった。

「祖父は私の父の失踪をずっと引け目に思っていました」

「引け目に？　誰に対してですか」

「私にです。父が祖父の実子でないことはご存知ですよね」

「ええ、それは。高昌国滅亡の時に出会った天涯孤独の若者だった、と」

「そうです。祖父にとって父は高昌国の形見同然の存在でした。そんな父に突然去られたとき、祖父は悟ったそうです。親を慕う気持ちは子を思う心より強い、と」

「何ということを……」

定恵は言葉を失った。

親と子の両方に恵まれた人間なら、それは逆のはずだ。親を犠牲にしてでも子の幸せを願うのが人間の本性ではないか。

高佑に実子はいない。血の繋がった肉親は親だけである。その親は母国とともに滅んだ。親を思う気持ちは穆明も変わりないはずだ。娘を授かっても親への思慕は断ち切れなかった、と高佑は判断したのだ。

出自が知りたいからだ、と定恵は思った。

自分はどこから来たのか。そして、どこへ行くのか。それを教えてくれる者は親しかいない。

そうか、そうだったのか。

　中臣鎌足は果たして俺の父親なのか。それとも不遇のうちに崩御した孝徳帝が本当の父なのか。

「あなたもお父さまのことでお悩みだと以前に聞かされました。私があなたを見限ろうとしたのは、あまりにあなたが不憫だったからです。あなたのお気持ちが痛いほど分かったからです。これ以上深い仲になれば二人とも身の破滅だと思ったからです」

「義湘和尚のことは……？」

「悩みを打ち明けただけです。私の相談相手でした」

「しかし、義湘和尚に弟子入りしたいとまで思い詰めた……」

「ええ。忘れるためです。あなたを忘れるためです」

　苦痛に似た大きなうねりが胸奥から押し寄せてきた。これは喜びなのだと強いて思おうとしたが、うねりは高く低く揺曳《ようえい》して定恵の喉を引き裂こうとしていた。

「あなたの信心はどうなったのですか。義湘和尚はあなたの道心に深い敬意を表していましたよ」

「私はもともと信心深い性質ですからお坊さんを見ると無条件に惹かれます。義湘さまにはこれまでお会いしたどんなお坊さまにもない清らかなものを感じました」

「私などとは比べものにならない清浄なお方です」

「でも、和尚さまは私の帰依する心を淫欲だとたしなめられました」

「あなたを侮辱したわけではありませんよ。自らの不動心が揺るぎかねないと警戒したからです」

「私は遠ざけられたのです。淫欲の塊りだと……」

　雪梅は瞬間、ぎゅっと眉を絞って定恵を見つめた。また両目が潤んできた。悲しみの涙なのか悔し涙なのか定恵には判別がつかなかった。

「義湘和尚の徳の高さは私も認めます。単なる学問僧ではない。衆生の救済のためには一身を投げ打つことのできる真の仏者です」

　黙ったまま、雪梅は涙を流し続けた。

　定恵は雪梅がまだ義湘法師を完全にはあきらめ切れていないと思った。意志と感情が分裂している。慕っているのはこの俺ではなく義湘法師だ。俺に就こうとしているのは彼女の心ではなく、意志の方だ。俺に従って新羅へ行こうとするのは思慕の情からではなく、父親を探さねばという義務感からだ。使命感のなせる業だ。

「後悔するかもしれない」

ぽつりと言った。

雪梅の目が大きく膨らんだ。雨粒のように涙が滴り落ちた。

「後悔はしません。私、もう決心しました。あなたに付いて新羅へ行きます。必要なら倭国へも行きます」

その言葉に嘘はなかったが、危ないものを感じた。それは自らの運命を予測できない定恵の不安を反映したものだった。

こうなったら二人で行ける所まで行くしかない、と定恵も腹を括った。

玄奘の遷化《せんげ》が伝えられたのはそれから間もなくだった。

息を引き取ったのは二月五日、玉華寺《ぎょくかじ》においてだった。玉華寺は太宗が築いた離宮だったが高宗の初めに廃されて仏寺になった。玄奘は晩年この玉華寺で『大般若経』の漢訳に打ち込んでいた。全六百巻を訳し終えたのは前年の十月、足かけ六年にわたる苛酷な訳業が玄奘の心身を困憊《こんぱい》させた。年末から体調の不良をしばしば訴え、死期の近いことを自ら口にするようになった。

高宗皇帝には九日に訃報が届いた。高宗は「朕《ちん》は国宝を失った」と慟哭《どうこく》した。遺体は遺言どおり草筵《くさのむしろ》の輿《こし》に乗せられて長安に運ばれ、慈恩寺の翻経院に安置された。数百人の弟子がこれを囲んで悲泣する声が日夜境内にこだました。葬儀は官給によるべしとの勅が下され、四月十四日、長安の東を流れる灌水《かんすい》の東岸、白鹿原《はくろくげん》に遺体は葬られた。見送った人百余万人、この中に定恵もいた。三万余人が墓前で夜を明かしたという。

玄奘の葬儀が終わって間もなく、定恵は明け方、布団が重く感じられて目が覚めた。いよいよ夏の到来かと思った。いつもより早く起き出し、連子窓を押し開けて外を見た。朝の光を受けて満開の牡丹が濡れたように鮮やかだった。今日は暑くなりそうだった。朝の食事を摂る前に庭に出て、境内を散歩した。朝寝坊の定恵には珍しいことだった。

朝食が終わって自室に戻ったところで、寺童から来客を告げられた。こんな早い時間に、と不審に思いながら客殿に出向いた。

何と劉建任が立っている。いつもなら遠慮会釈もなくまっすぐ定恵の僧坊にやって来るのに、いったいどうしたことか。

「お早うございます」

建任の言葉付きはいつもと変わらず丁寧だった。馴れ馴れしい口を利かないところがこの男の長所であり、欠点でもあった。下っ端役人とはいえ、唐朝官人の矜恃を崩してはならぬと自らに言い聞かせているのだろうか。それとも定恵の立場を慮ってのことか。

「ずいぶん早いお越しだ。何事かね」

定恵は腑に落ちぬ様子で尋ねた。

「部屋に行ってから、ゆっくりお話しします」

何をもったいぶっているのかと思いながらも、定恵は何となく胸騒ぎを覚えた。

部屋に落ち着いてからも、建任は椅子に座ったまましじっと動かない。見慣れた室内をゆっくり見回したり、定恵の挙措振る舞いを目で追ったりしている。部屋の一隅に水屋がある。茶の仕度をしている間も定恵は背後に建任の眼差しを感じていた。が、急《せ》いた心は手を動かすことで逆に落ち着いていった。

二つの茶碗を卓上に置いて、やれやれと対座したところで、

「実は御坊の帰国が決定しました」

建任が突然切り出した。

やはりそうか、と定恵は思った。

叡観が正月に来たとき、決行は四月頃に、と言っていた。あの時はこちらも興奮したが、日が経つにつれてどうでもよくなった。というより、半信半疑の気持ちの方が強くなった。雪梅との新羅行きはあくまで政事とは別の、叡観の一人芝居と高を括っていた。

しかし、いくら叡観でも質の身の定恵を勝手に国外に連れ出すことはできない。唐朝の外交処置に合わせて事を運ぶしかない。それがうまくいったということか。

「本当かね」

「間違いありません。が、すぐに倭国へ行くのではなく、しばらく百済の故地に滞在してもらいます」

建任はすまして茶碗を手に取った。

「百済の旧地は今は唐国の支配下にあります」

「都督が治めているようだな」

「そのとおりです。陛下は拘束していた百済の皇太子隆《りゅう》殿下を釈放して、新たに熊津《ゆうしん》の都督に任命しまし

た」

「隆殿下はまだ健在だったのか」

「こちらで王族待遇を受けておられました」

捕らえられて唐国に送還された義慈王は間もなく病死したと聞いたが、皇太子隆の消息については定恵は何も知らなかった。唐国で無事だったのだと思うと、なぜかほっとした。

「粋《いき》な計らいをするものだ」

「大唐帝国の慈悲ですよ」

そう言ってから、建任はにやりとした。

いつもの建任が戻ってきたなと思った。几帳面で礼儀正しいが、時たま皮肉を弄する。これも建任の持ち味のひとつである。

「将来の持ち駒として優遇温存していたということか」

定恵も負けずに皮肉を返したが、建任は肯定も否定もせず、先を続けた。

「貴殿の身柄は熊津都督が、というより、その上にいる唐軍総官が責任を持って預かります。半年か、長くても一年で倭国に帰還できると思います」

「なぜ百済に立ち寄るのか」

見当は付いていたが、探りを入れた。叡観が手を回したに違いない。白村江の後始末で、亡命倭人の叡観こと蘇日向は唐国にとっては手放せない存在になっているようだった。

「さあ、それは分かりません。倭国へ直行するより安全なのかもしれません。百済は完全に唐の支配下に入りましたから」

「新羅ではなく、唐の支配下か」

ついいやみを口走った。が、建任は逆らわずに、ただ苦笑しているだけだ。

「ほかに同行者は？」

「若い女性《にょしょう》が一人……」

建任は意味ありげに定恵を見た。含み笑いをしているが、目は笑っていない。

「鄭高佑のお孫さん……？」

「そう。雪梅殿です」

筋書きどおりだ。叡観のほくそえむ姿が目に浮かぶようだった。

しかし、雪梅……。

定恵の胸にいとおしさが潮のように押し寄せてきた。喜んでいいはずなのに、どこか疼くような悲しみ

「口ではね。しかし、本心は別でしょう。誰が好んでこんな決断を下すでしょうか」

「やめろといいたいのか」

尖った目が建任に向けられた。

「いえ、もう決まったことです。とやかく言っても仕方ありません。私が言いたいのは、貴殿に、貴殿に、立派に役目を果たしてほしいということ、ただそれだけです」

「役目……」

そう言いかけて、建任が急に俯いて鼻を啜《すす》っていることに気付いた。

どういうことだ？

眉を寄せて眼前の建任のしぐさに見入った。泣いているのではないか。

しかし、なぜ泣くのだ。何が悲しいのか。

しばらく沈黙が続いた。かすかな嗚咽だけが建任の喉から漏れていた。

ふと、この男は俺との別れを惜しんでいるのではないかと思った。長い付き合いだった。

こちらの方が、高佑一家への同情より痛切な思いを掻き立てているのではないか。


を含んでいる。これは何なのか。

「鄭高佑一家の決断は冗談ではなかったのですよ」

ぎょっとした。

建任は何もかも知っているのだ。唐室と叡観を引き合わせたのも建任かもしれない。しかも、今回の一件では、唐室内の上層部とも意を通じている。叡観の手下のように振る舞っている。叡観に買収されたのではないか。

しかし、気付かぬふうを装った方がいいだろうと定恵は判断した。建任との付き合いは、所詮、唐国の域を出ない。唐国を離れれば縁は切れる。

「そりゃあ、そうだろう。冗談半分でかわいい孫を異国に送り出す爺さんはいない」

「しかも、その爺さんはこのごろめっきり弱ってきている。本当なら慈しんできた孫娘に老後を見守ってほしいところなのに」

まるで俺が雪梅を拉致していくみたいだ、と定恵は不満だった。が、俺にも弱みがあることは確かだ。こちらから言い出したことではないが、孫娘を老人から略奪するに等しい所業であることには違いない。

「家僕や下婢がいるので心配は無用だと言っていた」

「玄奘三蔵も遷化されました」

ふと建任がつぶやいた。

「神泰和尚も気落ちして、急に老け込んだ」

「私も先ほどお会いしてそう感じました。長年お仕えして訳経に励んでおられましたから」

「高佑殿は、その後は？」

高齢のため葬儀には出られなかったと聞いている。一瞬、神泰師の気落ちした姿と重なった。

「やはり参っておられる様子です。一緒にあの世に行きたいと言って雪梅殿を困らせているとか」

言葉がなかった。特別な絆で結ばれた仲だ。その気持ちは痛いほど分かった。

玄奘は逝った。

高佑も逝くのか。

残される雪梅に身寄りはない。

そうか、高佑殿は玄奘法師の死だけでなく、おのれの死をも予感して、孫娘の雪梅をこの俺に託そうとしたのではないか。安心して死ぬために——。

「高佑殿は玄奘三蔵とは特別に親しかった」

建任は俯いたまま何度もうなずいた。

「二人を親密にしたのは単なる信仰だけではない」

建任がいぶかしげに定恵を見やった。

「高昌国の滅亡が絡んでいる」

「高昌国ですか」

間もなく唐国を離れる。しゃべってもいいだろうと定恵は思った。

「高佑殿が高昌国の出だということは、おぬしも知っていよう」

「ええ。彼の地で手広く商売をしていたとか」

「うん。商売も盛んだったが、仏教も栄えていた」

「噂には聞いております」

「仏国土だったと玄奘三蔵はおっしゃっていた。その国を唐軍が滅ぼした。玄奘三蔵は嘆いておられた、西域の浄土が失われた、と」

「高昌国滅亡は確かに唐国に咎《とが》があります。先帝の勇み足です」

そこまで言ってはいけない、と定恵は制するように右手を動かした。仮にも唐国の官人だ。もしもこの発言が公になったら重罪を免れない。死罪もありえる。

「領土拡張が皇帝の至上命令だという伝統がこの国にはあります」

建任は怯まない。この反骨も建任の持ち味の一つだった。日ごろ上司に膝を屈している下級官人の不満がこういう形で噴出するのかもしれない。相手が異国人だという安心感も手伝っているのだろう。

「私はいたずらに他国を侵し、異民族を苦しめるという政策には賛成しかねます」

黙っている定恵に向かって、建任は大胆に自分の考えを披瀝した。

「となると、唐国による海東支配にも反対か」

「ええ。全く必要性がない。ただ面子のためだけです」

「しからば、今度のわれわれの新羅行きにも、おぬしは反対ということか」

この「われわれ」には雪梅が含まれていたが、何の疑問もなく自然に口を突いて出た言葉だった。

「これは別ですよ。一つは貴殿を帰国させるため、もう一つは倭国を懲らしめるという正当な理由があります」

「なるほど。そうすると、倭国への侵出は領土目当てではなく、あくまで懲罰だ、と……」

「そのとおりです。唐国に弓を引く者を許すわけにはいきません。朝貢国として服従してくれればすぐに軍は引き揚げますよ」

ここには中華帝国の覇権主義が露骨に表れている、と定恵は思った。他国への侵略には反対でも、唐朝が世界の中心だという考えに変わりはない。

しかし、あえてそれを口にすることはしなかった。定恵にはこの先もまだ建任の世話になりそうだという予感があった。いたずらに刺激するのはよそう。

「ところで、出発はいつだ」

「旬日中には立つことになるでしょう。それなりの準備はできているとは思いますが、くれぐれも心残りのないように」

準備といっても、定恵にはこれといった荷物はなかった。学問僧として入唐したからには珍しい経典のいくつかを持ち帰るのが使命だったが、自らが質《しち》であることを知ってから学問は放擲《ほうてき》してしまった。少しだけ首を突っ込んだ「摂大乗論《しょうだいじょうろん》」の教えも、集大成したものを道昭が持ち帰っている。今さら自分の出番はなかった。

ただ、義湘法師が熱中している華厳教学には興味を引かれたが、それを体系付けて紹介する力は自分にはない。それどころか経典の『大方広仏華厳経《だいほうこうぶつけごんきょう》』さえまだ目を通していない。華厳経学が倭国でどう迎えられるのかも未知数だった。

「雪梅殿の方は心配ご無用です。こちらですべて手配します。貴殿はご自分のことだけに専念してください。出発日が決まったらすぐにお知らせします」

「分かった。よろしく頼む」

そうは言ったものの、何か割り切れないものが残る。帰国という一点に絞ればめでたいことに違いはないが、まっすぐ倭国に帰れるわけではない。雪梅という荷物を背負って百済の故地に滞在しなければならない。しかも、雪梅には父親の消息を尋ねるという大任がある。

叡観が同道するのも気が重い。しかし、叡観がいなければ百済でも路頭に迷って、とても穆明に行き当ることはできないだろう。

とにかく神泰師にだけは事の次第を報告して丁重に礼を述べなければならない。慧日寺の朋輩にも挨拶は欠かせない。それを思うと、気が逸《はや》るどころか、逆に心が重く沈んでいった。

四月二十三日、早朝に建任が迎えに来た。初夏の暁闇は短い。起き出した時はまだ薄暗かったが、たちまち朝日が顔をのぞかせて、寺を出る時はもう陽射しが濃い陰を地上に刻んでいた。

「荷物はそれだけですか」

僧坊から出てきた定恵を、建任は呆れたと言わんばかりの顔で見た。

確かに少なかった。着替えの衣類と日用品を詰めた丈夫な麻袋が一つだけだった。唐服に着替えたのは還俗したしるしだった。雪梅が同行する。僧形では目立ちすぎた。これまで着ていた僧衣は捨てるに忍びず、袋の中に入れた。

ふと見ると、仏殿の前に神泰師と寺の者一同が整列している。いつも走り使いをしてくれた寺童が目に涙を浮かべている。

「世話になったな。よく働いてくれた」

小さな肩に手を置いて顔をのぞき込むと、こらえきれずに大声で泣き出した。なだめる術もなく、そのまま中央に立つ神泰師の前に進んだ。

「不肖の弟子でした」

今度は定恵が落涙した。頽《くずお》れるように跪《ひざまず》き、神泰師の衣を指先でつまんだ。

「何を……何を……」

目をしょぼつかせながら、神泰師は腰を屈めて定恵の肩に両手を置いた。

玄奘の遷化がこたえているようだった。

「ご自愛なさってください。ご長寿をお祈りしております」

袖に取りすがって別れの挨拶をする定恵の声も途切れがちだった。ここで十代の大半を過ごした。ここで大人になったと言っても過言ではない。幾多の場面が走馬灯のように定恵の脳裏を駆け抜けた。中でも義蔵との出会いが激しい痛みを伴って思い出された。

「何もしてやれなかった。還俗はわしの落ち度じゃった」

「何をおっしゃいますか。自ら望んでしたことです。私には僧侶は不向きでした。申し訳ありません」

見ると、神泰師の頰もうっすらと濡れていた。

建任が出発を促した。この男の冷静さはこの期に及んでも変わらない。

建任は登州まで同道することになっていた。唐朝の関係者はあとは兵部に属する役人が二名付き添うことになっている。礼部の建任は外交を司る。この人選から見ると、定恵の帰国は一応外交儀礼に叶ったものだった。が、それも登州までで、そこから先は百済の故地を治める都督府の武官が身柄を引き取るという。この時点で、定恵は唐朝から釈放されることになる。都督府の武官はわざわざ海を越えて登州まで迎えに来るらしい。

官人以外では、やはり叡観が一緒だとあらかじめ知らされていた。叡観は危ない橋を渡ることをあえて望んだという。「蘇日向」として、叡観は唐室でも一目置かれているようだった。今後の倭唐関係の鍵を握る人物と見られていたのだろう。

定恵は慧日寺で涙の別れを済ませると、建任とあわただしく徒歩で高佑宅に向かった。そこで雪梅と叡観に合流することになっていた。

高佑が玄関先に姿を見せた時、定恵の胸に悪寒《おかん》が走った。頰はやつれ、肩ががっくり落ちて、足元もおぼつかない。死体が起き上がって来たのではないかと思った。両脇を雪梅と家僕がしっかり支えている。

「お迎えに上がりました」

定恵の呼びかけにも反応がなく、虚《うつ》けたように無表情な目を向けた。俺を認識できているのかと定恵は危ぶんだ。

「だいぶ気落ちしております」

雪梅が脇から言葉を添えた。

定恵はいたたまれなくなって、ひたすら詫びるように腰を落として高佑の腕を取った。が、高佑の目は虚ろなままだった。

「お加減でも悪いのでは？」

「いいえ。ただ耄碌《もうろく》しているだけです」

きりりとした口調で雪梅が応じた。

すでに雪梅も旅支度だった。掌まで隠れる臙脂《えんじ》の上着に、足首まで届く濃紺の筒型の褲子《クーズ》。どこか胡人の男装に近い。生地だけはさすがに薄手で、両胸の膨らみが定恵の目にまぶしかった。

叡観が奥から出て来た。早めに着いて上がり込んでいたらしい。

「ご苦労でござる。いよいよ決戦の時が参った」

「決戦？」

妙なことを言う、と定恵は叡観をにらんだ。

「人生は常住《じょうじゅう》坐《ざ》臥《が》、戦《いくさ》のようなものだ。今日は天下分け目の一大決戦に挑む出陣式というわけさ」

何を馬鹿な、と定恵は舌打ちしたが、言われてみればそのとおりだった。俺も叡観もいのちが懸かっている。雪梅もある意味ではそうだ。一大転機を迎えたと言ってよい。まさか死ぬことはなかろうが、雪梅の決意には戦闘に臨む兵士以上の緊張が隠されていたろう。

その雪梅が意外とさっぱりしているのが不思議だった。悲しみを表さず、涙も見せない。

高佑を家僕と下婢に預けると、雪梅は大きな荷物を二つ、馬に積むよう命じた。別に乗馬用の馬が四頭。定恵、雪梅、叡観、それに建任用だ。しばらく馬の背に揺られて皇城の塀沿いに東行し、やがて正面の朱雀門から中に入って、すぐ左側にある鴻臚寺《こうろじ》に着いた。

鴻臚寺では鴻臚寺卿だけでなく、礼部尚書までが一行を待ち構えていた。異例なことだった。鴻臚寺は礼部の下部機関だ。礼部の長官がわざわざ鴻臚寺に出向くなど、ふつうはありえない。これは質《しち》を礼部の官衙《かんが》に来させまいとする陰謀ではないかと一瞬定恵は邪推した。が、その後に待っていた処置は定恵を感動させるに充分だった。

一行は鴻臚寺でいったん旅装を解いて、夕刻からの送宴に臨んだ。礼部尚書が皇帝の詔書を代読した。長年の労苦をねぎらい、唐朝への貢献を感謝する言葉が漏れ出た時、定恵は不覚にも涙がこぼれそうになった。儀礼だとは分かっていても、唐朝への畏敬の念が自然に湧き出てきた。

これで唐国ともお別れだ。十一年という歳月は決して短くはなかったが、倭国を遠く離れて大陸の帝都で十代を過ごせたのは幸運だった。倭国に帰れば、新たな苦難が待ち受けているが、敵対する倭唐関係を修復するには自分の存在は欠かせないはずだ。

青年の客気が知らず知らず定恵の血管を熱く満たしていた。

その夜は鴻臚寺の客館に泊まった。定恵はなかなか寝付けなかった。くさぐさの思い出がよみがえる。出会った人々や目にした光景が次々と浮かんでは消える。が、どんな風景にも、その背後に義蔵の姿が陰のように寄り添っている。義蔵は過去の人物ではなく、今も定恵とともに歩む畏敬すべき朋友だった。

思えば国家のあり方を教えてくれたのが義蔵だった。戦《いくさ》をやめよと絶叫し、ついに自ら火中の栗を拾いに戦場に飛び込んだ。結果は無残な敗北だった。理想にいのちを燃やした人間がしばしば陥る悲惨な末路だった。

義蔵を見捨ててはいけない。そのこころざしを引き継がねばならない。倭国を、そして唐国を、渾身の力で説得しなければならない。

できるか？

自信はない。

しかし、やらねばならない。

――がばと跳ね起きたとき、すでに暁闇が部屋の内部をほの白く染めていた。結局、一睡もせずに定恵は夜を明かした。

翌早朝、一行は長安をあとにした。登州までは陸路と水路で約三千里の行程である。登州からは船で百済に渡り、ひとまず旧都熊津《ゆうしん》に滞在する。定恵、建任、雪梅、叡観、兵部の役人二人、さらに荷駄を率いた人夫二人も加わって総勢八人の隊列だった。役人は官の幟《はた》を馬の背に立てているので道中に不安はなかった。

洛陽に着いたのは半月後の五月初旬、ここで五日ほど休息した。宿舎は東都で迎える正客用の賓館をあてがわれたが、定恵は落ち着かなかった。浄土寺で過ごした三年前が思い出され、中でも郊外の白馬寺で目にした変わり果てた義蔵の姿が重く胸裏に沈んでいた。

「気にすることはありません。過ぎ去ったことです。

今は百済のことに一心を傾けるべきです」

それと察した建任がそっとささやいた。賓館の凮の通る窓際で木立の茂る庭園を眺めていた時である。

洛陽の暑さに参っていた。山地の長安は夜になると涼風が吹く。が、黄河から広がった平野に立つ洛陽の街は日が暮れても気温が下がらない。慣れぬ馬上の生活が続いたため、背や腰のだるさがなかなか抜けない。そこに夜間の寝苦しさが加わり、気分まで沈みがちだった。

「雪梅殿は至ってお健やかです。洛陽は初めてとかで、毎日あちこち見物に出かけていきます」

これは嫌がらせではないかと定恵の不快は増した。女子《おなご》の雪梅が旅の疲れをものともせずに出歩いているのは見上げた所業だ。好奇心というより、若さのせいではないかと負け惜しみを言いたくなる。が、年齢を持ち出せば、自分もまだ二十一歳、建任から見れば二人の年齢差はなきに等しかろう。三つ違いの雪梅は今年十八歳のはずだ。

「龍門石窟に行ってきました」

三日目の夕食時、雪梅がはしゃいだ声を上げた。

「噂に聞いてはおりましたが、石仏の数の多さには驚きました」

定恵もかつて一度訪ねている。が、さして感動は覚えなかった。故国で見慣れた木彫仏のような優しさが感じられない。石造りの建物と同じような堅牢さが心を和ませてくれない。大陸は石の文化なのだ、と改めて思い知らされた。

石の硬さが唐国の強さなのだ。大小の石仏群を前にしたとき、定恵は仏が弱さよりも強さと結び付いているのを痛感した。国家の強さを陰で支えているのが仏教なのではないか。

「私も一度目にしたことがある。崖の岩肌が変じて仏になるというところがいかにも大陸的だ。奇抜といえば奇抜だ」

「あら、倭国には石仏はなくて？」

「聞いたことがない。木や金銅で造るのが仏像だ」

「それなら唐国にもあります」

「自然そのままの断崖絶壁にまで仏を刻んだというのは、やはり信仰心の深さを表しているのかねえ」

ちょっと懐疑的な口調になった。が、雪梅は意に介したふうはない。他の仲間たちもとりたてて不審そうな素振りは見せない。

「北魏の孝文帝が洛陽に遷都してからすぐに造り始めたそうですから、もう百五十年も経っていることになります」

雪梅は興奮冷めやらぬ口ぶりである。

「造営はまだ続いている。どんどん増えて、永久に完成しない」

冷笑気味に言い放ったが、一同には通じない。

「白馬寺というお寺にも行ってみました」

定恵は心臓を抉《えぐ》られた。

本当か？

なぜ白馬寺などに行ったのか。

「唐土で一番最初にできたお寺ですって」

そんなことはどうでもよい。

問題は義蔵だ。雪梅は義蔵を知らないはずだ。祖父の高佑は知っているはずだが、わざわざ孫娘に話したとは思えない。

「荘厳《しょうごん》でした。後漢の明帝が金神《きんじん》を夢に見て西域から請来したというだけあって――」

何が言いたいのか、と定恵は疑い深い目を雪梅に向けた。

「住職には会った？」

誘いをかけてみた。

「ええ。寺内を案内してくださいました」

特に異変を感じたふうはない。ほっとしながらも、もしや義蔵は死んだのではないかという不吉な予感に襲われた。

自分の目で確かめねば気がすまない。このまま洛陽をあとにすれば、二度と白馬寺を訪ねることは叶うまい。

翌日は洛陽滞在の最終日だったが、あえて定恵は白馬寺詣でを決行した。呆れ返った目を向けて建任は渋々同行した。登州まで定恵を無事に送り届けねばならない。途中で災厄が生じたら、いのちを賭けてでもその身を守らねばならない。兵部の二人の官人は定恵を見送るというより自分を監視するのが役目のように思えた。

白馬寺に着くと、住職は懐かしそうに手を取って迎えてくれた。三年見ぬ間にすっかり年老いていた。

「玄奘三蔵が遷化されたそうで……」

客殿で茶を喫しながら、話題はまず玄奘の死で始まった。

「東都の諸寺にもすぐさま追悼法要の勅が下りまし

た」

「玄奘法師は洛陽で得度なされた。因縁浅からぬ地ですものね」

定恵の思いは別のところにあった。例の高昌国である。高昌国で玄奘は高佑とも繋がっていた。その高佑はすっかり耄碌《もうろく》し、玄奘は遷化した。高昌国を滅ぼした唐国への恨みは結局表に出ることなく終わった。

「ところで、義蔵和尚はその後はいかがですか」

住職の顔色が変わった。今日の訪問は単なる表敬と心得ていたようだった。曽遊《そうゆう》の地に帰国の挨拶に来られたのだ、と。しかし、そうではなかった。目的は義蔵にあったのだ。どうやらこの男の義蔵に対する思い入れは特別らしい。

「亡くなりました」

正直に言うしかなかった。

「亡くなった？」

急き込むような言葉とは裏腹に、定恵は落ち着いていた。予感が当たった。たぶん死んでいるだろうと思っていた。雪梅から白馬寺の様子を聞いたとき、不穏な動きはいっさい感じ取れなかった。寺内を巡っても呻き声を耳にしなかったということは義蔵の不在を意味した。不在はすなわち死だ。直感というしかなかった。

「三年前、御坊が見えられて半年後でした。秋も深まった夜中、突然奇声を発して部屋を抜け出しました」

「自由には出られないようにしてあったのではないですか」

「その夜に限って、番僧が鍵を掛け忘れて……」

住職はつらそうに眉をひそめ、涙を拭うように手の甲を目頭に当てた。

「こちらの手落ちです」

「いや……で、それからどんなふうに？」

「宝塔によじ登って、怒声とも哀訴ともつかぬ大声を発して、そのまま地上に飛び降りました」

宝塔は高さ百五十尺はある。落下すればいのちはない。

それにしても、何たる最期か。迷妄尽きて自ら死を選んだのか。それとも、死とは無縁の再生への一大決意だったのか。

「無残やのう」

これ以外に言葉がなかった。

定恵は大雄殿に移り、本尊の弥勒菩薩を拝した。ひたすら義蔵の冥福を祈った。

白馬寺に立ち寄ってよかったと思った。このまま素通りして帰国したら、永久に義蔵の影に悩まされたろう。生きていてほしかったが、あの変わり果てた姿ではむしろ生きること自体が酷だった。義蔵の死は定恵には悲惨さより安堵感をもたらした。人はいつかは死ぬ。生そのものが苦痛に満ちていることを、義蔵によって思い知らされた気がした。

建任は今度も山門の前で待っていた。夾竹桃が満開だった。細長い葉を掻き分けて咲く薄桃色の花の乱舞が寂しげな風情を誘った。


五月十二日、一行は洛陽を立った。

黄河を舟行すること半月、下旬に清河渡《せいかと》に達し、舟を捨てて済州《さいしゅう》に入った。

山東の炎暑は地上を焼き尽くさんばかりだった。一行は州府の用意した客館に落ち着き、ひとまず旅装を解いた。ここからは陸行になる。この暑熱では道中が案じられた。

「しばらくここにとどまった方がよさそうだな」

建任が聞こえよがしに言うと、兵部の役人がじろりと建任をにらんだ。礼部と兵部はもともと仲が悪い。文治の伝統があるからだ。

「登州での待ち合わせがある。むやみに休んではおれぬ」

そう言う兵部の役人も山東の暑さには辟易している様子だった。

折も折、雪梅が体調を崩した。発熱してだるさと頭痛を訴えた。

「霍乱《かくらん》だ。涼しいところで横になっていれば治る」

やって来た州府の薬師《くすし》は事もなげに言うと、紙袋に詰めた煎じ薬を置いて去った。

看病にてこずった。一行の中に女性はいない。官営の客館なので女性の吏員もいない。賄いの下婢が三人いるだけである。

「臨時にこちらに回してもらえないだろうか」

定恵が深刻な顔で建任に相談した。

「そうするしかないな。——女子《おなご》というのは厄介なものだ」

珍しく建任がいやみを口にした。雪梅が大事な存在であることは建任も重々承知している。雪梅とは必要最低限の言葉しか交わさなかったが、祖父の高佑には恩義がある。礼部の役人に取り立ててもらったのは高佑の口添えがあったからである。

　定恵は恐縮しながら建任に処置を任せた。

　やがて一人の下婢が定恵の部屋を訪ねて来た。一見して農家の出と分かる人のよさそうな中年女である。病状を話してから、定恵が自ら隣室の雪梅のもとへ案内した。

「ああ、こんりゃ暑さ負けですわ。心配は要らないですば」

　方言がきつい。これが噂に聞いていた山東訛りかと定恵は興味深そうに女のせりふを受け止めた。北方方言の一種だろうが、長安とは声調が大きく異なっている。

　医者の見立てと同じなので、定恵はひとまず安心した。

「よろしくお願いします」

　そう頭を下げたときには女はもう雪梅の寝台に歩み寄り、襟元をぐっと広げて胸元をさらした。定恵は見て見ぬふりをして部屋を出ようとしたが、女が雪梅の体に手を触れたまま呼び止めた。

「旦那はん、冷たい水で絞った手拭いば持って来てくんさしゃい」

　この俺を夫と思っているようだ、と苦笑しながら定恵は廊下に出た。

　済州は古くから「泉城」と呼ばれるほど泉の多い地である。客館の敷地内にも滾々《こんこん》と水が湧き出て、そこから何本も水路が引かれている。水汲み場には清冽な水が溢れていた。真夏だというのに氷のように冷たい。

　定恵は何枚かの大き目の手巾を水に浸し、緩めに絞って部屋に持って行った。

　女は雪梅を半裸にして乾いた布で汗を拭いていた。定恵は目のやり場がなくて、手巾を素早く渡すと部屋から立ち去ろうとした。

「着替えを手伝ってくんしゃさい」

　女が呼びとめた。定恵の足は扉近くで釘付けになった。

「奥さんなら恥ずかしがることもあんめいさ」

　定恵は意を決した。引き返して女の傍らに立った。

「この麻衣に着替えさせるで、ちょっくら力を貸してくんしゃさい」

　そういうことかと納得した。

　雪梅は身ぐるみ剥がされて横たわっていた。息を弾ませているが、全身にほんのりと赤みが射しているのは熱のせいか。が、定恵にはそれが雪梅本来の肌の色のように思えた。荒い呼吸が邪念を吹き飛ばして欲情は感じなかったが、胸の動悸が頭の先へと間断なく突き上げてきた。雪梅の滑らかな肢体は定恵の目の奥に強く焼き付いた。

女は定恵が渡した冷たい手巾を広げてゆっくり皮膚に当てがった。熱を取る仕組みらしい。

「この辺の百姓も暑さにやられて、ちょくちょくこうなるばい」

やがて薄い麻衣を着せ終わると、女はほっとしたように定恵と向き合った。

「きれいな肌をしてまんねえな。ええとこのお嬢さんだったんやろね」

定恵は返事に窮した。

「どこまで行きなしゃる?」

「登州まで」

「あんれまあ、そんな遠くまで」

「長安から来たので、もう半分は過ぎました」

「何のご用か知らんが、ご苦労なこっちゃ」

女は椅子に掛けて、定恵を立たせたまま質問攻めにする。どこでもおばさん連中は好奇心が旺盛だ。

「この済州にはどんな名所がありますか」

釣られて定恵も質問を返した。

「そうさなあ。歴山《れきざん》の千仏寺《せんぶつじ》には古い石の仏さんがたくさんござるわ」

「千仏寺ですか。それはおもしろそうだ」

「あとは泉ですわな。泉は城中至るところに湧き出ているが、大きな池の畔にはだいたいお寺が建っちょります」

「なるほど。ぜひ見に行きたいものです」

「奥さんを放ったらかしはいかんですよ。よくなってからにしやしゃんせ。泉もお寺もどこへも行きやせんしゃかい」

定恵は苦笑した。もう今さら夫婦ではないとは言いにくい。

「薬は飲ませた方がいいですか」

「あれは気付け薬みたいなもんや。涼しくしてのんびり体を休ませれば自然に治りますやろ」

医者のひと言より信頼が置けた。病気のうちには入らないということだろう。単なる暑気当たりらしい。ほっとしながら、定恵は女の親切に心底から感謝した。

翌日、建任を伴って歴山に行った。城外四里にある小高い岩山である。暑さは続いていたが、早朝に出かけたので中腹にある千仏寺に着いた時はまだ暑熱は耐えられないほどではなかった。

雪梅は一夜明けてだいぶ体調は回復したようだった。例の下婢が泊まり込みで面倒を見てくれたので、定恵は安心して眠ることができた。明け方、顔を出した定恵に向かって、

「もう心配はなかと。今日一日寝ていれば明日は起きられるけんね」

と念を押してくれた。

「今日は歴山に行ってみようと思う」

「そんりゃええ。暑いから朝早く出た方がいいだぞよ」

「そうします」

ちらりと寝台に目を走らせたが、雪梅は気持ちよさそうに眠っていたので声はかけなかった。

山腹から済州の街が一望できた。

「この辺は昔、舜《しゅん》が耕作した地と言われています」

建任が眼下を睥睨《へいげい》するようにして言った。

「舜？　古代の聖王の？」

「そうです」

「それはまた気の遠くなるような話で……」

怪訝そうに定恵は建任を見た。

「それほどこの済州は古い土地だということです」

尭《ぎょう》、舜、禹《う》といえば、中国古代の伝説上の名君だ。禹は舜の禅譲を受けて夏《か》王朝を立てたといわれている。

「そういえば孔子も魯《ろ》の人。斉《せい》のすぐ隣りだ。斉はこの辺りのことだろう？」

「そうです。都は少し東の営丘《えいきゅう》（臨淄《りんし》）にあったが、この済州は黄河に近いので、そのころから交通の要所として栄えていました」

「なぜ州名は斉ではなく、済の字を使ったのかね」

「済水という河が流れていたからですよ。これがたびたび重なる黄河の氾濫で飲み込まれてしまった。それで済という名前だけが残った」

「詳しいね」

「いえ、ほんの付け焼刃です」

まじめな顔で答えるところがいかにもこの男らしい。道中の地誌をちゃんと調べてあるのだ。名所旧跡は建任の歴史好きからきたものだろう。

「いずれにしても河東のこの辺りは中華文明発祥の地

だ。大変なところに来てしまった」

笑いに紛らせて建任を持ち上げた。

歴山には興国寺《こうこくじ》という寺があった。山全体を寺領とする古刹だった。頂上に至る岩肌に大小無数の石仏が立っているので千仏寺とも呼ばれる。歴山自体も千仏山という異称があり、地元ではこちらの方が通りがよい。

龍門の石窟を思い出した。違うのは断崖に一列に並んでいるわけではなく、ところどころに突き出た岩石に彫られている点である。

「なるほど千仏山だ」

通称の由来が手に取るように分かった。

「舜が耕作したというけれど、昔はこの山は畑地だったのかなあ」

露出した岩の頭に躓《つまず》きそうになりながら、定恵がつぶやいた。

「そうかもしれませんよ。君子は山をも動かすと言いますからね」

苦笑したが、建任は平然としている。

「山が動く、か。――参ったな」

定恵は振り返って山麓を眺めた。夏の陽光が済州の街並みを銀色に包んでいる。この街並みの下に伝説の都城が埋まっているのかと思うと、大陸の奥深さに圧倒された。規模もさることながら文化の厚みが違う。とても倭国はかなわない。

「あれが黄河ですよ」

建任が指差した方角を見ると、靄《もや》の中に白っぽく光る一条の線が見える。

「細く見えますが、川幅は優に十里はあります」

「十里？」

「しかも毎年川筋は変わります。この辺は平野なので流れも気の向くままです」

「ということはこの地一帯が黄河の下流域に当たるということか」

「そうです。上流から肥沃な土を運んでくるから作物もよく実りますが、ひとたび水害に遭うと畑も家も水浸しですよ」

「しかし、農民は裕福そうだ」

「そんなことはありません。農民はどこでも貧しさに喘《あえ》いでいます。特にここ山東は門閥貴族の勢力が強く、民百姓の暮らしは楽ではありません」

建任はちょっと暗い顔になった。

山東は中原から遠く離れた僻遠の地で、保守性の強い土地柄である。気候も海岸沿いを除くと寒暖の差が激しい。春秋戦国時代に賢人が輩出したのもこの風土と関係がある。食うためには頭を働かせ、知恵で諸侯に取り入るしかなかったからである。

「隋唐の律令制度に激しく抵抗したのも山東の門閥貴族たちでした。小作農民を大勢抱えた在地の貴族たちは小皇帝を気取って、なかなか特権を手放そうとしなかった」

「先帝太宗の苦労が偲ばれるということか」

「そうです。半島の北岸は隋代から続く高句麗征討の水軍基地が置かれた要衝です。内陸の門閥貴族たちの了解を得なければ通過もままならない。譲歩を勝ち取った上での帰順ですよ。太宗もこの地には気を使っている」

意外に思いながらも、定恵には納得するところもあった。

州府に着いて挨拶をしたとき、随行してきた兵部の役人が諍《いさか》いを起こした。錦の御旗を振りかざして州吏に命令口調で厚遇を強いたのである。決まりです、と州吏はにべもなく断わったが、見返した目に反感がこもっていた。その人物が後に定恵が一人でいるのを見て、京師の役人の横暴さを批判した。定恵が質《しち》を解かれた倭国人であることを承知の上である。簡単には言いなりにはなりませんよ、と州吏は舌打ちした。

あの反骨ぶりが山東の誇りか、と今さらながら定恵は複雑な気持ちになった。

中央集権が急がれ、国家権力の強化が図られる時代には在野の独立不羈の精神は迫害される。まつろわぬ人々への懐柔策が功を奏しなければ、武力で屈服させるしかない。しかし、内乱は国家の統一事業を遅らせる。妥協してぎりぎりまで相手に譲る。そうして手に入れた権力の集中は内に反発や怨恨を抱えている。北と東を海に囲まれた山東は、保守的であるがゆえに反抗的でもあるという複雑な気質を有していた。

雪梅の容態は翌日には完全に回復した。

予定の五泊が二日延びて、五月十九日に一行は済州を立った。東に三百里進んで、三日後には青州《せいしゅう》に着いた。石仏を蔵した寺院が多数あり、唐初には都督府が置かれていただけあってかつての繁栄の跡を随所にとどめていた。

青州からさらに東行し、膠水《こうすい》を渡って北東に進み、間もなく莱州《らいしゅう》に達した。五月も末になり、うだるような暑さだったが、海から吹く風が涼しく、一行は宿舎でほっと胸を撫で下ろした。港があり、ここからも船が出ていたが、乗船地はさらに百里先の登州《とうしゅう》だった。

「どうしてここから船に乗らないのかね」

長い陸路に飽き飽きしていた定恵が港を眺めながらつぶやくと、

「軍港だからですよ。あの山の陰には軍船が蝟集《いしゅう》しています」

建任がさらりと言う。

そういえば百済を攻める軍船はすべてここから出港している。隋の煬帝が高句麗征討の水軍を発したのは登州だったが、その後は西の莱州に軍事拠点を移している。倭国や朝鮮に近い登州が遣唐使船などの来航地になったせいもあるが、地勢的にも莱州に利があったのかもしれない。多くの軍船を山陰に隠せる。一般の目に触れるのは荷船や漁船ばかりで、港の大きさに比べて確かにその数は少なかった。

「戦争はもう終わったはずなのに」

定恵が不満げにつぶやくと、

「まだ終わっていません。倭国がいますよ」

建任の口調は変わらない。

やはり倭国と一戦を交えるつもりか、と定恵の胸は疼いた。それを阻止するために自分は帰国させられる。それなのに唐国は倭国への警戒を緩めない。いったい自分はどの程度役に立っているのだろう。

「倭国との戦争はありえない」

「それは一人合点というもの。貴殿の力を唐国は決して過大評価していません」

「叡観も同じか」

「ええ。倭国の官人とはいっても亡命者ですからね。故国では反逆者です。どの程度脅しが効くかは未知数です」

なるほど、そのとおりだ。例によって建任の冷静さが妬ましくなる。しかし、建任は叡観の帯びている密命は知らないはずだ。単純に使節団の露払いと心得ているだけだ。

その叡観が道中は寡黙に徹し、ほとんど口を利かない。服装も、ある時は僧形、ある時は唐衣、ある時は倭国の官服と変幻自在である。どういう意図があるのか定恵には理解できなかった。気味悪く思いながらも、変に突っかかってくることもなかったので、定恵もあえて話しかけなかった。

萊州に来ると、叡観は早々と僧形に身を変えた。海辺に出て海東の地を望むとなると僧形の方が有利と判断したのか。何せ海東では僧侶が間諜を務めるお国柄である。僧侶は治外法権を認められているということである。しかし、逆に疑われる機会は増すのではないかとも思う。

定恵は一瞬、義蔵のことを思い浮かべた。苦い塊りが喉を塞ぐように這い上ってくる。できたら思い出したくない。が、思い出さなければならないという義務感もある。叡観の僧服姿を目の当たりに見て、その義務感が噴出した。

義蔵の二の舞いを演じまいとは思う。しかし、それに抗わなければという思いもある。誘いかけてくるものは心ではなく理性である。気持ちは警戒して引っ込み思案になるが、意志は強固に定恵に迫る——義蔵の死を無駄にするな、と。

州府では担当の役人が丁重に応対した。が、沿海部はほとんど軍政下にあるため文官は至って微力である。一行はさらに総官府で将官と対面し、定恵の正体が判明するとすぐに護衛の兵士を付けた。おおげさな、と定恵だけでなく建任も呆れていたが、悪い気はしなかった。行きがかり上、雪梅は定恵の妻として扱われた。かえって好都合だった。

萊州滞在はわずか二日だった。渡航地が登州と知って総官府は官船を出してくれた。海路の方が早くて安全だという親切心からのようだった。が、建任は、体のいい厄介払いだ、と素直にはその処置を喜ばなかった。建任は自分の役目は登州まで陸路で定恵を送還することだと心得ていたので、急に海路を採ることに戸惑いを覚えたらしい。

定恵と雪梅には逆にありがたかった。一か月を越える陸路の旅は想像以上に疲労を蓄積させた。慣れない馬上の旅に体の節々が痛んだ。時にはわざわざ馬から下りて徒歩でたどった。この方が腰の疲れが取れて楽になった。

官船は漁船をひと回り大きくした程度の小型のものだった。装備も特別なものは取り付けられていない。その代わり艪《ろ》の数が多く、速度は出た。出港すると、たちまち萊州の街並みが遠退き、背後の山々がうっすらと霞んでしまった。

「これは速い」

一同、声に出して驚いてみせた。そのくせ揺れが怖くて這うようにして船端《ふなばた》に取り付いた。舷側に陣取った水手《かこ》は沖に出るとすぐに艪を引き上げた。帆走に入ると速度は一層増した。このまま百済まで直行してくれたらいいのに、と定恵は勝手な願望に浸った。

わずか二日で登州に着いた。

登州は同じく総官府の軍政下にあったが、萊州とは趣が違っていた。海も広くて入り江という感じがしない。陸地も一面の平野で、山の姿が望めない。街並みものっぺらぼうで州都としての魅力を欠いていた。

入唐したのはこの港だったはずだ、と定恵は十一年前を思い出そうと必死で目を凝らした。が、海からの眺めも陸に上がった時の印象もまるきり違っていた。というより、往時の記憶がほとんどなかった。その時はわずか十一歳、異国に着いたというだけで興奮し、見るものも見えず、見ようとしても心ここにあらずという状態だった。

街の様子も当時とは一変してしまったのだろう。すべてこれ唐軍の海東出兵に伴う水軍基地としての整備のためである。特に登州は軍事用物資の積み出し港として重きをなしていた。

州府に落ち着くと、付属の客館で旅装を解き、一同肩の荷を下ろした。

「私の任務はこれで無事終わりました」

こう言って定恵にほほ笑みかけた建任の目がかすかに潤んでいた。この男にしては珍しい。定恵も建任との別れをいやが上にも意識させられた。ともに過ごした十一年の歳月が懐かしくよみがえる。

が、感傷に浸っている暇はなかった。総官府から客人が見えたというので急ぎ客室に行くと、見るからに武人といった面立ちの将軍が待っていた。両側には副官とおぼしき武将が控えている。

「定恵殿ですね」

鋭い目付きながら、微笑を浮かべた口もとが優しい。物腰にどことなく品があるのを見て、定恵は一瞬、蘇定方将軍ではないかと思った。が、すぐに、そうならもっと高齢のはずだと思い直した。眼前の将軍は年のころ五十前後、まさに働き盛りの年齢だった。

「そうです。定恵です」

定恵も改まった調子で答えた。

「百済鎮将劉仁願《りゅうじんがん》です。海を越えてお迎えに上がりました」

びっくりした。

百済鎮将といえば百済占領軍の総帥《そうすい》だ。このような地位にある人物が自分を迎えに来るとは……。

「恐れ入ります。身に余る光栄です」

「十年余に渡る忍苦の異国暮らし、ご同情申し上げます」

「出迎えは唐朝の指示ですか？」

「陛下の勅です」

定恵は一瞬、耳を疑った。これは大げさすぎる。一介の質《しち》の釈放にしては配慮が過ぎる。真意はどこにあるのか。

やはり無条件の解放とは思えない。底意あってのことだろう。自分をさらに利用しようとしているのだ。倭国との取り引き材料に使おうという魂胆だ。

とにかく唐朝は倭国進駐を強行しようとしている。俺が倭国の朝廷では邪魔な存在であることを知らずに、俺を帰すことで筑紫進駐を容認するに違いないと思い込んでいる。

建任も唐朝の表向きの方策しか知らないはずだ。俺の帰国の見返りとして倭国進駐が実現すると単純に信じている。倭国朝廷の内部事情は唐朝中枢部の高官たちも把握していない。

ただ叡観と、叡観に密命を発した唐室の一部の高官たちだけが定恵の置かれた複雑な立場を理解している。

問題は、叡観の任務が達成されれば俺の帰国は叶わなくなるという点だ。筑紫都督府の設置で叡観は唐朝に恩を売ることができるが、俺は倭国を目の前にして唐国に引き返さざるをえなくなる。中大兄政権を倒して俺を皇位につけ、蘇我氏を復活させようという叡観の野望は潰《つい》える。叡観は果たしてそれで満足なのだろうか。

ここまで来て、定恵は突然はっとなった。

叡観は俺と倭国朝廷の両方を欺《あざむ》こうとしているのではないか。筑紫に都督府を築かせた上で、俺の倭国への帰国も認めさせようと謀《はか》っているのではないか。これぐらいの詐術《さじゅつ》は叡観にとってはたやすいこと。倭国の朝廷の恨みは買うが、唐国にとってはかえって好都合だ。筑紫進駐が実現し、しかも厄介者の俺がいなくなるわけだから。

しかし、これは単なる妄想かもしれない。今はただ、倭国の都督府設置容認と引き換えに俺を唐国に連れ戻す、というあの時の叡観の言葉に従うしかない。

眼前の劉仁願は唐帝の命令でこの俺を迎えに来ている。この御仁《ごじん》は、この俺が百済で足止めを食らうとは思ってもいまい。ましてや、唐国へ逆送されるなどとは……。

「かたじけない」

恐縮の一句を口にしながらも、定恵の心中は穏やかではなかった。どこかで俺の帰国は所詮は不可能なのだという諦《あきら》めがあった。百済もすでに唐国の領土の一部になった。唐国に再度とどまるとしても、もし百済にいられるなら満足しなければならない。雪梅の存在が大きかった。雪梅にとっても百済が父親の終焉の地なら愛着を感じるのではないか。

しかし、実の祖父が倭人であることを雪梅は知っている。行方不明の父親と同じように倭国を父祖の地と考えているなら、倭国へ行きたいと言い出さないとも限らない。

一抹の不安はあったが、そこまで考えてもしょうがないと定恵は腹を括った。あとはなるようになれ、だ。

登州では五日間滞在した。ここまで来たからには早く出立したいと気は急《せ》いたが、さまざまな行事に連日駆り出された。いずれも定恵送別の宴であったが、中でも登州刺史《しし》の設けた一席は豪壮だった。

「陛下と大唐帝国、そして大倭国のために乾杯！」

宴会の初めに刺史が大音声を上げた。

定恵一同は主賓として正面に席が作られた。不思議なことに、ここで引き返すはずの建任と兵部の役人二人も一緒だった。叡観は何と倭国の官服を纏っている。公の席では倭国の官人であることを見せつけたいらしい。雪梅は桃色の上着に朱色の裙子《チュンズ》を穿《は》き、道中見慣れた男っぽい褲子《クーズ》姿から華やかな女人《にょにん》に一変した。二頭の荷駄の中から選りすぐった逸品のようだった。

右側の列には迎使の劉仁願とその配下が陣取った。副官の二人とは一度会っているが、それ以外に随行の将官が十人もいるとはこのとき初めて知った。

左側には刺史を始めとする州府の高官たちが顔を揃えた。十数人いたが、どれも劉仁願には頭が上がらないようだった。宴席自体も劉仁願の指示で設けられたのではないかと思わせるほど、軍人たちの傲慢な振舞いが目立った。

「いよいよ唐国ともお別れですな」

仁願が酒杯を手に定恵の席に歩み寄った。ぐっと定恵の杯に酒を注ぎ込む。

「乾杯！」

杯をぶつけて一気に飲み干した。

酒に関しては定恵も自信があった。出家の身で酒をたしなむのは表向きはご法度だったが、僧坊では日常茶飯事だった。女色の罪は重かったが飲酒はほとんど咎められなかった。酒は食事には付き物で、よほどの高僧か道心の深い修行僧を除けば黙認されていた。

「奥さんがご一緒とは羨ましい」

酒の上の冗談かと思ったが、そうではないらしい。

「高貴な女性《にょしょう》だから特別気を使うよう、別途、お達しがあった」

怪訝に思ったが、すぐに高宗皇帝と高佑との関係に思い至った。それにしても、「高貴な」とは見え透いたお世辞である。雪梅も苦笑《にがわら》いしている。

「ところで、蘇日向殿」

仁願は向きを変えて定恵の隣りに席を占めていた叡観に話しかけた。

叡観は今まで表情を変えずに二人の会話に耳を傾けていたが、ゆっくり顔を仁願の方に向けた。

「倭国への使者はすでに送りました」

じろりと叡観に目をやり、反応を窺った。

叡観の顔色が変わった。冷静を装っているが、口もとがかすかに震えている。

「わしの部下の郭務悰《かくむそう》という男だが、なかなかの切れ者だ」

「郭務悰？」

小さくつぶやいて、叡観は視線をはずした。

「ご存知かな。わしの腹心の部下で、武人というより外交手腕に長《た》けている」

「初めて耳にする名だ」

「朝散大夫《ちょうさんたいふ》の位階を持っている。唐朝の信頼も厚い」

朝散大夫とは従五品下の雅称である。官人としては高位だが、貴族としてはむしろ下級といってよい。

「いつですか、出発したのは」

「つい半月前ですよ。送り出してから、わしは当地に来た」

「目的は？」

「言わずと知れた倭国への進駐要請だ」

「私の立場はどうなる」

叡観は肩を怒らせ、反発する。

「心配ご無用です。唐朝は言葉に責任を持ちます。貴殿には次の段階で働いてもらいます」

「次の段階？」

「ええ。郭務悰が一度で任務をまっとうできるとは思っていません。それほど倭国は弱小ではない」

やり取りを聞いていた定恵は、おやおやと思った。

倭国は弱小ではないとは、どういう意味か。大唐帝国から見れば、虫けらのような存在だ。去年の白村江での惨敗は倭国の弱小ぶりをさらけ出した。独立を保ち、唐の冊封を免れているのは地の利を得ているからだ。海が隔てていなければとっくに唐国に呑み込まれているだろう。

「すると第一回目の交渉は決裂を前提に派遣した……？」

「ははははは。——まあ、そういうことになりますかな」

仁願は破顔一笑して、酒を叡観の杯に注いだ。

この余裕はどうだ。

定恵ははらはらしながら事態の成り行きを見守っていた。

「今頃は筑紫で奮闘しておるだろうよ、郭務悰は」

「飛鳥を目指したのではないのか」

叡観の眉間の皺が濃くなった。

「むろん最終目的地は飛鳥だ。中大兄皇子に会って談判することだ。しかし、そうは簡単に事は運ぶまい。そこで貴殿の出番がやってくる」

「筑紫は知り抜いている」

叡観が叫んだが、この的外れの言辞に一同ぽかんとなった。

「貴殿が大宰帥として活躍して来られたことはよく承知していますよ」

仁願はなだめるように調子を合わせたが、胸中では失笑している。役者が一枚上だ、と定恵は思った。

「私が乗り込めば、事態は一気に解決する。中大兄皇子は私に弱みがある。しかも、こちらの定恵殿は……」

ここで叡観は口をつぐんだ。手の内を明かしたくなかったのだろう。というより、明かすことは禁じられている。

定恵ははらはらしながら見守っていた。調子に乗って、孝徳帝のご落胤だなどと口走られては迷惑だった。

「貴殿が倭国内で隠然たる力を持っていることは存じておる。定恵殿が偉大な父君を持っていることもな。

問題は、ご両人の立場をどう尊重するかだ」

尊重と来たか、と定恵は仁願のしたたかさに舌を巻いた。尊重ではなく、利用だろう。二人の立場をどう利用するかが唐朝に課せられた当面の課題のはずだ。下手をすると元も子もなくなる。

「私は定恵殿と雪梅殿を百済に送り届けたら、すぐに倭国に行くつもりだ」

叡観は一気にまくしたてた。

「そうはいかないかもしれません。唐朝の指示待ちですよ。とりあえずは郭務悰一行がどういう形で百済に帰ってくるかが問題です。その結果次第で、お二人の帰国の時期も決まるでしょう」

黙ってやり取りを聞いていた定恵は、帰国を焦《あせ》ることはないと自分に言い聞かせた。一人ではない。雪梅がいる。二人で百済にとどまる方が面倒はない。こうなったら功名を焦る叡観には引きずられまいと、定恵はおのれに釘を刺した。

酒宴は夜遅くまで続いた。武張った野性味あふれる雰囲気に呑み込まれて、雪梅は小さく身を縮めていた。猛獣に取り囲まれたか弱い少女さながらの光景だった。

第八章　無窮花《むくげ》咲く百済

定恵と雪梅、叡観の三人は軍船で百済に渡った。劉仁願と世話役の数人の兵卒も同じ船に乗り、副官たちは配下の将兵らとともに別の一艘で随走した。

初めて定恵は唐の軍船に乗った。入唐した時の倭国の遣唐使船とは造りが全く違っていた。大きさは変わらず、軍船としては小型の部類のようだが、舷側も櫓《やぐら》も厚い獣皮で覆われていた。敵の火箭《ひや》を防ぐためだろう。内部は隔壁でいくつもに区切られ、一部が浸水してもすぐには沈まない構造になっていた。

「白村江で倭の水軍と戦った軍船はこれよりはるかに大きかった」

興味深げに船内を見回している定恵に、近づいて来た劉仁願が得意げに言った。

「倭軍は何艘でしたか」

「およそ五百艘。対する唐軍はわずか百七十艘だった」

「百七十艘？」

「数の上では三分の一だ。しかし、軍船の大きさが違った。むろん構造もね。唐軍から見れば倭軍の水軍は漁船に等しかった」

「閣下も参戦を？」

「白村江では劉仁軌《りゅうじんき》将軍率いる唐の水軍が新羅の金庾信《きんゆしん》将軍の軍と合流して倭軍を打ち破った。わしは孫仁師《そんじんし》将軍と百済の王族が陣取る周留城《しゅりゅうじょう》を攻めた。文武《ぶんぶ》王率いる新羅軍も一緒だった」

「ああ、金庾信……」

懐かしい名前だった。新羅の名将として先代武烈王の即位に尽力し、妹を武烈王に嫁がせ、新羅の王族に名を連ねた。新羅に併合された金官加羅国《きんかんからこく》の王室の血を引いているので、もともと高貴な家柄の出である。いまの文武帝は金庾信の甥に当たり、実質的な後見役と言われていた。

「金庾信は傑物だ。彼がいなければ今の新羅はなかったろう」

いささか憧憬めいた口調になったのは、仁願の金庾信に対する並み並みならぬ敬意の表れだろう。

「周留城は結局占領されましたね。復興百済の余豊王はどうなったのでしょうか」

逃亡したとは聞いている。が、唐と新羅の連合軍の厳重な包囲網をくぐってよくも脱出できたものだと不思議に思っていた。

「新羅軍に手引きする者がいて、巧みに遁走した。これが油断ならないんだよ。新羅といえども百済と同じ韓人の国。唐より百済に親近感を覚える輩《やから》がいても不思議はない」

「やはりね。で、余豊王はいずこに？」

「高句麗だろう。高句麗以外には考えられない」

「追跡はしなかったのですか」

「時機を逸した。というより、手引きした新羅兵が周辺の地理に通じていたというべきか。後に分かったところではこの兵は百済人だった。新羅に併合されてから無理やり徴発された百済の遺民だったのだ。百済の王族を殺すに忍びなかったのだろう」

唐軍の百済支配も先が思いやられるなと定恵は思った。新羅がいつまでも黙っているはずがない。当面は高句麗打倒で協力するだろうが、高句麗が滅ぼされた後はどうなるのか。唐国が海東の地をすべて新羅一国に任せるほど寛容とは思えない。何より朝鮮半島はもともと漢人に属する父祖伝来の地という思い込みがある。失地を回復するというのが唐国の名分だった。

高句麗征討のために支払った代価も大きい。隋朝はそのために亡びた。隋を引き継いだ唐もいまだ高句麗を手中にできずにいる。百済を消滅させたことで打倒高句麗の意気は上がったが、淵蓋蘇文《えんがいそぶん》が生きている間はおいそれと手出しはできない。時機を待つしかない。その間に新羅を手なずけ、何とか百済の故地占領を続けようとするだろう。

唐国の意中は定恵には透けて見えた。それだけに、随伴している劉仁願を仰ぎ見てばかりはいられない。この男の背後には唐国の野心が潜んでいる。うっかり心を許せば臍《ほぞ》を噛む目に遭うだろう。用心、用心と定恵は胸に唱えた。

登州を出た船は山東の北岸を東に進み、半島の最先端にある成山《せいざん》に立ち寄った。深い入り江に囲まれた小さな港だが、漁船だけでなく、交易船も停泊している。聞いたこともない地名だったので、定恵はもう百済に着いたのかと思った。が、まだ二日しか経っていない。辺りの景色も山東特有の岩山に松林が続いていた。

「ここからも唐の水軍が出陣した」

「えっ？　この港から？」

仁願の言葉に、思わず声がうわずった。

「白村江への進軍では登州とこの成山が水軍の基地として使われた。むろん登州の方が主力だがね」

「ここには交易の船も出入りしていますね」

甲板から辺りを見回しながら、定恵が言った。

「岬の突端だから、外洋船には便利な泊地なのだ。特に江南と海東を往来する船はたいていここでひと休みする。中継地として最適なのだ」

港の外は確かに広い。四海千里、ぐるりと海に取り囲まれている。

三日目に成山を出港して黄海を一気に南下し、途中で東に向きを変えた。今までの沿岸航路よりさすがに波濤は荒かった。が、軍船だけあって揺れはさほどひどくはない。

二日で黄海を渡り切り、白江の河口に乗り入れた。そのまま船は白江を遡り、山城を左手に仰ぐ地点に停泊した。

「あれが周留城です」

仁願が指差した。

周留城に行くことになるとは、と定恵の心は騒いだ。百済終焉の地である。


上陸した一行は、騎馬で周留城に向かった。また馬かとうんざりしたが、城はすぐ見えるところにある。雪梅は百済でまた馬に乗れるとはしゃいだ。どうやら彼女にとっては百済は特別な地のようだった。羅唐軍の占領下にあるとはいえ、れっきとした百済。そこは実父の張穆明《ちょうぼくめい》が落命した宿縁の地として脳裏に刻み込まれているのかもしれない。

城は見えていながら、たどり着くのに時間がかかった。急な坂道を登らねばならない。百済の山城は標高はそれほどではないが急峻な山の頂に造られている。これでは確かに攻めにくいだろうな、と馬の背に揺られながら定恵は周囲を仰ぎ見た。緑が深い。盛夏ということもあるだろうが、樹木に潤いがある。同じ大陸でも海東はやはり異郷だと定恵は思った。

「倭国に似てきた」

叡観が左右を見回しながら誰に言うともなくつぶやいた。彼にとっては海東は見慣れた土地のはずだ。この言葉は定恵と雪梅に聞かせようという暗黙の意図から出たものか。叡観の精いっぱいの思いやりかもしれない。

「木の葉が濡れたように光っているわ」

いち早く雪梅が応じた。彼女も風土の違いを感じ取ったものと見える。同時に、叡観の善意も。とはいえ、叡観にはいまだに違和感があった。よく分からない人物なのだ。

「城が燃え落ちなかったのが幸いした」

傍らから仁願が言い添える。

「しかし、落城したのでしょう？」

定恵が不審そうに尋ねる。

「落城は落城だが、無血落城だからね」

重々しい仁願の声が一気に弾んだ。武人としての威厳を誇るかのように。

「城に立て籠もった敵軍も、押し寄せるわが軍の威力に恐れをなした。結局、初戦で降服した」

「余豊王の逃亡が響いていたのでは？」

定恵がカマをかけた。

「それもある。が、何といってもわが軍の圧倒的な強さがすでに知れ渡っていた。頼みとする倭軍は白村江で潰滅した。籠城した復興軍が萎縮するのは当然といえば当然だ」

「新羅軍も勇猛に戦った？」

定恵の誘導は続く。

「むろん。しかし、数の上では唐軍にはるかに及ばなかった。主力はあくまで唐軍だ」

仁願は胸を張った。

「唐軍は百済王子の余隆《よりゅう》を討伐軍の将軍の一人に抜擢していた」

突然、口を挟んだのは叡観である。

「余隆王子は釈放されて熊津《ゆうしん》の都督に任命されたはずだが」

定恵は不審そうに叡観を窺った。

唐を立つ前に劉建任から聞かされていたことだった。

「そう、そのとおり。だが、奴《やっこ》さん、帰国に二の足を踏んでね。業を煮やした唐朝は無理やり討伐軍の将官に仕立てて故地を踏ませたってわけさ」

「それでは熊津都督は名前だけ……？」

「赴任しないのだから、仕方がない」

「なぜだったのでしょう」

「屈辱だろう。故国を裏切ることになる。唐国で囚われの身でいる方が安泰だという思惑もあったのかもしれない」

「しかし、討伐軍となると自国民と戦う羽目に……？」

「そういうことだ。今度は有無を言わさずの処置さ。恥の上塗りだね」

叡観はどこまでも余隆には冷たい。

定恵は逆に胸の奥が熱くなってきた。怒りに近い。が、それが唐国に向けられたものなのか、余隆の不甲斐なさに対してなのか、判然としなかった。

「おかげでこの城に拠った百済の復興軍は意気が上がらなかったから、唐軍のもくろみは当たったというわけさ」

渋い顔をしながら仁願は黙って聞いている。

事実を述べているので反論はできない。が、唐軍の力を誇示したい仁願にとっては、いかにも唐の姦計だと言わんばかりの叡観の口吻に反発を禁じえない。邪魔者が闖入《ちんにゅう》してきたという感は否めなかった。

「百済復興軍としては、かつて皇太子でもあった王族の一人に歯向かうことに抵抗があった。ためらいがちになるのは理の当然だ。降服が早まった原因の一つはここにある」

断固とした物言いに、仁願も反駁できない。

この時の叡観はまさに蘇日向、かつて大宰帥として鳴らした蘇我日向《そがのひむか》、あの音に聞こえた名門蘇我氏一族の威光を漂わせていた。

「そうだったのか……」

定恵は大きくため息をついた。

叡観がこの期に及んでこんな事実を告白したのは、やはり唐土を離れたという安心感のなせるわざか。これから唐朝のためにひと働きしようというのに、気持ちはほとんど倭人に返ってしまっている。危ないな、と定恵は思った。

もともとこの男を信用しているわけではない。叡観の仕事は人間を裂くことにある。人の心を裂くだけでなく、人と人との離間を策す。正義に則ってというより、おのれの欲望に従って行動する。

今回の秘密裏の任務も最終的には自らの出世栄達が目当てだと定恵は踏んでいる。唐朝に恩義を売るだけでなく、倭国でも野望を実現できる好機なのだ。中大兄皇子を倒して朝廷内で蘇我氏の栄光を復活させる。それが叶わぬなら唐朝で高位の官人を目指す。

仁願が叡観に屈従するのは、叡観の使命を知らされているからだろう。密命まではわきまえずとも、唐朝が抜擢した仲介者として敬意を払わねばならない。うっかり手出しをすると自分の首が危なくなる。百済占領軍総司令の地位にありながら、叡観は目の上のたんこぶ同然の厄介者だった。早く倭国に送ってしまうに限ると胸中では思っていた。

周留城に入ると、そこが決して豪華な造りではないことに定恵は驚いた。王が拠ったほどだから立派な城砦だろうと想像していたが、みごとに裏切られた。

「ここは宮殿ではない。戦闘のための前線基地だ」

浮かぬ顔の定恵に、叡観がささやいた。

「出城《でじろ》にすぎない」

なるほどと思った。

百済は漢城《かんじょう》、熊津《ゆうしん》、泗沘《しひ》と三度も都を変えた。そのたびに南に遷って行ったが、これは初期は高句麗に、後期は新羅の勢力に圧迫されたためである。これらの旧都と比べると、なるほど周留城は出城にすぎず、戦闘本位に築かれた実用一点張りの、頑丈さだけが取り得の代物《しろもの》だった。山の頂にあるので余計その武骨さは目立ち、何となく戦場に身を置いているような落ち着かない気分だった。

「私、こんなところ、初めて」

雪梅が櫓《やぐら》の太い梁《はり》に目をやりながら、驚きの声を上げた。怖がっているふうはなく、逆におもしろがっている様子だった。

「ここで一戦を交えたわけね」

興奮で頰が紅潮している。

「そういうことです。勝敗はすぐに決しましたがね」

困った娘だと言わんばかりに、仁願が丁重に応じた。

雪梅がこの旅で見せた潑剌《はつらつ》さは定恵を不安にさせた。これが雪梅の成長の証しなのかと半ば嘆息まじりに眺めたこともあった。済州では一時へたり込んだが、あとは馬上でも元気いっぱいだった。かつて長安で高佑の陰に隠れるようにして「よろしくお願いします」としおらしくつぶやいた雪梅がまるで別人のようだった。

十九歳になった雪梅の美しさには、可憐さを越えて、しばしば定恵を悩ませる妖艶さが加わっていた。済州で偶然目にした病床での雪梅の裸身はその後も定恵の瞼に何度もよみがえった。還俗した自分にはすでに不淫戒の咎《とが》などないと開き直りたい一瞬もあったが、そのたびに背中を引っ張る剛直な手を感じてはっとなった。

誰だ、誰だ、と胸につぶやく。そこには狂死した義蔵の痛々しい姿があった。定恵は身震いした。女色に溺れて道を見失うな、という声が聞こえてきた。義蔵が発するのか、それとも、いまだ還俗し切れぬおのれの内奥の声かと戸惑った。が、雪梅を犯してはならないと自戒するほかなかった。

「ここで泊まったら、いかがか」

叡観がからかうように言った。

仁願とは別の意味で、この気丈なお転婆娘には手を焼いているふうだった。かといって、実際に叡観を困らせているわけではない。身の回りの世話は登州までは付き添いの役人がこなした。船に乗ってからは仁願の配下があれこれと面倒を見た。叡観の手を煩わせる場面はほとんどなかった。それなのに、雪梅は叡観にとってどことなく目障りな存在だった。

「そうしようかしら」

目を輝かせて雪梅がおどけてみせた。

苦虫をかみつぶしたような顔をしたのは定恵である。調子に乗るな、と思わず叫びそうになる。

「残念ながら、ここには泊まれません。会議と宴会の場です」

仁願がうやうやしく頭を下げた。

この男は雪梅の大切さも分かっているようだ。豪商の鄭高佑から託された孫娘、高宗陛下じきじきのご指名で警護を託された特別な女性——。

「お宿は麓の客館に用意してあります。客館といっても民家に毛の生えたようなものですが」

慇懃《いんぎん》な口調に、なかなか油断のならない男だと定恵は思った。

なるほど客館は決して立派ではなかった。その近くには役所らしいやや大ぶりの建物があり、これも古風な朝鮮風だった。在地の貴族の邸宅を接収したものか。百済の民家は藁葺きか板葺きで、壁も板や泥で覆われている。どこか倭国と似た趣があるなと定恵は感じた。

「ここでしばらく静養してください。四、五日経ったら、熊津《ゆうしん》の方へ移動します」

仁願は部屋の狭さに恐縮しながら、一行にねぎらいの言葉をかけた。

この狭さも定恵には倭国を思い出させた。大陸は巨大なものを好む。が、この海東の地は大陸の一部ではあってもやはり違うと思った。半島はむしろ倭国風が幅を利かせている。それだけ古来倭国との繋がりが強いということか。

疲れはひと晩で取れた。雪梅も同じらしかった。

「同じ部屋とは思わなかった」

翌日、散歩に出たとき、定恵は息を詰めて言った。

「私、試されたのだと思いました」

雪梅は妙なことを言う。

試したのは誰か？

部屋には幅広い二人用の寝台が用意されていた。ここに至って、定恵も覚悟を決めた。今夜は雪梅をおのれの胸に抱きしめ、夫婦の契りを結ぶしかない。そう思うと耳の辺りが熱く燃え上がった。

しかし、雪梅は頑固に拒んだ。同じ布団に身を横たえながら、指一本触れさせなかった。定恵は目算違いを恥じた。一瞬しらけた気分になったが、逆に雪梅に対する恋情は増した。恋情に敬意が加わり、さらに憧憬にまで高まった。雪梅は何ものかに忠義立てしていると思った。その瞬間、義湘法師が口にした「淫欲」という言葉が浮かんだ。

そうか、仏に――。

しかし、ひと晩明けた今日、定恵の心を占めていたのは「仏」に代わる義湘法師の姿だった。雪梅にとって、仏は義湘法師なのだ。淫欲に気付かされた雪梅は、自らの淫欲を観念の世界に閉じ込めて、義湘法師の負託に応えた。

試したのは、義湘法師か？

義湘法師への嫉妬はなかった。かえって、雪梅をかくもみごとに変身させた義湘の法力に感服した。自分がいかに生半可な修行しかしてこなかったかを思い知らされた。定恵は赤面するしかなかった。

あの病床で目にした雪梅の裸身は、明け方まで続いた懊悩の一夜で、みごとに菩薩に変相していた。

「海を渡って、我らは変わったのだ。絶えず試されている」

定恵はじっと前方を見つめたまままつぶやいた。

「還俗したことを恥じていらっしゃる？」

「いや。俗人でいる方が厳しい」

雪梅の眉が曇り、歩みが止まった。

「夕べのこと、怒っていらっしゃる？」

「あの時は怒った。が、今は怒っていない」

「私たち、夫婦でなくても、不思議な縁《えにし》で結ばれていることは確かです」

「縁起を担ぐわけか」

「縁起？　どういうこと？」

定恵の腕をぐいとつかんだ。

「つまり、唐国ではあくまで高佑殿の孫娘。それに対して百済では張穆明の娘。間に入った私は、きみの本当のお祖父さんの国、倭国の人間だ」

「そこにどんな意味があるの？」

「高昌国《こうしょうこく》を忘れるな、というご託宣さ」

「高昌国……」

「玄奘三蔵はお気の毒だった」

雪梅を憐れむのと同じだった。

玄奘は高昌国王の麴文泰《きくぶんたい》と別れるとき、帰途には三年間滞在すると約束した。しかし、約束は果たせなかった。活国《かつこく》で高昌国が滅ぼされたことを知って、玄奘はわざわざ道を違えて帰国している。無念は推して知るべしだ。祖国の唐朝は大きな過ちを犯した。が、口に出すことはできない。国禁を犯して出国した身である。政事とはこういうものである。求法は現実を超えた世界ではあるが、この世の仏国土を消し去った恨みは胸中に深く残った。

「私、祖父が死ぬのではないかと思いました」

この祖父は高佑以外にはありえない。

「玄奘三蔵に殉死？」

「ええ。それほど祖父の嘆きは深かった。故国の高昌国を知る唯一の人でしたから」

定恵は沈黙した。

「玄奘さまの遷化《せんげ》で父はこの世に見切りをつけたのだと思います。それからはしつこく私に倭国へ行け、と……」

そうか、そうだったのか。

やはり高佑はこの俺に雪梅を託したのだ。わが身は程なく消える。このまま雪梅まで朽ち果てさせてはならない。海東へ、そして倭国へ、間違いなく雪梅を送り届けねばならない。それを見届けるまでは死ねない、と。

「高佑殿は義湘和尚に義理立てしたのだと思う」

「なぜここで義湘さまが……」

雪梅の顔が引きつった。

これを言わねば夫婦にはなれないと定恵は思った。あれほど恋い焦がれた義湘法師。そのためにはこの俺をも裏切ろうとした雪梅。その呪縛からまだ解き放れてはいないはずだ。

それとも、これは嫉妬か。

「唐土の地ではきみを純潔に保ちたかったのだ、おじいさんは」

雪梅の目に涙が浮かんだ。固く結んだ唇がかすかに震えている。

「義湘和尚に抱いたきみの純真な思いをせめて唐土にいる間は大切に取っておきたかった。おじいさんもまた義湘和尚を崇拝していた。もう一人の玄奘三蔵だったのだ」

歯を食いしばって涙に耐えている。

「しかし、唐国を去ってからは私にすべてを委ねるつもりだった。それなのに、きみは厳しく拒んだ」

雪梅は立ち止まって、全身を定恵の胸に預けた。定恵は荒い息遣いで雪梅を抱きしめた。無言で何度も腕に力を込めた。

嗚咽が伝わってくる。

「分かった。私が悪かった。私がやきもちを焼いたのだ。きみを取られたくなかった」

雪梅の嗚咽が慟哭に変わった。

よし、よし、と口の中で唱えながら、定恵は雪梅の頭越しに前方を見やった。

崖際に白と薄紫、それに淡い紅色の花が一面に咲いている。無窮花《むくげ》の群落だった。一丈ほどに直立して、尖った葉を押し退けてたくさんの花を付けている。清楚でありながら、どこか寂しげな風情を漂わせていた。

ああ、百済に来たのだ、と定恵は胸につぶやいた。

熊津《ゆうしん》に移ったのは六月に入ってからだった。白江を小船で遡った。川筋は途中で大きく北に曲がって、ゆったりと流れる。右側は険しい断崖が連なる。

「あそこから大勢の百済の宮女が身を投げた」

劉仁願が絶壁を見上げながら口を開いた。さすがに声が湿っていた。

「泗沘《しひ》城はあそこにあったのですか」

仁願は無言でうなずいた。

定恵も黙って崖の方に目をやった。点々と松の生えている崖の岩肌がところどころ赤黒い染みを残している。瞬間、洛陽の白馬寺で目にした壁の血痕を思い出した。義蔵が高窓に向かって這い登った壁である。

「崖にぶつかって落下した者もいました。あれはその時の血の跡ですよ」

重苦しい沈黙を解きほぐすように、仁願の副官が言い添えた。

「どのくらいいたのかね、宮女たちは」

定恵が聞いた。

「飛び下りた者だけでも数百人に達しました。宮廷にはもっと大勢いたと思われます」

「数百人……」

定恵は食い入るように断崖に目を凝らした。

「血で赤く染まったあの絶壁は誰言うともなく落花岩という名前で呼ばれるようになりました」

雪梅が手巾を鼻に当てて涙をこらえている。

叡観は茫然と岩肌に視線を投げていたが、その顔は妙に冷ややかだった。戦《いくさ》とはそういうものさ、とその目は語っていた。

白江を北東に遡ること百里、夕刻には熊津に着いた。旧都熊津はさすがに賑わっていた。泗沘城を逃げ出してこの地に移った義慈王はわずか五日間で羅唐連合軍に降った。が、その後は復興軍が立ち上がって戦闘を継続したので、城下には今も戦闘の傷跡が生々しく残っている。

山と河に彩られた周囲の景観はどこか倭国を思わせた。熊津都督府の客館に落ち着いてから、そのことを話題にして叡観に話しかけた。用事があって叡観の部屋を訪ねた時だった。

「ここの景色はまるで倭国ですね」

倭国を知る人間は叡観しかいなかった。

「貴殿がそう思うのは無理もない。何百年も前から百済と倭国は自由に往来していた。家の造りだけではない。風俗や習慣も倭国が百済から持ち込んだものは多い」

叡観も悪い気はしなかったらしく、定恵相手に饒舌になった。

「去年の白村江の敗北で、百済の遺民が大勢倭国に移住して来たとか」

「そのとおりだ。王族や貴族だけでなく、民百姓も大挙して海を渡って来た。おかげで飛鳥の朝廷もてんてこ舞いだった。畿内には収容し切れず、東国にも安置し、王族や貴族にはわざわざ冠位を増やして位階を授けた」

「そこまでしたのか」

「何せ百済人たちは進んだ技術や文化を持っていたからね。倭国は大いに学ぶところがあったのさ」

叡観がこれほど倭国情勢に通じているとは思わなかった。百済王室が滅んだ直後に一度帰国しているが、その後の百済復興軍の活躍時にもあるいは倭国の土を踏んでいるのかもしれない。亡命官人として独自の牒報網を持っているのだろう。

　叡観がふと黙り込んだ。定恵もしゃべりすぎたかと反省した。叡観には決して気を許してはいない。それなのについ親しげな口を利いてしまった。

「船の上から落花岩を見たね」

　むっつりした顔で、叡観が再び口を開いた。

「宮女たちの骸《むくろ》は川を下って白江の河口に流れ着いた」

　そこまでは定恵は考えていなかった。しかし、数百の遺骸は間違いなく川を流れ下ったろう。

「三年後、今度は倭国の水軍の死体が河口に渦をなした」

　そうか。海戦のあったのは去年の八月。白江は夥しい数の百済の宮女と倭軍の兵士の死体を呑み込んだ悲劇の河でもあったのだ。

「焼亡した倭国の軍船は四百艘、海に投げ出された兵士の数は三年前の宮女たちの人数をはるかに上回ったろう」

「その中に張穆明もいたろうか」

「それは分からない。穆明が仕えていた阿曇《あずみ》氏は前年に余豊王子を送って百済に渡っている。そのまま百済にとどまって復興軍に加担していたはずだ。翌年白村江で戦った倭軍は駿河の廬原君臣《いおはらのきみおみ》率いる水軍だから、たぶん穆明は海戦には参加しなかったろう」

「そうなると、やはり地上戦で……」

　叡観の眉が曇った。

　否定も肯定もしない。確信が持てないことに苛立《いらだ》っているのだろう。

　考えてみれば、もともと叡観には穆明の消息を探る義務はない。高佑から頼まれて一枚嚙んだだけだ。ただ、それによって新羅の王室と縁故を結ぶきっかけが得られるかもしれないという思惑があった。これだけが叡観を雪梅に繋ぎとめている唯一の理由だった。

「そなたはすぐに倭国に旅立つのか」

　定恵は気を使って話題を転じた。

　内心の不安を遠回しに吐露したつもりだった。叡観がいてくれれば百済での案内役になる。

「その予定だったが、仁願は郭務悰の帰還を待ってからの方がいいと言う」

「いつ戻るのか、郭務悰は」

「それが分からんのだ」

叡観は苦り切った様子だった。この男がこんな態度を見せるのは初めてだ。百済に来てから気持ちが沈んでいる。穆明のせいかと思っていたが、真因はこちらの方にあるのか。

「倭国での協議はうまく運んでいるのだろうか」

「それも分からん」

吐き捨てるように言って、あらぬ方を見つめている。連子窓《れんじまど》の板戸はすべて開け放たれ、格子の隙間から涼しい風が入ってくる。長安や洛陽に比べるとはるかに凌《しの》ぎやすい。海に近いせいだろうか。それとも百済はやはり唐土とは気候が違うのか。

「そもそもわしに無断で倭国に使者を送ったところが気に入らぬ」

叡観らしさが戻ってきたな、と定恵は思った。

「わしが唐使に付き添って行くことになっていた。仁願が功を焦ったのだ」

「しかし、唐使と言えるでしょうか。仁願は百済鎮将にすぎない」

ぎろっと叡観が目を剝いた。

「そうだ。そのとおりだ。正式な唐使とは言えない。倭国でも同じように受け取るかもしれない。そうなると、帰還は長引くぞ」

急に元気が出てきた叡観を見て、定恵は自らの思い付きが功を奏したと思った。

「しばらく張穆明探しに付き合ってもらえないでしょうか」

あえて定恵は下手《したて》に出た。今は叡観の機嫌を損ねないことが肝要だ。

「その気持ちはないことはない。高佑殿から頼まれてもいるしね。それに……」

あとは口をつぐんだきり、言葉が出てこない。

定恵は気になったが、脈はありそうだと判断した。

「ただ、いつ郭務悰が帰って来るかによる」

穆明の件には触れずに、叡観は巧みに話題をずらした。

「しかし、当分は……」

「わしもそう思っている。が、いつ何時《なんどき》、不意に戻るとも限らない。正式な唐使と認められず、鼻であしらわれれば引き返すしかない」

「一行の様子はまったくつかめないのですか」

「まだ一か月も経っていない。おそらく筑紫だろう。上京の機会を窺っているころだと見当を付けている」

「人を遣って状況を探ることは……？」

「考えた。が、倭国の防備が固い。筑紫の海際には水城《みずき》を築いて外敵の侵入を阻んでいる」

水城のことは聞いていた。倭国の方でも相当神経を尖らせていると見える。これでは郭務悰の一行も苦労しているに違いない。

「どうでしょう。しばらく穆明の消息探しに尽力してくださらぬか。雪梅が不憫でならぬ」

再度の依頼を叡観も無視できなくなったようだ。ちらっと横目で定恵を窺い、しばらく顎に手を当てて思案にふける様子。

雪梅の名が出たことが影響しているのかもしれない。叡観は俺と雪梅がすでに夫婦の契りを交わしたと思い込んでいる。仁願の方では初めからその気でいた。唐の役人から申し送りがあったのかもしれない。何の打診もなく二人を同室にした。

唐の女性は外国人と結婚しても国外には出られない。しかし、例外はある。その数少ない例外のひとつがこの雪梅だった。

高宗としては高佑に恩義がある。唐室御用達の商人であると同時に、玄奘を物心両面で支えた功労者だった。高昌国を滅ぼしたのは先帝の太宗だが、自分は父帝の政策をそのまま踏襲した。玄奘と高佑の恨みは高宗の胸中にも微妙な影を落としていた。玄奘なき今、高宗の弱みはこの高佑一人に向けられていた。雪梅を質《しち》の定恵に娶《めあ》わせ、ともに倭国へ送ることは国家的な戦略にも組み込まれていた。

「やってみよう。ただし、いったん事が起これば中途で抜けることもありえる」

事が起こるとは郭務悰の帰還を指すのだろう。これは仕方がない。そうなる前に、この百済で穆明の感触だけでもつかんでおきたい。

「構いません。よろしくお願いします」

頭を垂れた定恵を見て、叡観は奇妙な表情を浮かべた。

孝徳天皇のご落胤がこの俺に頭を下げるとは――こう叡観は考えているに違いない。

定恵にも屈辱感はあった。が、すべては雪梅のためだった。そして長安で余喘《よぜん》を保っている高佑のためだった。それは遠く玄奘法師の遺志にも繋がっているはずだ。

叡観、そなたの世話になるぞよ――。

定恵は声に出さずにきっぱり宣言した。

暑い夏の間は遠出を避けた。動き出したのは七月になってからである。涼しげな風が初秋を告げる宵、定恵は雪梅に言った。

「間もなくお父さんの消息が知れる。今日、叡観に会ったら、四、五日の間に出発すると言っていた」

「大丈夫でしょうか。見つかるといいのですが」

雪梅が不安そうな目を向けた。

「どういう形で明らかになるかは私にも分からない」

「もうとっくにあきらめてはいますが……」

切なそうに顔をゆがめたが、絶望一色というわけではなかった。たとえ生きていなくても生死が判明するだけでも心は安らぐ、と苦衷の裏側から語りかけてくるものがあった。

約束どおり、叡観は七月十日に定恵と雪梅を伴って熊津を出発した。暦では秋になったが、この日は生暖かい南風の吹く湿気の多い曇天だった。

旅支度を整えて部屋で待っていると、叡観が現れた。どういうわけか僧服姿だった。

「これはまた……」

ひと目見て、定恵は戸惑いの声を発した。

「この方が探索には便利なのだ。海東は仏僧が敬われている。行脚僧には民衆も帰依して供養を怠らない」

反射的に義蔵と義湘の二人の新羅僧を思い浮かべた。片や故人、片や長安で修行中。

義蔵は僧侶であるより憂国の士だった。いや、自国を慮《おもんぱか》るより近隣諸国との和平に命を捧げていた。留学僧の身分を逸脱していたのは確かだったが、この義蔵から受けた影響は絶大だった。同じ留学僧でありながらついに還俗したわが身を思うと、そこに義蔵の影を見出さざるをえなかった。

義湘はどうか。

彼こそ純粋な求道者だった。政治にも関わらず、世事にはいっさい無頓着だった。「淫欲を去れと説教された」と雪梅から聞いた時は脳天を叩き割られた。これこそ仏に仕える骨頂と感服させられた。が、慕い寄る相手が男だったら、この言葉は無意味である。女だからこそこの言葉を言えた。ということは、義湘にとって女は特別な生き物だったのだ。義湘でさえ女の魔性を警戒せざるをえなかったのだ。

その魔性をこの俺が引き受けたわけだ、と定恵は苦笑した。あの晩の雪梅が反射的に脳裏をよぎる。魔性は確かにある。「淫欲」を満たす誘惑が雪梅にもなかったとは言えまい。それを断固抑えたのは義湘への義理立てからだった。いや、対抗意識からだったかもしれない。あえて定恵はそう思いたかった。それが雪梅の強さであり、弱さでもあった。

「新羅では浄土信仰が盛んだとは聞いていますが……」

おもねるように叡観に言った。

「海東はみな同じだ。羅唐の連合軍に蹂躙され、亡国の悲運を味わった百済では民衆の無常感は極点に達している」

「仏教は救いになりますか」

「ほかに何がある？　死後の安寧を約束するのは極楽浄土しかないではないか」

あまりに安直すぎると定恵は反発を感じた。死後の安寧より、生きているときの幸福の方が大事ではないか。

しかし、反論は控えた。できなかった。ここで叡観にそっぽを向かれたらすべてが水泡に帰す。叡観に歯向かわないこと――こう自分に言い聞かせた。

目指したのは任存城《にんそんじょう》だった。ここが百済復興軍が最期を迎えた場所だったからである。熊津からは百里足らず、ただし水運はないので馬と徒歩に頼った。丸一日の行程だった。

「任存城も周留城と同じような山城だ」

轡《くつわ》を並べて叡観が言った。

「やはり激しい戦闘が？」

「うん。周留城で復興軍は全滅したのだが、王子の一人が降服せずにここに移って抵抗した」

「余豊王と一緒に脱出したわけですか」

「いや。別行動だ」

「名前は？」

「遅受信《ちじゅしん》。同じ王子でも、忠勝《ちゅうしょう》と忠志《ちゅうし》は降服した」

「いったい何人の王子がいたのですか、義慈王には」

聞いたこともない王子の名前が次々と出てきて、定恵は面食らった。

「正式な王子は六人だが、それ以外に庶子が四十一人いた。忠勝も忠志も、脱出した遅受信もみな庶子だ。だから余という王姓は付かない」

「四十一人……」

定恵は絶句した。

一国の王であれば、庶子が何十人いても不思議はない。が、対羅唐戦で庶子の王子たちも力を合わせて戦ったことを聞かされて、定恵は胸を熱くした。

「海東には地縁を重んじる風習がある。血縁より地縁を大事にするところが中華の伝統とは異なる」

「しかし、庶子の王子たちまで余豊王に協力している」

「血の絆を思わせるだろう？　が、実際は百済という国土がなせる業だ。地域や地方が土着の豪族のもとで強く結び付いている。産土神《うぶすなかみ》のようなものだ。地神が寄り集まって国神を成す。これが百済や新羅といった半島諸国の強みと言ってよい」

「血縁より地縁か……」

定恵は視界を開かれる思いだった。

唐国では地縁は至って軽い。血縁は幅を利かすが、地縁はほとんど無力だ。同郷であることにあまり意味はない。中華の文明を築いた北方大陸には遊牧民的な性格が色濃く残っているからではないか。遊牧の民は本来定住地を持たない。

「遅受信のその後は？」

「それを探るのも今度の旅の目的のひとつだ。逃亡したとも、自刃したとも言われている。いずれにせよ任存城は全滅して、今では唐軍の占領下にある。遅受信はたぶん殺されたと思うが確証はない」

「倭軍は任存城でも戦っているのかね」

遅受信よりは張穆明だ、と定恵は声を上げたくなった。

「それがはっきりしない。任存城だけではない。周留城でも倭軍が戦ったのかどうか定かではない」

「そんなばかな……」

定恵は手綱を引いた。

「そう力みなさんな。事実だからしょうがない」

煽りを受けて叡観の馬も歩みを止めた。

後ろにいた雪梅も、仁願が配した道案内の兵士も、立ち止まらざるをえなくなった。

不審そうに雪梅が眼前の二人を見つめている。

「ただし、わしには思うところがある。余豊を倭国から迎えて復興百済の王に推戴《すいたい》してから、鬼室福信は同志の道琛《どうちん》を殺害した。そのあと福信は道琛の兵も糾合して一大勢力となって任存城に立て籠もった。これがちょうど余豊王子の帰国から一年後のことだ。しかし、白村江の戦いのわずか二か月前に余豊から謀反を疑われて殺される。王子の帰国に付き従って海を渡った阿《あ》曇《ずみの》比羅夫《ひらふ》が任存城にいた公算は大きい。当然、穆明も一緒だったはずだ」

「それで、任存城に？」

「そういうことだ。もっとも、任存城で無事だったなら、その後、周留城に転戦したということもありえる。しかし、肝心の倭軍の動きがはっきりしない」

　叡観は叡観なりに情勢を分析しているようだ。ひとまず安心したが、先行きは不透明だった。任存城で何らかの手がかりがつかめればいいが、と定恵は祈るような気持ちだった。

　雪梅も事態を認識したようだった。口ではあきらめたとは言いながら、実の父親に関することとなれば胸の鼓動はいやでも高まる。思わず叡観の背に向かって、

「どうして倭軍の情報がないのでしょうか」

　差し出がましい口を利くと言わんばかりに、叡観がじろりと雪梅をにらんだ。雪梅は馬上であわてて目を伏せた。叡観の返事はなかった。

　道の両側は低い山並みが連なり、平地は至って少なかった。そのような窪地はたいてい稲田になっており、真ん中を谷から下った清冽な水が音を立てて流れていた。時折り切り通しのような坂道が現れた。

「まるで飛鳥だな、この風景は」

　叡観が感に耐えたようにつぶやいた。

「そうですか」

　飛鳥で生まれたとはいえ、定恵が幼少期を過ごしたのは難波である。飛鳥の思い出はほとんどない。

　一方、叡観には飛鳥は文字通りのふるさとだった。緑の山々と曲がりくねった飛鳥川の渓流が目に焼き付いていた。

　何とこの百済の地によく似ていることか、としばし叡観は郷愁に浸った。違うところといえば、あちこちに乱れ咲く無窮花《むくげ》だった。長安では春になると牡丹がみごとだった。寺院でも競って名花を咲かせようと腐心していた。牡丹が唐国を代表する花なら、無窮花は海東の象徴のような気がした。

　夕刻、任存城に着いた。落城から一年、思いのほか原形をとどめている。城砦《じょうさい》にふさわしい堅固な造りだ。反り返った石垣は十五丈ほどの高さで、その上に城館の屋根が見える。

「ここでは戦闘はなかったのかねえ」

　定恵が高い石垣を仰ぎ見ながらため息をついた。

「ないことはなかったが、最後にここに拠った王子の遅受信は唐軍に追い詰められて妻子を捨てて逃亡したという噂がある」

「それでは余豊王と同じではないか」

「そういうことになる。もし脱出したのなら、行き先は高句麗だろう」

叡観は城門への道をたどり始めた。道は曲がりくねって勾配も急だった。

城門から中に入るとき、衛兵が誰何《すいか》した。

「百済鎮将劉仁願閣下の使いの者だ」

差し出された牒を見て、衛兵は直立不動で敬礼し、同僚に奥へ案内させた。

やり取りが唐語なので、城に駐留しているのは唐軍だとすぐに分かった。周留城でも熊津でも、新羅軍の姿をほとんど見かけなかった。百済の故地は完全に唐軍の手中にあり、肝心の新羅軍は駆逐されている、と定恵は感じた。

城館内で相手をしたのも唐将だった。

「倭軍の消息を聞きたい」

叡観が唐語で単刀直入に切り出した。

はっとしたように相手は叡観を見た。唐人ではないことに、いま初めて気付いたようだった。続いて定恵にも一瞥をくれ、さらに雪梅にも不審そうな眼差しを向けた。

「こちらの女性《にょしょう》は唐人だ。由緒ある方の令嬢で、この定恵殿の妻でもある」

雪梅がぴくっと肩を震わせた。妻という言葉に反応したのだ。

定恵は気にしなかった。どうでもよいことだった。

叡観から来意を聞いて、相手は一応納得したような顔をした。が、どこか胡散臭《うさんくさ》そうに三人を見回した。訛《なま》りが隊正かせいぜい旅帥クラスの下級将官だろう。訛りがないところを見ると長安近辺の出身かもしれない。

「倭軍はここには来なかった。が、遅受信に従っていた者の中に、倭人が一人いた」

叡観の目が鋭く光った。

定恵も雪梅も息を呑んだ。

「どういうことだ」

叡観が厳しい口調で問うた。

「ご存知のとおり、遅受信はここから逃亡した。が、従者は投降しました。わずか五人でしたがね。その中の一人が巧みな唐語を操るので取り調べてみると、倭人だという。唐語はどこで覚えたかと聞くと、急に黙り込んでしまった」

「黙り込んだ？」

定恵が急《せ》き込むように反問した。

「そう。遅受信に倭人が付き従っていても不思議はありません。倭軍は百済復興軍に肩入れしていましたからね。しかし、滅びるしかない敗残の将と運命をともにするとなると、並みの忠誠心ではない」

語る唐将も頬が上気していた。

この唐語に堪能な倭人とは誰なのか。

一瞬、定恵の頭の中で、傍らにいる叡観がその男と入れ替わった。叡観ならぴったりだ。巧みに唐語を操る倭人――。

しかし、そんなことはありえない。

「その倭人はどうなったのかね」

こう聞いたのは叡観その人だった。叡観自身が自分のことを他人に聞いているような奇妙な錯覚に定恵はとらわれた。

「拷問して白状させようとしたが、屈しなかった。傷だらけになって死んだ」

「死んだ？」

定恵の背筋に悪寒《おかん》が走った。今度は義蔵を思い出した。義蔵は激しい拷問に遭って精神に異常を来たした。命は助かり放免されたが、故国ではなく留学先の唐国に帰還させられた。

「その倭人の名は？」

「アズミノアケヤスと名乗っていました」

唐語でありながら、名前の部分だけは倭訓だった。

「アズミノアケヤス？」

思わず叡観と目が合った。アズミが「阿曇」であることは間違いない。

叡観も顔色を変えている。

「アケヤスとは？」

相手は唐語でその漢字を説明した。「明耶須」だという。

阿曇明耶須《あずみのあけやす》――。

「明耶須の明《あけ》は穆明《ぼくめい》の明《めい》だ」

そうか。そうだったのか。

「明耶須の耶は爺《や》に通じる。高佑を指している」

定恵は叡観の俊敏な頭脳に感嘆した。

倭人は唐国では唐名を名乗ることがある。その場合、倭名の一部を用いたり、姓の一字を省略することが多い。叡観こと蘇我日向《そがのひむか》が蘇日向《そじつこう》になったのは後者の例だ。

しかし、唐人が倭名を名乗った例を定恵は知らない。同じように唐名の一部を生かす場合があるのだろうか。

「張穆明に間違いあるまい」

叡観が駄目押しするように言った。

「その倭人の遺体は？」

定恵が追い討ちをかけた。眉には太い縦皺が刻まれている。

「城壁の外に葬りました。他の戦死者と一緒です」

雪梅がわっと泣き出した。それまでいるかいないか分からないほど静かに脇に控えていたのに、堰《せき》を切ったような慟哭が続いた。

定恵の胸も嵐のように揺れた。叡観も頬を引きつらせて茫然と遠くを見つめている。

その倭人が張穆明であることは疑いようがなかった。

ただ、どうして遅受信に従ったのか分からない。

叡観も同じ疑問にとらわれたようだった。

「あとの四人は？」

「正真正銘の百済の遺民でした。倭人に関しては出自も来歴もいっさい知らぬと言い張り、これは信用できたので無罪放免にしました」

定恵と叡観は無言でうなずいた。

敗残の百済兵はできるだけ放免して生業に就かせるというのが唐軍の方針だった。これには新羅の王室の意向が強く働いていた。慈悲からではなく、統一後の新羅の国家経営に関係していた。百済の遺民も糾合して、新たな統一国家を半島に築こうという思惑からだった。

この政策には、文武王の後見役である金庾信の考えが反映していた。唐軍にはいずれ出て行ってもらう。時期は高句麗を倒してからになるが、それも遠くないはずだ。半島の支配をもくろむ唐の野心は見え透いている。その野望を砕くには半島の諸民族が一致団結せねばならない。そのためにはできるだけ民力を蓄えることだ。かつては敵だった百済も、今は敵対している高句麗の民衆も、統一新羅の重要な礎になる。民衆だけではない。貴族や官僚も許して、なるべく味方に多く取り込んでおく必要がある。

この政策はすでに実行に移されていた。百済人でも能力に優れている者には官位を授け、支配層の末端を担わせていた。兵制においても同様な措置が取られた。投降した百済の将軍に武官職を授け、進んで新羅軍の枢要な地位に据えた。

唐の占領軍もこれには従わざるをえなかった。援軍であるからには新羅の国政にまで容喙《ようかい》することは憚られた。できるだけ妥協して新羅の言い分を呑み、究極の目標である高句麗討伐で大いに働いてもらおうというのが唐の魂胆だった。

城内の館で一泊して、翌朝、一行は帰途に就いた。出がけに、雪梅は阿曇明耶須《あずみのあけやす》の遺体を葬ったという城壁の下に足を運んだ。石積みの高い城壁の下はまばらな木立に覆われていた。涼しげな風が樹幹を吹き抜けていたが、心地よさとは無縁の、死臭が漂ってくるような冷たさだった。墓地らしい墳丘はどこにも見当たらない。敵兵を葬るとは、穴を穿《うが》って遺体を埋めるのではなく、狼の餌食《えじき》にすることらしい。口には出さなかったが、三人ともそう思うしかなかった。

「これでは浮かばれないな」

天に反り返った城壁を見上げながら、定恵が言った。あの上からまだ息のあるままで放り投げられたのではないか。

「彼奴《きゃつ》らは明耶須に個人的な恨みがあったわけではない。拷問は百済復興軍に加担した倭人への見せしめだ」

叡観が歯嚙みするように言った。

「しかし、明耶須は唐人だ。彼の話す唐語を聞いたら、唐人だとすぐに気付いたはずだ。なぜこうまで残忍な仕打ちに出たのだろう」

城壁の先端を見上げたまま、定恵は解しかねるというふうに首をひねった。

「五人の中では突出していたのだろう。遅受信の副官だったのかもしれない。唐軍は余豊王を手引きしたのは遅受信ではないかと疑い、それを白状させるために明耶須に拷問を加えたのだろう」

なるほど、と定恵は思った。本音はそこにあったのか。確かに余豊王が周留城で降服していれば、任存城で余計な戦いをせずに済んだろう。

「真相はどうだったのか……」

「別行動だったろう。同じ義慈王の子でも、嫡子と庶子では身分に雲泥の差がある。遅受信はむしろ余豊王に嫉妬を感じていたのではないか。俺は逃げない、ととことん戦ってやるという腹づもりだった。そこで、いったん不利な状況を脱して再起を期そうとした。もはや百済王室への忠誠心など問題ではない。庶子に生まれた王族の屈折した名誉心のなせる業だ」

定恵は黙り込んだ。叡観の推理がどこまで当たっているかは分からない。しかし、言われてみればそうかもしれないと思う。心理戦では叡観は場数《ばかず》を踏んでいる。ここまで生き延びてきたのは彼一流の嗅覚がものを言ったはずだ。

「しかし、その遅受信も最後には落ち延びている」

「命が惜しかったからというより、やはり再起を、──再々起というべきか、期したのだろう。高句麗に行けば余豊王にも会える。手を組んで唐軍と渡り合える。何より高句麗の強大な軍事力を頼りにすることができる。百済を滅ぼした唐への恨みは余豊王より深かったのではないか。庶子という出自から来る劣等感が唐軍への憎しみを倍加させた。ここでおいそれと唐軍に屈するわけにはいかないと判断したのだろう」

「それにしても、明耶須はなぜ余豊王ではなく、遅受信に随行したのだろうか。自らが倭人の血を引いているなら、倭国で暮らしたことのある余豊王に靡《なび》きそうなものだが」

もう一つの疑問を叡観にぶつけた。

「ははは。それはあまりに単純すぎる見方だ。明耶須は唐軍と戦いたかったのだ。唐国に恨みがあった。両親と弟二人を殺された唐軍への恨みだ。天涯孤独の身になったのは、ひとえに唐国の高昌国殲滅のせいだった」

聞いたことのあるせりふだった。

鄭高佑だ。高佑自身の口から直接聞いたのか定かではないが、高昌国滅亡の悲劇は折に触れて耳に入ってきた。それを雪梅の父親の立場から代弁したのがこの叡観の言葉だ。

雪梅はと見ると、いつの間にか二人のもとを離れて、さらに遠くの樹林をさまよっている。定恵は胸を突かれた。父親の遺体を、その残骸を捜し求めているのではないか。

目の前に雪梅がいなくてよかったと思った。叡観の言葉は雪梅には苛酷すぎた。明耶須が穆明その人なら、雪梅は父親の苦衷を思い知らされたことになる。繰り返し出てくる「唐国への恨み」を雪梅はどう受け止めるだろうか。

やがて雪梅が足早に戻ってきた。傷心をあえて振り

払うように、

「私、ここに墓石を建てます、必ず……」

食ってかかるような物言いだった。

呆気に取られて雪梅を見た。叡観も目を剝いた。

「気持ちは分かる。しかし、今はだめだ」

あわてて制したのは叡観だった。さすがの叡観もどぎまぎしている。

「そのうちに、落ち着いたら、きっと造ってみせます」

きりっと結んだ唇が痛々しい。定恵は思わず顔をそむけた。熱いものが胸奥から這い上ってくる。救国の女傑のような近づき難い威厳が備わっていた。

帰り道は三人とも寡黙だった。

雪梅を守らなければならない。先ほどまでの気丈な一面が影を潜めて、打ちひしがれたように馬を進める。見かねた護衛の兵士が雪梅を横座りにさせて、自らがその手綱を取った。後ろに自分の馬を繫いで、粛々と隊列は続いた。歩みは遅々として捗らない。が、不満を口にする者はいなかった。定恵も叡観も無言のまま馬の背に揺られた。

熊津城に引き返して間もなく、劉仁願が倭国へ放った密使が郭務悰の消息をもたらした。九月も半ばを過ぎていた。

「郭務悰はまだ大宰府にいる。中大兄皇子は飛鳥への入京を頑強に拒んでいるようだ」

仁願からこう聞かされても、叡観は顔色ひとつ変えなかった。

傍らにいた定恵が、

「入京を認めない理由は？」

ややきつい調子で尋ねた。

「唐からの正式な使節ではないからということらしい」

やはり、と定恵はうなずいた。最も危惧したのがこの点だった。以前、叡観と話題にしたこともある。そうでなくても倭国は報復を恐れている。正式な使節なら会わないわけにはいかないが、百済鎮将が派遣した人物なら追い払っても構わない。その間に防塁を築き、山城を造って、唐軍の侵攻に備えるというのが倭国の思惑だった。

「一理ある」

叡観がしたり顔でつぶやいた。それ、見たことか、と傲慢ぶりを隠さない。

「どんなものを持参させたのですか」

脇から定恵が尋ねた。

「表函《ふみばこ》と献物《みつぎ》だ。礼を失しないように心は尽くしてある」

仁願の声は上ずっていた。

「上表文の署名は誰に？」

「むろん、わしだ」

ああ、と定恵はため息をついた。

百済鎮将では相手にされないと思わなかったのか。増上慢に陥っているのではないか。鎮将とはいっても、倭国から見れば占領地の一軍人にすぎない。朝廷が相手にする人物ではない。足元を見すかされたのだ。

「朝廷には届いたのでしょうか」

「大宰府の長官が受け取って、飛鳥まで早馬を跳ばしたそうだ」

「上表文の中身は？」

叡観が掬《すく》い上げるような目で迫った。

「今回の百済での貴国の振る舞いは唐国としては我慢ならぬものがある、代償として筑紫の大宰府に唐国の都督府を置かしめよ、と」

「そこまで言ったのか」

叡観は顎を引いて舌打ちした。

「これは唐朝の意図をそのまま体現したものだ」

「それを貴殿が勝手に代行したわけか」

むっとした顔で、仁願は叡観をにらんだ。悔しさで膝がぶるぶる震えている。が、そのとおりなので、反論はできない。

「これは親切心から申し上げるのだが、倭人は自尊心が強い民族だ」

叡観は一刀両断した。この場の空気を完全に支配していた。

「そんな上表文を見せられたら、倭国の朝廷は反発するだけだ」

「しかし、敗者ですよ、倭国は」

「唐国に歯向かいはしたが、唐土を侵したわけではない。領土的な野心は倭国にはありませんよ」

「白村江では唐軍にも多くの死者が出た」

「戦争だから、やむをえない。戦死者の数は倭軍の方がはるかに多い」

冷静ながらも叡観の声は次第に凄みを帯びてきた。気圧された仁願は今回の独断専行を反省せざるをえなくなった。折れるよりほかなかった。

「飛鳥へ行くのは無理かね」

「たぶん。いろいろと口実を設けて入京を阻むだろう。倭国も礼儀を重んじますから粗略に扱うことはしません。しかし、なるべく早くお引き取り願いたいというのが本音でしょうな」

「うーん」

仁願は腕を組み、天井をにらんだ。

失策だったか。

無念さが髭《ひげ》に覆われた顎《あご》ににじみ出ていた。

「軍兵を付ければよかった」

「威嚇ですか。それは愚策《ぐさく》というもの。脅しに乗るほど倭国は単純ではありませんよ」

「唐国に比べればはるかに弱小だ」

「そのとおり。だが、周りを海に囲まれている倭国は天然の要害に守られているようなもの。陸続きの海東とはまるきり違う」

いったいどちらの味方か、と仁願は眉をしかめて叡観を見た。

僧服が似合う。しかし、倭国では高級官人だった。唐国では一転、官服姿の蘇日向。唐室からも一目置かれている。僧形は世を忍ぶ仮の姿ということか。

「定恵殿の帰国もちらつかせました」

「えっ？」

定恵は耳を疑った。

仁願が反転攻勢に出たのかと思った。

「まさか上表文には書けないので、口頭で匂わせるよう指示しました」

俺のことをどれくらい知っているのか、と定恵は気になった。長安からどのような指令が来ているのか知らないが、今ごろになってそんな事実を明かすとはいかなる魂胆か。郭務悰にどんな因果を言い含めたのか詳しく聞き出さねばならない。

「口伝《くちづて》でどんなふうに？」

定恵の声はやや上ずっていた。

「大宰府に都督府を置くことができれば、定恵殿は返す、と」

仁願は大真面目で答えた。

「甘いぞ、それは」

嘲笑するように異議を唱えたのは叡観である。

「倭国の朝廷は定恵殿の帰国を望んでいない。帰国されれば中大兄皇子は困るのだ」

秘密を漏らしても大丈夫なのか、と定恵ははらはらした。

唐朝の中枢部はこの事実を知らない。だから劉仁願のように単純な発想しか出てこない。これが唐朝の公式見解なのだ。秘密を知っているのは叡観の息のかかったごく一部の高官だけだ。

「ほほう、それはまた異なことを……」

仁願は間延びした顔で叡観を見やった。世迷言《よまいごと》のように聞こえたのだろう。

ここは倭国通を見せつけようと、一転、仁願は自信ありげに高らかに宣言した。

「定恵殿は中大兄皇子の忠臣、中臣鎌足の嫡男ですぞ。帰国を願わぬことがあろうか」

「それが甘いと言っているのだ」

叡観は蔑むような目で仁願を見た。

「筑紫に都督府を置きたいなら、定恵殿を帰国させないことこそ肝要なのだ」

「それはなぜだ」

叡観はにんまりとほほ笑んだ。意味ありげに定恵に一瞥をくれる。ここで止《や》めておくのがわしの流儀だ、とその目は語っている。それとなく暗示しておく方が効果がある——。

定恵も触れられたくなかった。第一、真実かどうか分からない。根も葉もない噂話、叡観の作り話かもしれないではないか。

しかし、時に迷いが生じる。本当かもしれないと思う時がある。父の鎌足から何の音沙汰もないのが気にかかる。唐国に打ち捨てられたも同然だ。叡観が言うように、自分は鎌足の実子ではないのかもしれない。もし本当に孝徳天皇の落胤なら、帰国すれば命が危ないことは確かだ。

いつかこのことを雪梅に漏らしたことがある。彼女は、それなら私は皇后ね、とはしゃいだ。初めから雪梅は本気にしていなかったのだ。冗談と決め付けていた。

いったい真相はどうなのか。

「これには複雑な事情が絡んでいる。おいそれと知らせるわけにはいかない」

仁願は不満そうに頬を膨らませた。侮辱するな、と顔中で憤っている。

「すでに貴殿の発言が倭国の朝廷に伝わっているとなると、今さら修正するわけにもいかない。飛鳥ではほくそえんでいるだろうよ、きっと」

仁願は焦りの色を濃くしたが、どうしようもない。わなわなと体を震わせながら、

「人を虚仮《こけ》にしやがって」

顔を真っ赤にして部屋を出て行った。この日、会談したのは客館内に設けられた応接室だった。

「先が思いやられますね」

定恵は椅子に座ったまま、浮かぬ顔でつぶやいた。

「なるようになるさ。もともと劉仁願は血気に逸《はや》った青二才にすぎない。百済進駐軍の総帥は高宗陛下の信任厚い劉仁軌《りゅうじんき》将軍だ。彼こそ軍政官にふさわしい能力を備えている」

叡観は強気一点張りである。

「なぜ劉仁軌は表に出ないのだ」

「検校熊津都督として百済の復興に打ち込んでいる。内政の手腕はみごとなものだ。屍を葬り、戸籍を整備し、橋や堤防を補修し、窮民を救済し、故老を養っている。民生は安定に向かいつつある。百済人はこの旧敵の将軍に尊敬の念さえ抱き始めている」

「そんな劉仁軌を差し置いて、倭国へ使者を差し向けるとは、仁願は仁軌に対抗するつもりだったのか」

「いや、郭務悰の派遣は仁軌の発案だ。仁願はただ実行したにすぎない」

「なるほど。それなら分かります。高宗の信頼が篤いとはいえ、劉仁軌だって一介の都督にすぎない。郭務悰は唐朝が派遣した国家使節ではなく、あくまで占領地の都督が送った私的な使いということになる」

叡観は黙ってうなずいた。

飛鳥の朝廷はとうてい受け入れまい、と定恵の推測は確信に変わった。仮に俺の名前が出たとしても、朝廷内にはいささかの動揺も起こるまい。私人の世迷言として無視するだけだろう。

しかし、父鎌足は本当に平静でいられるだろうか。

定恵は新たな不安に襲われたが、それを無理やり胸底にねじ伏せた。実父問題は禁句だ。叡観の術策に陥ることになる。うかつに懐疑の焔《ほのお》を煽り立てるようなことはすまいと決心した。

またたく間に秋が過ぎていく。

半島の空は海の色に似ていた。大陸内部の澄んだ秋空とは違う。空が手に届くように低い。なだらかな丘陵が縦横に連なって空を狭く見せているせいか。

しかし、ある時、風にしめやかな香気が漂っている

ことに気付いた。緑が濃く、海が近いからだろう。そう思うと、この秋空だけでなく、空気の流れや周りの景色までが郷愁を呼び覚ました。それは十年を過ごした長安ではなく、その下に潜む倭国に続く地層が誘《いざな》うやるせない想いだった。

——倭国恋しや。

ふと喉元を突いて出た言葉に、定恵ははっとした。

張穆明の死があっけなく知れて、しばらく定恵は気抜けした状態が続いた。百済をあちこち徘徊することになるという目算ははずれた。目的が達せられたからには長居は無用だ。百済に、またこの地を滅ぼした新羅の風土に関心がないわけではない。が、戦乱の収まったばかりの半島を経巡《へめぐ》っても悲しい気持ちにさせられるだけのような気がした。

何よりも義蔵の悲劇が脳裏から離れなかった。拷問を受けたのは新羅においてだという。百済ではないと思いたかったが、今では百済も新羅に包含されてしまっている。見境いはつかない。義蔵は新羅の王室に直訴したが相手にされなかった。逆にその無謀をなじられ、国家反逆の汚名を着せられ凄惨な拷問を受けた。その場所は確かめようもないが、戦いの前線だった旧百済の地だった可能性は大きい。百済の旧地は遅受信や張穆明だけでなく、畏友義蔵の流した血で赤く染められているような気がした。

熊津城から一歩も出ようとしない定恵を見て、雪梅が心配そうに声をかけた。

「少し散歩でもなさったら」

このところ雪梅は忙しそうに飛び回っている。何をしているのか、定恵には見当がつかない。が、父親に関することだろうとはだいたい想像できた。父の張穆明が命を落とした地となれば、思い入れは殊のほか強かろう。この地を歩き回ることはそのまま父への供養に繋がるのかもしれない。

「出歩きたくない」

忽然と湧き起こってきた望郷の念を雪梅に悟られることを恐れた。なぜなのか自分でも分からない。雪梅も倭国に引かれていた。郷愁は雪梅の願望とも一致しているはずだった。それなのに告白するのにためらいがある。ここで倭国のことを持ち出すのは雪梅への裏切りに思えてしまう。

「気散じは必要よ。このままでは気鬱症になってしまうわ」

「気鬱症か。もうなっているかもしれない」

　にやりとしながら雪梅を見たが、彼女は冗談とは受け止めていないようだった。こめかみを震わせて、唇をきつく結んでいる。どことなく定恵に猜疑の目を向けている感じだ。

「あなた、里心がついたのではなくて？」

　女の直感は鋭い。

　この言葉で、定恵は自分の心のありようを悟った。腑抜けのような今の心境は張穆明の消息が分かったことが原因と考えていたが、そうではないらしい。倭国への郷愁、これが主因らしい。

「叡観和尚が言っていたわ。このごろのあなたが口にするのは倭国のことばかり、と」

「えっ、そんなことを……」

　意外だった。そんな話を叡観にした覚えはない。なぜこんな言葉が雪梅の口から出てくるのか。

「郭務悰とかいう人の倭国行きがいけなかったのね。あなたの望郷心に火を点けたみたい」

　あっと叫びそうになった。

　そうか、郭務悰だったか。彼を持ち出した劉仁願と叡観が、巧みに俺の祖国愛を煽ったらしい。郭務悰はいい。いずれ帰国して飛鳥の情勢を明らかにしてくれるだろう。問題は叡観だ。彼の策略は手が込んでいる。この俺を帰国させないことで、大和朝廷から有利な回答を引き出そうとしている。俺を玩具のように取り扱っている。

　俺の反応を見た叡観は、俺が倭国に帰りたいと切望していると判断したのだ。俺の心情を言葉で先取りして雪梅に語ったのだ。

「叡観法師は嫌いよ、私。でも、父の消息探しでは抜群の働きをしてくれました。これには感謝しているわ」

「確かにね。たった一矢で遠い的を射抜いたようなものだ。あの腕前には脱帽だ」

「ただ、話がうますぎるわね。できすぎている感じ。何だか、私、乗せられているような気がしないでもないわ」

「どういうことだ？」

「私、父の一件はまだ解明されていないような気がするの。あの任存城《にんそんじょう》の崖下に父の墳墓を造るのは早すぎる、と……」

「そういうことか」

　このところしきりに出歩いている雪梅の意図がよう

やく呑み込めてきた。

この俺に相談せずに父親の探索を続行しているらしい。俺に黙って事を進めたのは俺に気を使ったのかもしれない。とにかく俺は疲れている。身体だけでなく、気鬱症かと見紛うほど神経もすり減っている。それを慮った上での処置に違いない。

加えて、叡観にそそのかされて俺の心が倭国に飛んでしまっていることを雪梅は察知している。当分は父のことは自分ひとりの手で処理しようと決心したのではないか。

「当てはあるのか」

「あちこち手は伸ばしました」

「で、何か手がかりは？」

「百済の王室に仕えていたという人に出会いました。それも、何とすぐ足元で」

「男か？　女か？」

「女です。下婢に身を落としていますが、以前はれっきとした百済の女官だったそうです」

「どうやって見つけた？」

「偶然です。世話係の婆やがいるでしょう？　しょっちゅうここに出入りしている……」

「ああ、掃除などしに来る？」

「そう。あの婆やが教えてくれたの」

女の特権だなあ、と定恵は感嘆した。

この老女は部屋掃除が主な任務だったが、時々意味ありげな視線を二人に向ける。一つ部屋に寝泊まりしていれば夫婦と思われても仕方がない。しかも異国人とおぼしき若夫婦。勝手な空想を楽しんでいるのだろうと見て見ぬふりしていたが、どうやらそうではなかったらしい。含むところのある目だと雪梅はにらんだようだ。

「ある時、こちらの内情を打ち明けると、声を潜めて厨《くりや》にいる阿陀瑳《おくださ》という女を紹介してくれました」

「阿陀瑳？　加羅の女ではないのか？」

「そうです。加羅が新羅の手に落ちたとき、百済に逃亡した一族の娘だと言っていました」

加羅地方はかつて小国が分立していた。旧弁韓の地として新羅や百済には属さない独立した地域だった。この地に初めに触手を伸ばしたのは百済である。その後、新羅が勢力を増して加羅諸国を併合した。快く思わなかった一部の貴族たちは領民を引き連れて国外に逃れた。海を越えて倭国に来た者もあるし、隣国の百済に移った一団もいる。

「その女が事情を知っていたのか」

「ええ。百済の王室で働いていたというだけあって――」

加羅の一部は任那《みまな》とも呼ばれた。海を渡って倭国から来た人々が多かった。倭国は任那の権益を守るため新羅や百済とも交流し、時には出兵もしたが、両国が強大化するにつれて加羅からは手を引く。が、住民たちの倭国への親近感は衰えなかった。

「おぬしが倭人の血を引いていることは話したのか」

「祖父が倭人だと言ったら驚いていました。同行者も倭人だとささやくと、周囲を警戒するような目になりました」

これは吉兆なのかどうか分からない、と定恵は思った。阿陀瑳という下婢がわれわれに同情して何らかの便宜を図ってくれることは間違いあるまい。しかし、唐国とは敵対することになる。征服した新羅にも悪感情を抱いているだろう。

定恵はふと考えた。これはうかつに乗らない方がいい。雪梅に任せておこう。彼女はすでに船べりに足をかけている。

「俺はかかわらないことにする」

きっぱりと宣告した。

「あなた……」

雪梅が眉を曇らせて一歩を踏み出した。

ああ、またこれだ、と定恵は舌打ちした。妻が夫を呼ぶ口調だ。自分たちは夫婦ではないぞ、と叫びたくなる。同衾《どうきん》しても、契りを交わしたわけではない。

定恵はふと雪梅をにらんで、険しい顔付きで言った。

「事は俺の帰国に絡んでいる。これ以上深入りすると、唐軍の恨みを買う」

「事実を確かめるだけなのに……」

雪梅は恨めしそうな目で定恵を見た。

「いいわ。それならあなたは倭国への帰還を果たして。私はここにもう少し残って、けりをつけるわ」

「けりをつける？」

「乗りかかった船ですもの。阿陀瑳からもっと詳しく話を聞くつもり。きっとまだ知らない新しい情報が手に入ると思います」

張穆明の死はもはや疑いのない事実だ。雪梅もそこまでは疑っていない。死そのものより遺体の処理の方が気がかりなのだ。父の墓石を建てたいという言葉はとっさの思いつきではなかったのだろう。

ここで別れることになるな、と定恵は覚悟した。自分の思い通りになる女とは初めから思っていなかった。あの少女時代のしとやかさはどこかに消え失せてしまった。今では意志と執念を鎧のように身にまとった鉄の女だった。

思わず雪梅の手を取って抱きしめようとした。別れの合図だった。が、雪梅は拒んだ。体ごと踏ん張って、身を任せようとはしない。

「今はだめ。そのうち、きっと。私の願いが叶ったら、必ず……」

ああ、そうか。

拍子抜けした。

永遠の別れというわけではないのだ。

何を早まったのか、この俺は——。

定恵は苦笑した。苦笑はやがて陽気な笑い声に変わった。

雪梅もつられて笑った。

「倭国かしら。それとも、やはり百済？　今度お会いするのは」

にっこりほほ笑んだ顔は、武装した肉体とは裏腹のたおやかさに満ちていた。

十一月に入ると、海東の地にも寒さが押し寄せてきた。地を這う寒さだが、長安のような骨に沁みる寒さとは違う。やはり穏やかなのだ。気候だけでなく、人々の気質にも大陸の荒々しさはなかった。

下旬は冬至節だったが、百済の人々には冬至節を祝う習慣がない。熊津でも唐軍の将兵たちが城下のあちこちで賑やかな祝宴を張ったが、故国を偲ぶ歌声は土地の者にはどこかうら悲しく響いた。

「倭国へ行くことになった」

叡観からこう告げられたのは、冬至が過ぎて寒さが一段と強まった十二月の初めだった。

「いよいよ出発か」

遠からず百済を離れるだろうとは思っていた。張穆明の一件が片付いて、足手まといはなくなった。後顧の憂いなく本来の任務に専念できるはずだ。倭国行きはむしろ遅すぎたきらいがある。

「見通しはどうなのか」

「暗い。ほとんど絶望的だ」

「郭務悰を側面から援助するのだろう？」

「その、肝心の郭務悰が、飛鳥入りを断念したらしい」

「えっ？　そうなると単身で飛鳥に乗り込むつもりか」

「筑紫で郭務悰から直《じか》に話を聞いて、それから決めようと思う。火中の栗を拾うことはないからな」

叡観にしては用心深いなと思った。郭務悰がだめなら、功績を独り占めできる好機ではないか。

「飛鳥の拒絶は固いのか？」

「うん。正式な国使ではないからと頑なに拒んでいるらしい」

「やはり劉仁願は逸《はや》りすぎたのだ。上に立つ劉仁軌の読みが甘かったということだ」

「仁願は長安に呼び戻された」

「それは、また……」

予想外の事態だった。

「つい先日。高宗陛下が労をねぎらうという名目で召還したらしいが、これには裏があると思う」

「郭務悰の件か」

「そう。たぶん叱責されるだろう。一行が筑紫で立ち往生していることは長安にも伝わっている」

「それなら仁軌こそ責められるべきではないのか」

「仁軌にも召還状が届いた。が、彼は一枚上手だ。裏を読んで、占領地の再建に忙殺されて帰れぬと断わった」

なるほど、と定恵は納得した。

百済征服の立役者である二人を皇帝も粗略には扱えまい。しかし、倭国問題が解決しない限り一件落着とは言えない。最終目標は高句麗制覇にある。倭国と高句麗の関係を断つことがさしあたっての急務である。倭国を実質的な支配下に置かねば高句麗遠征もままならない。

「貴殿は郭務悰を連れ戻すことにならないか」

「それを一番恐れている。そうならないための秘策を練っているが、とにかく状況がはっきりしない。すべては筑紫に着いてからだ」

「私のことはどうなっているのだろう」

定恵が聞くともなしに聞いた。おのずと伏し目がちになった。

「懐郷病に取り付かれているとか」

はっと瞳を凝らしたが、叡観は目をそむけて素知らぬ顔だ。

懐郷病とは恐れ入った。いつそんな噂が耳に入ったのか。このところの気鬱の原因は望郷の念にあるとは自分でも気付いていてはいたが、面と向かって指摘されると心が引きつる。

「雪梅殿ともしばしの別れを惜しんだとか」

これにも肝をつぶした。叡観はすべてをお見通しなのだ。

「雪梅殿は自力で張穆明の墓をこしらえると言っている」

雪梅に会って話を聞いたことは間違いない。

「それだけならいいが、まだ穆明の死にざまにこだわっている」

持て余したふうに定恵は付け加えた。

「父親なら当然かもしれない」

「しかし、死んだことには変わりない」

「ひょっとすると、それさえ疑っているのかもしれない」

定恵はどきりとした。そこまでは考えなかった。雪梅も死んだことはつゆ疑っていないと思い込んでいた。

「雪梅殿も前途多難だ。そなたが手を切ったのは賢明だった。これ以上付き合っていれば自身の帰国が危うくなる」

「天秤《てんびん》に掛けたわけではない」

「それはそうかもしれない。が、たとえ夫婦の契りを結んだとて」

「夫婦の契りなど結んでいない」

定恵はむきになって否定した。

「はて、さて、志操堅固なお二人じゃのう。同じ部屋に寝起きして――」

叡観の顔がふわっと緩んで、冷笑が漏れた。

どうでもいい、そんなことは――。

「おのれを犠牲にすることはない。雪梅殿もそう思って、やんわりと別れ話を持ち出したのではないか?」

なるほどという気はする。が、夫婦でもないのに「別れ話」とは勝手な言い草だ。それとも、すでに犠牲も厭わないほど二人は強い絆で結ばれているはずだと言いたいのか。

「雪梅という女は並みはずれたところがある。ひと筋縄ではいかない女だ。やはり高昌国の血が流れている」

「倭国の血も流れている」

「そこにそなたは惹かれたのだ。しかし、それは遠い昔のこと。少女時代の幻想に惑わされたのが、そなたの不幸だった」

そこまで言うか、と改めて叡観をにらみつけた。俺を不幸と決めつけている。この傲慢さは今に始まったことではないが、それを嫌いつつ、ずるずるとここまで来てしまった。

叡観はすでに定恵にとって欠かせない悪人になっていた。

反駁もできずに、定恵は黙り込んだ。

叡観の使命が頭をよぎる。彼もまた当てのない旅に出ることになる。今度の倭国行きは叡観にとって命にかかわる危険な賭けだ。

雪梅もまた俺と別れて、一人で五里霧中の半島を歩み出そうとしている。

そして、この俺は……。

三人三様、この大陸の片隅で大きな淵に臨んでいる。それを乗り越えられるかどうかは各自の才覚次第だと思いたかったが、俺だけはそうではないとすぐに気付いた。俺の運命は第三者の手中にある。篭に閉じ込められた小鳥のようなものだ。自分の意志で自由に飛び回ることはできない。

「筑紫で郭務悰に会ったら、そなたのこともよく確かめてみる。あるいは飛鳥の朝廷にそなたのことを切り出すきっかけがつかめなかったということもありえる。分かったらすぐ知らせる」

軽くうなずいて謝意を表した。

叡観はそれから旬日を経ずに倭国へ向けて出発した。

熊津城下の白江の船着き場まで、定恵と雪梅は見送りに行った。寒々とした水面を見て、定恵は心を震わせた。厳寒の時期は白江も凍結することがあるという。幸いこの日は水面はさざなみが立っていたが、一面に濃い霧が立ち込めていた。

不思議なことに都督府の役人は一人も姿を見せなかった。隠密行であることに初めて気付かされ、定恵は背筋が寒くなった。漕ぎ出した小船にも、漕ぎ手のほかには誰も乗っていない。文字どおりの単独行だ。

小船はすぐに白い氷霧の中に吸い込まれていった。しばらく定恵は桟橋に佇んで、霧の中に消えていく小船を目で追った。叡観は河口の白村江で大型の交易船に乗り換えると言っていたが、果たしてうまく行くかどうか。

航海の無事を祈って、定恵はひそかに合掌した。

第九章　泗沘《しひ》城や哀れ

白村江の敗戦を受けて、万を越える百済人が倭国に亡命した。中には義慈王の子である勇《ゆう》（王善光《こにきし》）や鬼室福信の子である鬼室集斯《しゅうし》といった王族や重臣も含まれていた。

飛鳥の朝廷は唐軍の侵攻必至と見て筑紫周辺の防備を急いだ。百済からの亡命者には優れた築城家もおり、彼らの助言を得て、まず海寄りにあった大宰府を内陸に移し、都府楼を完成させた。前方には防塁を築いて水を満たし、海からの外敵の侵入に備えた。この水城《みずき》と呼ばれる濠《ほり》は百済の泗沘城や熊津城を模したものので、延々と筑紫の海岸線に沿って構築された。さらに、筑紫だけでなく、その玄関口に当たる対馬と壱岐の島々にも防人《さきもり》を駐屯させ、烽《とぶひ》を設けて警戒に当たらせた。

敗戦後、再び飛鳥の後岡本宮《のちのおかもとのみや》に陣取った中大兄皇子は、この年（六六四）の五月、郭務悰率いる唐からの使節団の到来を聞いて驚愕した。やはりとは思ったが、こうも早い来着は予想外だった。白村江の海戦からまだ一年も経っていない。

「勝ち戦《いくさ》に乗じて、強引に押しかけて来たとしか思えぬ」

舌打ちしながら傍らの中臣鎌足をじろりと見た。

「まあ、落ち着きなされ。いかなる魂胆で海を渡って来たかはおおかた見当がつきますが、まずその使節なるものの正体を見極めるのが先です」

言われて見れば、そのとおりだった。

「大宰府から送られて来た書状には『百済鎮将劉仁願』という署名がありますから、占領地の百済から来たに違いありません。唐国からの正式な使節ではないでしょう」

疑問を差し挟んだ鎌足の毅然とした態度を見て、中大兄も愁眉を開いた。

「百済の鎮将というだけでは、単なる占領軍総司令官にすぎません。占領地の将軍が一国を代表する皇帝の使者になるなど、ふつうならありえませんよ」

なるほどと思った。頭の切れ味はさすがだ。中大兄は鎌足の明敏さに改めて感服させられた。

だから、この男は手放せないのだ、と思った。称制を名乗って皇位に就かない吾《あれ》をあれこれ言う輩がいるが、まだまだ吾は未熟者だ。鎌足なくしては動きが取れない。そんな吾を、しかし鎌足は少しも軽蔑したふうはない。

吾を正当な皇位継承者として敬い、陰日なたなく仕える鎌足に、中大兄は内心感謝していた。尊敬の念は抱いても嫉妬や懐疑が紛れ込む余地はなかった。ひと回り年長のこの臣下に対する信頼は絶大だった。

「さっそく大宰府に劉仁願なる男の正体を質《ただ》させよう」

安堵の素振りで中大兄は目配せした。鎌足はうやうやしく引き下がった。

大宰府からの返事は一か月後にもたらされた。書函《ふみばこ》と献物《みつき》も一緒だった。

返書に目を通した中大兄は、満足そうにうなずき、開いたままの返書を鎌足に渡した。二人は顔を見合わせてほくそえんだ。鎌足の想像したとおり、劉仁願は皇帝の命を受けた国使ではなく、熊津都督の劉仁軌が派遣してきた私的な使節だった。

次に書函を開けて上表文に目を通した。中大兄の頬がぴくりと動いた。目元が次第に険しくなる。鎌足も息を詰めて中大兄を見守る。

読み終えた中大兄はしばらく放心状態だった。掌上の文書が斜めに傾く。受け止めるようにして鎌足は両手で支え、自分でも書面に目を落とした。

「筑紫都督府とは……よくぞここまで言えたものだ」

鎌足が読み終わるのを見届けてから、中大兄は声を震わせた。

「予想の範囲内です。こちらを百済同様、敗戦国扱いしていいます」

「戦いは終わっておらん。いや、まだ始まってもいない」

「しかし、白村江ではみごとにしてやられました」

「あれは異国での戦闘だ。倭国が敗れたわけではない」

中大兄は一瞬、筑紫の朝倉宮で薨去《こうきょ》した斉明天皇の姿を思い浮かべた。年老いた母を無理やり遠い九州まで連れて行った負い目があった。天皇自身が自ら言い出した積極策だったが、それを押しとどめるのが皇太子としての自分の責務ではなかったか。

どうみても、あれは母上には苛酷だった。

「確かにわが国土は無傷のままです。が、もしも本土決戦となれば、多大の犠牲を払わねばならぬでしょう」

「誰が本土決戦と言った？」

中大兄は色をなした。

悠揚迫らざる風格を身に付けているが、ときどき頭に血が上るところがある。これが玉に瑕《きず》だ、と長年仕えてきた鎌足には気になるところだった。もっとも、だからこそあの〈乙巳の変〉も成功したのかも知れぬ。血気に逸《はや》るところがなければあれだけの実行力は生まれてこない。短気と果敢とは紙一重なのだ。

「本土決戦は避けねばなりません。筑紫の防備は着々と進んでいますが、何せ唐軍は強大です。まともに戦えば勝つ見込みはありません」

「高句麗に援軍を頼むという手もある」

「高句麗軍は確かに精強です。が、百済が唐軍の手に落ちた今、高句麗は自国の防衛だけで精いっぱいです。たとえ倭国を援助したくても余力がありません。海を渡る水軍が高句麗にはないのです」

鎌足には中大兄が本気で唐と戦う気なぞないことはとうに分かっていた。が、血気盛んな英傑である。ここで釘を刺しておくことは無駄ではないと思った。

「とにかく入京を阻むことです。国使ではないことを口実にすれば、立派に体面は保たれます」

黙って聞いていたが、中大兄には気がかりなことが一つあった。

「そちは長男を唐国に送っていたな」

鎌足の全身に緊張が走った。

今頃になって何でまた定恵のことを、と当惑した目で中大兄を追う。

「唐に渡ってから十一年になります」

「呼び戻したくないか」

何を考えているのか、と鎌足はいぶかしんだ。

「いえ。もうすっかり唐人になり切っていると思います。私の跡継ぎは不比等と決めております」

「不比等はいくつになった？」

「六歳になりました。定恵より十六歳年下です」

「すると定恵はもう二十歳を超えたか」

「二十二歳になります」

「ふむ」

それきり中大兄は黙ってしまった。

定恵のことが今回の使節到来と関係があるとでも思っているのだろうか。

鎌足の胸は微妙に揺れた。

捨てたわが子だと観念している。しかし、心底から捨て切れていないことは自分でも承知している。死児の齢を数えるように、時折り、唐国にいる定恵のことが頭の隅をよぎる。

定恵のことを禁句にしたのはほかならぬ中大兄皇子である。直接そう命じたわけではない。鎌足の方であらかじめ察したのである。中大兄の先回りをして、その思うところ、感じるところを実践するのがいつの間にか鎌足の習い性となっていた。これこそ、紫冠を賜わり、実質的に連姓《むらじ》から臣姓《おみ》への身分の格上げを図ってくれた主君に対する何よりの恩返しだった。中大兄あっての自分、そう言い聞かせてこの二十年間手を携えてきた。

ややあって、中大兄はすっくと立ち、鎌足を直視して言った。

「入京させてはならぬ。大宰府にとどめ置いて饗応攻めにせよ」

その声は威厳に満ちて、晴れやかでさえあった。

「ははあ」

臓腑から絞り出すような声を出して、鎌足は深く頭を下げた。

暮れも押しつまった十二月下旬、定恵は郭務悰一行が熊津に帰着したことを耳にした。

叡観も一緒だった。案じていたとおり、叡観は郭務悰を迎えに倭国に行ったようなものだった。

「やはりだめだった。倭国朝廷の防備は固い」

叡観は項《うなじ》を垂れて、見るも哀れだった。こんな叡観を見るのは初めてだった。

「郭務悰殿は結局筑紫に足止めされたままだった？」

「そう。一歩も出られなかった」

「筑紫に着いた時はどんな様子でしたか」

「滞在すでに半年、ほとんど望みは消え失せていた。ただし、大宰府の鴻臚舘《こうろかん》での応対は丁重そのものだったらしい」

「正式な外交使節として扱ったということですか」

「形の上では、そうなる。が、飛鳥入京をあきらめさせようとする手の込んだ策略ではなかったかと思う」

「敬して遠ざけたのでしょうか」

「内心は敬意も持っていなかったのではないか。厄介払いするために接待漬けにしただけかもしれない」

「そこで貴殿の出番となるわけですね」

定恵はやや諧謔まじりに言った。

叡観がじろりと定恵をにらむ。

「出番はなかった」

むっつりした顔で部屋の隅に目をやった。

叡観帰着の噂を聞きつけてから数日待ったが、本人から連絡はなかった。そこで定恵の方から叡観の宿舎に押しかけたのだった。居ても立ってもいられない気分だった。初めから叡観は迷惑そうな素振りだったが、意に介さなかった。

「それどころか、身柄を拘束された」

「えっ？」

定恵は息を止めた。

「お尋ね者だったのだ、このわしは」

「飛鳥からの指令で？」

「たぶんね。この蘇我日向は、飛鳥を、というより中大兄皇子を裏切り、倭国朝廷を転覆させようとしている極悪人ということらしい」

「そんな……」

「以前帰った時は大宰府は知って知らぬふりだった。歓迎の素振りさえ見せた。わしも昔大宰府の発展に尽くしたのだから当然だ、と。身の危険を感じて倭国を逃れたことは確かだが、いまさらわしを咎め立てして何になる？　とうに免罪の身だと思っていた」

うちしおれている叡観を見ながら、ふと定恵は、中大兄皇子に嫁ぐことになっていた姪を若き日の叡観が略奪した一件を思い出した。中大兄は私怨を晴らすために叡観を付け狙っていたのではないか。異母兄の倉《くらの》山田石川《やまだのいしかわ》麻呂《まろ》を讒言《ざんげん》で自尽に追いやったというのは単なる左遷の口実にすぎまい。

「前に倭国に行った時は無事でしたね」

「あの時は朝廷が大陸情勢を知りたがっていた。わしを間諜並みに利用しようとしたのだ」

「そう言えば百済が滅びて、義慈王が捕らえられた直後でしたね」

「そうだ。百済奪回の可能性を何度も尋ねられた、大宰府の役人たちから」

「えっ？　すると、百済で復興軍が動き出す前に、倭国の方で先に？」

「亡命してきた百済の高官たちに唆《そそのか》されたのだろう」

「それで、何と答えたのですか」

「無謀だ、と。唐軍の強さを明かして、思いとどまるよう忠告した」

「それなのに、その後、なぜ復興軍に手を貸したのでしょう」

「鬼室福信からの支援要請があったからだ。特に倭国にいる余豊を王位に就けて戦うという話に朝廷は舞い上がってしまった」

「無理もないですね」

「所詮、井の中の蛙さ、飛鳥の朝廷は」

「今回、手の平を返してそなたを捕らえたのは、なぜなのでしょう」

「間諜だよ。わしの腹の内をこっそり知らせたやつがいる」

「誰ですか、それは？」

「たぶん新羅の坊主だろう。熊津の都督府にも知られないように、新羅の王室がこっそり放った間諜だと見当をつけている」

「何の得になるのでしょう、そんなことをして」

「倭国の朝廷に媚びを売り、唐国に靡かないようにしたかったのだろう」

僧侶が間諜を務めるのが珍しくない半島諸国だが、新羅王室が熊津都督府に敵対した行動をとるとは信じられなかった。

「唐の占領軍と新羅王室とは同じ戦勝国ですよね。どうして、そんなことが……」

「白村江の戦いからすでに一年以上、両者には亀裂が生じ始めている」

定恵は耳を疑った。新羅と唐は結束して百済を滅ぼし、救援に駆け付けた倭軍にまで容赦のない攻撃を仕掛けたではないか。信じられない話だった。

「なぜ、そのような……」

「唐軍の尊大な振る舞いに新羅が反発したのだ」

「唐は嫌われている？」

「そう。冷徹な文武《ぶんぶ》王は唐朝の底意を見抜いた。目的は半島全体の属国化にある、と」

「やはり、そうでしたか」

「間違いあるまい。唐国の最終目標は高句麗の殲滅だが、これはおいそれとはいかない。時期を見計らい、かつ新羅の力を利用して、徐々に無力化しようと図っている」

「倭国は……？」

「当面の敵にすぎない。腹背に敵を負う形になることを警戒しているわけだが、倭国をやや過大視しているきらいがある」

過大視か、と定恵は口の中で反芻した。

確かに唐と倭国では軍事力に雲泥の差がある。まともに戦えば倭国が負けることは火を見るより明らかだ。戦わずして唐国を退けるには知力に頼るしかあるまい。

しかし、どんな知略があるのか。

「今回はひとまず百済の地で食い止めた。しかし、倭国の危機はいまだ去っていない。唐国は新たな方策を練り、早晩、実行に移してくるだろう」

叡観はさらりと言い放った。

「どんな手を打って来るでしょうか」

「唐国も戦闘は望んでいない。倭国に勝ったのだという証拠に、大宰府の都督府化だけは何とか実現したいと思っている」

「倭国がそれを許すとは思えませんが」

「そこだよ。そこでそなたの存在が生きてくる」

はっとしたが、叡観は平然と薄ら笑いを浮かべている。その不敵な面魂《つらだましい》を見て、以前の叡観が戻ってきたなと定恵は思った。

「郭務悰は私のことを飛鳥に切り出したのですか」

「そこよ、わしが気にしておったのも。そなたのことを持ち出したものかどうか、務悰も最後まで迷ったらしい」

「で、持ち出した?」

「業を煮やしてそなたの名を口にしたが、結局無視されたそうだ」

「無視?」

「うん。飛鳥としては耳にしたくない名前だからな」

叡観は意味ありげに定恵を見返した。含み笑いが無気味な印象を与える。

「今回は、皇帝派遣の正式な使節ではないからお引取り願う、他の件もいっさい関知せず、というのが、飛鳥の方針だったようだ」

定恵は額に手を当てた。

この俺を無視することなどできるのか。なるほど俺が飛鳥の朝廷にとって不都合な存在であることは確かだ。内臣《うちおみ》中臣鎌足の長男ということになっているが、中大兄皇子にとっては政敵の一人だ。二人が俺の名前を出されて動揺を来たしたことは間違いあるまい。

「どう切り出したのだろうか、私のことを」

「劉仁願が前に言ったように、交換条件として出したのだろう。定恵殿を帰すから筑紫都督府の設置を認めよ、と。――あさはかな了見だ」

吐き出すように言って、叡観は肩をそびやかした。

俺が帰国しない方が飛鳥にはありがたいのだと言ったいつかの叡観の言葉が、定恵の脳裏に黒々とよみがえってきた。この逆説めいた考えは、あくまで俺が孝徳天皇の落胤だという前提のもとでしか成り立たない。叡観は絶対的な自信があるようだが、俺には正直なところ半信半疑だ。

しかし、十一歳の長男をあえて出国させた真意は、この事実を裏書きしているような気がする。錯覚であってほしいが、俺自身も揺れている……。

「倭国では拘引されたのに、どうやって自由の身に？」

定恵は重苦しい気分から逃れるように、わざと話題を変えた。

「ははは。国外追放さ」

「だって、倭国人でしょう、そなたは」

「叡観という唐僧扱いにしてやる、と恩着せがましく言われた。知ってるんだよ、向こうも。この俺が飛鳥の朝廷の秘密を握っている蘇我日向であることを」

「朝廷の秘密？」

「そなたの出生の秘密よ」

ずばりと言って、叡観はしたり顔になった。

「二度と現れるなよ、と念を押された」

「郭務悰殿は、そのことを……」

「むろん知らない。わけが分からず、怪訝な顔で、飛鳥の朝廷の粋《いき》な計らいに首をかしげていた」

「しかし、そなたが拘束された時は……」

「務悰は狼狽して、大宰府の役人に食ってかかった。唐朝の高官だ、と」

定恵も思わず口もとを緩めた。

茶番劇が演じられたのだ。知らないのは郭務悰ひとりだけ。意外な結末に、呆気にとられている務悰の顔が目に見えるようだった。

しかし、事態は一歩も前進していない。

叡観のもとを立ち去ったとき、外は雪が降り始めていた。寒気が強い。雪はさらさらした長安の粉雪とは少し違う。湿り気があってふわふわしている。倭国の雪と似ている。定恵は何となく街中を歩きたくなった。ひらひらと乱れ散る雪が定恵の心にあこがれに似た酔い心地をもたらした。周辺に広がる戦《いくさ》の廃墟を雪はきれいに消し去っていた。

年が明けて、天智四年（六六五）になった。唐国では高宗の麟徳《りんとく》二年である。

飛鳥の朝廷では、暮れのうちに郭務悰一行が帰ってくれてほっとした気分が漂っていた。半年も居座られて、中大兄皇子と中臣鎌足は身も心も休まる暇がなかった。国使ではないことが分かり、会わずにすむ口実ができたが、強引に上京してくることも充分考えられた。饗応で時間稼ぎをして、相手がしびれを切らして帰国するのを待ったが、まかり間違えば年を越すこともありえると危惧していた。

それが、師走に入って急に帰ると言い出したときには、何か魂胆があるのかと逆に警戒したが、これは杞憂だった。正月は故国で迎えたいという単純な理由にすぎなかった。ただ、故国の唐に帰るつもりなのか、赴任先の百済に戻るのか、見当がつかなかった。飛鳥の朝廷にとってはどちらでも構わない。要は倭国を離れてくれさえすればよかった。

「助かった！」

中大兄は大きく息をついて、どさっと傍らの椅子に尻を落とした。目の前にいるのは鎌足だけだった。腹心の鎌足にだけはおのれの弱みをさらけ出しても平気だった。

「ひとまずはね。しかし、これからですよ、本番は」

「物騒なことを言うな」

笑いながら中大兄は酒杯を口に運んだ。元日の朝賀の儀式も終えて、やっと北の正殿の私室でゆったり寛ぐことのできた正月三日のことだった。

「それにしても、定恵の名前が出てきた時にはびっくりしました」

鎌足も酒を口に含みながら、気がかりだった定恵の件にあえて触れた。定恵のことは二人だけの秘密だったが、いまや二人を結び付ける紐帯の役割を果たしていた。鎌足にとっては、郭務悰の帰国よりこちらの方がはるかに重大だった。

「ふむ。敵もやるわいな」

中大兄の眉がかすかに動いた。

「定恵が百済に来ているとは知りませんでした」

「いったい、唐朝はどういうつもりかね」

中大兄は苛立たしげに酒杯を重ねた。

「取り引きが嘘ではないことを見せつけるためではないでしょうか」

「なるほど。見返りはすぐ隣りに控えております、というわけか」

「定恵の名前を出せば筑紫都督府の成立は間違いなし、と踏んだのかもしれません」

鎌足の口もとに皮肉な微笑が浮かんだ。

「しかし、いずれ定恵のことも決着をつけねばなるまい」

「唐朝の違約ですよ。何しろあのころはまだ子供でしたからね」

「立派な僧侶にして唐朝に恩返しさせたい、とはっきり皇帝宛の親書に認《したた》めたはずだ」

それは唐人になり切って、唐土で果てることを意味していた。

「大人になれば、自分の考えも出て来ますよ。自ら帰国を願い出たということもありえますね」

さらりと言ってのける鎌足の気が知れない。わが子に関してこうも冷静になれるものなのか。

「二十二歳か。――どんな青年になったことやら」

互いに定恵の成人した姿を思い浮かべようとしたが、明確な像は刻むことができなかった。

「もしも帰って来るとなると、面倒なことになる」

宙をにらんで、中大兄は口もとを引き締めた。


「その時はその時です」

鎌足の腹は座っているようだった。

中大兄はちらりと鎌足を一瞥して、その剛直さを羨んだ。

実子であろうとなかろうと、手元で慈しみ育てたわが子である。愛情がないとは言い切れまい。が、元服前に入唐させるという大胆な思い付きに、鎌足はいささかの異議も唱えなかった。そうすることが初めから決まっていたかのように、粛々と事を運んだ。涙の別れがあったのかどうかさえ、中大兄は知らない。

実は鎌足は筑紫滞在中の郭務悰に使いを送り、定恵のことをひそかに探らせていた。中大兄には無断で決行した、わが子かわいさからきた処置だった。

結果は、鎌足には意外なものだった。還俗して親しい唐女と一緒にいるという。間違いないか、と鎌足は念を押した。結婚しているかどうかは分かりませんが、還俗は間違いありません、とのこと。郭務悰殿は雪梅というその女性《にょしょう》とは何度か会ったことがあるそうです、と使者は付け加えた。

これはどうしたことか。

鎌足は激しく動揺した。わざわざ頭を剃って唐に送り出したのに、還俗したとは――。

　いつのことだ、と使いを通して再度問い合わせたが、事は長安時代に起こったことですから詳細は分かりません、と郭務悰に一蹴されたとのこと。

　唐女と一緒とは、どういうことだ。

　許婚者か？

　女に目が眩《くら》んで還俗したのか？

　唐は目下はわが国の敵だぞよ。

　そう叫びそうになって、あわてて口をつぐんだ。

　あれから一か月半、鎌足もようやく平静を取り戻していた。

　定恵はもう十一歳の子供ではない。大人になれば自らの意志で行動するのは致し方のないことだ。ただ、そんな定恵が飛鳥に戻ったらどうなるのかと思うと、胸は張り裂けんばかりだった。どんな運命が待ち受けているのか見当がつかない。いや、悲劇的な結末を迎えることが目に見えていた。

　鎌足の悟り切ったような顔を見て、中大兄はふと、

「日向《ひむか》が迷い込んで来るとは」

　急に思い出したように言った。明らかに困惑した表情だ。

　日向のことも、定恵とは別に、二人の心に引っかかっていた懸案だった。

「まだ生きているとは思いもしませんでした」

「百済滅亡の直後に大宰府に帰って来た時にはそれなりに役に立ったが、郭務悰と一緒にまた姿を現すとは思わなかった。油断のならない男だ」

「二度と現れるな、と念を押しておきました」

「それにしても、今度は僧形に身を窶《やつ》してとは念が入っていた」

「出家は擬装ですよ。唐国では蘇日向《そじっこう》と名乗って唐室にも食い込んでいるようです。亡命官人扱いで優遇されているとか……」

「時期が悪い。――いや、日向にとっては幸いしたわけか。唐国と敵対することになるとは十年前には思いもよらなかった」

　中大兄の無念そうな素振りを見て、鎌足は日向の密通事件を思い出した。よりによって皇太子である中大兄の許婚者を横取りするとは……。

　蘇我倉山田石川麻呂《そがのくらのやまだのいしかわまろ》と姻戚になることを勧めたのは、ほかならぬ鎌足だった。推古天皇の後継者選びで大臣《おおおみ》蘇我蝦夷《えみし》に同調しなかった石川麻呂を、鎌足は反

骨の士として高く買っていた。入鹿を滅ぼし蘇我氏を滅亡に追い込むには、同じ蘇我氏でも傍流の倉山田石川麻呂を味方に引き入れることが決め手になる。そのために石川麻呂の娘を中大兄の后の一人に迎えるという方策を思い付いたのである。

事は順調に進んでいたのに、よりによって約束の晩、日向が姪の乳娘《ちのいらつめ》を略奪するという挙に出た。この試みが失敗すれば、鎌足の政界進出の夢は叶えられなかった。幸い、乳娘の妹の造媛《つくりひめ》が身代わりになって、この件は一応の結着をみた。

事件の後、中大兄は日向を斬ろうとしたが、鎌足は押しとどめた。怒り心頭に発した中大兄も、天下の大事と一私事とを混同するな、という鎌足の説得に負けた。冷徹な鎌足には、ここで日向に恩を売っておけば、いずれ役に立つ時が来るという打算があった。

日向は後年、異母兄の石川麻呂に謀反の疑いありと中大兄に讒言《ざんげん》し、石川麻呂一家は氏寺の山田寺《やまだでら》で自剄《じけい》に追い込まれる。日向の名誉回復のための自作劇だったが、石川麻呂はこの時すでに中大兄にとって権力奪取の障害になりつつあった。これを察した日向は先回りして陰謀を巡らし、石川麻呂の追い落としを図った。中大兄が讒言だったことに気付いた時はすでに後の祭りだったが、体面上、日向を罰せざるをえなかった。こうして大宰帥《だざいのそち》への左遷が実行されたが、世間ではこれを「隠し流し」と呼んで中大兄の失政を揶揄《やゆ》した。

あの時、日向の息の根を止めておくべきだった、と鎌足は今になって思う。確かに中大兄の日向に対する気持ちには愛憎相半ばするものがあった。が、若き日に乳娘を奪われた怨みは黒い焔《ほのお》となって胸底にくすぶっていた。大宰帥となって有能ぶりを発揮すればするほど、中大兄の日向への憎悪は強まった。それを察した日向は般若寺《はんにゃじ》の創建なるや逸早《いちはや》く行方をくらましてしまったのである。

あの男はいったい何を考えているのか、と鎌足はいぶかしんだ。この期に及んで倭国へ侵入し、唐使の片棒を担いでいる。ということは飛鳥の朝廷へのあからさまな反逆だ。

中大兄への復讐か。

しかし、日向が中大兄から露骨に迫害されたとは必ずしも言えない。大宰帥は実は栄転だったとささやく輩《やから》も巷《ちまた》にはいた。にもかかわらず失踪したということは、日向の方で中大兄の本心を見抜いたということだ。

おのが身の危険には敏《さと》い男だ。捕まる前に姿を消したのだろう。

「いったいどういうつもりだ、日向は……」

中大兄は思いあぐねたように顎《あご》に右手の指を這わせた。

「ひょっとすると、これは……」

言いよどんだ鎌足に、中大兄は先を促すように目で合図した。

「確かな証拠があるわけではありませんが、蘇我氏の復興を画策しているような気がしないでもありませんん」

「蘇我氏の復興？」

怪訝そうに目を細めて鎌足を見た。

「というより、孝徳帝の系譜を蘇らせようと……」

中大兄の顔面は蒼白となった。二つの目が鬼火のように妖しく瞬《またた》いている。

先を続けねば収まるまい、と鎌足は覚悟した。

「ご存知のとおり、日向は孝徳帝の側近の一人でした」

「難波でな。彼奴《きゃつ》は筑紫に移ってからも飛鳥への遷都に強硬に反対したと聞いておる」

「行方を絶ったのは孝徳帝崩御の直後ですよ」

「筑紫に般若寺を創ったのも孝徳帝の病気平癒を願ってのことらしい」

「そのとおりです。孝徳帝が崩御される前から、日向は有間皇子《ありまのみこ》の運命を予見していたのではないかと思います。皇位は別の方へ行く、と」

「ふむ」

中大兄は沈黙した。有間皇子の名前が出たことで、旧悪を暴露されたようなやましさを感じた。あの件ではお前も同罪ではないか、と思わず鎌足をねめつけた。

「つまり、吾《あれ》が皇太子でおることに反対したということか」

「有間皇子なき今、皇統は孝徳帝のもう一人の皇子によって継承されるべきだ、と日向は考えているのかもしれません」

「もう一人の皇子？」

「言わずと知れた……」

ここで二人は探り合うように互いを見た。眼球がぶつかるような至近距離でのにらみ合いだった。

「定恵か……」

先に声を発したのは中大兄の方である。

「定恵は孝徳帝の子であると同時に私の子でもありま

す」

しばらく沈黙が支配した。屋外の寒気が室内に流れ込んで、火桶のぬくもりを一気に吹き飛ばした。

「しかし、倭国に戻ったら、生かしておくわけにはいかん」

鎌足は無言だった。

そう考えるのも無理なかったが、相槌を打つ気にはなれなかった。十一歳まで手塩にかけて育てた子である。しかも長子。下層貴族の車持国子《くるまもちのくにこ》の女《むすめ》である妻の与志古姫《よしこひめ》は不満を口にするどころか一大名誉とばかり、小足姫《をたらしひめ》の生んだ真人《まひと》（後の定恵）を慈しみ育ててくれた。真の父親が軽王《かるのみこ》（後の孝徳天皇）であることは百も承知の上で。

当時、鎌足は軽王から寵愛されていた。軽王こそ次の皇位に就く大器と持ち上げ、足繁く王邸に通った。この時、王の妃である阿倍倉梯麻呂《あべのくらはしのまろ》の娘を下賜されたが、これが小足姫である。姫は身ごもっていた。王は生まれてくる子が女なら自分が育てよう、男ならそちに任す、と言った。鎌足はこの約束を忠実に守ったのである。

その後、時勢は変わった。蘇我入鹿による山背大兄王《やましろのおおえのおう》襲撃と上宮王家《じょうぐうおうけ》（聖徳太子一族）の滅亡は、鎌足の野望に軌道修正を迫った。優柔不断の軽王を見捨て、蘇我氏の専横を糾弾する若き中大兄皇子に将来を託すことになる。中央集権による皇権の回復こそが、神と天皇を仲立ちする中臣家の天職であることを再認識したのである。

一月も終わりに近づいた寒気の緩んだ一日、定恵は雪梅を伴って熊津の散策に出かけた。

厳冬の間はさすがに雪梅も外出を控えていた。いずれは父親の真相究明に乗り出すだろうが当分は熊津を離れそうもないと知って、定恵はほっとした。別れたも同然の間柄だったが、できるだけ身近に一緒にいたかった。

長安に比べるとここ百済の冬はいくぶん凌《しの》ぎやすかった。海が近いせいだろう。この年は白江も結氷せず、朝夕に氷霧が立ちこめただけだった。

「早く暖かくならないかしら」

冬支度の雪梅は、厚着でぼってり膨らんだ身体とは裏腹に、きりりとした面立ちで周囲を見渡した。

雪がまだらに溶け始めて、街中は戦争の傷跡をあちこちに露出させていた。

「これでも都督府の役人はせっせと復興に精出している」

眉をしかめている雪梅に、定恵は宥《なだ》めるように言った。唐の役人の肩を持つのはおもしろくなかったが、事実は事実として認めざるをえなかった。

「確かに民百姓には生気が戻ったわ。住居の補修も進んでいるし、困窮者には炊き出しもしている。しかし、死んだ人は生き返らないわ」

父親の張穆明のことを言ってるな、と定恵は直感した。無数の百済人が戦死した。巻き添えになった婦女子も多い。戦争は人の命をこうもやすやすと奪うものかと思った瞬間、義蔵のことが頭に浮かんだ。

義蔵は大義のために命を捧げた。彼には民族や国家という概念がなかった。人間、このいとおしきもの、という意識だけが彼の脳裏を占めていた。仏の教えを身をもって体現した尊者だった。

それに比べて、この俺は、と定恵は嘆いた。

すべてが中途半端だ。

いったい俺は何をしようとしているのか。なぜ、ここにいるのか。百済は唐でも倭国でもない。自分にとっては縁もゆかりもない土地だ。そこを、このように目的もなくさまよっている。

傍らにいる女は誰だ？

おれの妻ではない。妻になることを頑強に拒んだ貞女だ。もはや俺と別れることを決心して、春を待って流浪の旅に出る覚悟でいる。

俺は一人なのではないか。闇の中を蠢《うごめ》いている魑魅《ちみ》魍魎《もうりょう》のようなものではないのか。

「私、暖かくなったら、もう一度、任存城《にんそんじょう》を訪ねるわ」

黙り込んでいる定恵を見て、雪梅はわざと弾んだ声で言った。

「あなたは倭国に帰るんでしょう？　でも、いつかは戻ってくるわね、百済に」

「俺が戻るところは、いったいどこなのだ」

ぎくっとして、雪梅は定恵を見た。黒い目の奥が濡れたように光っている。

「あなた、倭国に帰るのが、いやなの？」

定恵は首を横に振った。自らの意志ではなく、誰かに命じられたような機械的な首の動きだった。

「叡観和尚が手ぶらで戻ってきたので、がっくりしているのね」

「関係ない、叡観とは」

「じゃあ、なぜ？　なぜ、そんなに塞ぎ込こんでいるの？」

答えられなった。塞いでいるのかどうかさえ判然としなかった。ただむなしさだけが潮のようにひたひたと押し寄せてくる。

いつの間にか街路を抜け、白江の河畔に来ていた。熊津に古くからある渡し場である。岬のように突き出た丘の向こうで川幅は急に広くなり、白砂に縁取られた美しい大河になっている。

水面は波一つない穏やかさだ。この辺りは雪はすっかり消えている。江に臨んだ丘陵の松林が柔らかな陽射しを受けて銀色に光っている。

「あれ、何かしら」

小さな祠堂《しどう》を見つけて、雪梅が歩み寄った。

「熊の像を祀ってあるわ。ああ、熊津だものね、ここは」

あっけらかんと言って、内部をのぞき込んでいる。

「熊は百済の神様だ。悲しい伝説がある」

「どんなお話？」

「人間を愛した雌熊が、逃げ出した男を追って江に身を投げた。二人の間に生まれた三匹の小熊も一緒にね」

「熊と人間の夫婦？」

一瞬きょとんとしたが、水面に目を投げると合掌した。

「仏教が入ってくる前の話だよ。合掌しても始まらない。このお堂にお賽銭でもあげるんだね」

「熊は神聖な動物なのね。地名にもなるぐらいだから」

二人はまた歩き出した。

「百済では熊は神と同音だ。コムという」

「あら、勉強しているのね、百済語」

「勉強というほどではないが、現地語に興味がある。唐語に比べると発音が柔らかく、語調も穏やかだ。倭国の言葉に似ている」

「すごいわ。さすがにお坊さまね」

「どうやら倭国とは近い関係にありそうだ。詳しくは分からないけど」

「唐の占領下にあるので、唐語だけで充分間に合うわ。わざわざ百済語を覚えなくても」

「そりゃそうだけど、民衆の言葉が理解できればおもしろいはずだ」

悲劇の民という一方的な思い込みが定恵にはあった。

しかし、誇り高い百済の民は決して屈従しているわけではなかった。捲土重来《けんどじゅうらい》を期して秘密裏に策を練る一派もあったし、倭国に逃れて再起を図る一団もいた。王が捕らえられても各地に根を張る有力豪族たちは領民に支えられて百済再興の動きを見せていた。

「近いうちに泗沘城にも行ってみたい」

「あら、なぜ？」

「百済終焉の地だ。灰燼に帰したらしいが、百済王国の最期を見届けたい」

「白江に身を投げた数百人の宮女たちに心を動かされたというわけ？」

「ああ、落花岩か。来る時、見たよね」

血で染まった岸壁も間近で確かめてみたい。十五万戸を有した百済の王都がどのような結末をたどったのかも、この目でしかと確かめたい。

滅びていくものに親しみを覚える。

俺は変わったのだろうか。

ひょっとすると、おのれ自身の破滅を予感しているのではないか。

いや、二十二歳の俺が潰《つい》えることなどありえない。俺の人生はこれから始まるのだ。唐国と朝鮮と、それから倭国。この三つを股《また》にかけてこれから飛躍の時を迎えることになるはずだ。この三国に国境は要らない。国籍や民族の違いも無意味だ。国家という概念自体が無用の代物だ。相互の利益と信頼があれば、共存共栄は夢ではない。

すぐ近くにいる傍らの雪梅が急に遠景に退いた。あれっ、と目を凝らす。が、一向に近づいて来ない。このまま姿を消すのではないかと不安になった。

その時、不意に雪梅が振り向いた。

「あなた、どうしたの？」

歩み寄って、定恵の手を取る。

「きみが消えそうになって……」

「何を馬鹿なことを言ってるの」

雪梅はつかんだ定恵の両手を激しく上下に揺すった。

「夢でも見ていたの？」

「夢？　――そうかもしれない」

力なく答えて、ぼんやり虚空を見つめる。

と、次の瞬間、定恵は不意に雪梅の腕をつかみ、先ほどの祠堂の方に駆け出した。わけが分からず引っぱられて行くと、祠堂の中に引きずり込まれた。

定恵は強引に雪梅を熊の石像の脇に押し倒した。

「な、何をするの」

覆いかぶさり、下半身を激しくまさぐる定恵に、雪梅は精いっぱい抗った。が、所詮、青年の腕力を押し返すことはできなかった。天地がひっくり返ったような混乱が雪梅の脳髄を襲った。

次第に気が遠くなっていく。これは悪夢だと思いたくなる。が、陶酔に似た奇妙な感覚が背骨の奥を突き抜けて、いっさいの抵抗心を奪う。いま、自分がどこにいるのか分からなくなる。

神さまが見ている。

仏さまがほほえんでいる。

——気が付いたら、熊の石像が真横に立っていた。

しばらく雪梅は起き上がれなかった。熊の神さまが自分を犯したのだと思った。祠《ほこら》の内部は森閑と静まり返っている。外部からも物音は聞こえてこない。起き上がって衣服を整え、外に出た。

白江はゆったりと流れ、淡い冬の光が水面にきらめいている。水辺に佇む定恵の姿が向こうに見える。近づいて、無言のまま寄り添う。

先ほどの常軌を逸した定恵の行動が信じられない。目を細めて川下の方をのんびりと眺めている。同一人物とは思えない。あれが男の激情かと思うと胸苦しいような切なさが這い上ってくる。

この人を置いて出て行けるのか。

しかし、これがわが身に課せられた運命なのだ、と雪梅は自分に言い聞かせた。

砂州の広がる河畔には二人のほかに人影はなかった。


冬の寒さに耐えた忍冬花《にんどうか》が葉の色を濃くし始めた。別名、金銀花《きんぎんか》。百済人がこよなく愛し、王冠にもその花模様を刻んだ忍冬花。真冬にも鮮やかな緑を失わず、じっと春の訪れを待ち望んでいる忍冬花は、長い冬を耐えて春を迎えた百済の人々の心に希望の灯を点す。わずかに顔をのぞかせた白い花芽を見てさえ、百済の人々の心は和んでくる。

叡観から泗沘《しひ》城へ行ってみないかという誘いがあったのは、忍冬花が生まれ変わったように葉の緑をよみがえらせた三月初めだった。

定恵は意外な申し出に首をひねった。なぜわざわざ自分に泗沘城見物を勧めるのか、真意が窺い知れない。泗沘城を見てみたいと雪梅に漏らしたことはあったが、叡観に告げたことはなかった。

ひょっとすると雪梅から聞いたのかと思ったが、雪梅は叡観を嫌っている。少なくとも好感を持っていないことは確かだ。そんな雪梅から俺の希望を叡観が聞き出すことなどありえようか。

定恵の不審は募ったが、問いただすことはしなかった。自分が泗沘城の廃墟を訪ねたいと思っていることは事実だし、動機はどうであれ、同行してくれるのはありがたいことだった。一人ではとても行けない。百済に土地勘がある叡観が一緒なら幸いだった。

都督府の役人の護衛はすべて断わった。どこへ行くかも役所には知らせず、早朝、ひっそりと熊津の渡し場から白江に漕ぎ出した。漕ぎ手は熊津の漁師で、宮女たちの入水をこの目で見たという忠興《ちゅうこう》という老人だった。

白江を下り、扶蘇山《ふそさん》が目に入ってくると、老人が語りだした。

「あそこが落花岩です。わしらは対岸の砂浜で茫然と眺めていました。そう、あちらの川岸です」

頭を巡らすと、反対側には砂州が浅い靄に包まれている。奥には松の木立が見える。

「宮女たちが身を投げる姿は、そりゃあ無残なものでした。できたら崖下まで舟を出してその身を受け止めたかった……」

声が湿りがちになり、艪《ろ》を漕ぐ忠興の手が止まった。

定恵も叡観も無言で落花岩を見つめた。樹木の間から切り裂いたような岩肌が露出している。木の芽どきで緑が淡いせいか、そそり立つ絶壁がとてつもなく高く見える。

「これでは、ひとたまりもないな」

直下から見上げた定恵はため息をついた。

水面に目を当てると深々とした底知れぬ藍色《あいいろ》をたたえていた。

「助けようにも舟がない。わしらの舟はすべて唐軍に徴発されました。手をこまねいて百済の王宮が燃え落ちるのを眺めているしかなかったのです」

「百済軍は抗戦した?」

叡観が短く聞いた。

「王宮では奮戦しましたが、多勢に無勢、逃げ延びるのに精いっぱいでした。王都は七昼夜燃え続け、泗沘城は灰燼に帰しました。羅唐連合軍の攻撃を百済の王室は予想していなかったのです。新羅軍は陸から、唐軍は白江から泗沘城を攻撃しました。義慈王はいったん熊津に逃れますが、進退窮まって降服します」

再び艪を漕ぎ出した忠興を仰ぎ見ると、その目は濡れたように朝日を跳ね返していた。水しぶきなのか、涙なのか、判然としなかった。

やがて小舟は落花岩に沿って遡行《そこう》し始めた。流れが緩やかでほとんど波がない。湖を渡っているような感じだ。扶蘇山を大きく回り込んで北側に出ると窪地が現れ、船着き場になっていた。白江から扶蘇山への登り口になっているらしく、桟橋の敷石は磨り減ってい
た。ここで二人は舟から上がった。忠興も一緒である。

叡観は忠興とは昵懇《じっこん》のようである。舟の中での様子から、ただの漁師ではあるまいと定恵は見当をつけていた。

「あの建物は？」

右手中腹に見える瓦屋根を定恵が指差した。

「皐蘭寺《こうらんじ》というお寺です」

素早く忠興が答えた。

「投身した数百人の宮女たちの霊があそこに眠っています」

合掌し、瞑目しながら、あとを続けた。

叡観が素知らぬ顔で、

「あの寺では倭国で初めて出家した女性三人《にょしょう》が戒律を学び、帰国している」

新知識を披露した。

「誰ですか、それは」

倭国最初の尼僧は渡来系の女性だったと聞いている。が、定恵は詳しくは知らなかった。

「善信尼《ぜんしんに》と禅蔵尼《ぜんぞうに》、それに恵善尼《えぜんに》。三人の父親はいずれも百済人だ」

善信尼という名前だけは記憶にあった。

「いつごろですか」

「蘇我大臣《おおおみ》馬子の時代だ」

「あっ、それでは貴殿のお祖父《じい》さんのころ……」

反射的に歩みを止めて、傍らの叡観を別人のように眺めた。

叡観の顔は武人の輝きを帯びていた。この瞬間、間違いなく叡観は蘇我日向に立ち返っていた。

「善信尼の俗名は嶋女《しまめ》、十一歳で出家したが、排仏派の物部《もののべ》氏に迫害されてひどい目に遭っている。物部氏が滅びて馬子の時代になり、晴れて百済に留学できた」

「推古天皇の時代？」

「いや、まだ崇峻《すしゅん》天皇のころだ。推古天皇が即位するのは、それから四年後だ」

さすがに蘇我日向だ、と定恵は兜を脱いだ。何しろ祖父の馬子が絡んでいる。倭国における仏教受容の立役者だ。子供のころから言い含められて成長したのだろう。蘇我氏の傍流とはいえ、叡観恐るべしと定恵は思った。

馬子は崇峻天皇を暗殺している。叡観も知らぬはずはない。蘇我氏の権勢が天皇を上回った証拠ともいえる事件だが、ここで口にすべきではないと定恵は自らを抑えた。

「百済では威徳王《いとくおう》の時代でした」

脇から忠興が口を挟んだ。

「威徳王？」

「日本へ仏教を伝えた聖王《せいおう》の太子です」

「ああ、聖明王《せいめいおう》の……」

倭国では聖王は聖明王と呼ばれている。

それにしても、この忠興はただの漁師ではないな、と定恵は改めて老人を盗み見た。日に焼けていかにも漁師らしい赤黒い顔をしているが、目元から頬にかけて気品のある骨相をしている。百済の貴族ででもあったのではないか。滅亡後は王族や貴族が大勢倭国に亡命したと聞いているが、百済に残った者も当然いたはずだ。

狐につままれたような思いで、定恵は坂道を登り始めた。木の間に見え隠れする黒い甍《いらか》を見つめながら、そうか、善信尼はあの寺で修行したのか、と胸を熱くした。同じく十一歳で出家して唐に渡ったわが身と境涯が重なったのである。

扶蘇山の頂に到着した。山というよりは二つの小高い丘の連なりである。泗沘城の後苑として使われ、諸亭や殿堂、楼閣があちこちに造られ、東端には迎日楼、西端には送月楼があった。いま残っているのはこの二つの楼だけで、他は落城の際ことごとく焼却、破壊された。

「これはひどい」

思わず定恵は嘆声を発した。

寺院らしき跡は黒く燻《いぶ》された礎石だけで、炭のようになった柱や梁が散在していた。楼閣の基壇も無残に叩き割られ、原形をとどめているものは一つもなかった。

「凄まじいものだ」

叡観も眉をしかめて目をそむけた。

「ここまで百済を憎むというのは、並み大抵のことではない」

「義慈王の横暴に苦しめられた新羅の報復だったのだ」

こう言うと、叡観はぎゅっと唇を噛んだ。

「報復ですか」

「新羅の善徳女王の十一年（六四二）、百済の義慈王は国境に近い新羅の四十余城を奪い、南部の大耶城《だいやじょう》を襲って大耶州の都督品釈《ひんしゃく》夫妻を殺害した」

「あ、それは聞いたことがあります。品釈夫人は新羅の王族金春秋《きんしゅんじゅう》の娘で、この恨みが春秋を百済撲滅に駆り立てることになったとか……」

確か義蔵が話してくれた。まだ義蔵が長安の光明寺で血気盛んだったころ――。

一瞬、定恵は胸が詰まり、涙があふれそうになった。

そんな定恵の変化に気付いたのか気付かぬのか、叡観は平然と言葉を続けた。

「復讐の鬼と化した春秋は後に武烈王となり、十八年後に百済覆滅の宿願を果たしたというわけさ」

「そういうことですか」

意気消沈した胸の奥から、定恵はやっと小さな声を絞り出した。

「それにしても、義慈王の最期は哀れでしたね」

洛陽で義慈王の虜囚姿を目にした定恵は、どうしても義慈王に同情したくなる。

「少し驕《おご》りたかぶりすぎたのではないか。若い時は勇猛果敢で鳴らしたが、晩年は忠臣、義臣を遠ざけ、奢侈《しゃし》と淫疾《いんしつ》にふけり、国家存亡の危機もわきまえず、百済を滅亡へと導いた。自業自得とはいえ、臣下や国民にしてみればたまったものではない」

言い終えて、ふと忠興を見やった叡観の眼差しには、憐憫の色がにじんでいた。やはり忠興は百済王室の臣下だったに違いない。

「堦伯《かいはく》将軍のような名将もいたのに」

定恵の心は自然に敗軍の将に傾いていく。

「堦伯将軍が出陣を命じられた時はすでに百済軍は崩壊していた。決死隊五千を率いて五万の新羅軍に対峙した将軍は、出陣前に妻子を自らの手で殺《あや》めている。勝ち目がないことは初めから分かっていたのだ。それでも黄山《こうざん》の戦いでは一日に四回戦って連勝し、最後に壮烈な討ち死にをしている」

「遅きに失したというわけか」

「そのとおりだ。堦伯将軍の運命はそのまま百済王国の悲劇を象徴している」

二人の会話を忠興は黙って聞いていた。

扶蘇山から王宮址にも行ってみた。ここも廃墟の陳列場だった。まともな建造物は何一つ残っていない。海石榴《つばき》だけが血のような真っ赤な花を付けているのが何とも無気味だった。

城下への道をたどった。街並みは廃墟から立ち直りつつあった。が、十五万戸を越えていた民家は数えるほどしか復旧していない。至るところに焼けただれた廃材が転がり、道路も寸断されて、まともに通れる道は少なかった。人影もまばらで、大方が息を潜めて外の様子を窺っているのではないかと思われた。

「旧都の民も疲弊し切っているようですね。復興の槌音は間遠だ」

「義慈王が捕らえられて、百済はいったん滅びた。唐軍はすぐさま王都だったこの地に駐屯軍を派遣したが、やがて復興軍との戦いに駆り出されてここは放棄された。一度は復興軍が奪い返したが、再度占領され、徹底的に破壊された。住民は逃げ出し、文字どおり無人の廃墟と化した。住民が戻ってきたのはつい一年前だ」

「一年前?」

となると、この寂しさは無理もないな、と定恵は胸を突かれながら辺りを見回した。

「ここは仕路《しろ》という通りで、大官の屋敷が連なっていたところです」

忠興が腰を伸ばして前方を見やった。

ますます怪しいと定恵は思った。この男は泗沘城の地勢にも詳しい。大官が豪邸を連ねていたというこの大通りに忠興の家もあったのではないか。それを承知で、叡観はこの男を水手《かこ》に仕立て、道案内として同行させたのではないか。

前方は緩い下り坂になっている。北大門から南大門に続く朱雀大路のようだ。境界の石組みから、一戸あたりの敷地が広大であったことが分かる。が、どの家も門は壊れ、内側の建物も戦火の残骸をさらしていた。

ふと、遠くに何とか原形をとどめている一軒の家が目に入った。近付いてみると、広い敷地の隅にぽつんと建っている小さな板葺きの家だった。位置や造りから母屋ではなく、使用人の住居のようだ。

崩れた門から中に入った。庭園の面影を残した一画が広がっている。池は涸《か》れ、周囲の躑躅《つつじ》の植え込みは焦げたように変色していた。雑草がわずかに顔をのぞかせた窪地には、忍冬花がひときわ鮮やかに緑の葉を伸ばしている。築山では松が数本立ち枯れていた。無窮花《むくげ》の群落だけは勢いよく新芽を出していた。

入り口に近づくと、内部に人の気配がする。忠興が声をかけた。ごそごそと物音がした。住人がいるらしい。再度、忠興が大声を出し、扉を叩いた。

出て来たのはみすぼらしい身なりの白髪の老女だった。

「何じゃね？」

ぎろっと目を剝いてこちらをにらむ。

「熊津から来たのだが、ちょっとひと休みさせてほしい」

「熊津？」

老女の目に警戒の色が浮かんだ。後ろに控えた定恵と叡観の方に目を注ぐ。叡観も定恵も僧服だった。僧形ならいざというとき安心だからというのが叡観の忠告だった。

「供養に来なさったか」

「ええ、まあ」

忠興があいまいに返事をする。僧形の二人を見て、老女はいくぶん警戒心が和らいだようだった。

「上がりなされ。汚いところじゃが」

土間に筵《むしろ》を敷いただけの粗末な部屋だった。

「床板は冬の間に剝がして薪にした。辛抱してくだされ」

そう言い置いて、老女は奥に消えた。水屋でもあるのだろうか。

叡観が忠興に何事かささやいて、小さな布袋を渡した。忠興は懐にしまうと素早く立ち上がり、部屋を出て行った。おおかた銅銭でも入っているのだろう。

「大丈夫です。昼飯をつくってくれるそうです」

引き返して来た忠興が安心したように言った。

定恵は急に空腹を感じた。正午はとっくに過ぎている。ここで昼食にありつければありがたい。が、果たしてこの家に食べ物があるのか。

忠興は再び奥へ行き、なかなか戻らなかった。老女に昼食の指図をしながら話し込んでいるのかもしれない。

叡観がひと息入れてから、改まった様子で定恵に語りかけた。

「どうやらお払い箱のようだ」

何のことか分からず、定恵は三白眼になって相手を見つめた。

「唐朝はわしを倭国占領の尖兵《せんぺい》にしようとしたが、今回の失敗で、わしを無能者扱いしたらしい」

「ああ、そのことですか」

叡観は唐朝の隠密のようなものだ。倭国の朝廷を屈従させるという大役を引き受けた。本来なら郭務悰に先んじて倭国に行くべきだった。どこで誤算が生じたのか。

「劉仁願が事を急ぎすぎたのだ。わしを無視して郭務悰を倭国に派遣した。勝ち馬の将軍はとかく増上慢に陥りやすい」

そうか、郭務悰に置いて行かれたことを根に持っているのだ。

「飛鳥の朝廷を見くびっていたのだ。中大兄と鎌足はそれほど単純ではない」

「先に行っていれば、事情は違っていたでしょうか」

「たぶんね。少なくとも筑紫に都督府を置くことだけは認めさせたろう」

増上慢は叡観の方ではないか、と定恵は思った。この俺を切り札にして、唐国の筑紫占領に手を貸そうとしている。

しかし、この俺が本当に切り札になるのだろうか。

叡観の企みが実現したら俺は唐国に逆送されることになる。そうなったら倭国における叡観の野望も潰えるはずだ。やはり二者択一は見せかけにすぎず、倭唐の二国を両天秤にかけて漁夫の利をねらっているのだ。

忠興はなかなか戻って来ない。叡観と定恵が二人でじっくり語り合えるように、わざと席をはずしたのではないか、と定恵は勘ぐった。

「どうなさる、これから……」

同情を装って、定恵が沈痛な面持ちで尋ねた。

叡観がいけ好かない人物であることに変わりはないが、お役御免となるといささか気の毒な気がしないでもない。

「変な束縛から逃れられて、かえってさばさばした。唐朝の指図を受けずに、これからはどこでも暮らせる。唐国、新羅、倭国の三国を股にかけて自由に動き回れると思うと、胸がわくわくするね」

強がりではないか、と定恵は疑う目付きになった。が、叡観はかっかっと笑って、定恵の懸念を吹き飛ばした。

「当面は雪梅殿にお付き合いしようと思う」

「えっ？」

定恵は耳を疑った。

「雪梅に？」

その名を呼び捨てにしている自分には気付かなかった。唐国では呼び捨ては親愛の証しだ。

「そう。同行を頼まれてな。彼女はこれから父親の探索を徹底的に行うつもりのようだ」

「しかし、その最期はもう明らかになった……」

「いや、任存城の守備隊長の説明には嘘がある」

「確かに不自然な点はあるが、嘘とは断定できないでしょう」

定恵はあいまいに応じた。

叡観はちょっと考えるような素振りだったが、

「わしの想像では張穆明は生きている。生きて倭国に生還したのではないかと思っている」

突飛な思い付きだった。何を根拠にこんな推測をするのか。甘い言葉で雪梅を弄んでいるのではないか。

「雪梅は了承したのですか、貴殿と行動を共にすることを」

「向こうから頼んできた。定恵殿は近々倭国に帰る身、これ以上迷惑はかけられません、ときっぱり言った。頼るはわし一人というわけだ」

善行を施すのだと言わんばかりの叡観の態度に、定恵は怒りを感じた。目的はほかにあるのではないか。見当はつかなかったが、もともと他人の利益のために動くような男ではない。

「おぬしら二人はすでに別れることに決めたらしいな」

何を言い出すのか、と定恵は息を詰めた。

「白江の畔で妙な出来事があったそうな」

定恵はぎょっとした。

「雪梅殿が祠堂《しどう》を拝んでいるとき、異変が起こった。熊のような巨大な動物に襲われて気を失った。意識が戻ったときは、石像の下に横たわっていた――」

定恵の体に緊張が走った。脂汗がにじみ出てきた。

「百済の地霊《ちれい》の仕業だ」

叡観が神妙な顔で言った。

「何ですか、それは」

「百済の神は熊だ。熊が百済を建国した。だからあの祠堂にも熊の石像が祀《まつ》ってある」

「石像が悪さをしたというのですか」

怪訝な面持ちで定恵は反問した。

「百済を滅ぼすものは、百済の地霊から復讐される」

「雪梅が百済を滅ぼしたというのですか？」

「雪梅殿は唐人だ。唐が百済を滅ぼした」

思いも寄らない指摘だった。が、事実には違いない。

「雪梅殿は呪われている。百済の地霊の恨みを買っている」

「そんな……」

息苦しさに襲われ、胃の腑が痛んだ。

「そなたが雪梅殿と別れる決心をしたのは賢明だった」

いったいどこまで雪梅は叡観にしゃべったのだろう。祠堂での一件が雪梅には大きな恥辱になっているのだろうか。「熊に襲われた」と脚色することで、心の傷を癒したいのか。

あの時の自分の気持ちは自分でも説明できない。未練のなせる業か。雪梅が自分から離れていく悲しみに耐え切れなかったのか。

しかし、あの直後の雪梅は少しも悲しそうではなかった。つらそうでもなかった。むしろ満足そうに寄り添って江畔をさすらった。

あれは擬態か？

がたんと音がして、部屋の戸が開けられた。会話は中断された。

「こんな物しかありませんが」

老女が捧げ持ってきた椀には雑穀に野菜や魚を炊き込んだものが山盛りになっていた。

「わしも手伝った。魚は白江で獲れた上物ですわ」

忠興が得意げに言う。彼もまた椀を載せた盆を手にしていた。

「これはご馳走だ」

定恵は居ずまいを正すと飯台の上にじかに置かれた椀の一つを手に取り、むさぼるように食べ始めた。

「若い人はお腹が空くけんな」

老女は満足そうにほほ笑んで、母親のように定恵の食べるさまを見守っている。

叡観は渋い顔をしながら目の前の自分用の椀を見つめた。空腹は叡観も同じだった。渡した金子の額に比べると料理は粗末すぎたが、時節柄、仕方あるまいと思った。これでも精いっぱいのもてなしなのだろう。

急に愛想がよくなった老女をじろりとにらんでから、叡観もゆっくり食べ始めた。老女は上機嫌で忠興にも勧め、自分は最後に箸を付けた。

「ここには前から住んでいるのですか」

ふと食事の手を止めて、定恵が聞いた。

「そうだとも。百済が滅びる何十年も前からだよ」

もぐもぐ口を動かしながら、老女が答えた。続けて、

「ここは堦伯将軍さまのお屋敷だった」

定恵は危うく手にしていた椀を落としそうになった。

叡観も眦《まなじり》を決して鋭い一瞥を老女に投げた。

「将軍家にお仕えしてかれこれ四十年。まさか、あんなことになろうとは……」

老女の顔は一変して、皺だらけの頬に涙が伝い落ちた。

「そうですか。四十年……」

定恵はしばらく空《くう》を見つめていた。

「先に奥さんとまだ小さかったお子さんたちの命を自分の手で絶ってから、戦地へと赴きなさった。わしら使用人も茫然と見守るしかなかった」

「泗沘城が落ちた時も、ここにいたのですね？」

「そうさ。ほかに行くところがあるかい？　わしも本当なら奥さんたちと一緒に死にたかった……」

暗澹《あんたん》とした雰囲気になった。皆それぞれの思いを胸に秘めて無言で箸を動かしている。

よくもこの老女は生き延びたものだと定恵は驚嘆した。城下が灰燼に帰したというのに、どうやって命拾いをしたのか。

「新羅軍も唐軍も残酷でしたわ。逃げ遅れた女子供も槍や刀で突き殺された」

「おぬしはどうやって逃れた？」

叡観が眉を寄せて老女を窺った。

「百済の地霊に助けられたんですわ」

叡観の目がきらりと光った。

定恵は箸を止めて、二人を交互に見つめた。

「一人の唐兵が私を槍で刺そうとした。すると、天から轟音が響いて、唐兵はのけぞるように仰向けに倒れた。口からぶくぶく泡を吹いて、そのまま息絶えた。わしはよろよろ起き上がって、扶蘇山の方へこけつまろびつ走った。大勢の宮女たちが絶壁に追い詰められ

ていた。わしも一緒に身を投げるつもりだった。その時、地の底から声がした」

「地の底から？」

定恵が大きく目を見開いた。

「生きて、この惨状を伝えよ、と」

「誰だ、それを叫んだのは」

叡観が声を荒げた。

「男の声だったが、辺りに男はいなかった。みんな女ばかりじゃった」

叡観は苛立《いらだ》たしげに上体を揺すった。

「地霊の声ですわ。百済の地霊がわしにささやいたのじゃ」

風もないのに老女の白髪が波打っている。

この女は巫女《ふじょ》なのではないか、と定恵は思った。

「それから、異変が次々と起こって」

「異変が？」

定恵ははっと息を止めた。首をすくめて恐る恐る老女を見やる。

「城下のあちこちに立っていたくさんの仏塔が、唐軍の攻撃を受ける前にがらがらと崩れ落ちた。さすがの唐軍もこれには驚き、金縛《かなしば》りに遭ったようにこの天変を茫然と見つめていた。わしは何度も叫んだ、お前たちは呪われている、と。しかし、声にはならなかった。胸の中で唱えた呪文にすぎなかった」

王都の泗沘城には堂塔が多かったと定恵も聞いている。それらが一瞬にして倒壊したという。

傍らの叡観を盗み見た。うち萎れたように無言で箸を口に運んでいる。体の一部を動かしていなければ身が持たないとでもいうように。

百済の地霊の話は叡観が最初に口にした。今ここでは叡観自身がその神威の恐ろしさに身を震わせている。ここまでやるとは思っていなかったのだろう。

「百済の地霊とは、いったい何なのだ」

定恵の声は震えていた。

「百済開闢《かいびゃく》以来の祖霊が生み出した大地の精霊です。土に根ざした庶民だけが感じ取れる神の意思のようなものです」

そう答えたのは忠興だった。

「そんなものが本当にあるのかね」

半信半疑の定恵に向かって、忠興が身を乗り出した。

「百済の守護神である熊が、この大地と白江を治めている。これは仏教や道教が伝わる前からこの地に存在した天神地祇だ。北方の扶余《ふよ》から乗り込んできた百済の王族たちには分からない。馬韓の血を引くここに住む庶民だけが知っている霊妙な神だ」

「おぬしはいったい何者か」

定恵は一挙に呪縛を解こうとするかのように詰問した。

一瞬、忠興は青ざめた。うろたえた視線を叡観に向ける。

叡観は素知らぬ顔で前方を見つめている。が、箸の動きは止まっている。

「一介の熊津の漁師ですよ」

「それは世を忍ぶ仮の姿だということはとうに分かっている」

定恵の口調がきつくなった。

再び忠興は叡観を窺う。叡観の表情に変化はない。忠興も覚悟を決めたようだった。

「わしは新羅人だ」

片膝を立てていた老女が反射的に腰を浮かせた。今にも飛びかかりそうな猛り狂った目をしている。どこにそんな元気が潜んでいたのか。

叡観がやんわりと片手で制した。

「どうせ、そんなものだろうと思っていた」

定恵は投げ出すように言った。自分の口からこんな侮蔑的な言葉が出てくるとは予想もしなかった。怪しい人物だと疑ってはいたが、まさか新羅人とは思わなかった。意表を突かれた。

叡観が沈黙しているのが無気味だった。が、それ以上に、亡き義蔵が連想されて、定恵は居ても立ってもいられなくなった。新羅人という言葉に義憤を掻き立てられたのだ。

忠興は続けた。

「新羅軍に身を置く一兵卒だったが、戦《いくさ》がいやになって逃亡した」

「いつ頃だ、それは」

定恵が身を乗り出した。

「二十年以上も前の話です」

がっかりした様子の定恵を見て、やっと叡観が口を開いた。

「忠興殿とは、わしが義蔵法師を気遣って新羅に行ったとき、偶然知り合った。寺の堂守をしておった」

どうみても義蔵とは関係なさそうだった。定恵も追及をあきらめた。

「新羅人でありながら、この百済に身を置く理由は？」

「百済の地霊に魅せられたからですよ。百済の風土は新羅よりずっと神霊の気に満ちています。気候も穏やかで、人々の気質もまろやかです。百済の仏はどれも穏和な微笑を浮かべておられる」

「その百済を新羅は滅ぼした」

いやみを承知の上で、定恵は忠興の饒舌を皮肉った。

「いえ、百済は滅びちゃいません。国家は潰れたかもしれませんが、民衆まで息の根を止められたわけじゃない。倭国に亡命した遺民も大勢いたようだが、大方の民は占領下の百済の故地で復興に汗を流している。庶民は生きることには貪欲ですよ。そう簡単にこの世に見切りをつけることはありません。百済の民は祖霊の態に守られています。地霊が百姓に恵みをもたらしています」

気をそがれてぽかんとしていた老女が、突然口を開いた。

「あんたは新羅の味方かね、それとも百済の味方かね」

小さな笑い声が起こった。忠興だけではない。叡観も、定恵も緊張がほどけ、自然に口もとが緩んだ。嘲笑ではなかった。

「わしは今では百済人だ。新羅はとうに捨てた。この泗沘城が滅んだ時は熊津の漁師になっていた」

亡命したというわけか。というより、叡観にたぶらかされてこの百済の地にやって来たのだろう。国境線などないに等しい。おびただしくある山城をどちらの軍が制したかで支配領域が決まるが、民衆はそんなものにはお構いなく自由に行き来している。

「新羅軍が攻めてきた時には、どうしていた？」

老女に代わって定恵が聞いた。

「漁師を続けていましたよ。わしはすでに隠遁した身だ。新羅軍を見ても味方が来たとは思わなんだ。心はむしろ百済に向いていた。唐軍の振る舞いを見て、一層この思いは強くなった」

嘘ではないようだ。舟の中で、落花岩の悲劇を目の当たりにして、できたら舟を近づけて助けに行きたかった、と言っていた。あれは本音だったのだろう。

いったい国家とは何なのか。唐、高句麗、新羅、百済……国家はいくらでもある。が、これは民族とは違う。長安では多くの民族が漢人と同じように暮らしていた。唐という国はあったが、国内に住む人間は民族に関係なくみな唐人だった。

国家は滅びても、民族は滅びない。支配者が変わっても民衆は生き続ける。国家とは実体のない架空の存在にすぎない。国家などない方が人々の暮らしはもっと安穏なものになるのではないか。

そうだった、義蔵はまさにこの信念から立ち上がったのだ。単に戦《いくさ》に反対しただけではない。国家の消滅を期待したのだ。その根底には仏教の平等思想があった。あらゆる差別や階層は国家という権力機関によってつくられる。民衆はもともと助け合いを基盤にした集団生活をしている。それを上から無理やり格付けして不平等をつくる。国家というのは一部の権力亡者がでっちあげた怪物なのだ。

「なるほど百済という国はすでにない。しかし、国は滅びても、土地は存在します」

駄目押しするように忠興は付け加えた。

「しかし、その土地は今や唐国の領土だ」

定恵が悲しげにつぶやいた。

「いや、土地がどこの国のものかなど問題ではありません。支配者が変わろうと、そこには連綿と続く土地の霊というものがあります。土地の霊に育まれて人間もまた生き続けるのです。それが民族というものの実態です」

「ということは、百済人は変わらず存在し続ける？」

「そのとおりです。国は破れても民族は不滅です。わざわざ他国に移住する必要などありません」

おやおや、この男は百済滅亡によって大勢の百済人が倭国へ渡ったことにも批判的なのか。

百済の地霊に魅入られたとはいえ、忠興は百済人になり切ったわけではない。依然として新羅人のはずだ。しかし、地霊はやがてその出自までも問わなくさせるのだろうか。いや、すでに忠興はおのれを百済人と思っているのかもしれない。

「あんたのような新羅人がいたとは驚きじゃ」

老女はびっくりしたように目を丸くした。

「堦伯将軍は国家に殉じた百済の英雄だが、金庾信将軍は新羅の英雄か？」

確かめるように定恵が問うた。

「片や敗軍の将、片や凱旋将軍、違いはそこだけです。ともに国家に尽くした点では同じです。しかし、今のわしから見れば、二人とも愚か者じゃった」

「愚か者？」

老女が目を尖らせた。

忠興は怯《ひる》まず、しゃべり続けた。

「国家などという魔物に身を委ねたわけですからね。戦う必要などなかった。新羅は新羅、百済は百済、おのれの本分を守っていれば戦《いくさ》など起こらなかった。他国の領土を奪っても一銭の得にもならない。犠牲者が増えるだけです」

「あんたのいうことを聞いていると、仏の浄土を思い浮かべるね。夢のまた夢という感じじゃ」

老女はあきらめたようにため息をついた。

「そうです、浄土なんですよ、わしが夢見ている世界は。争いもなく、飢えもなく、悩んだり苦しんだりする人間もいない桃源郷です」

「現実はその反対だ」

定恵が冷笑気味につぶやいた。が、忠興は意に介さない。

「どうです、定恵殿。あなたも叡観和尚と力を合わせて理想郷の建設に励んでみては」

とんでもない思い違いをしている、と定恵は思った。完全に叡観に騙されている。叡観は理想主義者ではない。博愛の精神などこれっぽっちも持ち合わせていない。怨念と復讐の権化だ。どこをどう取り違えたのか。

しかし、あの義蔵がこの叡観に助けられたことは確かだ。叡観は義蔵がこの俺の親友だったことを知っていて、それでわざと救いの手を差し伸べたのではないか。この俺に恩を売るために。この俺を天皇の座に据えるために。

わけが分からなくなって、定恵は沈黙した。これを機会に腹の探り合いは自然にやんで、皆は食べることに熱中した。

食事は粗末だったが、うまかった。空腹にまずいものなし、とはよく言ったものだ。椀の雑炊をきれいに平らげた定恵は老女にお代わりを要求した。幸いまだ残りが台所の鍋にあった。

「若い者はよう食べんしゃる」

老女は残り物を盛った椀を定恵に押し付けると、にやっと笑った。まんざらでもない顔を見て、定恵も思わず微笑を返した。

四月に入ると春も本番だった。内陸の長安に比べると、ここ海東は春の訪れは遅かった。西から吹く冷たい海風のせいか、と定恵は思った。長安では四月になれば春というより初夏の装いだった。

雪梅はまだ旅立つ気配がない。俺を先に見送ってからか、と定恵はいぶかった。そんな雪梅を重荷に感じることもあったが、一緒にいられる時間が長くなるのはやはりうれしかった。客館での雪梅との生活は今まで表面上は何ら変わりなかった。

「きみが叡観に助力を頼むとは、意外だった」

泗沘城から帰って来るなり、定恵はいささか興奮気味につぶやいた。

「ほかに頼れる人がいないんですもの。叡観さまなら百済にも新羅にも土地勘があるわ」

雪梅は屈託がない。

「確かに。しかし、きみは叡観を嫌っていたよね、今まで」

「今でも好きじゃないわ。でも、仕方ないじゃない」

ちらっと定恵にバツの悪そうな目を向けた。

「叡観によると、お父さんは海東では死んでいない、間違いなく日本へ戻ったはずだと言っていた」

「えっ？　本当？」

「自信がありそうだった。叡観には妙な霊感が備わっている。それで唐国でも珍重されていたのではないかと思う」

「でも、郭務悰さまの一件では失敗なさったわ。赤っ恥をかいたとご自分でもおっしゃっていました」

おや、と思った。叡観に敬語を使うようになった。これまで雪梅は叡観のことなど歯牙にもかけなかった。世話になるからというお礼心が働くようになったのか。定恵は軽い嫉妬を覚えた。

「どうかしたの？」

雪梅が定恵の様子に異変を感じ取った。

定恵はどぎまぎした。妙な顔をしていたのかもしれない。内心を見透かされたか。

「いや、別に」

あわててごまかしたものの、心の奥では沸々《ふつふつ》と泡立つものがあった。

「きみが叡観を尊敬し出したので、驚いている」

「好き嫌いと尊敬は別のことよ。嫌いでも尊敬しなければならないことって、あるじゃない？」

そのとおりだった。雪梅の論理に誤りはなかった。

俺はどうかしている、と定恵は思った。

「それより、泗沘城はいかがでした？」

巧みに話題を変えて、雪梅は定恵の好奇心を煽った。

助かったと思いながらも、みごとにはぐらかされたという不満もあった。が、答えないわけにはいかない。

「堦伯将軍の下婢をしていたという妙な婆さんに会った」

「堦伯将軍？」

雪梅は知らないらしい。

「黄山《こうざん》の戦いで新羅軍に敗れた百済の名将だ」

「ああ、その戦いなら聞いたことがあります。勝敗を分けた決戦だったのでしょう？」

「そう。新羅軍は金庾信が総大将だった」

「武烈王のお気に入りの将軍ね。新羅の英雄だとか」

いけない、と定恵は唇を噛んだ。これだとまた義蔵に行き着く。義蔵の憤死を思うと身も心も張り裂けそうになる。

「そのお婆さん、唐を恨んでいた？」

さすがは唐人だ、と定恵は改めて雪梅を見た。唐軍が新羅を助けて百済を滅ぼしたことに引け目を感じているのではないか。

「いや、堦伯軍を打ち破ったのは新羅軍だからね。唐軍は黄山では戦っていない。ただし、泗沘城は唐軍が徹底的に破壊した」

「じゃあ、やはり恨んでいると思うわ」

「それより一緒に行った漁師が新羅人だと分かって、婆さん、驚いていた」

「漁師？」

「うん。舟の漕ぎ手だよ。忠興《ちゅうこう》という老人だ」

「ああ、その人なら会ったことがあります。叡観さまのところで」

やはり叡観にべったりだったのだ。

それにしても雪梅が忠興を知っていたとは……。

「でも、新羅人とは知らなかったわ。ただ、百済を熱烈に愛しているみたいで、私、居心地が悪かった。私は百済を滅ぼした唐の人間ですもの」

「新羅人と聞いて、ほっとした？」

「そんなことないけれど、何だか変な人だったわ」

「変な人？」

「百済の地霊について、しきりに講釈してくれたわ。百済は熊の霊に守られた聖地だというの」

雪梅の頬がぽっと朱に染まった。

祠堂での例の一件を思い出したのだろう。

しばらく雪梅は顔を赤らめたまま視線をさまよわせた。それから思い切ったように言った。

「あんなところであんな事が起こるなんて夢にも思わ

なかったわ」

ちらっと定恵を見上げた目が妖しく光っている。

「俺にも分からない、なぜなのか……」

見つめる雪梅の目が憂いに沈んだ。

悲しみか？

怒りか？

それとも、恨み？

非難の矛先が自分に向けられているようで落ち着かなかった。あれが雪梅との決定的な別れを演出したのか。

「私、熊に襲われたと思ったわ。そうに違いないと思ったら、気が楽になった。熊の神さまのせいよね、きっと」

雪梅は目頭を押さえた。

定恵は茫然と立ち尽くすだけだった。

五月になった。柳が新緑に燃え、躑躅《つつじ》の花が白く、赤く、薄紫に咲き出した。道筋に植えられた梧桐《ごどう》が大きな葉を伸ばして心地よい日陰をつくった。

突然、定恵は都督府の役人の訪問を受けた。

「七月に貴殿は帰国することになった。そのつもりで準備を怠りなく」

来るべきものが来たという感じだった。が、あまりに急である。

「七月というと、あと二か月しかない」

「さよう。事情は後ほど劉仁軌《りゅうじんき》都督が直接貴殿に説明なさる」

役人は一方的に通告すると、そそくさと帰って行った。

帰国という言葉が何だか他人事のように聞こえる。わが身のこととしてすっぽり胸に収まらない。

俺が帰国するということは、飛鳥への嫌がらせにあえて踏み込むということだ。筑紫都督府の設置は見送られたということか。

あるいは、俺の存在を飛鳥の面前でちらつかせて、朝廷の決断を迫るという戦法か。飛鳥が要求を呑めば、俺は再び唐国に送り返されることになる。

分からない。

いったい、どうなっているのか。

不思議なことに、その後叡観は現れない。雪梅も姿を消した。二人はたぶん一緒だろう。とうとう出発したのだ。雪梅の夢を叶えるべく、半島をさすらう旅に出たのだ。

数日経って、都督府から呼び出しがあった。すでに予告されていたので、定恵は驚かなかった。ついに帰国の宣告が下されるのだ。心の準備はできていた。

役所では劉仁軌都督がじきじき応接した。

「七月末に当地を出発する」

劉仁軌はふくよかな笑みを含んで、もったいぶった顔で言った。

「閣下ご自身が同行するのですか」

「いや、今回は正式な唐使として朝散大夫沂州《ぎしゅう》司馬上柱国《じょうちゅうこく》劉徳高《りゅうとくこう》が貴殿をお連れする」

定恵はほっとした。

劉徳高なる人物は知らないが、唐朝から遣わされる正式な使者ということになれば、飛鳥の朝廷も会わないわけにはいかないだろう。正式に倭国に引き渡されるのかどうかは分からないが、飛鳥の地を踏めることは間違いない。

「郭務悰も部下として随伴させる」

「案内役ですか」

前回の失敗を大目に見たのは、倭国の実態を垣間見た経験が評価されたのだろう。道案内としては最適だ。

「分かりました」

定恵は頭を垂れて感謝の気持ちを表した。

「長い間、ご苦労だった」

仁軌はねぎらうように定恵を見やった。

「これで貴殿もやっと父上に会える」

ということは、唐軍の筑紫都督府設置はあきらめたということか。俺を帰すことで飛鳥の朝廷内に混乱をもたらす魂胆か。

定恵は素直には喜べなかった。

そんな定恵の内面を見透かしたように、仁軌はさらに言葉を続けた。

「実は郭務悰は筑紫で内々にお父上の使者と会ったそうだ」

「えっ？　本当ですか」

晴天の霹靂《へきれき》だった。叡観はそんなことはひと言もしゃべらなかった。叡観が筑紫に上陸する前の話か。務悰の筑紫滞在は半年に及んだから、その時間は充分あったろう。

「飛鳥の朝廷は頑強に務悰の入京を拒んだが、中臣鎌足殿はさすがにわが子のことが気になったとみえる」

「どんな話を？」

「使者を通して貴殿の安否を尋ね、ひたすら後事を託す内容だったと聞いておる」

「後事を託す……？」

「唐を離れて百済に来ていることも知らなかったという。この先どうなるか心配はしていたが、早く手元にという伝言は鎌足殿からはひと言もなかったそうだ。さすがに見上げた人物だと務悰も感心しておった」

帰ってほしくないんだ、と定恵は叫びそうになった。わが子への気遣いならどんな親でも持ち合わせている。早期の釈放を願う言葉が出なかったのは、唐朝に遠慮したからではない。帰って来られたら困るからだ。そのことを劉仁軌都督もご存じない。ということは、唐朝中枢部は飛鳥の内情に疎《うと》いということだ。

そういえば、いつか叡観がその件に触れたことがある。飛鳥朝廷の内部に通じた人間は唐室内でもごくわずかだ、自分はその秘密を握っているので唐室で珍重されているのだ、と。

劉仁願はそんな事情をまるきり知らなかった。当然その部下の郭務悰も。

劉徳高は、どうなのか。俺を連れて帰るというからには、やはり知らないのか。それとも、承知の上で、俺を飛鳥の鼻先にぶら下げて、交渉を有利に進めようという魂胆か。

「使節団は何人ぐらいになるのでしょうか」

軍隊を同行するのかどうかが一つの判断材料になると思った。

「今度は大勢になる」

不吉な予感が定恵の脳裏をよぎった。

「軍兵を二百五十人ほど引き連れていく」

やはり、と思った。

「それはまた随分大げさな……」

カマをかけてみる余裕はあった。真意を探りたい一心からだった。

「貴殿の護衛だよ。唐朝と倭国の両国にとって、大切な御仁《ごじん》だからね」

そらとぼけている。出まかせを言うでない。

定恵はぐっと仁軌をにらんだ。仁軌は悪びれたふうもない。この俺を帰還させるための護衛兵だと信じて疑わない顔をしている。

騙されないぞ、と定恵は胸に叫んだ。

劉徳高とはいかなる人物なのか。朝散大夫となれば官位は従五品下、大したことはない。郭務悰と同じだ。

官職も沂州《ぎしゅう》の司馬だから地方官にすぎない。上柱国も占領地の長官に与えられる爵位である。どう見ても目の前にいる劉仁軌を上回る地位にあるとは思えない。

かような人物が中央政界の大物と繋がっているとは考えにくい。飛鳥朝廷に通暁している可能性はほとんどない。唐使に選ばれたのは、郭務悰に懲りて、形式的に唐使という肩書きを与えられたにすぎないのではないか。唐使となれば皇帝派遣の使節だ。飛鳥も入京を拒むわけにはいかない。

俺を無条件に帰国させるのは、もはや質《しち》としての値打ちが失われたからだ。俺は唐国からも見放されたのだ。さっさと飛鳥の朝廷に引き渡し、腐れ縁を絶った上で、真正面から飛鳥との交渉に臨むつもりなのだ。威嚇の手段はかの二百五十人の軍団だ。これが俺に代わって新たな取り引き材料となる。

交渉は決裂を見込んだ、形だけのものになるだろう。上京している劉徳高の合図ひとつで、筑紫で待機している二百五十名の軍兵は大宰府を包囲する。小競り合い程度の戦闘で大宰府は唐軍の手に落ちる。看板はすぐに「筑紫都督府」に掛け替えられるだろう。二百五十名の軍団は間違いなく筑紫を占領するための尖兵《せんぺい》だ。

突然、定恵の内部で大きな壁が崩れた。なるようになれ——。

定恵は開き直った。心の奥が霧が晴れたように明るんでいく。人質としての身分から完全に解放されて、晴れて飛鳥の土を踏める。帰国後も自分の立場は安泰とはいえぬかもしれないが、祖国で暮らせる幸せを思うと、懐疑や不安も一気に吹き飛ぶ。

眼前の劉仁軌の慇懃無礼《いんぎんぶれい》な態度が滑稽に見えてきた。思わず吹き出しそうになって、あわてて口もとを押さえた。

第十章　幻影の飛鳥

倭国への出発は七月二十六日と決まった。

前日の二十五日、送別の宴が開かれた。熊津都督府の計らいで、都督の劉仁軌が自ら音頭を取った。唐国に十一年、百済に一年、計十二年間の唐朝監視下の人質生活である。晴れて帰国となれば、丁重に送り返すのは唐朝の威厳を高めることにもなった。

宴会は熊津ではなく、わざわざ旧都泗沘《しひ》城が選ばれた。扶蘇山《ふそざん》の西端、白江を見渡す送月楼で行うという。

都督府にとっては泗沘は必ずしも居心地のいい場所ではなかった。百済が滅亡したとき、王都の泗沘城は七日七晩、燃え続けた。王宮だけでなく、城下の十五万戸もすべて焼き尽くされ、都督府にとっては百済の怨念が籠もった近付きにくい場所だった。

あえて扶蘇山での宴会を進言したのは、日ごろ定恵が泗沘の風光を愛《め》でていたのを知っていた忠興《ちゅうこう》である。彼は漁師に身を窶《やつ》してはいるが、都督府にとっては端倪《たんげい》すべからざる人物だった。出自は金官加羅国の貴族、勇将金庾信《きんゆしん》と同郷でその従卒だったという噂が広がっていた。誰が言い始めたか分からなかったが、おおかたは叡観だろうと定恵は見当をつけていた。その叡観は雪梅と旅立って、いまは熊津にはいない。が、叡観の息のかかった忠興は都督府にとっても無視できない存在だった。

送別の宴そのものも、初めは都督府としては開催する予定はなかった。七月に入って、突然、忠興が都督府にやってきた。叡観がいなくなってからは、まるで叡観の代理のように月に一度ぐらい顔を出す。さすがにその時は漁師姿ではなく、こざっぱりとした民服姿だった。

「定恵殿の出立は二十六日とか。その前に送別の宴を張ってほしい」

うやうやしい口調だったが、仁軌には強要に聞こえた。

この男は新羅の文武《ぶんぶ》王とも意を通じているらしいことを、仁軌は知っていた。文武王は父武烈王の跡を継いで、百済が滅亡した翌年即位した。武烈王は元の金春秋、唐軍を引き入れて百済を滅亡させた立役者である。忠興は金庾信との縁故で武烈王とも繋がりがあると思われていた。百済を滅ぼす前に金庾信のもとを去り、叡観に従って百済入りしたが、新羅の王室への尊崇の念は失っていないようだった。

劉仁軌にとって厄介だったのは、文武王との仲が必ずしもうまくいっていないことだった。協調して百済を討ったが、戦後の両国関係は微妙なねじれを来たしていた。次は高句麗を滅ぼすという共通の目標はあったが、旧百済領地の支配を巡って軋轢《あつれき》が生じていた。事前に平壌以南の百済の故地は唐軍が暫定統治するという約束にはなっていたが、新羅としては唐軍に早く撤退してもらいたかった。半島の統一は新羅の宿願だった。が、その後、百済復興軍の台頭もあって、唐軍の占領支配は長引き、二年前の白村江の戦いと余豊王の高句麗逃亡で百済は完全に消滅したのに、唐軍は一向に軍を退《ひ》く気配はなかった。

文武王の不満は現地司令官である劉仁軌には痛いほど分かっていた。本国からは百済の故地だけでなく、海東全体を唐国領土に編入するよう圧力を受けていた。高句麗討伐に執念を燃やすのも、この地も含めた半島全体が本来は漢土だったという認識に基づいている。朝鮮三国を支配下に置くことは故地の回復を意味していた。

そうは言っても、現実を目の前にした劉仁軌はその野望実現が容易でないことを知っていた。占領後、復興に精出す百済の民が温厚で篤実、かつ勤勉であることに気付いてからは、風俗の面でも唐風化は困難であることを見抜いていた。羈縻《きび》支配にとどめておくのがせいぜいである。そのための地ならしが目下の占領政策であると仁軌は心得ていた。

「人質を送り返すのに送別の宴か」

気の進まない素振りで仁軌は忠興を見やった。老いたりとはいえ、古武士のような風格を備えた忠興が、仁軌には苦手だった。

「昔、武烈王の二人の王子が長安で質《しち》の生活を送られていましたが、帰国に際しては陛下は餞別の宴席を設けています」

「ああ、仁問と文王のことか。しかし、あの二人は質というより太宗陛下のご意見番だった。武烈王がまだ金春秋だったとき、真徳女王に進言して宿衛《しゅくえい》として唐室に送り込んだのだ」

「確かに宿衛として唐室に入ったが、質《しち》であったことには変わりありません。百済の余豊王子だって同じです。倭国では質として受け入れました」

「まあ、よいわ、そんなことは。それより定恵殿のことだが、送別の宴は必要か」

「ええ。ここで唐朝が礼の国であることを天下に示す必要があります。唐室だけでなく、占領軍としても名声を得ることに繫がります。何よりも百済の人民を慰撫する効果は絶大です」

「なるほど。定恵殿は倭国の人、倭国は百済の盟友だったからな」

　劉仁軌はうまうまと忠興に乗せられた。宴会の場所も忠興の発案で泗沘の扶蘇山と決まった。

　当日は涼しい風が松の葉を揺らす絶好の行楽日和だった。早くも薄茶色に黄ばみ始めた櫟《くぬぎ》の葉が初秋の風に音もなく舞い落ちていた。

　宴は夕刻からだったが、定恵は忠興と一緒に早めに熊津を立ち、小船で白江を下って泗沘に向かった。五十里しか離れていない。

　初めて忠興に案内してもらった時とは違って、小船を泗沘城の南に着けてもらった。浮山《ふざん》という小山のすぐ西側だ。小舟を降り、江岸の集落に沿って北上した。対岸の巖《いわお》を指差して、忠興が言う。

「あれが自温台《じおんだい》です。王があの岩に座ると自然に岩が温まったというところからその名が付きました」

「百済はすでに伝説の地と化したか――」

　定恵は感無量だった。

　聖王がこの泗沘に遷都してからまだ百三十年しか経っていない。滅びたがゆえに伝説は力を持ち、往時の繁栄を偲ぶ縁《よすが》として永遠に語り継がれていくのだろう。

「あの麓にはその名も窺岩津寺《きがんしんじ》という名刹がありましたが、百済滅亡の折に焼亡しました」

　この辺りは大きく北東から蛇行した白江が緩い弧を描いて南に流れ下る箇所である。江と並行して破壊された泗沘城の城壁が伸びている。そこから白砂に縁取られた江畔まで広い松林が続く。

「あの落花岩からそれほど離れていないのに、こんなにきれいな砂州が続くとは……」

　定恵が感嘆の声を上げた。

「そうなんです。これが泗沘の泗沘たる由縁です。絶景の地に都を移した。これはひとえに倭国との通行の必要性からですよ」

「倭国との？」

ここでなぜ倭国が出てくるのか、と定恵はいぶかしげに忠興を見た。

「聖王の時代は百済は高句麗と新羅の圧迫に苦しんでいました。加羅の諸国を巡る争奪戦ですよ。初めは百済が優勢だったが、後に高句麗が新羅と連合して形勢が逆転した。そこで百済は倭国に救援を求めたわけです」

「それで、少しでも倭国に近い泗沘に都を移したというわけか」

「そうです。ご承知のとおり熊津は北側は白江、東西と南は山が迫っている要害の地でした。が、これは戦闘に打って出るには不利な地形です。それに対して白江下流の泗沘は大きく開けた丘陵地で田畑も多く、見晴らしもよい。何よりも水運と陸運の両方に恵まれている。新しい王都にふさわしかったというわけです」

「倭国は実際に援助の手を差し伸べたのか」

「度重なる要請に、弓矢や馬、船などを送っています。倭国では確か欽明《きんめい》天皇のころです。救援軍も派遣しており、一度に千名を越えた時もあります」

「えっ？　軍兵も？」

「断わり切れなかったのでしょうね。しかし、倭国の意図は別にあって、百済の先進文化を輸入したかったのではないでしょうか」

「先進文化というと……？」

「仏教は聖王が初めて倭国に伝えましたが、僧侶だけでなく、五経博士や易博士、暦博士、医博士や採薬師といった学者や文化人を何度も倭国に送っています」

百済との付き合いが古くからあることは、定恵も倭国にいた子供時代から聞かされていた。が、いま、この百済の地で耳にすると､両国の近さを肌身で感じる。相手が現地の人間であれば尚更だ。

「百済から渡ってきた新文物のおかげで、倭国は発展したというわけか。恩に着ますよ」

定恵は冗談めかして笑った。

忠興も笑みを返したが､その目は憂いを含んでいる。

定恵ははっとなった。

加羅の諸国を巡っての争い､とさっき忠興は言った。その一つ、金官加羅国が忠興の本当の祖国らしいという噂だった。争いが起こったのは聖王時代だ。

「加羅諸国は新羅と百済に翻弄されたようなものですね」

同情するように定恵は言った。

「そのとおりです」

「奪ったのは新羅ですか。それとも百済ですか。それとも倭国……？」

自分の口から出た言葉に、定恵自身が驚いた。加羅諸国が新羅に併合されたことはとうに知っている。しかし、この三国が定恵の頭の中で一つのうねりとなって押し寄せてきた。

「百済も一時は支配下に置いた。が、結局、最後は新羅の領土になった。倭国も絡んでいたことは確かです。大勢の倭人が加羅諸国には住んでいました」

「あなたは新羅人ですか、それとも百済人……」

「そんな区別はどうでもいいではありませんか。新羅はかつては辰韓《しんかん》、百済は馬韓《ばかん》でした。そして、加羅の諸国は弁韓《べんかん》でした。みんな同じ韓族です。領土を巡っていがみ合い、殺し合う愚かしさは、もうやめにしたい。これがわれわれ韓族にとっての共通した願いです」

「うーん」

定恵は唸った。ここにも義蔵と同じ考えの男がいる。義蔵は新羅の僧侶だった。ここにいる忠興は僧侶ではない。それどころか、かつてはれっきとした武人だった。

果たしてこの考えは仏教とは無縁なのだろうか。

「何か信仰をお持ちですか」

突然の質問に、忠興は目を白黒させた。

「及ばずながら阿弥陀仏を信じています。来世の幸せなくして現世を生き抜くことはできませんから」

合掌して、定恵に深々と頭を下げた。

いや、これは誤解だ。自分に対してではない。俺はとっくに法を捨てている。今では俗人だ。忠興は俺の背後にいる阿弥陀如来に礼拝したのだ。

定恵は飛び跳ねるように脇へ退《の》いた。

「私はすでに還俗しています。仏の道から外れた破戒僧同然です。どうか、その掌《てのひら》を解いてください」

忠興は顔を上げて、定恵を凝視した。

「長年の異国暮らし、これぞ立派な修行だ。頭を丸めなくても、戒は授けられなくても、仏は常にわが身とともにいらっしゃる。これが本当の信心です」

定恵は返す言葉がなかった。

旧城内に入ると、春に来たときより大分復興作業が進んでいた。わずか五か月しか経っていないが、季節がよかったのだろう。外で力仕事をするにはちょうどよい気候だ。

「やっと泗沘もよみがえりますね」

山積みになった資材を横目で見ながら、定恵が言った。

「いやいや、まだ何十年もかかるでしょう」

忠興は足を止めずに答えた。

「何十年？」

「寺院が再建されなければ、王都が復興したとはいえません」

廃寺の伽藍はどこも目も当てられない惨状だった。堂塔は残骸を晒《さら》して、気のせいかまだきな臭い匂いを発している。

「堦伯将軍邸のお婆さん、まだ元気でしょうかねえ」

「たぶん無事でしょう。あの時、過分の報酬を与えた」

暗に、今日は立ち寄るのはやめましょう、と言っているように聞こえた。

「時間がないので、少し急ぎましょう」

忠興の足が早くなった。朱雀大路には出ずに、西の城壁に近い通りを北上した。北西の門から外に出て、扶蘇山を登った。この前下りて来た道とは違う。すぐに土塁が見えてきた。

「扶蘇山城の城壁です。扶蘇山は王宮を守るための山城《やまじろ》でもある」

「そうなんですか。後苑とばかり思っていた」

「この辺りが一番守りが堅かった。白江から登りやすいのでね」

「そういえば皐蘭寺《こうらんじ》の見える道は狭かったですね。あれでは軍勢が攻め上るには難儀する」

「あれはもっぱら外来の客を迎えるための道です。扶蘇山の頂に出るには一番近道ですからね。登るとすぐ苑地、楼閣がたくさんある場所でした」

「今日の宴会場もその一つですね」

「そのとおりです。送月楼は東端にある迎日楼と並んで、王が朝夕、日月を拝んだ聖地だった」

「よく破壊されなかったものだ」

「陰陽のせいですよ。百済は殊のほか風水を重んじた。太陽と月は陰陽の核をなす。この点では唐国の天子も同じだ。唐軍は唐都の日壇《にちだん》や月壇《げつだん》を思い浮かべて手を出せなかったのでしょう」

「百済の地霊ですね」

ちらっと定恵に一瞥を送って、忠興は苦笑した。

送月楼にはすでに何人かの参会者が集まっていた。

都督の劉仁軌、郭務悰の姿がまず目に入った。仁軌の横に見知らぬ男が立っていた。官服を纏った堂々たる偉丈夫である。

「劉徳高閣下だ。今度、貴殿を倭国までお送りする」

仁軌が上体を反らして殊さら威厳を競うように紹介した。

「こちらが定恵殿」

手招きするように定恵の前に左手を差し出し、首を徳高の方に向ける。

「定恵です。よろしくお願いします」

神妙に頭を下げた。

どこかで見た顔だと思った。長安か洛陽で会ったことがあるような気がした。が、思い出せない。この時、十一年を過ごした長安がひどく遠い昔に思えた。

「今宵はゆっくりお過ごしください。皆も貴殿の帰国を祝い、かつ別れを惜しんでいます」

都督府の役人とおぼしき一団が官服姿で控えていた。

その間、郭務悰は脇に佇みながら一言も発しなかった。定恵は筑紫での鎌足の使者との会見の模様を直接聞きただしたかったが、務悰は警戒するように目をそむけて定恵の接近を拒んでいた。倭国行きが失敗に終わり、面子が潰れたのかと定恵も話しかけるのを遠慮した。概略はすでに仁軌から耳にしている。

劉仁願は長安に呼び戻されてまだ帰っていないらしく、姿はなかった。

如才ない言葉で挨拶を終えた仁軌は、徳高を案内して宴席の方に歩み出した。

中央の主賓席に座らされて、定恵はいささか緊張した。総勢、四十名ほどである。

上品な服装をした士人が数人、少し離れたところに座っている。中の一人、長い顎鬚《あごひげ》を蓄えた老人に定恵の目は引き付けられた。作務衣《さむえ》のような上着にもんぺ姿という隠士めいた身なりである。僧侶かと思ったが、頭は真っ白な蓬髪である。

日はまだ長く、夏の名残りをとどめていた。室内には明かりがともっていたが、昼行灯《ひるあんどん》同然だった。

先に食事が供された。唐式である。定恵は隣席の忠興とばかり話をした。というのも、顎鬚の老人が当代切っての百済の詩人と知らされたからである。民服の数名は彼の弟子たちで、今夜の送別の宴を盛り立てるためにわざわざ呼ばれたらしい。唐国では送別の宴には詩は付き物だ。海東も同じなのだろうか。

不思議なのは、詩人たちが定恵とは一面識もない他人だったことである。送別の宴では旅立って行く者に送別詩が贈られる。だいたいは友人知人で、見知らぬ人のために送別の詩を作るという話は聞いたことがない。定恵は妙な胸騒ぎを覚えた。

食事が終わるころには薄暗くなり、下弦の月はすでに没しているので外は完全な闇である。送月台で月なしで行う送別の宴とは、と定恵は皮肉な微笑を浮かべたが、何やら不吉な思いにも駆られた。あえてこの場所を選んだ忠興の意図が知れない。

開宴が宣せられて、酒宴が始まった。ここからが正式な送別の宴になる。

劉仁軌がおもむろに立ち上がって挨拶をした。定恵の略歴に触れ、質《しち》であることは隠して、十二年間長安で仏道の修行に励んだ、と美辞麗句を並べ立てた。他人行儀でわざとらしかったが、定恵はその演説のうまさには感心した。表現力が豊かである。古典から引用した常套句を駆使し、起承転結をわきまえたみごとな筋の運びである。唐の高級軍人がまた教養ある文人でもあることを見せつけられた。

全員が酒杯を手に掲げて乾杯する。やがて談笑の輪が広がる。百済の民族楽器を手にした女性たちが楽を奏でながら踊り始めた。長安とは明らかに雰囲気が違う。服装も上着が極端に短く、胸高に結んだ長い裳を付けている。色彩も淡く、舞い姿は靄《もや》に包まれたような幻想味を帯びている。黒い帽子をかぶり、白い服に赤い帯を巻きつけた男性歌手たちも登場した。歌声はどこか悲しげである。

百済本来のものなのか？

それとも滅亡を悼む哀歌なのか？

言葉が分からないので、傍らの忠興に聞くと、いずれも古い民謡だという。哀調は海東の民の嘆きを表しているという。ただし、勇猛な調べの曲もあるが、このような席では歌われないとのこと。

「今のは戦《いくさ》に赴く兵士の家族との別れの歌ですね。貴殿との別れに置き換えて歌っています」

「国が滅びたのに、よく歌は残りましたね」

「滅びたからこそ一層強く民衆の心に刻まれて、長く受け継がれていくのです」

なるほど、と感心していると、やがて歌舞の演奏が止《や》んだ。

件《くだん》の老詩人が弟子たちと詩の朗誦を始めた。

「おや、呉音ですね」

びっくりして、定恵が忠興を見た。漢音とは大きく異なるが、経典はほとんど呉音で読むのでだいたいの意味は分かる。

「百済は南朝の梁《りょう》との交易が盛んでした。南朝の詩賦《しふ》がたくさん入ってきて、百済の士大夫《したいふ》たちも愛唱した」

「ははあ、そうでしたか。ここで南朝の詩文を耳にできるとは……」

まこと文化は高きから低きに流れる、と定恵は耳を澄まして一団の朗詠に聴き入った。師が吟じると、弟子たちが応える形で唱和する。やはり別離を詠んだ詩が多い。意味がたどれるだけに、定恵の心も次第に感傷的になっていった。

「定恵殿、一首、いかがですか」

劉仁軌が声をかけた。

一瞬、ぶるっと膝が震えた。

詩は苦手である。経典ならいくつかそらんじているが、詩賦の類はからきしだめである。

が、この時、思わぬ事態が起こった。南朝の詩賦の哀感に嫋々《じょうじょう》と胸を浸していた定恵の唇から五言が流れ出たのである。既知の詩ではなく、純然たる創作である。自らの想いが韻律に乗って自然にあふれ出てきた。

「帝郷千里隔《ディーシャンチェンリーグァ》　辺城四望秋《ピエンチェンスーワンチウ》」（帝郷は千里隔たり辺城は四望秋なり）

一座は水を打ったように静まり返り、息を潜めて定恵の姿に見入った。

詩人の一団に小さな波紋が広がった。定恵の詩句に感嘆し、自分たちが後を続けねばと思ったらしい。送別の詩では前後を交互に唱和することが多い。

しかし、これに続く二句は詩人たちの口から出てこなかった。定恵の口ずさんだ名句に応じ切れなかったのである。沈黙に押されて、滂沱《ぼうだ》たる涙が定恵の両頬を伝い落ちた。

隣席の忠興が立ち上がって、酒杯を大きく右手に掲げた。

「定恵殿の健康と道途の無事を祈って、乾杯！」

かすれた大声で叫ぶと、人々は音を立てて椅子を蹴った。

「乾杯！」

「保重身体《バオヂョンシャンティ》！（御身、お大切に！）」

「一路平安《イールーピンアン》！（道中、ご無事で！）」

さまざまな送句が飛び交い、杯をぶつけ合う音が響いた。その喧騒の中を、定恵は夢のようにひとり漂っていた。

翌日、熊津を出航した船は逆風に逆らいながらも一昼夜を経て対馬に着いた。ここで、唐の軍船を待った。二百五十四人の兵士を乗せた二隻の軍船は山東の萊州《らいしゅう》を出発したものの途中で嵐に巻き込まれ、耽羅島《たんらじま》に避難したとかで、定恵たちはおよそ一か月半、対馬で待たされた。

初めて見る本格的な唐の軍船に定恵は圧倒された。百済に渡るとき乗った軍船の優に二倍はある。船べりは高く、一面に厚板で覆われ、三層の櫓《やぐら》を備えており、高楼でも見上げているような高さだった。再度、白村江で負けるのは当たり前だと慨嘆した。

九月十八日、対馬を離れた三隻の船は、順風に恵まれ、二十日には筑紫の那《な》の津《つ》に到着した。

定恵は十二年ぶりに故国の土を踏んだ。

不思議なことに、倭国に帰って来たという実感が湧かない。白砂青松は百済で見慣れたせいかとも思ったが、それだけではなさそうだ。懐かしい故国という観念だけが先行して、目で見る実景がそれに追いつかなかった。一歩陸地に上がると、記憶にある筑紫とは様子が一変していた。

松林の奥に大きな濠《ほり》が延々と海岸に沿って築かれている。大宰府は内陸に移転していた。これが唐軍の侵攻に備えるためとはすぐに見当が付いたが、唐の巨大な軍船を前にすれば蟷螂《とうろう》の斧でしかないと思った。百済を滅ぼすとき、唐は十三万の軍隊を投入した。軍船の数は千九百隻にのぼったという。十三万人が押し寄せて来たら、これしきの防備ではほとんど役に立つまい。筑紫一帯はたちまち唐軍に席巻されるだろう。

定恵と使節団は大宰府の客館に宿泊したが、二百五十四名の兵士たちは近くの般若寺に収容された。対馬滞在中に唐使の側近が来訪し軍兵も同行する旨を知らされたが、これほどの人数とは思わなかった。急遽《きゅうきょ》兵舎の建設に取りかかったが、完成までにはしばらく時間がかかりそうだった。兵士たちは苛立《いらだ》ったが、中には仮寓の仏寺に興味を示す者もいた。

顔を合わせた大宰府の役人はどれも険しい顔付きで、定恵に対しても唐人でも見るような胡散臭《うさんくさ》い目を向けた。大宰帥《そち》に面会した時だけはさすがに丁重だったが、どこかよそよそしい感じを免れなかった。定恵は自分が今をときめく中臣鎌足の長子であるせいかと思ったが、倭国における自分の立場が微妙であることを役人たちも察知しているような気がした。

　二十三日、唐使の劉徳高は大宰帥《だざいのそち》に朝廷宛の表函《ふみばこ》と献物《みつき》を奉った。大宰府からはすぐにこれらの品を携えた急使が飛鳥に派遣された。

　飛鳥でこの表函を開けた中大兄皇子は不機嫌をあらわにした。皇帝の署名のある親書が入っていたからである。劉徳高が唐朝から派遣された正式な使節であることは明らかだった。

　内容は読まずとも分かっていた。筑紫都督府設置の要求である。実質的には筑紫を唐国の占領下に置くという命令書だった。要求自体は去年の郭務悰持参の表状と寸分変わらない。違う点は、皇帝直筆の親書であることと、今回は二百五十余名の軍兵を伴っていることで、要求が受け入れられなければ即刻大宰府を占領すると書かれてあった。

「何たることだ！」

　中大兄は吐き捨てるように言って、親書を机にたたきつけた。

　鎌足がそれを拾って、目を離して読む。四十歳を超えた鎌足は、最近、老眼が始まって、字が読みづらくなっていた。ひと回り若い中大兄にはまだその心配はなかった。

　読み終わった鎌足は眉ひとつ動かさなかった。親書を丁重に函に収めると、重々しく言った。

「とにかく、上京させましょう」

「上京？」

　中大兄は目を吊り上げた。

「国使ですから、会わないわけにはいきませんよ」

「会ったら、どうなる？」

「会ってみなければ分かりません。むろん、軍兵は筑紫に押し込めて、動きは封じます」

　しばらく沈黙が続いた。

「急使によると、定恵も帰国したそうだな」

　反応を窺うように鎌足を一瞥する。

「白村江で勝利して、質《しち》としての役目が終わったからでしょう」

「しかし、筑紫占領を認めれば、引き換えに厄介者の定恵は唐に連れ帰るという情報もある」

　鎌足の顔が蒼白になった。

「どこからそんな話を……？」

「日向《ひむか》だ。蘇我日向が知らせてきた」

じろりと鎌足を見据えて、すぐに目をはずす。

「い、いつですか、それは」

咳き込むように鎌足は尋ねた。

「つい先日だ。新羅から越前に渡って来た坊主が日向の手紙を届けてきた」

「新羅から？」

「日向は新羅にいるらしい。彼奴《きゃつ》が唐に渡ったことは知っていたが、今度は新羅とは……」

「なぜそれを早くおっしゃらなかったのですか」

「気が動転していた。本物とは認めたくなかった」

中大兄はため息をついた。

「それにしても、おかしいですね。日向はわれらに逆らった朝敵だ。この期《ご》に及んで、われらにおもねるような密書を送ってくるとは」

「彼奴のことだから、いつでも都合のいい方へ転ぶのだ」

「しかし、定恵がいなければ日向の野望は遂げられないはずですよ」

「そこよ、問題は。何か策を巡らしているのではないか」

鎌足は考え込んだ。

そうかもしれない。たぶん、そうだろう。

「筑紫都督府を認めさせて唐国に恩を売り、裏ではわれらとの約束を違えて定恵を飛鳥にとどめる――これしか考えられませんね」

「ふむ。われらを騙《だま》そうという魂胆か。いかにも彼奴のやりそうなことだ」

「唐国にしてみれば、筑紫都督府さえできれば、定恵がどこにいようと関係ないですからね」

鎌足の目は濡れたように光っていた。

定恵か――。

中大兄は改めて定恵の存在に心を這わせた。

鎌足は定恵の育ての親だ。帰ればひと波乱は免れないとはいえ、そばに置いて見守りたいという親心は痛いほど分かる。幼くして無理やり出家させ、唐に送り出したという負い目は、この吾《あれ》にもある。定恵さえおとなしくしていれば、そのまま容認することもできる。

しかし、事情を知る者がまだあちこちにいる。蘇我の本流は途絶えたとはいえ、忠孝心の篤い東漢《やまとのあや》氏《うじ》の勢力は健在だ。ここ飛鳥の檜隈《ひのくま》には坂上《さかのうえ》氏もいる。飛鳥を捨てて、河内一帯に根を張っている同族もいる。彼奴らが定恵を担いで復讐に出てくる恐れは充分ある。

　復讐、すなわち皇位の簒奪《さんだつ》だ。定恵にはその資格が備わっている。

「日向《ひむか》の陰謀だ。皇位が危うくなる」

　ぎょっとして、鎌足は中大兄を見た。

　――やはり定恵の帰国が気がかりなのだ。

「既成事実をつくることです。皇位に就いて、はっきりと天皇はこの私だと天下に宣言すれば、彼奴らに付け入る隙はなくなります。定恵も利用されずにすみます。皇太子の地位にとどまっていることが、彼奴らの思う壺なのです」

「政権はどうなる？」

「親政に改めればいいのです。これまでの称制は慣習にすぎません。手続き上、何の障りもありません」

　中大兄は腕を組んで黙り込んだ。

　自分の後を誰に継がせるかは中大兄の頭痛の種でもあった。息子の大友皇子《おおとものおうじ》は当年十七歳、明敏だが、おのれの才気に溺れているところがある。世間知らずなのだ。弟の大海人《おおあま》とは不仲である。大海人は面従腹背《めんじゅうふくはい》が目立ち、何を企んでいるか分からない。すでに二十歳を過ぎており、年齢に不足はなかったが、気を許せない弟だった。

　一方、鎌足の方でも、即位を勧めたものの、確たる見通しがあるわけではなかった。檜隈と河内に潜んだ東漢氏が定恵の帰朝を聞いて息を吹き返す恐れは強い。すでにそれらしい噂は耳に届いていた。鎌足の脳裏には〈乙巳の変〉の惨劇が焼き付いていた。今度は殺《や》られる番だ。これだけは避けたかった。

　それにしても、定恵――。

　鎌足はしばし定恵の追想にふけった。このまま倭国にいれば殺される。唐に送り出すとき、修行に励んで立派な僧侶になれよと言って聞かせたが、帰って来いというひと言はついに口から出せずじまいだった。最後の一線で踏みとどまって、中大兄皇子の信頼に応えた。このまま定恵は唐土の土になることが、二人の間での暗黙の了解であり、既定の事実だった。

　それが、突然、百済まで来ていると郭務悰から知らされた。青天の霹靂《へきれき》だった。なぜ百済なのだ。百済はすでに滅亡している。唐の占領下にある。そこへ来たということは、唐朝の意志としか思えない。帰国を念頭に置いた上での身柄の移送であろう。百済の完全消滅で、定恵の質《しち》としての役目は終わったといえばそれまでだが、唐国に永住を希望すればとどまることができたのではないか。

飛鳥が恋しかったのか。

この父が忘れられなかったのか。

しかし、定恵よ。お前の父はこのわしではない。孝徳天皇だ。中大兄皇子が疎隔《そかく》した孝徳天皇だ。わしは孝徳天皇の知遇を得て小足姫《おたらしひめ》を授かったばかりにこの不運を味わう羽目になった。小足姫が身ごもっていることは後から知った。生まれてきた子が男子であるなら「そちが育てよ」と天皇はおっしゃった。産声《うぶごえ》を上げたのは男児だった。わしはその時、確かに発奮した。血迷っていたのだ。わしの子が将来、皇位に就くことがありえるという妄想にふけった。卑しい身分に生まれたわしはこの僥倖《ぎょうこう》にすべてを賭けようとした。

許せよ、定恵――。

お前は中大兄皇子にとっては宿敵なのだ。孝徳天皇は裏切られたのだ。中大兄皇子に葬られたのだ。お前が倭国にいれば、あの有間皇子の二の舞いになるところだった。有間皇子はお前より三歳年上の兄。詩心のある優しい青年だった。それが、事もあろうに謀反の罪を着せられて無残な死に追いやられようとは。お前が唐へ渡った五年後のことだ。すべては中大兄皇子が仕組んだ罠だった。

しかし……これはわしが案出した謀略でもあった。お前を唐国に放逐したことで、わしは安心して政務に没頭することができた。お前がいなくなったことで、わしは自らの才能を存分に発揮することができた。中大兄皇子のためなら姦計《かんけい》も厭わなかった。

「毅然として対応しましょう」

我に返って、鎌足は大きな声で言った。自らを奮い立たせるためだった。

中大兄もぱっと目を輝かせた。鎌足がいてくれることがありがたかった。智謀に長《た》けたこの参謀がいてくれたからこそ、これまで何度も窮地を乗り越えてきた。今回も同じだろう。鎌足を信用するしかない。

「万事、そちに任す」

短いひと言を発すると、中大兄は部屋を出て行った。

十月二十三日、騎馬姿の朝廷の儀仗兵五十人が唐使の一行を山城の菟道《うじ》で出迎えた。

唐使一行は難波から淀川を遡《さかのぼ》り、途中で宇治川に乗り入れて菟道に上陸した。難波から飛鳥に入るにはふつう河内を抜けて大和川の南に位置する竹内峠か穴虫峠を越える。これが最短距離である。わざわざ淀川を北に遡り、宇治川を迂回して、陸路南下するというのは異例のことである。

中大兄と鎌足はそこに穏やかならぬものを感じた。東漢氏《やまとのあやうじ》が絡んでいるのではないか。調べさせると、難波津の客館で十日も滞在している。この間、見知らぬ来訪者が頻繁に姿を現したという。明らかに東漢氏の一族と思われる人物もいたそうだ。

解せないのは、滅亡後に移住してきた百済の遺民が何人か面会に来たことである。

「東漢氏が動き出したことは間違いない」

中大兄は渋面をつくった。

「定恵が目当てでしょう。ご機嫌伺いを装って、定恵の様子を探りに来たのではないでしょうか。何かを画策していることは確かですが、定恵が簡単に同調するとは思えません」

鎌足はとりなすように言って、自信ありげに中大兄を見た。

「本当に大丈夫か」

「心配ありません。郭務悰の話では、定恵は思慮深く、万事に慎重で、軽挙妄動とは無縁とのことでした」

「ふーむ。うまく乗せられなければよいが……」

「東漢氏の動向は引き続き監視させます。それより、百済の遺民の方が心配ですね。河内にいる連中だと思います」

鎌足が顔をしかめた。

「百済からの移住者か。人数が多すぎて河内にも分住させたが、それなりの配慮をして、暮らしに不自由はさせておらんつもりだが」

「そうかもしれませんが、百済人の唐国への恨みは骨髄に徹しています。唐使とあれば一矢報いたくなるのは当然かもしれません」

「面会を求めてきたとは、どういうことなのか」

「使節団の下見が目的でしょう。誇り高い百済の遺民のことですから、自分たちを亡命した百済人とは名乗らず、古くから住んでいる渡来系の氏族だと偽って会いに来たとも考えられます」

「なるほど。河内にいる百済人は東漢氏が定恵を担ぐことを警戒している。使節団歓迎を装って敵情視察にやって来たということか。まさか使節を襲うようなことはあるまいが……」

「その辺の事情は使節団も心得ているはずです。河内横断を避けたのも、紛争に巻き込まれないようにという配慮からでしょう」

「定恵のことも分かっているのかね」

「檜隈《ひのくま》の東漢氏と深いところで繋がっていることは承知しているでしょう」

中大兄は思案投げ首である。

「とにかく、遺漏のないように出迎えよ」

「すでに上陸地の菟道で儀仗兵を閲兵しているはずです」

「ここに着いてからも手厚く遇せよ」

「それも承知で」

交渉を長引かせるつもりだな、と鎌足は直感した。これが最善の策だと鎌足も考えていた。


使節団が入京したのは、十一月十三日だった。準備を整えて待ち構えていたとはいえ、後飛鳥岡本宮《のちのあすかおかもとのみや》では中大兄皇子以下、朝廷の高級官人たちの間に緊張が走った。宮近くに設けられた客館に案内して旅装を解かせ、豪華な晩餐を供した。堅苦しい儀式は翌日以降に延ばし、とりあえず疲れを癒してもらいたいというのが執政中大兄皇子の意向だ、と丁重に伝えた。

定恵もまだ一行の中にいた。生まれ故郷の飛鳥の地を踏んだのに外国人専用の客館に泊まることに多少の違和感はあったが、おのれの立場は知悉《ちしつ》していた。最悪の場合はここから唐国に引き返すこともありえる。それはそれで仕方のないことだという諦観も身に付けていた。

それより定恵は初めて目にするも同然の飛鳥があまりに百済と似ているのに驚いた。生まれたのは飛鳥だったが、翌々年の〈乙巳の変〉で都は難波に移ったので、定恵にとって飛鳥の記憶は全くない。故郷は難波といってよかった。中大兄皇子が一家眷属《いっかけんぞく》を引き連れ、孝徳天皇を難波に置き去りにして飛鳥に戻ったのは、定恵が唐に渡った直後である。生まれて二歳まで過ごした飛鳥を見ることなく、定恵は倭国を去ったのである。

一日置いて十五日から、早くも使節団との交渉が始まった。

軍勢を率いて来ているせいか、初めから劉徳高は居丈高だった。

「筑紫に都督府を置くことは既定の事実である」

同じ言葉の繰り返しである。交渉ではなく、強要である。

「筑紫は倭国の西の要害である。いっときたりとも貴国の支配下に置くことはできぬ」

　中大兄側の主張は、このひと言に尽きた。大宰府が唐軍の都督府になるということは、筑紫一帯が唐国に占領されるということだ。これは敗者の嘗《な》める屈辱である。

「貴国は白村江の戦《いくさ》をいかが認識しておるか」

「みごとにしてやられた。が、百済への派遣軍が敗退しただけで、倭国が敗北したわけではない」

「唐軍と闘ったからには、倭国は百済と同じく唐国にとっては敵国だ。敗戦の責任を取ってもらわねばならない」

「繰り返し申すが、戦闘は倭国内で行われたわけではない。百済という外国での闘いだ。敗北は倭国派遣軍という臨時の軍勢だけで、倭軍全体が敗れたわけではない」

「通らない理屈だ。百済と違って倭国が滅びたわけでないことは確かだが、唐軍に弓を引いたという厳然たる事実がある。しかも闘いに敗れた。それなりの賠償を支払うのは敗戦国の義務である」

「敗戦国とは腑に落ちぬ。倭国は唐国と戦《いくさ》をしたわけではない。たまたま百済の地で倭国の派遣軍が唐軍と鉢合わせし、闘う羽目になっただけである。あの時、唐軍がいなければ新羅軍と闘っていたろう」

　話はどこまでも平行線だった。

　平行線のまま、いたずらに日は経っていった。

　定恵はなかなか解放されなかった。飛鳥の地にいながら唐使たちと客館で過ごすという奇妙な状態が続いた。鎌足は息子との面会は許されたが、目の前で虜囚同然の定恵を見てため息をついた。

　これはやはり囮《おとり》作戦だ、と鎌足は断じた。定恵を〝隠し人質〟にしている。筑紫都督府の設置を認めれば、定恵を唐国に連れ帰るつもりだ。こちらの裏をかいた搦《から》め手の戦法だ。

　郭務悰の時と違って、明らかに唐朝は作戦を変えてきている。新羅僧持参の蘇我日向の密書にあったとおり、定恵の倭国における微妙な立場を唐朝はついに嗅ぎ付けたようだ。進言した者が日向かどうかは分からぬ。が、定恵を唐国にとどめておく方が倭国にとっては好都合なのだと気付いたことは確かだ。

　問題は、都督府設置をあきらめたとき、定恵を返すだけで果たして事が納まるかどうかだ。筑紫には唐軍二百五十四名が待機している。腹いせに武力で大宰府を占拠する恐れがある。そうなると、こちらは二重の災難を味わうことになる。

　一か月が過ぎた。

　会談の席で、突如、しびれを切らしたように劉徳高が宣言した。

「定恵殿をお返しする」

　中大兄と鎌足の背筋に鳥肌が立った。

　来る時が来た。

　やむをえまい。

　二人の息はぴったり合っていた。定恵の問題は内輪のことだ。こちらで解決するしかない。

　それより、筑紫の唐軍の動きが懸念された。どう出るつもりか。大宰府を乗っ取ろうとすれば、当然守備兵が応戦する。今度は倭国内で唐軍と闘うことになる。局地戦では終わるまい。唐朝は海を越えて新たな援軍を送って来るだろう。倭唐の全面戦争になりかねない。

　朝廷は連日、饗応攻めにした。物も賜わって、懐柔を図った。前年、これで郭務悰を撃退した。これしか方法がなかった。

　釈放された定恵は、すぐに飛鳥にある鎌足の自邸、大原第《おおはらだい》に迎えられた。一家眷属が集まって定恵の帰還を祝った。母親の与志古娘《よしこひめ》（車持国子君《くるまもちのくにこのきみ》の女《むすめ》）は定恵の袖に取りすがって泣いた。自らの腹を痛めた子ではなったが、赤ん坊のときから実の子同様に慈しみ育てた。実の子である不比等《ふひと》はまだ七歳である。定恵が渡唐した時の年齢にも達していない。

　その不比等は柱の陰から目をぱちくりさせて定恵を見つめていた。これが自分の兄だと言われても、実感が湧かなかった。あまりに歳が違いすぎる。しかも、今日初めて会った。兄上と呼ぶのも憚られるほど、二十三歳の定恵は立派なおとなに見えた。定恵を見つめる視線には時に警戒するような色合いが明滅した。

　ひとり、鎌足だけが万感の思いを胸に秘めて定恵の姿に見入っていた。よくぞここまで成人してくれた。十一歳で別れたきりだった。あれから十二年、別人のようにたくましくなった。が、その意中の程は知れない。還俗したことは郭務悰から聞いていた。憂慮に耐えなかったが、それなりの事情があったはずだと不問に付した。

ほっとしたのは、噂に聞いていた女性を同伴していないことだった。あれは何かの間違いではなかったかと鎌足は思った。中臣氏一族に異国人の血が混じることは、その職掌柄、断じて許せないことだった。

今日、この大原の自邸で見る定恵は、客館に軟禁されていた時とは打って変わって満面に晴れやかな笑みをたたえている。うれしいのだ。やっと家族に会えて、心底から甘やかな肉親の情に酔いしれている。夢見ていた飛鳥が、そして懐かしいわが家が、いま目の前にある。いや、その中にわが身を置いている。

委細は落ち着いてからゆっくり聞こう。今はただのんびりさせたい。この飛鳥の地はほとんど記憶にあるまい。初めての地同然のはずだ。飛鳥の素晴らしさをじっくり味わわせてやりたい。定恵が子供時代を過ごしたのはあの葛城山《かつらぎさん》の向こう、難波だ。難波こそが定恵の本当のふるさとかもしれない。

難波？

突然、鎌足の胸裏に違和感が生じた。心で唱えた難波という地名が重苦しく脳中を這い回る。

あそこは孝徳天皇の故地だ。難波は鬼門だ、と鎌足はかぶりを振った。

「父上には、いろいろご心配をおかけしました」

定恵が他人行儀ともいえる挨拶を口にした。鎌足の顔に怪しい影が射したことに気付いたのだろう。

「お前こそ……」

あとが続かない。

鎌足はうろたえながら目を逸《そ》らせた。

今、ここで込み入った話はしたくない。難波のことは夢だったと思いたい。このまま親子揃って仲睦まじく暮らしたい。中臣家の長子として、不比等の兄として、この飛鳥で平穏に余生を送ってほしい。

余生？

はっとして、鎌足は定恵を見た。

余生とは、何たる言葉か。二十三歳の青年に向かって発する言葉ではない。この俺にこそふさわしい……。

不吉な想念が鎌足をわしづかみにした。

定恵が殺される。

余命いくばくもない。

下手人は誰か。

「ああ、ああ……」

鎌足の口から嘆声が漏れた。薄く開けられた唇からよだれが垂れている。

「父上、どうかなされましたか」

定恵が歩み寄って、鎌足の右腕をそっと支える。老人を労わるようなしぐさだ。

「いや、何でもない」

突き放すように定恵の手を払いのけた。

母親の与志古娘がびっくりして立ち上がった。鎌足の邪険なしぐさに本能的に体が動いた。定恵を庇《かば》うようにして脇に座らせる。

「父上はそなたと会えて、頭が混乱しているのよ」

そういう与志古娘は夫の鎌足以上に、定恵の行く末を案じていた。実の子でないことは夫婦だけが知っている秘密だ。しかし、鎌足が理屈で好いているのとは違って、与志古娘は心で愛していた。十一歳まで育てたという自負が、実の母以上の慈愛と自信を生み出していた。そばにいる実子の不比等と変わらず、定恵も自らが生み育てた子供だった。

——わしもお前がかわいい。

定恵を遠目に見ながら、鎌足は恨めしそうに胸につぶやいた。

しかし、お前の運命がわしには透けて見える。お前はやはり帰って来るべきではなかった。今日からわしは絶えず脅えながら暮らすしかない。お前の死を見届けるために生きる日々、——これほどつらいことはないぞよ。

さりとて、中大兄皇子よ。

陛下のお気持ちも痛いほど分かりまするぞよ。

しかし、この子の兄、有間皇子がいまわの際に発した言葉、「すべては天と赤兄《あかえ》だけが知っている」というあのひと言は、今でもわしの耳から離れない。悔しかったろう。憎かったろう。しかし、皇子は泰然として死地に赴いた。あの潔《いさぎよ》さの陰に隠された無念を思うと、今でも背筋が凍りつく。

赤兄も蘇我氏。しかも日向と兄弟だ。日向が異母兄蘇我倉山田石川麻呂を謀反の罪に陥れたのは、若き日の無礼を悔いたためではない。入鹿なきあと、落ち目になっていく蘇我氏に見切りをつけて、中大兄に組みするためだった。赤兄も同じように中大兄に擦り寄り、有間皇子を謀反に駆り立て憤死させた。

入鹿を倒して蘇我氏宗家は滅ぼしたが、残った傍系の輩《やから》にこれほどてこずるとは……。鎌足は唇を噛んだ。すべては自分が仕組んだ罠だったが、この時ばかりは被害者たちに同情を禁じえなかった。定恵に対する想いは妻の与志古娘におさおさ劣らなかったが、無慈悲なおのれの振る舞いに今さらながら慄然となった。

ある日、鎌足は定恵を外に連れ出した。同居するようになってまだいくらも経っていなかった。

さざなみのように連なる丘陵は錦繍《きんしゅう》に彩られ、飛鳥寺《あすかでら》の堂塔がくっきりと澄んだ秋空に甍《いらか》を反り返らせていた。甘樫丘《あまがしのおか》はひときわ紅葉が鮮やかだった。その右手には香具山《かぐやま》が優美な肢体をくねらせている。窪地の水田では稲穂が黄金色に輝き、中には刈り取りを始めたところもあった。

二人は宮殿に近い繁華な通りを西に抜け、飛鳥川のほとりに出た。

鎌足は瀬音に耳を傾けながら、ゆっくり歩を進めた。

「なぜ還俗した？」

不意に首を起こして、思い出したように問うた。

声は穏やかだったが、面相は険しかった。

定恵は一瞬怯《ひる》んだが、水面に目をやりながら答えた。

「僧侶の身に限界を感じたからです」

「限界？」

足を止めて、鎌足は定恵を見た。

「私は坊主には向いていません。俗世向きなのです」

「俗世？」

鎌足の額《ひたい》に太い皺《しわ》が刻まれた。

「俗世とは何だ」

「世の中の動きです」

はっとして、定恵を見た。心臓が波打つ。

「政事《まつりごと》か？」

「ええ」

定恵の声は冷静だった。

「何があったのか」

頬がぴくぴく震えた。

そんな鎌足にはお構いなく、定恵は遠くを見つめながら、悠然と歩き出した。鎌足も仕方なく付いて行く。

「いろいろありました。戦《いくさ》が多すぎます。戦乱を見て見ぬふりする仏教界に嫌気がさしました」

再び鎌足の歩みは止まった。

「仏法は俗世を超越して真《まこと》の道を究めるものだ」

きれいごとを言っているとは、鎌足自身も気付いていた。

かつて蘇我氏打倒を祈念して、丈六釈迦像を四天王寺に奉納したことがある。仏の力を恃《たの》んで政治的野望を遂げるためだった。一族の安泰を祈る仏教の枠を一歩踏み越えて、国家的大事を仏教に託した。仏教を俗世にまみれさせたことは確かだ。以来、仏教は鎮護国家の役割を徐々に強めていったが、責任の一端は自分にもあると鎌足は思っていた。

「しかし、仏教の目標は魂の救済にあります。寺院に閉じこもって仏典を相手にしているだけでは永久に人を救うことはできません」

反駁するような口ぶりに、思わず鎌足は身構えた。此奴《こやつ》は朝政に不満を抱いている。官界に打って出るつもりか。最も危険な行為だ。こうならないためにわざわざ唐に送り出した。幼ければ世塵《せじん》にまみれることなく仏法の世界に没入できると信じた。

揚げ句が、このていたらく……。

鎌足は重い頭を持ち上げて前方を見やった。飛鳥寺の西に広がる紅葉した槻《つき》の木が目に入った。中大兄と運命的な出会いをしたのが、あそこだった。

蹴鞠《けまり》の会——。

あの時、鞠を蹴った拍子に脱げた皮鞋《くつ》を拾って差し出したのが、中大兄と知り合うきっかけとなった。時に中大兄は十八歳、われら二人は急速に接近し、日ごとに親密の度を増していった。

軽皇子《かるのみこ》から離れていったのも、これが機縁だった。はるか年輩の軽皇子に比べて、中大兄は将来を見込める潑剌たる大器だった。この見立てに誤りはなかったが、まさかあの軽皇子が天皇の座に就くとは——。

中大兄と仕組んだ入鹿暗殺が成功して、皇極天皇は動転してしまった。今をときめく大臣《おおおみ》蘇我氏の殺害という暴挙に皇極天皇は退位を余儀なくされた。代わって皇位に就いたのが弟の軽皇子、孝徳天皇だった。血にまみれた皇太子の中大兄を、いくらわが子でも、皇位に就けることはできなかった。一時しのぎには、年齢のいった弟の軽皇子がうってつけだった。

その孝徳天皇の忘れ形見が、この定恵……。

鎌足は改めて眼前の定恵をまじまじと見つめた。心がよじれて、すぐに目をそむけた。いたたまれなくなって、今度は自分の方から先に地面を蹴った。

しばらく無言で二人は歩き続けた。

「お前は近頃の唐の動きを、どう思っている？」

「やむをえないでしょうね。唐軍に歯向かった倭軍がそもそも軽率でした」

意外な指摘に、鎌足は不快をあらわにした。中途半端に伸びた頭髪を後ろで束ねている。

くりくり坊主のあのころとは打って変わったふてぶてしい態度。難波津で顔を紅潮させて「父上、行って参ります」と力いっぱい叫んだ十一歳の定恵。あの時の初々《ういうい》しい少年のおもかげは跡形もなく消え失せている。

変われば変わるものだ。

鎌足は胸の鼓動を鎮めてから、威厳を繕《つくろ》って重々しく口を開いた。

「百済への出兵は失敗だったということか」

「話し合いの余地があったと思います。そもそも唐軍の百済討伐を手をこまねいて見過ごしていた倭国の朝廷に責任があります」

「だから、ちゃんと出兵した」

「いえ、白村江より三年前の百済滅亡の時です」

「ああ、義慈王が捕まった……」

「私は虜囚となって洛陽城中を引き回される義慈王をこの目で見ました」

鎌足の頬が痙攣《けいれん》した。目の縁《ふち》が赤い。涙ではない、怒っているのだ、と定恵は思った。

「唐が憎い。そこまで百済を侮辱するとは……」

鎌足の声は震えていた。

「聞くところによると、晩年の義慈王は酒色に溺れて国家の危機を顧みなかったそうですね」

「誰がそんなことを……？」

鎌足は鳥のように不審そうに首を持ち上げた。初耳だった。

「ご存知なかったですか。百済では知らない人はいませんよ」

何たることだ。

赫奕《かくやく》たる武勲に彩られた義慈王は倭国の朝廷では英雄だった。それだけに末路の哀れさは宮廷人の涙を誘った。敵国に拉致され、虜囚の辱《はずかし》めを受けるとは――。

「長く権力の座にいると、増上慢に陥りやすいのです」

利いたふうなことを言う。いつから此奴はこんな生意気な口を利くようになったのか。還俗が絡んでいるな、と鎌足は舌打ちした。いや、還俗は結果で、そこに至る道筋に問題があった。仏の道より世の中の動きに敏感になった。仏教より政事だ、とそそのかした者がいたに違いない。

「義慈王の在位はわずか二十年にすぎない」

「二十年は決して短くはありません。唐国では先代の太宗は二十三年間も皇帝でした。しかし、朝鮮は国土が狭い。国内統一と秩序の形成には十年もあれば充分です。義慈王は政治に倦《う》んだのです。それが身の破滅を招いたのです」

それならどうしろというのだ。

それから、はっと気付いた。

このまま話を続ければ定恵の策動に乗せられるだけだ。定恵はすでに倭国の政事に不満を抱いている。このわしにも批判の目を向けている。父親のわしの力を利用して、朝政を動かそうとしているのではないか。

定恵が唐国で磨いたのは仏法ではなく、経世の学のようだ。それなら、こちらを生かして倭国の朝政に関与させれば異能を発揮するかもしれない。何より国際感覚に優れている。倭国だけでなく、唐国や新羅の事情にも詳しい。

しかし、国内の状況がそれを許さない。定恵の存在そのものが中大兄にとっては目障りなのだ。皇位就任を阻む不平分子に利用される。いや、定恵自身が皇位を狙ってもおかしくない血筋なのだ。

「いったい劉徳高は何のために倭国へ来たのだ」

話題を転じて、鎌足は苦々しげにつぶやいた。

「少なくとも私を送り返すためでないことは確かです」

もって回った言い方をする、と鎌足は腹を立てた。

「二百五十余名の軍兵を護衛に付けるほど、お前が偉い人物とは思えんからな」

冷笑を浮かべて、あえて余裕を繕おうとした。短気が一番の敵であることを鎌足は知っていた。息子を相手に自戒するおのれが惨めだったが、致し方ない。

「唐国は倭国に戦《いくさ》を仕掛けるつもりはありません」

「それなら、あの軍兵は何だ」

「威嚇《いかく》ですよ。筑紫に都督府を置くことができれば、唐朝としては面子《めんつ》が立ちます」

「面子？」

「ええ。唐国は面子を重んじる国です。百済を助けて唐国に抗った倭国を放っておくわけにはいかないのです」

「都督府を置くということは、筑紫を占領するということではないのか」

「形の上ではそうなります。が、実質支配はもくろんでいません。倭国は遠すぎます。本格的な戦をするには不利です。ちょっと懲らしめる意味で、倭国の一部を支配下に置くだけです。いずれ適当な時期をみて引き揚げるでしょう」

「懲罰か」

「そうです。しかも、暫定的な。——恐れるほどのことではありません」

定恵は淡々としている。唐側から見るとそうかもしれぬが、倭国の朝廷としてはとうてい認めることはできない。一時的とはいえ領土を失うことになる。天地開闢《かいびゃく》以来の不祥事になる。

「お前を帰すのは倭国に内乱をもたらすためだという説がある」

態勢を立て直そうと、機密情報まで漏らしてしまった。口にしてから鎌足は後悔したが、これを言わなければ唐国の真意がつかめない。

「誰ですか、そんなことを言ったのは」

定恵は立ち止まって、射るような目で鎌足を見た。

鎌足は一瞬、体をのけぞらせた。それほど定恵の顔は接近していた。

「蘇我日向《ひむか》から密書が来た」

「ははあ、日向……」

定恵はふと目を宙に浮かせた。

「で、彼奴《きゃつ》はいまどこにいますか」

「新羅だ。新羅の僧侶が手紙を預かってきた」

「新羅の僧侶？」

侮蔑を込めた口調だった。

「それは、日向本人ですよ」

鎌足の顔色が変わった。

「しかし、越前に上陸した僧侶だと……」

「日向は叡観《えいかん》という僧侶でもあります。唐に渡って得度しています」

「叡観……？」

「なかなかの曲者《くせもの》です。唐朝に仕える時は蘇日向《そじつこう》、間諜として徘徊する時は叡観を名乗っています。行脚僧に身を窶《やつ》して新羅にまで足を延ばしています」

ふーっ、と鎌足はため息をついた。

そうだったか。それで読めた。やはり日向は朝廷を困らせるために来たのだ。恨みを晴らしに来たのだ。

間近に甘樫丘《あまかしのおか》が迫っていた。かつてここに蘇我氏の牙城《がじょう》があった。飛鳥川に沿って西に回れば豊浦《とゆら》だ。入鹿の父、蘇我蝦夷《えみし》は豊浦大臣《とゆらのおおおみ》と呼ばれていた。傍系とはいえ、日向もまた蘇我氏だ。

蘇我氏の亡霊に出遭うのを恐れるかのように、鎌足は踵《きびす》を返して帰途についた。

鎌足は定恵を生かす道を模索し始めた。

わが子だからという肉親の情からではない。定恵の国際感覚に期待したのである。仏法こそ捨てたが、豊富な知見を有している。それらが倭国を客観的に眺められる斬新にして稀有《けう》な能力に思えて、今の倭国に必要不可欠な人物と判断したのである。

中大兄皇子に相談すると、皇子は困惑しながら言った。

「そちは定恵の出自を忘れたわけではあるまい」

その真意を問いただすように、厳しい視線を鎌足に浴びせた。

「承知の上でのお願いです」

鎌足の声は上ずっていた。一言のもとに却下されるのではと恐れていたが、予想していたよりは穏やかな反応だった。望みはなきにしもあらずだ。

ややあって、中大兄は重い口を開いた。

「問題は二つある。一つは、言わずと知れた定恵の血筋の件。皇位への野心を断ち切ってもらわねば困る。もう一つは、筑紫都督府の件。定恵の言うように本当に形だけの占領なのかどうか」

のぞき込むような中大兄の視線に、思わず鎌足はたじろいだ。

「定恵自身もおのれの出自に関しては日向から聞かされたと言っておりました。が、定恵は日向を信用していません。孝徳天皇のご落胤などというのは日向が作り上げた幻想だと相手にしていません。野心はないものと断定して構わないと思います。厄介なのは二つ目の、筑紫都督府の方です。どうもあの二百五十余名の軍兵が気になります。敵は本気なのかもしれません」

唐国を「敵」と呼んだことに、中大兄は鎌足の忠誠心を改めて感じた。そうなのだ、目下、唐国はまさに倭国の敵なのだ。武器を引っさげて倭国を脅しに来た礼儀知らずの敵国なのだ。

「形だけとは言っても、どれだけ信用できるか。実質支配に踏み切ることも考えられる」

「同感です。ここは定恵の言い分は無視して、あくまで強攻策を貫くべきだと思います」

「強攻策とは……？」

「日向を説得に向かわせます。いえ、筑紫へではなく、こちらにいる唐使のもとへ」

「しかし、件《くだん》の坊主が本当に日向だという保証はない。第一、いまどこにいるのかも分からない」

「ご心配には及びません。すでに居所は把握しております」

中大兄は怪訝そうに鎌足を見た。が、長年の付き合いだ。信頼していいだろうとすぐに口元を緩めてうなずいた。

「やはり日向か」

「ええ。間違いありません。正体がばれたことを恐れていましたが、安全は保障すると申し渡しておきました」

「で、いま、どこにおる」

「飛鳥寺に軟禁してあります」

「飛鳥寺？」

「何と言っても蘇我本宗の氏寺ですからね。寺の方でも名誉に思っているようです。が、厳しく口止めしてありますから、周囲に知られる惧《おそ》れはありません」

「うむ」

中大兄は顎に手を当てて、しばらく指でもぞもぞ髭をなぞっていた。

「分かった。そちに任せよう。が、ひと筋縄ではいかんぞ」

「心得ております」

宮殿からの帰途、鎌足は飛鳥寺に立ち寄った。五里も離れていない。見渡すと、先日まで黄金色に波打っていた稲穂の海がほとんど消えている。このところ急に朝夕は冷え込んできた。農民も刈り取りに追われたのだろう。束立《つかだ》てされた稲穂の列が澄んだ晩秋の光を柔らかく受け止めていた。

庫裏の裏口から声をかけた。下婢が姿を現したかと思うと、あわてて奥へ引っ込んだ。鎌足は返事を聞かずに、上がり込んだ。勝手知ったる場所だった。

日向は昼寝から覚めたばかりのようだった。

「どうだ、調子は」

「退屈しています。飛鳥に来ていながら、することがない」

「いま、陛下にお会いしてきたところだ」

日向の肩がぴくりと動いた。

「おぬしにひと働きしてもらうことになった」

無言で鎌足を見上げる日向の目が妖しく光った。期待と警戒が交錯している。

「定恵殿も一緒か？」

「いや、事を運ぶのはおぬし一人だ。単独で実行してほしい」

「うむ。何なりと」

この自信はどこから来ているのかと鎌足は首をひねった。囚われの身同然の今の自分を少しも案じていない。堂々と内臣《うちおみ》のこのわしと対峙している。やはり、唐使と一脈通じているとしか思えない。曲者だと定恵が言ったが、なるほどそのとおりだ。

「唐使と直談判して帰国を促してほしい」

日向は眉を吊り上げて驚いてみせたが、擬態であることはすぐに分かった。そう来るだろうと予測していたような得意と余裕が顔をのぞかせていた。

「撤兵のことですな」

「うん。定恵を素直に返してくれたが、筑紫の軍兵が気になる」

「劉徳高とは顔見知りです。今回の唐使任命は彼奴にとっては出世の好機だ。相当手強い相手だが、成算はある」

どこまでも強気一点張りだ。頼もしくもあり、無気味でもある。が、中大兄との盟約を果たすためには、この男の機略にすがるしかない。

「ただし、条件があります」

「うん？」

思わず鎌足の頬が強ばった。

ただで引き受ける相手ではない。しかし、保護してやっている。本来なら首を刎《は》ねてもおかしくない男だ。生かしてやっている。この上、何が欲しいのか。

「定恵殿はこちらで貰い受けます」

「どういうことだ？」

鎌足は首をかしげた。

「もちろん、徳高殿を追い払った後のことです。定恵殿にそれなりの役を演じてもらわねばなりません」

脅していやがるな、と鎌足は思った。此奴《こやつ》は定恵の秘密を握っている。「それなりの役」とは中大兄を失脚させ、定恵自らが皇位に就くことしか考えられない。早くも攻勢をかけてきたのだ。

このわしを見くびっているな、と鎌足は冷たい視線を日向に浴びせた。自分を何様だと思っている？　幽閉の身だぞ、おぬしは……。

もし定恵を引き渡せば中大兄の強敵が眼前に立ち塞がることになる。唐軍の筑紫進駐とともに陛下が最も警戒している事態だ。裏切り行為だと叱責されるのは自明の理だ。

が、すぐに鎌足は思い直した。このままでは定恵の命は長くない。陛下が生かしておくはずがない。日向の手に渡った方がえって安全かもしれない。たとえ新たな抗争に巻き込まれても、悔いは残るまい。

それより中大兄にとって目下の急務は劉徳高を退散させることだ。これが実現したら、日向などどうにでもなる。ここは倭国だ。日向は敵に包囲されているも同然だ。

「分かった。定恵の身はおぬしに預ける」

鋭い一瞥を投げて、素知らぬふうを装う。日向はうなずきながら唇を嘗《な》め、勝ち誇ったような薄ら笑いを浮かべた。

師走に入って、寒さが一段と増した。

定恵は飛鳥の散策に時を費やした。霜が降り、雪も舞った。冬の最中《さなか》ゆえ、人影はまばらだった。宮殿を中心に、大小の官宅が点在している。が、長安と比べて、何とまあちっぽけな都であることか。大陸の片田舎と変わらない。桧皮葺《ひわだぶ》きの宮殿の屋根と寺院の瓦屋根がなければ、まるで農村のたたずまいだ。住民は農閑期に入ってまるきり姿を見せなくなった。

「昨日、百済人に会いました」

夕餉《ゆうげ》の折に、定恵が何気なく口にした。

「百済人は大勢来ている。国は破れたが、新羅や唐の支配下に置かれることを潔しとしない硬骨漢が多い」

鎌足は満足気である。

「昨日の人たちは官人ではなかったようです」

「庶民もたくさん逃れてきた。技能者も多い」

「われわれは瓦を焼いている、と言っていました」

鎌足の目が不審そうに光った。

「どこで会った？」

「山田道《やまだみち》に出る手前で」

「おおかた山田寺の仏塔の建立に携わっている連中だろう」

瓦屋根を持つ建物は寺院に限られる。宮殿は桧皮葺き、官人の家でも板葺きがふつうで、一般の民家は茅《かや》葺き、藁《わら》葺きだった。

「山田寺というと、あの蘇我倉山田石川麻呂の自害した……？」

日向が絡んだこの事件は、定恵も耳にしていた。中大兄が日向の讒言《ざんげん》を信じたために、孝徳天皇は追っ手を差し向けざるをえなくなった。山田寺にたどり着いた石川麻呂は無残な最期を遂げている。

「寺は完成していなかったのですか」

「石川麻呂が死んだときはまだ仏殿しかなかった。一応、住持はいたが、未完成だった」

鎌足の顔は陰りを帯びていた。あの事件を思い出すのがつらいのだろう。無理もない、と定恵は思った。日向によると、この事件も鎌足が背後で糸を引いていたという。

「どうしてまた造営を続ける気になったのですか」

鎌足は迷惑そうに頬をゆがめ、唇を噛《か》んだ。

定恵は逆に好奇心をそそられた。これは内輪の問題だが、自分にとっては重要な意味を持つ。中大兄と中臣鎌足が関係している。自らの出自を問う手がかりになるかもしれない。

「そもそも山田寺は蘇我倉山田石川麻呂の発願で建立された。それゆえ石川麻呂もここを死に場所に選んだ。自らの氏寺だったからだ。そこで中大兄皇子はこの寺を完成させるのは自らの責務だと考えるようになった」

贖罪《しょくざい》ではなかったか、と定恵は勘ぐった。右大臣石川麻呂が忠臣だったことは、その後明らかになる。揚げ句、讒訴《ざんそ》した日向は大宰府に左遷される。中大兄と鎌足は罪障感に責め苛《さいな》まれたに違いない。しかも、石川麻呂は中大兄にとっては岳父に当たる。

「そうですか。それで塔を建立……」

定恵の追及もここまでだった。苦しげな鎌足の顔をこれ以上見ていられなかった。

定恵が前日出会った百済人は数人で群れをなして、作業小屋で休んでいた。たまたま飛鳥寺から北へ山田道に出ようとしていた定恵を彼らの一人が呼び止めた。定恵の顔と身分を知っていたらしく、名前で呼ばれた。

「百済はいかがでしたか」

一斉に自分に向けられた百済人たちの真剣な眼差しに、一瞬、定恵は怯《ひる》んだ。百済に滞在していたことまで知っている。自分が監視されているような気味悪さを覚えた。

「百済はよく似ていますね、この飛鳥に」

差し障りのないひと言を残してその場をやり過ごそうとした。が、百済人たちは納得しない。質問攻めに遭い、ついには百済の民情や唐軍の動静まで口にせざるをえなくなった。

別れてから、いったいあの連中は何者かと思った。飛鳥には百済を始め、渡来人が多い。飛鳥だけではない。白村江での敗北以来、大和に収容しきれないほど多くの百済人が亡命して来て、朝廷は畿内の各地や東国にまで居住地を確保し、安置に力を注いだ。優れた技能や先進技術を持った人々が多く、倭国の発展に寄与していると定恵も聞かされていた。昨日の百済人たちがまさにそうだった。この時期、瓦を製造する技術はまだ倭国にはなかった。

「日向にも会ったそうだな」

鎌足がぎょろりと目を剝いた。

定恵はどきりとした。どこで聞いたのだろう。日向から直接耳にしたとなると、彼奴にはうっかり物も言えない。別段鎌足に隠し立てしなければならぬようなものはなかったが。

鎌足は定恵には日向軟禁のことを告げてあった。大陸で二人は微妙な関係にあったと知って、定恵にはあえて飛鳥寺に日向を訪ねることは禁じなかった。むしろ積極的に会って、自分など窺い知れない日向の胸の内を探ってくることを期待した。日向を泳がせておく狙いもあった。

「ええ。もう一週間も前のことですけど」

「何か新しい情報はなかったか」

いやな聞き方だな、と定恵は軽い反発を覚えた。自分を間諜かなんぞのように見なしている。

「大分気負いこんでいました」

定恵はにやっとして、意味ありげに鎌足を見た。

鎌足も分かっていると言わんばかりに、定恵に苦笑してみせた。二人はこの時ばかりは肝胆相照らす仲だった。

「彼奴は劉徳高と知り合いだそうだ」

「分かりませんよ。一人でそう思い込んでいるだけかもしれません。唐土では顔が広かったことは確かですが」

鎌足は少しも動じない。平然と聞き流すのを見て、定恵もさすがは音に聞こえた鎌足だと思った。海千山千《うみせんやません》なのは日向だけではない。鎌足も同じだった。

二人は同じ穴の狢《むじな》だった。

「うまくいくかどうかで、お前の運命も決まってくる」

「私はそれほど深刻には考えておりません」

「それにしても二百五十四名もの軍勢が筑紫に陣取っているのは尋常ではない」

「日向は策士です。劉徳高を欺いて、何とか撤兵させるでしょう」

やはり安心してよいのか、と鎌足は思った。

それより定恵の方では、日向から聞かされた雪梅の運命の方が気になっていた。雪梅は日向こと叡観に連れられて新羅にまで足を延ばしたという。倭軍の捕虜が新羅に連行されたという噂があった。唐に送られた倭軍の捕虜のことは聞いていたが、これだと張穆明《ちょうぼくめい》にとっては母国への帰還、消息は逸早く叡観にも伝わったはずだ。が、該当者はいない。残るは新羅だけだった。

しかし、新羅でも穆明の消息はつかめなかった。茫然として路頭に迷っているとき、偶然、義湘《ぎしょう》法師に出会ったという。

「義湘法師は唐国で智儼《ちごん》和尚に付いて華厳経学を学んでいたが、今回は所用で一時帰国したと言っておられた。文武《ぶんぶ》王に会って、唐朝から託された親書を届けたらしい。朝鮮では僧侶が政事に関係することはよくある」

それは定恵も聞いていた。が、義湘法師に限ってそんなことはありえないと思った。

高潔な学問僧で通っていた。慕い寄る雪梅の信心を色欲と喝破《かっぱ》し、退けた僧侶である。女性《にょしょう》と同じくらい、政事もまた禁忌の対象のはずだ。文武王に会ったのは国家派遣留学僧としての事務的な必要性からではないかと定恵は推測した。しかし、あえて叡観には反論しなかった。

「父親探しも暗礁に乗り上げていた。寄る辺のない身で異郷に立ち往生していたわけだから、かつて熱を上げた高徳の美男僧との再会は雪梅殿にとっては渡りに船だったのではないか」

叡観は意地悪そうに片目をつぶって見せた。

叡観も雪梅が義湘法師に心服していたことは知っていた。しかも、その口ぶりから、単なる信仰心ではなく恋愛感情が優先していたことも見抜いているようだった。

「雪梅殿は再度、弟子になることを願い出た。結果はまたもや拒絶。だが、異国をさすらう女性《にょしょう》の身に同情してか、唐国に連れ帰ることだけは承知してくれた」

「それなら、雪梅殿はもう帰国している？」

「たぶんね。義湘法師は華厳学を修得するには、あと五、六年はかかるとおっしゃっていた」

そうか、そうだったのか、と定恵は胸につぶやいた。ひどく醒めた気持ちだった。雪梅はきっぱりとこの俺と縁を切ったのだ。父親のことも信仰心の中に溶け込ませてしまった。あっぱれとしか言いようがない。別れた後の雪梅のことを、これで心配する必要がなくなった。相手が自らも尊敬する義湘法師であることが、かえってありがたかった。

鎌足には、この一件はむろん伏せていた。第一、親しい女性がいたことなど、これまでひと言も漏らしたことはない。それを噂にする輩《やから》もいなかった。この事実を知っているのはただ一人、叡観だけだった。が、叡観もこれに関しては全く口を閉ざしていた。というより、もともと関心がなかったのかもしれない。

「その百済人たちとは、その後も会っているのか」

鎌足は百済人との付き合いが気になるらしい。

「いえ、二、三回だけです。一度は彼らの家に招かれました。宮から遠くない場所にちゃんと官宅を与えられているのですね」

「山田寺の仏塔建立は勅命だから、工人たちも破格の待遇を受けている」

「そうですか。しかし、唐に対しては反感が強いですね」

「当たり前だ。祖国を滅ぼしたのは新羅というより唐だからな」

「唐国の様子もあれこれ聞かれましたが、その優れた統治能力は倭国も新羅も見習うべきだと言っておきました」

鎌足は急に険しい顔付きになった。しばらく黙ったままである。

定恵は何か気に障ることでも言ったかとひやりとしたが、別段思い当たるふしはない。

「唐軍の強さは、律令制による中央集権体制がもたらした結果だと思います。百済もわが国も、その点では……」

「待て。めったなことを言うでない」

鎌足の怒声が定恵の言葉を遮《さえぎ》った。頬が赤く膨らみ、苦しそうに喘《あえ》いでいる。定恵は呆然となった。

「お前は百済人の心中が分かっていないようだ。唐を褒《ほ》めることは、そのまま百済を貶《おとし》めることになる。倭国に対しても同様だ」

「唐国は偉大な国です。強大な国です。が、武力に頼って他国を侵略するのは間違っています」

「そうだ、そのとおりだ。そこをちゃんとわきまえないといけない。百済人たちはお前が唐の間諜だと疑っているのかもしれない」

「そんなばかな……」

「さっきの調子では、そう思われても仕方がないぞ」

「私はただ事実を口にしただけです」

定恵もむきになった。

何より間諜呼ばわりは心外だった。武力を用いずに他国と融和するために、義蔵は命を賭けた。思いは同じだった。結果はことごとく意に反したものとなった。が、事の成り行きを冷静に分析すれば、唐国が悪者だと決め付けることはできない。

立場が変われば、百済もまた征服王朝になっていたかもしれない。現に義慈王の前半期はそうだった。新羅に侵攻して脅威を与えた。それが唐国への救援要請に繋がった。

「気をつけることだな。お前が唐から帰って来たというだけで反感を抱いている奴がいるかもしれない」

見えない影に脅えよということか。

定恵は反発を感じた。が、父である鎌足に背くことはできなかった。

鎌足には定恵に知らせていないことがあった。中大兄の意中である。

定恵は帰国後、まだ一度も中大兄に会っていない。宮の周辺は毎日のように歩いているが、中に入ったことはなった。鎌足は中大兄と定恵との距離を適度に保つために、強いて定恵を宮中には入《い》れなかった。内臣《うちおみ》の身である自分がひと声かければ中大兄は定恵に謁見を許すであろう。が、それは新たな火種を抱え込むことでもあった。

鎌足が恐れているのは、筑紫の唐軍というより、身近にいる中大兄だった。この皇子の執念深さを鎌足は知悉《ちしつ》していた。定恵の帰国を知った中大兄が発した第一声は次のようなものだった。

「ついに帰ってきたか。自らの運命も知らずに」

冷たいものを頬に押し付けられた。鎌足は返事ができず、しばらく中大兄の顔に強ばった視線を当て続けた。

その後、中大兄は定恵の扱いを一任すると言った。が、これほど無気味な言葉はなかった。定恵は遠からず消される運命にあることを直感した。その前に利用できるところはとことん利用せよ、と言われたに等しかった。

利用価値があるのは唐使との絡み、この一点だけである。しかし、もはや正式に手元に返されたからには、唐側は定恵を当てにはしていまい。ということは、こちらにとっても定恵は何の役にも立たないということだ。

日向が唐使劉徳高との談判を引き受けたのは、鎌足にとってかすかな希望の証《あかし》だった。自信たっぷりの日向がどんな手管《てくだ》を弄《ろう》するか見ものだったが、そこに定恵を絡ませることはできないものか。日向にとっては定恵はなくてはならぬ存在である。うまくいけば日向も定恵も助かる。

日向を飛鳥寺に軟禁していることを知った中大兄は一瞬驚きの表情を浮かべたが、結局、黙認した。こちらの器量を試そうとしたのだろう。しかし、腹の中では定恵と日向の処刑は既定の事実であるに違いない。

「日向殿はすでに唐使と接触を始めたようですね」

ご機嫌斜めの鎌足に向かって、定恵がとりなすように言った。

鎌足の愁眉がぱっと開いた。

「本当か？」

鎌足の顔に生気が戻った。日向からは何の連絡もなかった。依頼したのは十一月初め、もう半月は過ぎている。ぼつぼつかとは思っていたが、すでに顔を合わせているとは……。

「誰から聞いた？」

「日向殿から、直接。早期決着を図りたいのでお知恵を拝借したいと言ってきました」

「お知恵拝借とは、慇懃《いんぎん》な……」

「日向殿得意の韜晦《とうかい》ですよ。食わせ者ですからね、あのお方は」

「それで、何だった？　用件は」

「私が皇胤《こういん》の生まれであることを唐使の前で立証せよ、と」

鎌足の顔が引きつった。こめかみがぴくぴく痙攣《けいれん》している。

「それで、お前は何と返事を？」

「私は立証できません。日向殿がすべてをご存知です、と」

鎌足は顔を斜めに俯けて、再び黙り込んだ。何かに耐えているように両肩を小刻みに震わせている。

定恵は来るべき時が来たと思った。

「唐国で日向殿に出会ってから、私はさんざんこの件を聞かされました。——貴殿は孝徳天皇のご落胤だ、と」

定恵は鎌足から目を逸らさずに、ゆっくりと言葉を押し出した。

「本当なのでしょうか、父上」

鎌足は面《おもて》を上げない。肩の震えはやんでいたが、抑えた慟哭《どうこく》が喉を塞いで苦しそうなうめき声を発する。

「私は真相を見極めなければ、死んでも死に切れません」

はっと鎌足は定恵を凝視した。

いま、何と言った?

死んでも死に切れない、と?

それならお前はすでに死を覚悟しているのか?

死なねばならぬと思っているのか?

「許せよ、定恵……」

鎌足は嗚咽しながら事の次第を話し始めた。日ごろ何度も胸の中で繰り返した言葉だった。が、告白は滑らかには進まなかった。つかえたり、声が小さくなったり、果ては見えない敵に向かってつかみかかろうとするような狂態を演じる一幕もあった。

夕餉《ゆうげ》の場面は一転、修羅場と化した。

しかし、定恵は落ち着いていた。終始、定恵の心を捉えていたのは、眼前にいるのは自分の父親だという信念だった。相手の口からこの事実が否定されていくのに、定恵の信頼はかえって強化された。自分の父親だからこそ、あえて苦しみに耐えているのだ。感謝しなければならない、と。

「父上!」

話を聞き終わると、定恵は鎌足ににじり寄り、その肩を、背を、両手で労《いた》わるように包み込んだ。

鎌足の嗚咽はやまなかった。涙でむせて時々息が途切れ、咳き込んだ。定恵は鎌足を仰向かせ、その胸を優しく撫でた。

「分かりました、父上! ありがとうございました」

こう言い終えてから、定恵は首筋に氷のような汗がにじみ出るのを感じた。が、あえてこの感覚は意識の底に封じ込めた。

「父上、私には分かっていました。あの日向の執拗な誘いかけを見て、これは根も葉もない扇動ではないと思うようになりました。今こそ謎ははっきり解けました。かえって、身も心もさっぱりしました」

「許せよ、定恵……」

ここで鎌足はごぼっと喉を詰まらせた。あわてて定恵は鎌足の首を横にして、背中をさすった。

「気になさらないでください、父上。私は少しも恨んでいません。それどころか、唐国で貴重な体験をさせていただきました。世界を見ることができました」

鎌足はおうおうと泣くばかりだった。

定恵の脳裏に玄奘法師の姿が一瞬浮かんで消えた。

それから、高佑。

高佑はまだ存命か？

孫娘の雪梅は義湘法師と唐国に帰ったのか？

鎌足を支える両腕ががくんと下がった。はっとして、あわてて力を込める。

義蔵が近付いて来る。

来てはならぬ！

踏みとどまれ！

おのれが行く！

それまで待て！

待たれよ！

待たれよぅ！

義蔵に呼びかける悲痛な声が、長い余韻を響かせて、いつまでも定恵の脳裏を駆け巡った。

終章　飛鳥残照

唐使の劉徳高は蘇我日向《ひむか》の説得に屈した。日向は徳高に言った。

定恵を倭国に帰したからには、倭国の朝廷にひと波乱は免れない。鎮静化したら、再び倭国を訪れるがよい。現朝廷は覆《くつがえ》っているであろう。定恵が新たに皇位に就いて、親唐政策を推し進めるはずだ。定恵は唐国への恩義を忘れてはいない——。

これを聞いても徳高は、半信半疑だった。すぐに部下を檜隈《ひのくま》の東漢《やまとのあや》氏《うじ》の一族のもとに潜入させた。間違いなかった。日向の言うことは本当だった。定恵は中大兄よりはるかに皇位に近い血脈だという。定恵がいる限り、中大兄は皇位に就けないだろう。自分たちは定恵の帰国を待っていた。いずれ現朝廷に反旗を翻す時が来るだろう、とその人物は語った。蘇我氏の護衛隊長を務めたというその老人は、子や孫たちに囲まれて、復讐の機会を次世代に託していた。

劉徳高はこれ以上倭国にとどまる理由はないと判断した。筑紫都督府の設置は先送りだ。急いては事を仕《せ》損ずる。筑紫に残した二百五十余名の軍兵だけでは戦《いくさ》はできない。倭国朝廷の自滅を待つのが最良の策だと判断した。当面は、定恵という内乱の火種を倭国に置いて来たことで、よしとしよう。定恵を送り届けたというだけで、充分任務は果たせたと徳高は自負した。

十二月に入って、劉徳高は使節団の総引き揚げを飛鳥の朝廷に伝えた。十四日、朝廷は国使一行を後飛鳥《のちのあすか》岡本宮《おかもとのみや》に招き、盛大に物を賜わって篤く遇した。この時、徳高は中大兄皇子の姿をしげしげと眺めた。たった二度の対面にもかかわらず、すでに何度も会った既知の人物のように思えた。

謁見を裏で工作したのは蘇我日向と鎌足である。鎌足は自らの危険を顧みず、中大兄と日向の双方に意を通じて、定恵の安全を第一に考えたのである。鎌足はむろん送宴に列席したが、終始気難しい顔で無言を押し通した。定恵は顔を出さなかった。

三日後の十七日、劉徳高は大友皇子《おおとものおうじ》に会った。客館で帰国の準備をしているところに、皇子自らが従者を連れてやって来た。中大兄に当年十八歳になる男子がいることは聞いていたが、会ったことはなかった。過日の送宴にもそれらしい姿はなかった。徳高はその意図を測りかねた。

「父上から命じられて、参上しました」

物腰は至って丁重である。風骨も卓抜、繊細さを併せ持った美青年である。が、どこか危うさがある。滅びる運命を予知できぬ無垢のひ弱さではないかと徳高は憂えた。

中大兄皇子の差し金に違いなかろうが、立太子の噂もある皇子をわざわざ唐使に会わせるなど、見え透いたお追従《ついしょう》だ。唐朝を懐柔するつもりだろうが、その手には乗らないぞ。こちらの帰国を知り、恥も外聞も忘れて中大兄は独りで悦に入《い》っている。これで後顧の憂いを断ち切ったと思うのは早計だ。

愛想笑いで応じたものの、この訪問を徳高は素直には喜べなかった。

十九日、国使一行は飛鳥を立った。朝廷は小錦《しょうきん》（後の五位相当）守君大石《もりのきみおおいわ》を送唐客使に任命、他に小山《しょうせん》（後の七位）坂部連磐積《さかいべのむらじいわつみ》、大乙《だいおつ》（後の八位）吉士岐弥《きしのきみ》、吉士針間《はりま》を随行させた。唐使の帰国に最大限の礼を尽くすことで、朝廷はひとまず危機を脱した安堵感を内外に誇示した。

定恵が殺されたのは、その四日後の二十三日である。難波津から船に乗ろうとしていた劉徳高にこの知らせをもたらしたのは、檜隈の東漢氏の密使だった。同行の送使、守大石からは何の沙汰もない。謀り事ではないか、と徳高は勘ぐった。いずれ定恵が皇位に就いて親唐王朝を築く、と言って帰国を促したのは蘇我日向だ。彼奴は中大兄側に寝返ったのではないか。

しかし、時すでに遅しだった。守大石が沈黙を守っている限りは、こちらから問いただすことは憚られた。この男は百済救援の将軍として海を渡ったことがある。このたびの送唐客使任命は唐に対する謝罪と恭順の表れかと思ったが、これも今となっては疑わしい。そういえば、守大石はかつて有間皇子の謀反に加担して流罪に処せられた前科があるという。この先、何をしでかすか分からない。

後ろ髪引かれる思いで、一行は瀬戸の内海を西航し、筑紫に着いた。二百五十四名の軍兵は三か月間無聊《ぶりょう》をかこっていた。退屈しきって気性の荒れ出した者もいた。兵士にとっては無為が一番の大敵である。敵地に乗り込んだからには一戦交えねば気が済まない。

「帰国だ！」

劉徳高の知らせに、軍兵たちはどよめいた。無念と安心が交錯した奇妙な雄叫びだった。

むろん、兵士といえども命は惜しい。やがて動揺は静まり、年内に船団は百済の故地に到着した。

兵士たちはそのまま熊津《ゆうしん》の都督府に駐留を続けた。唐使の劉徳高一行と倭国の送使たちは休む間もなく唐国に向かい、年が明けてから長安に着いた。折から高宗皇帝は正月に山東の泰山《たいざん》で封禅《ほうぜん》の儀を執り行うため長安を留守にしていた。高宗にとっては劉徳高の外交上の失敗は東夷の住む海の果ての些末事にすぎず、行宮《あんぐう》でこの事実を知ってもただうなずいただけだった。傍らに侍った武后もほとんど関心を示さなかった。唐朝の相手は、依然として高句麗だった。高句麗こそが大唐帝国の北東を脅かす不倶戴天《ふぐたいてん》の敵だった。

定恵暗殺は飛鳥大原《おおはら》の鎌足邸で実行された。食事に毒が盛られたのである。驚天動地の出来事だったが、予兆はあった。ただ、予兆ととらえ得たのは鎌足一人だった。

中臣氏の大原第《だい》は狭い飛鳥盆地の東北の丘陵に位置する。鳥形山《とりかたやま》の裏手から延びる高台である。西北には飛鳥寺の五重塔が望め、すぐ手前には宮殿の大きな桧皮葺の屋根も見える。

唐使一行が飛鳥を去った翌二十日、鎌足は宮殿に召されて中大兄に会った。刎頸《ふんけい》の交わりともいえる二人であってみれば、宮への出入りは朋友を訪ねるに等しい気安さである。すでに〈乙巳の変〉の功績で内臣《うちおみ》という左右大臣を超越した別格官位と大錦冠《だいきんかん》を授かっていた鎌足は、その後、連姓《むらじ》でありながら中大兄の異母妹である鏡女王《かがみのひめみこ》を娶《めと》り、さらに皇族でさえ手出しのできない采女《うねめ》まで賜わって、臣姓《おみ》の臣下をも凌《しの》ぐ異例の出世を遂げていた。

「ひとまず、窮地は脱した。礼を言うぞ」

中大兄は満足そうにほほ笑んだ。

「しかし、まだ安心はできません。今回の失敗に懲りて、さらに大軍を派遣してくる可能性も充分あります」

「防備は怠ってはおらん。高安《たかやす》にも城を築いた」

百済を見習って、山城《やまじろ》が筑紫、対馬、長門に築かれたが、それが東に延びて、ついに大和の出入り口の一つ、生駒山《いこまやま》にも及んだのである。百済が滅びた後、遺臣たちが立て籠もって頑強に唐軍に抵抗した任存城《にんそんじょう》も山城だった。この武勇談は、中大兄の心にも深く浸透していた。

「さし当たっての難問は、定恵ということになる」

中大兄の目がきらりと光った。

ひと回り年下の中大兄の顔は凛々しく輝いて見えた。

これ以上、話は前に進まなかった。自分への遠慮からだとすぐに察したが、鎌足は賽《さい》を投げられたような胸騒ぎを覚えた。

それから三日後の初更、定恵はどす黒い血を吐いて死んだ。異変に気付いたのは、定恵に付き従っていた下僕である。獣のような唸り声を聞いて、すぐに隣室に駆け込んだ。大原第は時ならぬ混乱に見舞われた。暮れるのが早い師走である。日没とともに、定恵は父の鎌足、母の与志古娘《よしこひめ》、弟の不比等らと夕餉の卓を囲んだが、食事の世話をする家婢以外はみな気心の知れた身内だった。食事中も何ら変わったことはなかった。

鎌足は中大兄の先日の言葉を思い出した。さし当たっての難問――これが定恵に投げつけられた一句である。難事はこれまで鎌足に相談して解決に当たるのが常だったが、今回は違った。いきなり、鎌足抜きに決行された。鎌足への思いやりからだろう。相談するに忍びなかったのだ。

鎌足は下手人を探し出すことを控えた。炊事担当の家婢の誰かが定恵の皿に毒を盛ったのだろう。命じた者がいた。それに従った者がいた。少なくとも数名は関与しているだろう。が、命じた者が中大兄である限り、取り調べは不可能だった。定恵の死に冷静に対処することが何より肝要だった。

初めから定恵の帰国は危険をはらんでいた。それを承知で受け入れた自分が軽率だった。幼いわが子を無理やり出家させ、唐国へ送り込んだのは命を永らわせるためだった。中大兄の凶刃を避けるためだった。修行を積み、大徳《だいとこ》となってくれれば、たとえ帰国しても命は助かるだろう。唐土で果てるなら、それもいい。かえってその方が安全は保障される。二度と会えなくなるが、大陸の都で同じ月を見ていると思えば気は晴れるに違いない――

こう考えた自分があさはかだった。

血の繋がったわが子ではないという思いは、鎌足には稀薄だった。自らも中臣家に養子に入った身であることが、この考えを助長していた。人は生みの親より育ての親を慕う。いや、育ての親こそが真の親である。実感だった。その意味で、定恵はやはりかわいい息子だった。ただ、十一歳という若齢で唐へ送ったのはいかにも残酷だったという気持ちは拭えなかった。

定恵毒殺の黒幕は中大兄皇子である。天皇不在の現下では中大兄が絶対権力者である。天皇は神である。その神と人を取り持つのが中臣家の代々の職責である。にもかかわらず、神祇官を断わって政権中枢に居残ったのは、〈乙巳の変〉以来の同志である中大兄の意向に添うものではあったが、内心では自分こそ政事にふさわしい人間だという自負があったからだ。

天皇を神格化し、その下に中央集権国家をつくることが鎌足の夢だった。そのためには宗旨を違えた仏教にも積極的に近づいた。仏教は氏寺を脱し、国家の護持と安泰を祈る役割を担わねばならなかった。これらの思いがことごとく中大兄皇子の願望と一致した。というより、鎌足の献策が中大兄の描いた理想像を具体的に肉付けした。鎌足のおかげで中大兄の構想が現実味を帯びたのである。

鎌足にとって、中大兄は莫逆《ばくげき》の友同然だった。が、いくら主導権を握ろうとも、中大兄には逆らえない。連《むらじ》姓の中臣家をここまで引き上げてくれたのは中大兄である。定恵を生かすも殺すも中大兄の思うままである。それに異を唱えることはできない。

今回の独断専行は、内臣《うちおみ》である自分への気遣いゆえだろう。定恵の殺害には父親は関与していないことを天下に匂わせるための、温情あふれる措置と取るべきだった。それなら、自分は精いっぱい悲しめばいいのだ。わが子の非業の死を、父親として心ゆくまで嘆いて見せればいいのだ。

ほどなく巷では定恵を殺したのは百済人らしいという噂が広がり始めた。それも、定恵の才能を妬んでの怨恨による毒殺だ、と。

鎌足はこれを信じなかった。が、まことによくできた風説だと思った。いつか定恵は唐国の美点を強調して、父親であるこの自分を狼狽させた。これを百済人が聞けばおもしろかろうはずがない。百済は唐国によって蹂躙《じゅうりん》された。しかも新羅を援助するという姑息な方法で唐は百済を潰滅させた。この恨みは百済人の心の奥に深い反唐意識を植え付けた。

かつて海を越えて南朝の諸国から豊かな中華文明を移入した百済は、北朝の血を引く唐国とはなかなかなじめなかった。文化的に野蛮だという先入観があった。それだけ南朝の貴族文化が百済人の美意識に適合したということだが、同じ韓族の新羅が急速に唐に接近するようになって、百済人の唐嫌いは増幅された。

文化的で誇り高い百済人が、唐国を賛美する定恵に反感を抱いたとしても不思議はない。定恵は山田寺の仏塔建立に当たっている百済の工人たちと交流があった。工人たちは定恵が唐国帰りであることを知った上で接近してきた。何かと唐を褒《ほ》めちぎる定恵に我慢らなくなり、中大兄に唆《そそのか》される要因となった。奴《やつ》は百済の敵、とばかり凶行に及んだとしても不思議はない。

才能を妬んでの毒殺というのは捏造《ねつぞう》であろう。事件の首謀者が中大兄であってみれば、このもっともらしい動機付けは宮中方面から意図的に流されたとも考えられる。国際関係の緊迫したこの時期、唐国への恨みをあからさまに口にすることはできない。一計を案じて、定恵個人への怨恨説にすり替えたのだ。あっぱれな操作である。

葬儀も終わり、鎌足が一人つくねんと大原第の自室に籠もっていた時だった。ふと眼前に黒い影がぽつんと浮かんだ。次第にこちらに近づいて来る。

日向《ひむか》……。

鎌足の背に戦慄が走った。

「蘇我日向か？」

小声で叫び、椅子から立ち上がった。

返事はなかった。

幻影だった。

板戸を上げた格子窓から冷気が流れ込む。冬ざれの飛鳥の丘にはわずかな緑しかない。松、樫、そして檜。他の木々はすべて葉を落とし、裸木となって寒々とした姿を晒《さら》している。

西に目を転じると、宮殿の屋根が冬の靄《もや》に霞んでいる。その向こうに檜隈《ひのくま》の里がある。

日向と東漢氏《やまとのあやうじ》が重なる。定恵の死で最も大きな打撃を受けたのはこの連中のはずだ。

事件後、日向はばったり姿を見せなくなった。探らせても所在が知れないという。劉徳高の帰国と引き換えに定恵を譲り渡すという約束は果たせなかった。が、この違約を責める危険は日向自身が誰よりもよく知っている。次に狙われるのは自分だ。日向にはもう行くところはないはずだ。

定恵の死にも涙しなかった鎌足が、このとき初めて移ろい行く世のはかなさに瞼をにじませた。

天智五年（六六六）正月元旦、内裏では例年通り朝賀の儀が執り行われた。

前年暮れの定恵の死は黙殺された。内臣中臣鎌足も式典に列席し、中大兄皇子に新年の寿詞《じゅし》を奏上した。心は喪中だったが、悲しみはいささかも表に出すことはなかった。定恵は朝廷とはいっさいかかわりのない私人として闇に葬られたのである。

中大兄と親しく話ができたのは、朝賀の儀が終わった三日後だった。予告なしに、鎌足が突然、宮中に参上した。定恵の死が今後の対唐政策にいかなる影響を及ぼすかを見極めようとしたのである。

「そちには耐忍《たいにん》を強いた」

開口一番、中大兄は鎌足を慰めた。人払いをした内裏の私室は火桶を並べて程よいぬくもりに満たされていた。

「いえ、こうなることは分かっていました。ただ、あまりに迅速だったので……」

恐れ入った様子で、鎌足は頭を垂れた。

「急ぐ必要があった。唐使一行が倭国を離れる前に、事の次第を知らせておく方がよかろうと……」

鎌足ははっと目を凝らして、中大兄を見た。

「それは、また、どうしてでしょうか」

予期しない言葉だった。

「定恵が倭国においていかなる存在であったかを思い知らせておくためだ」

「挑発ですか。唐国は逆恨みするかもしれませんよ」

「圧力には屈しないという態度を明確にしておく必要がある。これ以上、唐国に勝手な真似はさせない」

誰かの入れ知恵ではないか、と鎌足は思った。

「知恵を授けたのは誰ですか」

単刀直入に疑問を口にした。

「日向を疑っているな。お門違《かどちが》いだ。彼奴は定恵の死んだのを知って、すぐに姿をくらました」

「そうでしょう。今度は自分だと思ったのです」

「むむっ？」

狼狽《ろうばい》気味にうめいて、鎌足から目を離す。

「いったいどこへ消えたのか、彼奴は」

「どうしてそんなに気になさるのですか。日向はわれらの敵ですよ」

鎌足の口調は尖っていた。

「しかし、唐使をみごとに追い払った」

「それも彼奴の計算のうちです。定恵という厄介者を置いていくだけで戦果はあった、と吹き込んだのですよ」

「となると、唐側も定恵の秘密を知ってしまったということか」

「むろんです。日向は倭国の朝廷を掻き回しに来たのです」

中大兄は両の拳を小刻みに揺すった。

「いま、どこにいる、彼奴は」

「さあ……」

「今度の事件で彼奴の企みはすべて吹き飛んだはずだ」

「まこと。倭国にはいられないでしょう。また唐国かもしれません」

「唐国で生き延びる余地はあるのか」

「さあ。度量の深い国ではありますが……」

幻影となって会いに来たとは言えなかった。あまりに不吉すぎる。

「愚か者めが！」

これが締めくくりのひと言だった。

帰る道すがら、鎌足はひとり胸にごちた。

日向よ。おぬしの企てはみごとに破綻した。頼みとする東漢氏もおぬしを見限るだろう。大きな誤算だった。というより、再び蘇我氏の栄光を取り戻そうとしたおぬしの野望そのものがすでに時代遅れだったのだ。氏族が実権を握る時代はとうに過ぎた。いまは明《あき》つ神《かみ》である天皇自らがこの世を治める時代になったのだ。

鎌足は歩みを止めて、鈍色《にびいろ》に輝く飛鳥の残照にしばし見入った。

天智六年（六六七）十一月九日、百済鎮将劉仁願《りゅうじんがん》、熊津都督府の県令司馬法聡《しばほうそう》らに伴われて、守君大石《もりのきみおおいわ》ら送唐使一行が帰国した。定恵の死から二年が経っていた。

在唐が二年近くに及んだのは、従来の遣唐使とは違い、送使一行の任務が倭唐の緊張関係の緩和にあったからである。唐朝は依然強硬な姿勢を崩さず、交渉は難航した。帰国した劉徳高は定恵を無事倭国に送り届けた功績を強調したが、倭国を離れる前に定恵が殺害されたことを叱責された。倭国に親唐政権を樹立する切り札となるはずの定恵の死で、すべてはご破算となり、話は振り出しに戻った。唐朝は筑紫の占領を譲らず、外交交渉は暗礁に乗り上げた。劉仁願と司馬法聡の派遣は再度倭国に圧力を加えるためだった。

倭国では、この年三月、近江遷都が実行された。唐の侵攻に対する防備体制は整いつつあったが、飛鳥に都を置くことは地理的に危険だと判断されたためである。飛鳥の檜隈《ひのくま》に陣取った東漢氏の一族、坂上《さかのうえ》氏の動きも気になった。反中大兄勢力は足下にも潜んでいたのである。坂上氏は近江遷都にも従わず、飛鳥に居残った。

遷都に際しては、亡命百済人たちの献策がものを言った。百済の遺臣たちには白江に臨む旧王都泗沘《しひ》城が念頭にあった。要害の地は水運に恵まれていなければならぬ。泗沘城も最後は唐軍の手に落ちたが、百済の栄華は難攻不落を誇ったこの城によって守られていたと主張して憚《はばか》らなかった。

倭国に来た劉仁願と司馬法聡は宮都の移転に戸惑いを隠さなかった。敵情視察をも兼ねていた二人は、新都が広大な湖に接しているのを知って愕然とした。筑紫がだめなら宮都の直接攻撃も辞さずと考えていたが、前面に大湖、背後に山を背負った大津宮では戦術面で著しく不利になることは明らかだった。交渉においても、近江の朝廷は前より一層強気に出てきた。口では融和を唱えながら、腹の底では妥協を許さぬ意気込みが感じられて、仁願も法聡も怯んだ。中大兄と鎌足は内心ほくそえんだ。

滞在わずか四日で、唐使たちは帰国の途に就いた。遷都を予見できなかったのはうかつだったという反省があった。さらに防備が予想外に進んでおり、瀬戸内海から見ただけでも山城があちこちに望見できた。筑紫ではなく、越前の海から軍兵を送り込むという手もあったが、やはり近淡海《ちかつおうみ》が邪魔して大津宮を落とすのは容易でないと悟った。

帰国に当たって、近江朝廷は伊吉連博徳《いきのむらじはかとこ》と笠臣諸石《かさのおみもろいわ》を送使に付けた。博徳は遣唐使や遣新羅使を経験している練達の外交官だった。二人は唐使を任地の百済まで送って、三か月後の翌年（六六八）一月二十三日、近江に帰朝した。唐使二人は百済駐在の将軍と長官だったので、唐国まで送る必要はなかったのである。

博徳らの帰朝と相前後して、中大兄は大津宮で即位し、天智天皇となった。孝徳天皇の皇太子になって二十三年、母帝斉明の薨去以来八年に渡った中大兄の称制はここに終息した。不遇をかこっていた弟の大海人皇子が皇太弟に就いたが、二人の仲は良好とはいえなかった。天智帝の大友皇子《おおとものおうじ》が介在していたからである。遷都後、新宮の完成に力を注ぎ、近江令を発布して律令体制の確立を急いだ天智天皇だったが、即位と同時に実権は皇太弟大海人と大友皇子の手に移った。かつての孝徳天皇と同じく、天皇への格上げは中大兄時代の終焉を意味した。

この年、九月、唐と新羅の連合軍は高句麗の国都平壌を陥れ、高句麗は滅亡した。唐にとって隋朝以来の宿願の達成だった。これによって唐国は朝鮮全土を支配下に治めたが、以前からくすぶっていた新羅との確執があらわになった。新羅にとって唐軍が新たな敵として浮上した。この時期、早くも新羅の使者が近江朝廷にやって来た。新羅統一のための対唐戦で、同じく唐を仮想敵国にしていた倭国への接近を図ったのである。

翌天智八年（六六九）十月、中臣鎌足は淡海《おうみ》第で病床に就いた。重篤《じゅうとく》だった。天智天皇は親しく見舞い、鎌足の最後の願いを聞いた。「葬儀は簡略に、百姓の労を軽く」と鎌足はつぶやいた。天智は詔《みことのり》を発し、鎌足に大臣と大織冠《だいしょくかん》を授け、藤原の姓を賜わった。同月十六日、鎌足は死去した。享年、五十六歳。

鎌足の遺骸は山階《やましな》に葬られた。鎌足は淡海のほか山階にも邸宅を構え、氏寺として山階寺《やましなでら》も建立していた。当時はまだ寺に遺体を埋葬する風習はなかった。遺骸を葬ったのは山階寺近くの小丘と思われる。亡命百済人の沙宅昭明《さたくしょうめい》が墓誌の撰文に当たったが、「春秋五十有六而薨」の一句だけが今に伝わる。後、都が再び大和に遷ったとき、鎌足の墓は多武峰《とうのみね》に移された。

鎌足の死から二年後(六七一)、天智天皇が崩御した。享年四十六。鎌足とともに歩んだ劇的な生涯だったが、その寿命は鎌足より十年短かった。

東アジアの激動は、天智の死後もまだしばらく続く。

（了）

おわりに

平成二十二年の六月と十一月、私は二度にわたって〈平城遷都一三〇〇年記念〉に沸く奈良を訪れた。六月は奈良国立博物館で開かれた「大遣唐使展」と復元成った平城京大極殿を見るため、十一月は恒例の奈良国立博物館の「正倉院展」の参観が目的だった。

十一月の二度目の奈良行では、飛鳥に足を延ばした。ちょうど本書の構想が芽生え始めたころで、定恵の生まれ故郷の飛鳥をひと目見ておこうと思ったのである。

飛鳥はほぼ十年ぶりだった。が、以前とほとんど変わっていない。古都奈良の世界文化遺産の登録や折からの古代史ブームの影響もあってか、案内標識も整備されてこざっぱりとした印象を受けたが、辺りの風景はほとんど十年前と同じである。飛鳥寺以外には栄華を誇った往時を偲ばせるものはなく、さすがは飛鳥だ、こうあってこそ飛鳥なのだ、と妙に感心した。東南に連なる低い山並み。西北に傾斜するなだらかな丘陵。かすかに水音を響かせる飛鳥川。廃墟といえるものすらない。廃墟をさえきれいさっぱりと洗い流して一面の田野と化した飛鳥だからこそ、飛鳥時代が眼前に生き生きとよみがえってくることを再認識させられた。

定恵はそんな飛鳥に七世紀に生を受けたが、わずか二年で難波に移っている。そして、十一年ぶりに唐から帰国して、その三か月後にはこの飛鳥で二十三歳の生を終えた。生誕後の飛鳥での生活はわずか二年足らずである。これでは飛鳥人《あすかびと》とはいえない。飛鳥が生まれ故郷であることは間違いないが、〝飛鳥的〟なものは定恵には備わらなかったというのが、私の見方である。

幼少期の九年を過ごした難波はどうだったろうか。人格形成に最も重要と言われているのがこの時期である。難波は当時の畿内では外に開かれた唯一の国際港だった。そこで大陸から往来する異国の人々を見ながら育ったことを考えると、難波が定恵にもたらしたものは遠く海を隔てた大陸への憧れではなかったかと思う。これは内陸の山間地である飛鳥とは対照的な世界である。飛鳥は定恵にとっては〝まぼろしの故郷〟だった。同じように難波もまた〝大和的〟な概念とは程遠い場所だった。

ここに、私の定恵造形の出発点があった。運命的に定恵には〝脱〟大和、〝入〟大陸的な性格が付与されていた。折しも唐を中心とした東アジアの国々は大きな転換期を迎えていた。定恵は緊迫する東アジア情勢の中で、その要《かなめ》ともいえる唐国の首都で成人した。そうであるからには、否応なく遣唐留学僧の枠をはみ出た生き方を強いられたはずである。当時の「倭人」としては破格の国際感覚や斬新な国家観を身に付けた青年として定恵を描かざるをえなかった理由が、ここにある。

草稿は二年で完成したが、その後も推敲におびただしい時日を要した。構成上の問題や表現の工夫も含めて、定恵という一三五〇年前の人間にいかにリアリティを付与するかが最大の難問だった。前二作の〝遣唐使もの〟と比べて本書は朝鮮半島が重要な位置を占めている。これも新たな困難をもたらす要因となった。唐代中国と比べて三国時代の朝鮮はあまりに資料が少ない。想像の余地は膨らんだが、時代考証には予想外の格闘を強いられた。ようやく決定稿を見たのは、草稿の完成から二年も経ってからだった。

本書は各種の伝承類に散見する定恵皇胤説を踏まえて、当時の変転極まりない国際関係の中で、いかに一人の「倭国青年」が苦闘したかを描いた歴史小説である。先の読めない時代に、祖国とは異なる風土の下で必死に生きた一人の若者の姿が、瞬時たりとも読者の脳裡に彷彿としてくれれば作者としては望外の喜びである。

平成二十六年七月二十五日

八王子市の寓居にて

岩下　壽之

〈著者紹介〉

岩下壽之（いわした・としゆき）

1939年（昭和14）、大阪府豊中市生まれ。
幼年期を中国・大連市で、少年期を長野県佐久市で送る。
東京教育大学（現・筑波大学）文学部卒。都立高校教員を経て、
2000年（平成12）から5年間、中国の大学で日本語教師を務める。
東京都八王子市在住。
著書：ノンフィクション
『大連だより—昭和十六〜十八年・母の手紙』（1995年）、
『大連・桃源台の家—昭和十九〜二十年』（1997年）、
『大連を遠く離れて—昭和二十一〜二十三年』（1998年）
以上の＜大連三部作＞で「第17回山室静 佐久文化賞」受賞。
小説
『日本から、旋風！』（2006年・鳥影社）
『井真成、長安に死す』（2010年・鳥影社）
『円載、海に没す』（2013年・鳥影社）

定恵、百済人に毒殺さる

定価（本体1800円+税）

乱丁・落丁はお取り替えします。

2015年5月19日初版第1刷印刷
2015年5月27日初版第1刷発行
著　者　岩下壽之
発行者　百瀬精一
発行所　鳥影社 (choeisha.com)
〒160-0023 東京都新宿区西新宿3-5-12トーカン新宿7F
電話 03(5948)6470, FAX 03(5948)6471
〒392-0012 長野県諏訪市四賀229-1(本社・編集室)
電話 050(3532)0474, FAX 0266(58)6771
印刷・製本　モリモト印刷・高地製本

ISBN978-4-86265-504-2 C0093